中国古典文学
读本丛书典藏

王士禛诗选

赵伯陶 选注

人民文学出版社

图书在版编目(CIP)数据

王士禛诗选/赵伯陶选注. —北京：人民文学出版社，2021
(中国古典文学读本丛书典藏)
ISBN 978-7-02-016227-7

Ⅰ.①王… Ⅱ.①赵… Ⅲ.①古典诗歌—诗集—中国—清代 Ⅳ.①I222.749

中国版本图书馆 CIP 数据核字(2020)第 069677 号

责任编辑	葛云波
装帧设计	陶 雷
责任印制	王重艺

出版发行	人民文学出版社
社　　址	北京市朝内大街 166 号
邮政编码	100705
网　　址	http://www.rw-cn.com
印　　刷	三河市鑫金马印装有限公司
经　　销	全国新华书店等
字　　数	288 千字
开　　本	880 毫米×1230 毫米　1/32
印　　张	11.625　插页 3
印　　数	1—6000
版　　次	2009 年 1 月北京第 1 版
印　　次	2021 年 1 月第 1 次印刷
书　　号	978-7-02-016227-7
定　　价	39.00 元

如有印装质量问题，请与本社图书销售中心调换。电话:010-65233595

目 录

前言 1

醴泉寺高阁瞻眺有怀范文正公 1
复雨 3
蚕词四首 6
南唐宫词六首 9
冬日偶然作四首 15
秋柳四首 23
读史杂感八首 29
雪后怀家兄西樵 38
法庆寺阁上望云门山 39
即目 40
南园池上 40
纪事 42
高邮雨泊 43
淮安新城有感二首 44
江上寄程昆仑二首 48
余澹心寄金陵咏怀古迹诗却寄二首 50
再过露筋祠 52
青山 53
江上 54
雨后观音门渡江 55

晓雨复登燕子矶绝顶　57

登金山二首　58

毘陵归舟　62

焦山晓送昆仑还京口　63

海门歌　64

瓜洲渡江二首　69

京江夜雪　71

虎丘　72

五人墓　74

夜雨题寒山寺寄西樵礼吉二首　76

虎山擅胜阁眺光福以雨阻不得往　78

邓尉竹枝词六首　80

惠山下邹流绮过访　84

江上望青山忆旧二首　85

秦淮杂诗十四首　86

题余氏女子绣浣纱洛神图二首　98

昭阳舟中读闺秀徐幼芬遗诗寄李季子二首　101

陈洪绶水仙竹二首　103

樊圻画　106

叶欣画　107

杨枝紫云曲二首　108

送茗文之京二首　110

绝句　113

寄陈伯玑金陵　115

红桥二首　116

真州绝句五首　117

江东 121

亡名氏画 123

恽向《千岩竞秀图》 124

戏仿元遗山论诗绝句三十二首 125

秦邮杂诗六首 171

冶春绝句十二首 176

送彭十羡门游粤二首 188

秦淮泛月宿青溪有寄二首 190

登鸡鸣寺 193

题秦淮水榭 195

六朝松石歌赠邓检讨 197

忆明湖 203

魏文帝赋诗台 205

南将军庙行 206

金陵道上 211

赵澄画 212

渔父 214

双剑行孙退谷侍郎席上作 215

题施愚山《卖船》诗后 222

裂帛湖杂咏六首 231

雨中度故关 238

潼关 239

华阴道中 241

灞桥寄内二首 242

马嵬怀古二首 244

年来钱牧斋吴梅村周栎园诸先生邹讦士陈伯玑方尔止
　董文友诸同人相继徂谢栈道感怀怆然有赋 248

3

沔县谒诸葛忠武侯祠 251

广元舟中闻棹歌 253

夹江道中二首 254

大堤曲四首 256

叶公祠 259

广武山 260

送许竹隐之绍兴二首 263

悼亡诗二十六首(选四首) 267

绝句 270

题陈其年填词图 271

题顾茂伦《雪滩钓叟图》二首 273

初秋索梅耦长画 275

花烛词二首戏为钝翁赋 277

瞿山画松歌寄梅渊公 279

和徐健庵宫赞喜吴汉槎入关之作 284

雨后至天宁寺 286

钱选折枝牡丹二首 287

顾茂伦吴汉槎撰绝句诗国朝止三家乃以拙作
 参牧翁钝翁之间戏寄二首并示钝老 291

忆山居示儿子 293

题《乘风破浪图》四首 295

鱼山神女祠 299

陈思王墓下作 300

彭门怀古八首(选二首) 302

宿州东门道曰汴堤古隋堤也作隋堤曲 305

二乔宅 306

龙山晚渡　308

望青原山有怀药地愚山二公　309

将抵曲江　310

大孤山　312

彭泽雨泊有怀陶公　313

即事二绝句　315

江上看晚霞三首　317

蝶矶灵泽夫人祠二首　319

江行望识舟亭　322

蛾眉亭　324

抵金陵　325

西涧　326

符离　328

峄山即事　329

宿唐济武太史志壑堂即事　329

女郎山　331

戏书蒲生《聊斋志异》卷后　332

题赵承旨画羊　334

卖酒楼　336

嘉陵江上忆家　338

筹笔驿　339

渡涪江　340

洛阳　341

板桥　343

后记　346

前　言

　　王士禛(1634—1711)，字子真，一字贻上，号阮亭，又号渔洋山人，新城(今属山东淄博市桓台县)人。清顺治十二年(1655)，王士禛会试中式，三年后即顺治十五年补行殿试，考中二甲第三十六名进士。历官扬州推官、礼部主事、户部郎中、翰林院侍读、左都御史、刑部尚书。康熙四十三年(1704)，因王五、吴谦一狱"失出"(重罪轻判或应判刑而未判刑)，罢刑部尚书，从此还乡闲居从事著述，直至去世，终年七十八岁。卒后，又因须避雍正皇帝胤禛御讳，追改其名"士禛"为"士正"。乾隆三十年(1765)追谥文简，三十九年又以"正"字与原名发音相差太远，诏改"士祯"。

　　作为一代诗宗，王士禛论诗倡导神韵说，《四库总目提要》卷一七三著录其《精华录》十卷，有云："士祯等以清新俊逸之才，范水模山，批风抹月，倡天下以'不著一字，尽得风流'之说，天下遂翕然应之。"这一总结大致概括出清代康熙间诗坛的风貌。王士禛的诗歌创作虽未必与其所倡导者若合符契，但仍可从中寻觅其风格追求的线索，而以绝句诗最为明显。若探讨其神韵说的形成过程，则又离不开其诗歌创作的实践，两者固有相辅相成之效，执一而求，必失真貌。

一

　　王士禛创神韵说，并没有一套系统完整、缜密详尽的理论作后盾，其有关表述或只言片语，略事诠解；或借评诗篇，稍作引申。这恰如其诗说本身一样，也大有神龙见首不见尾的云遮雾障、缥缈朦胧之态。

　　顺治十四年(1657)秋，时年二十四岁的王士禛在济南与诸名士齐集大明湖,见"亭下杨柳十馀株,披拂水际,绰约近人。叶始微黄,乍染秋色,若有摇落之态"(王士禛《菜根堂诗集序》),于是怅然有感,写下七律《秋柳》四章。四诗用典轻巧,取义隐晦,意象朦胧,感慨良多,流露出一种无奈的悲凉意绪。后人对此四诗誉之者大有人在,批评者也不乏其声,但于当时却轰动一时,前后约有数百人唱和,传布大江南北,这恐怕连作者也始料未及。多年以后,王士禛对此事仍念念不忘,甚至引用他人赞语顾盼自雄地说:"南城陈伯玑允衡曰:元倡如初写《黄庭》,恰到好处,诸名士和作皆不能及。"(《渔洋诗话》卷上)赋《秋柳》四章与结秋柳社,无非是一时兴到之举,却获得了意想不到的成功。值得注意的是,这时王士禛尚未提出有关神韵的论诗主张。可以说,不是神韵说指导了《秋柳》诗的创作,而是四诗出人意料地大受欢迎,促成了王士禛自觉向神韵说的迈进。《秋柳》四诗那种欲说还休的诗歌语言、含蓄模糊的意象组合,都造成一种半吞半吐的朦胧感,尽管这种表现手法并不特别体现艺术的闪光点,却因与那一时代士人阶层极力向内心世界逃避人生的趋向合拍,从而获得了"心有灵犀一点通"的魅力。

唐司空图"味在酸咸之外"与宋严羽"言有尽而意无穷"的论诗主张,无疑是王士禛倡导神韵说的理论基础之一,在其《唐贤三昧集序》中,王士禛对此已作出明确的表白。《古夫于亭杂录》属王士禛晚年所撰笔记,该书卷二有云:"庄周云:'送君者皆自厓而返,君自此远矣。'令人萧寥有遗世意。愚谓《秦风·蒹葭》之诗亦然,姜白石所云'言尽意不尽'也。"送别是感伤的,用意味深长的语言表达出来,更令人低回往复,难以自已;"所谓伊人,在水一方"的疏离,令寂寞与企盼兼而有之,可引发读者的无限联想,馀味无穷。这二例可恰如其分地阐释神韵说之内蕴,并都含有一定的感伤意味。所谓神韵,似乎与淡淡的人生感喟存在着天然的联系,前举《秋柳》四诗,风调凄清,也浮现出几许莫名的悲伤,显然为作者此后创立神韵说打下基础。

神韵说所蕴含的伤感意绪并非创立者所独具,而带有时代的普遍特点,《秋柳》四诗正是因为恰巧应和了那一时代士人阶层的心态,才具有了南北唱和的广泛接受基础。若从历史的角度考察,清初感伤主义的弥漫是由多重因素造成的,不能仅仅归结为民族矛盾的加深。明中后期出现的启蒙与个性解放思潮,是伴随社会经济结构的变迁和发展而兴起的,李自成农民军攻占北京以及随后清人叩关入主中原,中断了明中叶以来的社会经济进程,也窒息了个性解放的呼声。战乱极大破坏了社会生产力,历史发生了暂时的倒退,对时代脉搏的把握最为敏感的士人阶层难以力挽狂澜,实践"修齐治平"的儒家理念,自然会陷入时代的感伤之中。而清朝立国以后日趋严密的思想控制,也促使士人更愿意向内心去寻求净土,以逃避对现实的无奈。神韵说的应运而生,恰可以使人于流连山水中拓展自身的心理空间,于咏史用典中找到诗意人生的寄托之所。他们自我约束又故作超然,讲求诗歌的"兴会神到",也无非于想象中自我完善,而非身体力行地实现某种人生目的。王士禛《香祖笔记》卷一有云:"释氏言羚羊挂角,无迹可求。古言云羚羊无些子气味,虎豹再寻他不着,九渊潜龙,千仞翔凤乎?此是前言注脚,不独喻诗,亦可为士君子居身涉世之法。"神韵说与士人人生哲学的某种契合,在这段论述中可得到印证。

两宋时代坊市制度的崩溃,伴随着封建社会商品经济的不断发展,市井文化的生态空间也不断拓展,小说、词曲、戏剧等属于市井文化范畴的文学样式,影响逐渐扩大,并不断挤压本属于士林文化的正统诗歌的接受天地。在这一发展态势下,诗人的审美趣味逐渐向含蓄靠拢,追求淡远澄澈的风格,赏识玲珑剔透的品貌,就成为一种时代的必然。王士禛鼓吹"解识无声弦指妙"(《戏仿元遗山论诗绝句三十二首》之七)的境界,就是意图用诗歌语言所构成的有限客观时空展现出无限的心理时空。在此意义上,诗人的责任并非将个人的情感一览无馀地暴露在读者面前,而是仅仅提供一些足以引人深思、耐人寻味的语言材料以及各种意象的巧妙组合,从而造成一唱三叹、"遇之匪深,即之愈稀"(唐司空图《诗品》)的艺术效果,并适用于风流自赏下的审美愉悦。可见神韵说的审美趣味是内敛的,而非外露的,因而带有极强的自娱性特点。

如果从中国诗歌发展的内部规律加以考察,神韵说出现于清初也有其必然性。唐诗主情韵,多自铸伟词,毋庸他借;宋诗尚议论,虽或展闪腾挪,却也个性鲜明。有这两座丰碑屹立于前,诗歌创作发展至元、明两朝似乎已失去更上层楼的动力,但他们于鉴赏、总结中保留这一块领地的勇气还是可圈可点的。如果说,明人论诗普遍宗唐,尚有局限,那么清人言诗则已分唐界宋,各有所趋,从一开始就摆出一副全面继承总结的态势。神韵说也同稍后陆续出现的格调说、肌理说、性灵说的论诗主张一样,都是清人对诗歌艺术广泛探索的证明,而四说与清人尊唐学宋的崇尚纠缠交织在一起,更显现出集大成的复杂状态。神韵说本于唐人司空图与宋人严羽的诗说,对于古代诗论中的思与境、言与意、情与景、虚与实、主观情思与客观物象之间的相互关系问题,皆有所涉及。尽管在王士禛那里,有关论述显得支离破碎,不够集中,或闪烁其词,难于寻绎,但我们却也可以按图索骥般地找出其渊源所自。除司空图、严羽而外,王士禛论诗可谓转益多师,广泛汲取。"神韵"一词本是论人之语,南朝齐谢赫、唐张彦远等曾用来论画,将此词较早用于文学批评则见于明胡应麟的《诗薮》一书。在胡应麟笔下,神韵是作为诗歌内在品格的一项标准被使用的:"诗之筋骨,犹木之根干也;肌肉,犹枝叶也;色泽神韵,犹花蕊也。筋骨立于中,肌肉荣于外,色泽神韵充溢其间,而后诗之美善备。"(《诗薮》外编卷五)其他如"神韵全乖"、"神韵超玄"、"神韵都绝"、"神韵轩举"等组合,在《诗薮》中也常可遇见。显然在字义的使用上,胡应麟所云神韵与将近百年之后的王士禛所云者并无本质的区别。

王士禛对胡应麟的诗论是有过一番研讨的,对其观点也大致赞同:"胡元瑞论歌行,自李、杜、高、岑、王、李而下,颇知留眼宋人,然于苏、黄妙处,尚未窥见堂奥。在嘉、隆后,可称具眼。"(《分甘馀话》卷三)其他一些论诗之语,王士禛也直接参考了胡应麟的观点。《诗薮》内编卷六有云:"子厚'渔翁夜傍西岩宿',除去末二句字佳。"王士禛《分甘馀话》卷一也说:"余尝谓柳子厚'渔翁夜傍西岩宿'一首,末二句蛇足,删作绝句乃佳。东坡论此诗亦云,末二句可不必。"他虽找到了更早的同调人,却未始没受过胡氏的潜移默化。

胡应麟之后,明陆时雍《诗镜总论》以及明末清初王夫之《古诗评选》等书,也常以"神韵"评诗。如以含蓄作为神韵说的重要价值取向,《香祖笔记》卷六云:"余尝观荆浩论山水而悟诗家三昧,其言曰:远人无目,远水无波,远山无皴。"陆时雍《诗镜总论》对含蓄也早有论述,他将含蓄视为诗歌之"生韵":"善言情者,吞吐深浅,欲露还藏,便觉此衷无限。善道景者,绝去形容,略加点缀,即真相显然,生韵亦流动矣。"细绎二人之言,并无二致。

王士禛对于明代"后七子"之一的谢榛颇有微词,公开声明不喜谢榛的《诗家直说》(见《渔洋诗话》卷上),但其神韵说中有不少观点与谢榛的《诗家直说》(即《四溟诗话》)如出一辙。二人论诗皆宗尚严羽,这或许是英雄所见略同的一个基础;而王士禛直言不喜谢榛之《诗家直说》,也必定认真读过其书。读书时带有感情因素会影响判断力,但有时也会于不自觉中潜移默化,暗中接受了对方的观点,却又故作矜持,表明自己另有渊源。《诗家直说》卷三:"凡作诗不宜逼真,如朝行远望青山,佳色隐然可爱,其烟霞变幻,难于名状;及登临非复奇观,惟片石数树而已。远近所见不同,妙在含糊,方见作手。"这与神韵说讲求诗歌的含蓄朦胧同一机杼,却说得更为形象透彻。

善于学习,善于总结,王士禛将诗歌创作的意境问题化为"神韵"拈出,适应了清初的社会环境,也顺应了中国诗歌发展的规律,所以才会有天下"翕然应之"的效果。"好是日斜风定后,半江红树卖鲈鱼","江、淮人多写为画图"(见《渔洋诗话》卷中),对于自己的几首绝句被人转换艺术形式,王士禛津津乐道,可见神韵说与中国传统绘画的某种联系。中国绘画技巧的散点透视法使尺幅千里的表现成为可能,而"计白当黑"的技法又与西方接受美学中的"空白"(或称"召唤结构")原则近似。画中可留有空白,诗中也存在空白,皆可称之为"含蓄",它是容纳作者创造力与接受者想象力的巨大空间,所谓意境,即因有此空间而产生。重视包括作者自己在内的接受者的再创造力,充分调动其能动性,是接受美学的一大特征。神韵说也有类似的特点,所谓妙悟、兴会,无非是作者或读者通过语言材料再次感悟世界的一种豁然开朗后的愉悦,有类于禅宗豁然心领神会的顿悟。它属于作者,也属于读者,神韵说意图通过诗歌调动读者想象力的用心是明显的。

二

王士禛对于古人"须其自来"与"伫兴而就"的诗歌创作状态最为服膺(见《渔洋诗话》卷上),如果说"须其自来"尚染有现代所谓"灵感"色彩的话,那么"伫兴而就"就完全是一种积累了。但是王士禛意中的积累不是生活经验的积累,而是前人佳篇妙句的积累,相对于诗歌创作,前者属于直接经验,后者则是间接经验。唐人之诗得之于直接经验者多,妙于自然,属于诗人之诗;宋人之诗亦多得之于直接经验,但偏于理性,算是诗人之诗的另类形式。明人之诗多学唐而字袭句模,常以间接经验为诗材,属于学人之诗,因而颇受后人非议。钱锺书在《宋诗选注·序》中论及明"七子"等,曾说:"从古人各种著作里收集自己诗歌的材料和词句,从古人的诗里孳生出自己的诗来,把书架子和书箱砌成了一座象牙之塔,偶尔向人生现实居高临远的凭栏眺望一番。内容就愈来愈贫薄,形式也愈变愈严密。偏重形式的古典主义发达到极端,可以使作者丧失了对具体事物的感受性,对外界视而不见,恰像玻璃缸里的金鱼,生活在一种透明的隔离状态里。"清人之诗鉴于明人前辙,有意将诗人之诗与学人之诗两相结合,从而走出自己的路来,王士禛在清初就是这样一位实践者与先行者。

  王士禛博览群书,加之记忆力超群,这一后天与先天相结合的优势令他神韵说的实践取得了引人瞩目的成就,尽管其创作与其理论相比仍显略逊一筹。如其《冶春绝句十二首》之三:"红桥飞跨水当中,一字阑干九曲红。日午画船桥下过,衣香人影太匆匆。"末句"衣香人影",比喻两岸游女仪态优雅、服饰艳丽。若不明出处,并不妨碍对诗意的理解,但于鉴赏终觉欠缺。清惠栋注谓:"衣香,荀粲事;人影,任育事。借咏丽人也。"清金荣注则分别引唐李商隐诗与冯曾《比红儿诗话》。二人之注,皆难以确切解释王士禛之诗意。唐骆宾王《咏美人在天津桥》诗云:"美女出东邻,容与上天津。动衣香满路,移步袜生尘。水下看妆影,眉头画月新。寄言曹子建,个是洛川神。"如果对照骆宾王此诗来看"衣香人影"四字,则不但"衣香"可落实,"人影"亦因"水下看妆影"一句而有了着落,王诗之神韵也就通过前人诗句跃然而出了!檃括前人整首诗之意境为我所用,是王士禛诗创作获得"神韵"的一种方法,若不明其出处,其"神韵"也就在读者那里丧失殆尽了。又如《冶春绝句十二首》之十一末二句:"生前行乐犹如此,何处看春不可怜。"最后一句径用明李攀龙《赵州道中忆殿卿》诗:"重来此地逢寒食,何处看春不可怜。"王士禛不但将唐宋诗句采为诗材,明诗中的佳句也难逃其法眼。惜乎惠栋、金荣皆未能注出其出处,因而难以了解作者的构思特点与创作过程。

《悼亡诗二十六首》之二十六:"宦情薄似秋蝉翼,愁思多于春蚕丝。此味年来谁领略,梦残酒渴五更时。"全诗四句,几乎全部化用前人诗句或有关意境,可见王士禛作诗时勤于翻检、善于综合,但又非生吞活剥。"宦情"二句,语本宋陆游《宿武连县驿》诗:"宦情薄似秋蝉翼,乡思多于春茧丝。""此味"句,语本明陈献章《次韵南山送蜜》诗之四:"相思道远无由寄,此味年来只独尝。""梦残"句,意本唐陆龟蒙《中酒赋》:"窗间落月,枕上残更。意欲问而无问,梦将成而不成。心悄悄,目瞠瞠,爱静中而人且语,愁曙后而鸡已鸣。"惠栋注此诗,将第一、二句与第四句之所本,皆寻绎注出,特别是第四句,作者化用《中酒赋》之意境,本无"关键词"可为索引,惠栋竟能注出,对于理解此诗诗意及创作过程大有裨益,可见古人学术功力非同一般。第三句,惠栋、金荣皆未注出,或许作为理学家的陈献章从未引起诗家注意的缘故吧。

清昭梿《啸亭杂录》卷八有"渔洋诗思本迟滞"一则,记述康熙皇帝一次出题面试王士禛,结果若非张英从旁帮忙,他几乎曳白而出。如果说帝王威严之下难免诗思不畅,下笔艰难,那么,清田同之《西圃诗说》所言大抵就是实情了:"诗中篇无累句,句无累字,即古人亦不多觏。惟阮亭先生刻苦于此,每为诗,辄闭门障窗,备极修饰,无一隙可指,然后出以示人。宜称诗家谓其语妙天下也。"赞誉中却无意间透了底,那创作状态仿佛不是提倡玲珑透澈神韵说的诗人在作诗,倒像是"闭门觅句陈无己"的作风了。明谢榛对诗人的这种创作状态早有总结:"凡作文,静室隐几,冥搜邈然,不期诗思遽生,妙句萌心,且含毫咀味,两事兼举,以就兴之缓急也。"(《诗家直说》卷三)如此创作,其实就是涵泳于古人名篇佳句或类似题材的汪洋之中,以寻求符合自己要求的诗材。所不同者,若食古不化或胶柱鼓瑟,写出诗文无非"殆同书抄",味同嚼蜡;若能融会贯通或点铁成金,写出诗文就活泼灵动,典雅有致。王士禛显然走的是后者一条路,并在意境的捕捉上下功夫,意图通过化用前人诗词佳句,出神入化般地营造出自己的"神韵"天地。这一创作过程绝非一蹴而就或轻而易举的,而是艰苦万分乃至绞尽脑汁。《渔洋诗话》卷中有云:

> 洪昇昉思问诗法于施愚山,先述余凤昔言诗大旨,愚山曰:"子师言诗,如华严楼阁,弹指即现;又如仙人五城十二楼,缥缈俱在天际。余既不然,譬作室者,瓴甓木石,一一须就平地筑起。"洪曰:"此禅宗顿、渐之义也。"

施闰章之语有自谦而誉人的成分,但未始不是从神韵说的表面特点出发而立论的,带有一定的想当然成分。对此,钱锺书曾一针见血地指出:"渔洋楼阁乃在无人见时暗中筑就,而复掩其土木营造之迹,使有烟云蔽亏之观,一若化城顿现。其迂缓实有倍于愚山者。"(《谈艺录》订补本第九十八页,中华书局1984年版)可谓深得王士禛创作三昧之语。

王士禛曾举出自己的五首五绝,自诩为"皆一时伫兴之言,知味外味者当自得之"(见《香祖笔记》卷二)。今举其中三例:

> 微雨过青山,漠漠寒烟织。不见秣陵城,坐爱秋江色。
>
> (《青山》)

> 雨后明月来,照见下山路。人语隔溪烟,借问停舟处。
>
> (《惠山下邹流绮过访》)

> 凌晨出西郭,招提过新雨。日出不逢人,满院风铃语。
>
> (《雨后至天宁寺》)

三首诗皆效法唐代王维,给人一种从容幽静、舒缓空灵的韵外之致。且饶有禅味,意在言外,不知所以神而自神,可谓是作者倡导神韵说的具体实践。同是伫兴之言,前两首与后一首又有所不同。前两首未借用前人诗句,只是情景相生,不假雕饰,第二首末二句或化用唐王维《终南山》诗"欲投人处宿,隔水问樵夫"之意境,仅此而已。然而第三首则处处用典,语语皆有来历,若不明所自,虽也能体会其中意境,但终觉相隔一层。全诗所写,无非雨后清晨,寺中人迹稀少,只有作者聆听塔上风铃之声,禅意悠然。二十字犹如唐王维《辛夷坞》诗中"涧户寂无人,纷纷开且落"的意境,兴象自生。"凌晨"句,语本宋范成大《次韵庆充避暑水西寺》诗:"佳晨出西郭,仰视天宇清。""过新雨",语本唐张籍《江南春》诗:"渡口过新雨,夜来生白蘋。""不逢人",语本唐韦应物《答杨奉礼》诗:"秋塘唯落叶,野寺不逢人。"又宋普济《五灯会元》卷一三《青原下五世·云居道膺禅师》:"问:'如何是西来意?'师曰:'古路不逢人。'""风铃语",宋释惠洪《石门文字禅》卷一八《清凉大法眼禅师真赞》:"非风幡动,非风铃语,见闻起灭,了无处所。何以明之?俱寂静故。"又宋苏轼《大风留金山两日》诗:"塔上一铃独自语,明日颠风当断渡。"一首二十字的小诗竟然如此大费周章,可见其吟诗之苦,并不亚于唐代"一吟双泪流"的贾岛。

  王士禛化用前人诗句,有时甚至是以牺牲眼前实景为代价的。其《鱼山神女祠》诗"松桂凄凉满旧山"一句,语本唐许浑《重经四皓庙二首》诗之二:"避秦安汉出蓝关,松桂花阴满旧山。"显然,写诗之前,王士禛参阅了前人有关寺庙的大量诗篇,将妙言佳句收入自己诗囊,化为己有,至于鱼山是否松桂齐茂,就无暇顾及了。又如《大孤山》诗中"雾阁云窗不留客"一句,语本宋秦观《赠女冠畅师》诗:"雾阁云窗人莫窥,门前车马任东西。"意谓大孤山犹如美丽而贞洁的女道士。惠栋、金荣皆未注其出处,读者若非对秦观诗极其熟悉,真不明白作者所云为何。王士禛所化用袭承者,若仅是名家名作,尚可轻易与读者沟通;若既非名家又非名作,读者之接受就可能与作者两歧了。如《江上看晚霞三首》之一首句"彭泽县前风倒吹",是作者在小孤山阻风三日之作。"风倒吹",语本明佘翔《青山阻风》诗:"九月江南风倒吹,青山山下泊舟时。"佘翔诗,知者不多,若不注出,虽无妨理解,但却失去了鉴赏的趣味。其实王士禛又何尝不知佘翔诗难以有人知晓,他用其诗意,主要在于涵泳前人诗篇中,得到一种自我心理的满足,所谓"神韵"也即由此而生。神韵说的自娱性在这里可谓又得到了印证。

钱谦益《渔洋诗集序》对王士禛的诗创作给予了较高评价:"贻上之诗,文繁理富,衔华佩实。感时之作,恻怆于杜陵;缘情之什,缠绵于义山。其谈艺四言,曰典,曰远,曰谐,曰则。沿波讨源,平原之遗则也;截断众流,柠山之微言也;别裁伪体,转益多师,草堂之金丹大药也。"王士禛的诗歌创作,以体裁论,自以五、七言绝句最能体现其神韵说的精蕴,因为短小精悍的篇什易于化用或借用前人之作,可巧用他人的材料构筑自己的屋宇。以题材论,自以行旅舟车、流连风景之作最能感发神韵诗作者的创作激情,因为作为诗歌触媒的景物可作为联系前人有关作品的捷径,并能巧用其意境融会贯通于自己的作品中。以创作高潮论,自以王士禛任扬州推官期间、入蜀、使粤以及祭告西岳为最,总的来讲,后期又不如前期。原因是,王士禛的创作方法之一是运用前人有关作品进行广泛的联想、化解、组合,惟头脑敏捷方可胜任,年轻时的思维自胜于老年。王士禛倡导诗之神韵,主要是意境组合上的功夫,绝非简单地拼扯前人词句,加之他的一部分诗用典较多,若无详细的注释,就很难体会到其神韵所在。所谓"诗家总爱西昆好,独恨无人作郑笺"(金元好问《论诗三十首》之十二),用在王士禛的诗歌创作上也很合适,这是我们选其诗并加详细注释的原因。

三

　　王士禛一生共创作古今体诗约三千馀首,他十五岁时,即有《落笺堂初稿》诗一卷,由其兄王士禄序而刻之。顺治十八年又有《过江集》一卷之刻,康熙元年又有《阮亭诗选》十七卷之刻,此后又分阶段屡刻专集,如《渔洋集》、《渔洋续集》、《渔洋诗钞》、《蚕尾集》、《蚕尾续集》、《南海集》、《雍益集》、《入吴集》、《古夫于亭稿》、《蜀道集》等,名目繁多。《带经堂集》九十二卷为其临终前一年门人程哲所编,是其诸集诗与文的删并合编,内含诗五十卷、文四十二卷。康熙三十九年(1700),《渔洋山人精华录》十卷编竣,其门人林佶有《后序》云:"门人盛侍御、曹祭酒尝仿宋蜀人任渊纂《豫章集》之例,择其尤合作者千馀以为《精华录》,凡十卷。康熙庚辰夏,先生以授门人林佶。佶承命编录,稍有增减,皆任氏所谓'丛桂崇兰,奇玉特珠'者也。"《四库总目提要》卷一七三著录《精华录》十卷有云:"是编又删掇诸集,合为一帙,相传士禛所手定。其子启汸跋语称门人曹禾、盛符升仿任渊《山谷精华录》之例,钞为此录者,盖托词也。"清嘉庆间,学者梁章钜从厂肆觅得《王贻上与林吉人手札》二十一纸,内中王士禛多与林佶讨论《精华录》之编纂问题,可证此书确系王所最后自定。原书前四卷为古体诗,后六卷为今体诗,共近一千七百首,约占王士禛全部诗一半以上,既为自选,当是王诗精华无疑。今天选注王士禛诗,若从《渔洋山人精华录》中再行精选,当收事半功倍之效。

　　清人为《精华录》作注或诠解评点者,有徐夔、伊应鼎、惠栋、金荣、翁方纲诸家,而以惠栋《渔洋山人精华录训纂》十卷、金荣《渔洋精华录笺注》十二卷影响较大,两书先后刊刻于雍正间,此后二人又各自有《训纂补》一卷、《笺注补》一卷问世。惠栋为清代著名经学家,学问功底深厚，因而《训纂》考订翔实，于地理、人事、名物尤为完备。金荣之注释虽较惠栋为简，但浅近处或为今日所必须，而重将原选诗编年，各注原诗集名于编年之下，重厘为十二卷，更有益于读者。1992年齐鲁书社出版伍铭点校整理、韦甫参订之《渔洋精华录集注》，系整合惠、金两注，加以标校，采用金荣之编年分卷。1999年上海古籍出版社出版李毓芙、牟通、李茂肃整理之《渔洋精华录集释》，亦以金荣本为底本，主要汇集惠、金两家注文，间加补注，标以"今案"。此外，1982年齐鲁书社出版李毓芙选注《王渔洋诗文选注》，1994年巴蜀书社出版王小舒、陈广澧译注《王士禛诗选译》，1989年山东大学出版社出版伊丕聪编著《王渔洋先生年谱》，2001年人民文学出版社出版蒋寅《王渔洋事迹征略》，皆为这次选注王士禛诗提供了不少方便。《王士禛诗选》共选其古今体诗二百五十三首，不足渔洋全部诗的十分之一，只能算是尝鼎一脔。除《戏书蒲生〈聊斋志异〉卷后》一首七绝因在文学史上较为引人瞩目，选自其《蚕尾集》卷一外，馀皆从《精华录》中选出，并以写作先后为序。最能体现王士禛神韵诗风的是其绝句诗，尤以七绝为最鲜明，这次选注既充分留意其七绝诗的入选，也要顾及其他各体诗的选取，以免偏重。选诗详于前期而略于后期，也大致符合其创作的实际情况。一些组诗，如《秦淮杂诗十四首》、《戏仿元遗山论诗绝句三十二首》等，则一同入选，使读者能窥其全豹，以免遗珠之憾。

应当指出的是，古人注书虽功力深厚，远非今人可比，但限于图书流通不畅、检索手段单一等，有所顾忌、当注未注或误解其意、疏漏武断之处，亦所难免。今天古代典籍电子数字化的成功尝试，使检索有关字词典故异常方便，这无疑为我们今天注释工作在某一方面超越古人提供了条件。有关前人注释可商榷处，除已见本前言上述者外，再举数端如下。

《陈洪绶水仙竹二首》之一"清泠池畔梁园种"，何谓梁园种？惠栋、金荣皆未注。梁园即梁苑，南朝宋谢惠连曾作《雪赋》，描绘梁苑大雪景色,曲尽其妙,后人即以"梁苑雪"比喻白色的繁花。这里当以"梁园种"转喻水仙花白如梁苑之雪。

《送茗文之京二首》之一颔联"故人恰向愁中至,感激真从难后平"二句,乃谓汪琬遭受奏销案打击事,含蓄中意味深长,对其遭遇抱以同情。惠栋、金荣或有顾忌,皆未注。

《戏仿元遗山论诗绝句三十二首》之五"杜家笺传太纷挈,虞赵诸贤尽守株",其中"虞赵"指元代虞集与赵汸,金荣注谓指虞集与赵次公,误。赵次公乃宋人赵彦材。同题之八"中兴高步属钱郎",中兴,即指唐高仲武所编唐诗总集《中兴间气集》二卷,惠栋、金荣皆未注。同题之二十二"底事济南高月旦,仅存水部数篇诗",意谓因为何事令李攀龙品评人物失衡,其《古今诗删》只选录四兄弟中皇甫濂的几首诗。按此事王士禛失考,今查《古今诗删》卷三四,尚选有皇甫汸七绝诗《赠友》一首。惠栋、金荣亦未注明。同题之三十二"九岁诗名铜雀台",惠栋注:"按,曹子建十岁作《铜雀台赋》,韦君平十一岁赋《铜雀诗》,皆夙惠也。"韦君平误,当为韦渠牟(749—801),一名尘外,号遗名子、北山子,唐京兆杜陵(今陕西长安东北)人。宋计有功《唐诗纪事》卷四八《韦渠牟》:"权载之叙其文曰:'初君年十一,尝赋《铜雀台》绝句,右拾遗李白见而大骇,因授以古乐府之学。"惠栋当误"君年"为"君平"矣。

《冶春绝句十二首》之十一"彭泽豪华久黄土,梁溪歌舞散寒烟",作者自注:"张御史达泉,彭泽人……"惠栋注引朱楷曰:"达泉名绅,前明彭泽县贡生,官御史。见《江西通志》。"按"绅"当作"科",张科(生卒年不详),明世宗嘉靖三十五年(1556)进士。《江西通志》卷九二:"张科,字达泉,湖口人。以进士为中书舍人,中秘书多,钞以归。改御史,巡浙江,与胡宗宪不相下,弹抨之,遂请致仕,时年二十八岁耳。戚觉有与江陵相交厚者,绝不一迹其家。五十馀年,悠优林下,稍以声色自晦,人莫测其所操云。"同题之十二"故国风光在眼前",惠栋注:"曹唐《清明登城春望》诗:'春城闲望爱晴天,何处风光不眼前。'"按此诗当为唐王表诗,视为曹唐之作,误。

《南将军庙行》"包胥一哭通风云",惠栋注"通风云"引左思《吴都赋》:"径路绝,风云通。"似不妥。按全句意谓南霁云为解睢阳之围,如春秋时申包胥哭秦庭一样,乞师于驻守临淮的河南节度使贺兰进明。通风云,比喻同类相感应。《易·乾》:"云从龙,风从虎,圣人作而万物睹。"

《裂帛湖杂咏六首》之五"纸钱社酒棠梨道",棠梨道,惠栋、金荣皆未注出。按棠梨道,用有关寒食节度鬼的掌故。清郑方坤《全闽诗话》卷一一《永福溪鬼》:"侯官唐濩微时,泊舟永福溪,夜闻二鬼共语。一鬼吟诗曰:'随波逐浪滞孤魂,白骨沉沙漾水痕。几寸柔肠鱼唼断,不关今夜听啼猿。'又一吟曰:'饥乌随我棠梨道,雨打风吹梨树老。寒食何人奠一卮,髑髅戴土生春草。'既复相谓曰:'明日铁帽生至,当得代矣。'明日,濩候之,果有戴釜济者,濩苦挽之,且告之故,得止。至夜,二鬼复语曰:'今日铁帽生乃为唐参政所救,奈何?'唐闻大喜,遂请道士作章度鬼。越数日,坐斋中彷佛见二人来谢。后果官至参政。"

《马嵬怀古二首》之一"香魂不及黄幡绰,独占骊山土一丘",独占,谓黄幡绰有墓在骊山。《陕西通志》卷七〇《陵墓一·临潼县》:"黄幡绰墓,在县东北三十里。按县志图,绰墓近扁鹊墓。王阮亭吊杨妃诗云'香魂不及黄幡绰,犹占骊山土一抔'是也。《苏州府志》:'昆山县西北绰墩,传是幡绰墓。'然昆山应未若骊山之确也。"惠栋按云:"苏州昆山有黄幡绰墓,此云在骊山,未详。"

《叶公祠》"世间谁解好真龙",语本宋杨万里《和符君俞卜邻》诗:"念子南归骑瘦马,只今谁解好真龙。"惠栋未注出所本。

《广武山》"孤兽索其群,惊鸟乱无行",语本三国魏曹植《赠白马王彪》诗:"孤兽走索群,衔草不遑食。"南朝梁沈约《咏湖中雁》诗:"悬飞竟不下,乱起未成行。"又明王世贞《苦寒行》诗:"孤兽索其群,栖鸟向阳翔。"金荣只注语本曹植诗,未及引王世贞诗。

《顾茂伦吴汉槎撰绝句诗国朝止三家乃以拙作参牧翁钝翁之间戏寄二首并示钝老》之二"《楞伽》堆案已嫌迟",惠栋注引沈嘉然曰:"东坡《赠惠山僧惠表》诗:'案上《楞严》已不看。'赵次公曰:'案上惟有《楞严经》,事见《传灯录》。'"引苏轼诗似不确切。按,《楞伽》堆案,谓心向禅悦,以求寄托。语本唐李贺《赠陈商》诗:"长安有男儿,二十心已朽。《楞伽》堆案前,《楚辞》系肘后。"又宋普济《五灯会元》卷一《东土祖师·初祖菩提达磨大师》:"祖又曰:'吾有《楞伽经》四卷,亦用付汝。即是如来心地要门,令诸众生开示悟入。'"

《宿州东门道曰汴semicolon是古隋堤也作隋堤曲》"玉娥金茧飘零尽",玉蛾金茧,金荣注引颜师古《大业拾遗记》,谓为殿脚女争画长蛾眉事,误。按玉蛾金茧,乃形容柳絮与初生之柳叶。明杨慎《瑞鹧鸪》词:"垂杨垂柳管芳年,飞絮飞花媚远天。金茧抱春寒食后,玉蛾翻雪暖风前。"又清吴绮《柳含烟·咏柳》词:"江南路,柳丝垂。多少齐梁旧事,玉蛾金茧只霏霏。挂斜晖。"

《龙山晚渡》"凭谁唤起维摩诘,重写寒江《雪渡图》",惠栋、金荣皆未注出所本。按二句,语本宋周紫芝《东坡老人居儋耳尝独游城北……》诗:"凭谁唤起王摩诘,画作东坡戴笠图。"又元卢琦《山行杂咏》诗:"凭谁唤起王摩诘,写入秋毫作画图。"又明张宁《雪蕉亭》诗:"凭谁唤起王摩诘,并作袁安卧雪图。"又明朱诚泳《予尝目摩诘辋川图爱其山水之秀……》诗:"凭谁唤起王摩诘,为我写取春山图。"

《即事二绝句》"江南江北雨模糊",惠栋、金荣皆未出注。此句暗寓思乡之心难已,语本宋苏轼《游金山寺》诗:"试登绝顶望乡国,江南江北青山多。"此言"雨模糊",则尚不如苏轼可见"青山多"之幸也。

《宿唐济武太史志壑堂即事》"新竹捎檐夜气清",夜气清,惠栋、金荣皆未出注。按夜气清,清黄宗羲《明儒学案》卷七:"李延平云:'人于旦昼之间不至梏亡,则夜气愈清,夜气清则平旦未与物接之时,湛然虚明气象自可见矣。"夜气,儒家谓晚上静思所产生的良知善念。《孟子·告子上》:"梏之反复,则其夜气不足以存,夜气不足以存,则其违禽兽不远矣。"

《洛阳》"国本争来党锢连",惠栋评:"此诗首言国本定而汉室安,党锢连而汉室亡,举东西两汉而言之也。"似误,盖全诗仅言太子乃国本一事,不当旁及其他。党锢,原指东汉桓帝、灵帝时,李膺、陈蕃等士大夫阶层同宦官集团的斗争,士大夫阶层最终事败,李膺等百馀人被杀,后又有六七百人被陆续处死、流徙、囚禁。见《后汉书·党锢传》。这里当指汉武帝时所发生的太子巫蛊之祸。汉时迷信,认为用巫术诅咒或将木偶人埋于地下,即可加害于人,称为巫蛊。汉武帝晚年多病,疑有人行巫蛊之举,江充因与太子有隙,遂借机诬告太子刘据宫中埋有木人,太子恐惧,杀江充等,武帝发兵追捕,太子兵拒五日,战败自杀。掘蛊事上牵丞相,下连庶民,前后被杀者达数万人,史称"巫蛊之祸"。事见《汉书·武帝纪》、《汉书·江充传》、《汉书·公孙贺传》。巫蛊之祸上距汉高祖未易太子事不过百年有馀,而汉武帝因巫蛊事,除掉太子且株连杀人众多,故称"党锢连"。

古人注书,引文往往随意割裂增删。此次选注,大都已核原文,并注出卷数。鉴于王士禛吟诗喜捋扯前人成句或檃括前人诗意,故选注中多以"语本"明其来历;模棱两可或不甚确切者,则不用"语本",仅列出前人成句,供读者参考。惠栋、金荣注释王士禛诗解决了许多繁难问题,功不可没。如果说"前修未密,后出转精"的话,本诗选也仅是站在巨人的肩膀上,望远数步之遥而已。选诗、注诗不妥或谬误之处,尚祈读者批评指正。

赵伯陶
2006年2月5日于京北天通楼

醴泉寺高阁瞻眺有怀范文正公[1]

风雨湖上来,萧条洒飞阁[2]。殷雷起眉际[3],极目穷寥廓[4]。遥天压烟水,空濛气磅礴[5],大泽盘蛟龙[6],斜风偃雕鹗[7]。却眺鸿濛中[8],日光远回错[9]。草木暗四山,急淙鸣万壑[10]。怅然思古人[11],《大雅》何时作[12]。

[1] 诗作于顺治十三年(1656)春,作者时年二十三岁,会试中式,未与殿试,还乡读书。乡居期间,王士禛曾与表兄徐夜等同游长白山(在今山东邹平西南),历柳庵、上书堂、醴泉寺诸胜,写诗若干,此为其一。王士禛《居易录》卷五:"丙申春,始与邑之诸名士载酒同游,凡柳庵、上书堂、醴泉寺诸胜,皆至焉。刻《长白游诗》一卷。"醴泉寺,《大清一统志》卷一二七:"醴泉寺在邹平县西南三十里,有志公碑,宋范仲淹尝读书寺中。"王士禛《池北偶谈》卷一一《张鲲诗》:"邹平长白山醴泉寺,即范文正公画粥处,四山环合,一溪带潆,溪上有范公祠。"范文正公,即范仲淹(989—1052),字希文,宋苏州吴县(今属江苏)人。宋真宗大中祥符八年(1015)进士,历官陕西经略安抚副使、枢密副使、参知政事、陕西四路安抚使等。工诗文,以其《岳阳楼记》中"先天下之忧而忧,后天下之乐而乐"名句传诵千古。卒谥文正,著有《范文正公集》。《宋史》有传。清孙廷铨《颜山杂记》卷一:"文正父为淄青记室,客死。文正少孤,育于长山朱氏,因名朱说。尝读书长白山醴泉寺,断齑画粥,刻苦励志,及登第,乃易姓名。"此诗写景抒怀,物我交融,风雨雷瀑,涤荡胸襟,缅怀

范仲淹,则隐然有兼济天下之志。末二句馀韵悠长,有年少气盛者"如欲平治天下,当今之世,舍我其谁也"的壮怀。

〔2〕"风雨"二句:语本唐韦应物《同德寺雨后寄元侍御李博士》诗:"川上风雨来,须臾满城阙。岩崿青莲界,萧条孤兴发。"湖,当指作者家乡新城(今属山东桓台)以北的锦秋湖。新城在邹平以东偏北。萧条,寂寞冷落。《楚辞·远游》:"山萧条而无兽兮,野寂寞其无人。"飞阁,即指醴泉寺高阁。

〔3〕殷(yǐn隐)雷:轰鸣的雷声,大雷。《诗·召南·殷其雷》:"殷其雷,在南山之阳。"毛传:"殷,雷声也。"眉际:眉睫间,比喻迫近。

〔4〕寥廓:空旷深远。《楚辞·远游》:"下峥嵘而无地兮,上寥廓而无天。"

〔5〕空濛:指缥缈迷茫的境界。磅礴:广大无边的样子。

〔6〕"大泽"句:谓山川壮美,故有灵异寄生。语本《左传·襄公二十一年》:"深山大泽,实生龙蛇。"大泽,大湖沼。

〔7〕偃(yǎn眼):使停息。雕鹗:指鹰鹫一类的大型猛禽。

〔8〕鸿(hóng红)濛:迷漫广大的样子。鸿濛,又作"鸿蒙"。

〔9〕错:隐藏。

〔10〕淙(cóng丛):瀑布。南朝梁沈约《被褐守山东》诗:"万仞倒危石,百丈注悬淙。"

〔11〕"怅然"句:清惠栋注:"《长白游诗》云:'望远怀古欢。'"宋朱熹《汲清泉渍奇石置熏炉其后香烟被之江山云物然有万里趣因作四小诗》之四:"慨然思古人,尺璧寸阴重。"

〔12〕"大雅"句:语本唐李白《古风》之一:"《大雅》久不作,吾衰竟谁陈。"王琦注引杨其贤曰:"《诗·大雅》凡三十六篇。《诗序》云:'雅者,正也,言王政之所由废兴也。'《大雅》不作,则斯文远矣。"这两句诗凸显了清初一部分文人士大夫向往太平盛世、天下大治的心态。

复雨[1]

花枝濛濛日将暮[2],飒飒凉飙起庭树[3]。雨脚射地昼阴晦[4],急溜鸣檐不知数[5]。连年左辅嗟大无[6],有螽多麇仍屡书[7]。良民重累背乡县[8],奸民攻剽成萑苻[9]。天南干戈未宁息[10],男罢农耕女废织。长沙江中多战船[11],祝融峰头尚兵革[12]。羽书日日下山东[13],秸稭转输动千亿[14]。苦竹黄枫猿昼啼[15],舟子征人少颜色[16]。掘冢铸币既不能[17],辗转呼天犹力穑[18]。今年稍稍宜雨旸[19],黍稷扑扑稻叶长[20]。长官鞭扑那敢避[21],努力公家输酒浆[22]。

〔1〕顺治十三年(1656)夏,顺天府与山东一带多雨伤稼,天灾频仍;南明永历政权抗清复明势力在李定国等人的率领下,活跃于云南、广西、湖南一带。诗人蒿目时艰,哀叹民生,反映了古代文人士大夫传统忧患意识的深沉。清惠栋注云:"谨案顺治十三年闰五月,世祖谕吏部曰:'朕惟民资农事以生,必雨旸时若,始能百谷用成。近来阴雨浃月,恐致淫潦伤禾,使百姓失望,每思及此,不胜兢惕。当竭诚祈晴,尔部即察例举行。'"可见当时天灾之严重。
〔2〕花枝濛濛:语本唐顾况《萧郸草书歌》:"上林花开春露湿,花枝濛濛向水垂。"濛濛,迷茫的样子。《诗·豳风·东山》"零雨其濛",汉郑玄笺:"归又道遇雨,濛濛然。"
〔3〕飒(sà 卅)飒:疾速的样子。唐杜甫《石龛》诗:"奈何渔阳骑,

飒飒惊蒸黎。"凉飙起庭树:语本唐任希古《和李公七夕》诗:"落日照高牖,凉风起庭树。"飙(biāo 标),暴风。

〔4〕雨脚:密集落地的雨点。唐杜甫《茅屋为秋风所破歌》:"床头屋漏无干处,雨脚如麻未断绝。"

〔5〕急溜(liù 柳去声):疾速下注的水,又作"急霤"。唐元稹《书异》诗:"瘴云愁拂地,急溜疑注瓶。"

〔6〕左辅:原为汉代京城长安三辅之一左冯翊的别称,以其在京兆尹之左(东)而得名。后世故称京东之地为"左辅"。作者家乡新城在京师(今北京市)东南,这里即以"左辅"代指山东新城一带地域。嗟(jiē 接):表示悲伤的叹词。大无:指荒年。

〔7〕有蜚(fěi 斐):《春秋·庄公十九年》:"秋有蜚。"《左传·隐公元年》:"有蜚,不为灾,亦不书。"蜚,一种食稻花为害的小飞虫。形椭圆,发恶臭,一说即负蠜。多麋:《春秋·庄公十七年》:"冬多麋。"宋戴溪《春秋讲义》卷一下释此三字云:"《春秋》之纪灾异也,鸟兽之害人者悉书于《春秋》,其未尝有而忽有者名之曰'有',若'有蜚'、'有蜮'是也;略有而不足以为害,多则为害,则书之曰'多',若'冬多麋'也,多则害稼矣。若螽之类,有一物则有一物之害,故直以'螽螟'书之,皆所以谨灾异,重民命也。"麋,一种角像鹿、尾像驴、蹄像牛、颈像骆驼的哺乳动物,俗称四不像,吃植物,在古代多则为害庄稼。仍屡书:指灾害屡次被史书或官方文书所记述,形容灾害严重。清惠栋注云:"谨案顺治十三年二月,八旗屯被水、蝗、雹灾。八月丁亥,谕户部曰:畿辅近地,连年荒歉,今岁自夏徂秋,复苦霪雨、飞蝗,民生艰瘁,应即遣官员前往顺天府所属等处,被灾贫民,酌量赈给。"《清史编年》第一卷于顺治十三年八月十二日丁亥下记:"皇太后发宫中'节省银'三万两赈济顺天府水灾贫民。"

〔8〕重累(chóng lěi 崇垒):原指相同的东西层层相积,这里形容灾民众多。背乡县:离乡背井逃荒。

〔9〕攻剽(piāo 飘):侵扰劫夺。《史记·酷吏列传》:"(义纵)为少年时,尝与张次公俱攻剽为群盗。"萑苻(huán pú 环仆):古代泽名,后代指盗贼或草寇。《左传·昭公二十年》:"郑国多盗,取人于萑苻之泽。"杜预注:"萑苻,泽名。于泽中劫人。"

〔10〕天南干戈:指当时活跃于云南、广西一带的南明永历政权李定国等的抗清势力以及东南沿海一带郑成功的抗清势力。

〔11〕长沙:即今湖南长沙。

〔12〕祝融:湖南衡山七十二峰的主峰。与上句长沙皆泛指当时湖南一带,是当时南明永历政权与清兵的争战之地。

〔13〕羽书:即羽檄,古代军事文书,插鸟羽以示紧急,须迅速传递。《史记·韩信卢绾列传》:"陈狶反,邯郸以北皆狶有,吾以羽檄征天下兵,未有至者。"裴骃集解:"魏武帝《奏事》曰:'今边有小警,辄露檄插羽,飞羽檄之意也。'推其言,则以鸟羽插檄书,谓之羽檄,取其急速若飞鸟也。"山东:古代泛称太行山以东地区。

〔14〕秸秅(zhì 至):禾秆,代指军需粮草。转输:运输。

〔15〕"苦竹"句:谓乡村景况萧条。苦竹,又名伞柄竹,笋有苦味,不能食用。黄枫,疑即黄栌,落叶灌木,秋季叶色变红。

〔16〕征人:远行的人。少颜色:表情神色沮丧。

〔17〕掘冢铸币:谓作奸犯科的不法行为。语本《史记·货殖列传》:"其在闾巷少年,攻剽椎埋,劫人作奸,掘冢铸币,任侠并兼,借交报仇,篡逐幽隐,不避法禁,走死地如骛者,其实皆为财用耳。"

〔18〕力穑(sè 涩):务农。穑,收获谷物。

〔19〕宜雨旸(yáng 阳):晴雨适时,气候调和。雨旸,语本《尚书·洪范》:"曰肃,时雨若;曰乂,时旸若。"

〔20〕黍稷:黏黄米与黄米,或谓黏黄米与高粱,为古代主要的农作物。也泛指五谷。扑扑:茂盛的样子。唐白居易《山石榴寄元九》诗:

"杜鹃啼时花扑扑。"

〔21〕鞭扑(pū 潽):用鞭子或棍棒抽打。《国语·鲁语上》:"大刑用甲兵,其次用斧钺,中刑用刀锯,其次用钻笮,薄刑用鞭扑,以威民也。"

〔22〕输酒浆:指向政府缴纳赋税等。酒浆,酒类,代指赋税等。

蚕词四首[1]

青青桑叶映回塘[2],三月红蚕欲暖房[3]。相约明朝南陌去[4],背人先祭马头娘[5]。

〔1〕这四首七绝,约作于顺治十三年(1656)夏秋间,描述农家养蚕劳动生活,拜祭蚕神、春月采桑、喜见结茧与准备缫丝,皆细腻传神,民间气息甚浓,非浮光掠影者所能下笔,反映了作者善于观察、精于选材的艺术眼光。

〔2〕青(jīng 精)青:枝叶茂盛的样子。回塘:曲折的堤岸。一说为环曲的水池。

〔3〕红蚕:老熟的蚕,其体呈红色,故称。宋陆佃《埤雅》卷一一:"《太玄》曰:'红蚕缘于枯桑,其茧不黄。'盖蚕足于叶,三俯三起,二十七日而蚕已老,则红,故谓之红蚕。红蚕以茧自衣,亦或谓之室。"暖房:《汉书·张汤传》"得下蚕室",颜师古注:"凡养蚕者,欲其温而早成,故为密室蓄火以置之。"

〔4〕南陌:南面的道路。南朝梁沈约《鼓吹曲同诸公赋·临高台》:"所思竟何在,洛阳南陌头。"

〔5〕马头娘:民间信仰中的蚕神,其形象多为一少女披马皮,或一少女骑马,旧时民间养蚕,或建小庙专门奉祀。有关蚕神之来源,可参见

《山海经·海外北经》、晋干宝《搜神记》卷一四。

戴胜初来水染蓝[1]，女桑浓叶满江南[2]。谁家少妇青丝笼[3]，知向香闺饲女蚕[4]。

〔1〕戴胜：或作戴鵀、戴任、戴䍃。鸟名，形状似雀，头有冠，五色如方胜，故称。《礼记·月令》："（季春之月）鸤鸠拂其羽，戴胜降于桑。"又《孝经援神契》："戴鵀下，蚕始生。"水染蓝：语本唐白居易《忆江南》词："春来江水绿如蓝。"蓝，蓝草，可制染料。明王世贞《浣溪沙·江南词》："一夜春波酿作蓝，晓桑柔叶绿鬖鬖。"

〔2〕女桑：小桑树。《诗·豳风·七月》："猗彼女桑。"《尔雅·释木》："女桑，桋桑。"晋郭璞注："今俗呼桑树小而条长者为女桑树。"

〔3〕青丝笼：指女子采桑携带的用青丝系牢的筐笼，语本汉乐府《陌上桑》："罗敷喜蚕桑，采桑城南隅。青丝为笼系，桂枝为笼钩。"

〔4〕香闺：青年女子的内室。女蚕：作者自注："俗谓蚕为女儿。弇州诗：柔似女蚕春再浴。"按明王世贞《浣溪沙·闺思》词："柔似女桑春再浴，困如人柳日三眠。"

玉蛾飞飞金茧酥[1]，蚕时几日闭门枢[2]。白苇与侬作璘藉[3]，黄金与侬作跼蹐[4]。

〔1〕玉蛾：对蚕所化蛾的美称。明彭大翼《山堂肆考》卷二〇七"蕊里作房"："坡诗'蜂不禁人采蜜忙，荷花蕊里作蜂房。不知玉蛹甜于蜜，又被诗人嚼作霜。'按蚕化为蛹，蛹化为蛾。"金茧：明李时珍《本草纲目》卷三九："蚕，孕丝虫也，种类甚多……其茧有黄、白二色。"金茧即是对

蚕所结黄色茧的美称。酥:形容物体松软。

〔2〕"蚕时"句:旧时养蚕习俗,蚕结茧时,忌讳生人入门。据说若遇生人冲撞,蚕即僵死。闭门枢,即关门谢客。清姚之骃《元明事类抄》卷四〇"蚕禁"引《西吴枝乘》:"吴兴以四月为蚕月,家家闭户。官府勾摄征收及里闬庆吊,皆罢不行,谓之蚕禁。"宋赵师秀《德安道中》诗:"蚕月人家闭,春山瀑布多。"

〔3〕"白苇"句:清惠栋注引赞宁《物类相感志》:"蚕宜茅,若以白茅作也七结,浴蚕白,舞。以秋时白茅作结后,特蚕房皆起舞,解一结即止。故以露茅藉蚕是也。"白苇,即白茅,多年生草本,花穗上密生白色柔毛,故名。侬(nóng 农),女子自称。璘藉,即蚕箔(一种用竹篾或苇子编成的养蚕器具)。元龙辅《女红馀志》卷上:"蚕箔,一名璘藉。"

〔4〕踟蹰(chí chú 持除):作者自注:"璘藉,蚕箔;踟蹰,梭也。"或作踟蹰,元龙辅《女红馀志》卷上:"梭,一名踟蹰。"以黄金为梭是比喻,形容木所制梭的颜色或自以为贵的珍惜。

鸠鸣屋角桑叶低^[1],三眠四眠蚕始齐^[2]。小姑娇小好闲事^[3],蔟蚕学罢学添梯^[4]。

〔1〕"鸠鸣"句:语本《诗·卫风·氓》:"桑之未落,其叶沃若。于嗟鸠兮,无食桑葚。"桑葚是桑树的果实,桑已结果,点明春夏之交的时序。鸠,鸤鸠,即布谷鸟。

〔2〕"三眠"句:蚕初生至成蛹,蜕皮三四次。蜕皮时,不食不动,成睡眠状态。第三次蜕皮即谓之三眠。详见宋秦观《蚕书·时食》。又明冯梦龙《醒世恒言·施润泽滩阙遇友》:"北蚕三眠,南蚕俱是四眠,眠起饲叶,各要及时。"齐,齐整,这里指蚕作茧。

〔3〕小姑:妻子称丈夫的妹妹。

〔4〕蔟(cù醋)蚕:使老蚕上蔟作茧。蔟,即蚕蔟,束稻麦秆为之,供蚕结茧。添梯:古代缫丝的工具。宋秦观《蚕书·添梯》:"添梯者,二尺五寸片竹也,其上揉竹为钩,以防系。"这里即指缫丝。

南唐宫词六首〔1〕

细雪霏霏落院门〔2〕,金铺鸳鸯早黄昏〔3〕。宫中玉女随君侧〔4〕,抟得春冰带爪痕〔5〕。

〔1〕这六首七绝,约作于于顺治十三年(1656)秋间。南唐(937—975)为五代十国之一,李昪(徐知诰)废吴自立,称帝于金陵,自称唐宪宗李纯之后,改国号为唐,史称南唐。疆土包括今江苏、安徽中南部、江西全省及福建南部、广西北部等地,历中主李璟、后主李煜而亡于宋。作为古代的一种诗体,宫词以描写宫廷生活琐事为主,体裁多为七言绝句,寓褒贬于短小精悍的文字当中,不无意趣。宫词有异于梁陈宫体诗,作者多非"个中人",凭借文献史料驰骋想象,是诗人逞才的天地。与咏史、怀古诗相比,题材专一是其特点。唐代王建有宫词百首,宋胡仔《苕溪渔隐丛话》前集卷二二:"《宫词》凡百绝,天下传播,效此体者,虽有数家,而建为之祖耳。"这六首描写南唐宫廷醉生梦死生活的宫词,对于南唐立国三十九年即一朝覆亡的历史不无微词,属于王士禛的早期作品,可略见其才力。

〔2〕霏霏:雨雪盛集的样子。语本《诗·小雅·采薇》:"今我来思,雨雪霏霏。"

〔3〕金铺:金饰铺首。汉司马相如《长门赋》:"挤玉户以撼金铺兮,声噌吰而似钟音。"李善注:"金铺,以金为铺首也。"吕延济注:"金铺,扉

上有金花,花中作钮镮以贯锁。"铺首,即旧时门上的衔环兽面,常作虎、螭、龟、蛇等形,多为金属制成。甃甓(zhòu昼):用对称的砖瓦砌成的井壁,借指井。宋秦观《水龙吟》词:"卖花声过尽,斜阳院落,红成阵,飞鸳甃。"以上以金铺、鸳甃较有代表性的宫禁事物形容其时其地寂寞景象。

〔4〕玉女:仙女,指耿先生,详下注。

〔5〕"抟(tuán团)得"句:宋陆游《南唐书》卷一七:"耿先生者,父云军大校。耿少为女道士,玉貌鸟爪,常着碧霞帔,自称比丘。先生始因宋齐丘进……尝遇雪拥炉,索金盆贮雪,令宫人握雪成锭,投火中,徐举出之,皆成白金,指痕犹在。"抟,用手捏之成团。

曾邀醉舞媚君王〔1〕,鬓朵珠翘别样妆〔2〕。红烛当筵新破就〔3〕,更将金屑谱《霓裳》〔4〕。

〔1〕"曾邀"句:写南唐后主李煜与周后事。宋陆游《南唐书》卷一六:"后主昭惠国后周氏,小名娥皇,司徒宗之女,十九岁来归。通书史,善歌舞,尤工琵琶。尝为寿元宗前,元宗叹其工,以烧槽琵琶赐之。至于采戏、弈棋,靡不妙绝。后主嗣位,立为后,宠嬖专房……尝雪夜酣燕,举杯请后主起舞,后主曰:'汝能创为新声,则可矣。'后即命笺缀谱,喉无滞音,笔无停思,俄顷谱成,所谓《邀醉舞破》也。又有《恨来迟破》,亦后所制。"

〔2〕"鬓朵"句:宋陆游《南唐书》卷一六言周后在宫中"创为高髻纤裳及首翘鬓朵之妆,人皆效之"。

〔3〕"红烛"句:宋马令《南唐书》卷六:"后主尝演《念家山》旧曲,后复作《邀醉舞》、《恨来迟》新破,皆行于时。"破,唐宋舞乐大曲第三段,其乐歌舞并作,繁声促节,破其悠长,转入繁碎,故名。唐白居易《卧听法曲霓裳》诗:"朦胧闲梦初成后,宛转柔声入破时。"

〔4〕"更将"句：宋陆游《南唐书》卷一六："故唐盛时，《霓裳羽衣》最为大曲，乱离之后，绝不复传。后得残谱以琵琶奏之，于是开元、天宝之遗音复传于世。"金屑，代指周后所爱琵琶。宋陆游《南唐书》卷一六："（周后）卒于瑶光殿，年二十九，葬懿陵。后主哀甚，自制诔，刻之石，与后所爱金屑檀槽琵琶同葬，又作书燔之与诀，自称鳏夫煜，其辞数千言，皆极酸楚。"琵琶上架弦的凹格子称"槽"，以檀木制成，更饰以金屑。唐白居易《寄献北都留守裴令公》诗："银含凿落盏，金屑琵琶槽。"

簟锦鸾绫万卷殊[1]，澄心堂里皂罗厨[2]。保仪玉貌空倾国，妙选深宫但掌书[3]。

〔1〕簟（diàn 淀）锦鸾绫：言宫禁中所藏书画的装裱华贵。宋周密《齐东野语》卷六《绍兴御府书画式》："出等真迹法书，两汉、三国、二王、六朝、隋唐君臣墨迹，用克丝作楼台锦褾，青绿簟文锦里，大姜牙云鸾白绫引首。"簟锦，有竹席纹的丝织物。鸾绫，织有云彩、鸾凤暗纹的白绫。殊，区分，区别。

〔2〕澄心堂：南唐宫禁内殿堂名，后主李煜议政与贮藏书画之所。宋陆游《南唐书》卷三："（后主）又置澄心堂于内苑，引能文士及徐元机、元榆、元枢兄弟居其间，中旨由之而出，中书密院乃同散地。"《大清一统志》卷五一："澄心堂，在上元县城内，南唐建为藏书撰述之所，旧有澄心堂纸。"皂罗：一种黑色质薄的丝织品。宋彭乘《续墨客挥犀·视五色损目》："李氏有江南日，中书皆用皂罗糊屏风，所以养目也。"

〔3〕"保仪"二句：宋马令《南唐书》卷六："后主保仪黄氏，世为江夏人，父守忠，遇乱流徙湘湖，事马氏为裨将。马希萼之难，守忠死之。边镐下湖南，得黄氏，甫数岁，奇其貌，内后宫。后主即位，选为保仪，容态华丽，冠绝当世，顾盼鬈笑，无不妍姣，其书学伎能，皆出于天性。后主虽

属意,会小周专房,由是进御稀而品秩不加,第以掌墨宝而已。"保仪,宫中女官名。倾国,形容美女。《汉书·外戚传上》:"延年侍上起舞,歌曰:'北方有佳人,绝世而独立。一顾倾人城,再顾倾人国。宁不知倾城与倾国,佳人难再得。'"妙选,精选。《汉书·刘辅传》:"妙选有德之世,考卜窈窕之女。"掌书,指职掌文书等。

御沟桃叶水潺潺[1],姊妹承恩并玉颜[2]。花底自成金叶格[3],宫中齐唱《念家山》[4]。

[1] 御沟:流经宫苑的河道。桃叶:指桃叶渡,故址在今江苏南京利涉桥附近的秦淮河口,据说因晋王献之在此送其爱妾桃叶而得名。宋张敦颐《六朝事迹·桃叶渡》:"桃叶者,王献之爱妾名也;其妹曰桃根。"古人多以桃叶、桃根喻美女,这里即暗指南唐后主李煜的大周后、小周后姊妹二人。

[2] 姊妹承恩:南唐后主李煜先后立周宗二女为后,是为大周后、小周后。宋马令《南唐书》卷一一:"(周)宗娶继室,生二女皆国色,继为国后。侈靡之盛,冠于当时。"玉颜:形容女子美丽的容貌。战国楚宋玉《神女赋》:"貌丰盈以庄姝兮,苞温润之玉颜。"

[3] 金叶格:一种类似后世纸牌的游戏。《宋史·艺文六》著录李煜妻周氏《系蒙小叶子格》一卷。明曹学佺《蜀中广记》卷一〇二:"叶子,如今之纸牌酒令,《郑氏书目》有南唐李后主妃周氏编金叶子格,此戏今少传。"清赵翼《陔馀丛考》卷三三《叶子戏》:"马令《南唐书》'李后主妃周氏又编金叶子格',即今之纸牌也。《辽史》称为叶格,见第三卷。则纸牌之戏,唐已有之。"

[4] 念家山:指南唐后主李煜所度《念家山破》新曲。宋马令《南唐书》卷五:"(李煜)又妙于音律,旧曲有《念家山》,王亲演为《念家山

破》,其声焦杀,而其名不祥,乃败征也。"宋陆游《南唐书》卷一六:"又有宫人流珠者,性通慧,工琵琶。后主演《念家山破》及昭惠后所作《邀醉舞》、《恨来迟》二破,久而忘之。后主追念昭惠,问左右无知者,流珠独能追忆,无所忘失,后主大喜。后不知所终。"

花下投签漏滴壶[1],秦淮宫殿浸虚无[2]。从兹明月无颜色,御阁新悬照夜珠[3]。

[1] 投签:《陈书》卷三:"每鸡人伺漏,传更签于殿中,(陈文帝)乃敕送者必投签于阶石之上,令铿然有声,云:'吾虽眠,亦令惊觉也。'"签,即更签,又名更筹,古代夜间报更用的计时竹签。此本为帝王日夜勤于政事的典故,这里系反用,"花下投签"并非勤政,乃夜以继日荒淫无度之意。漏滴壶:形容时间无端流逝。漏壶,古代利用滴水多寡来计量时间的一种仪器,又称漏刻。

[2] 秦淮宫殿:即南唐宫殿,以其建都金陵,故称。虚无:空无所有,意谓国力空虚。

[3] "从兹"二句:宋王铚《默记》卷中:"小说载:江南大将获李后主宠姬者,见灯辄闭目云:'烟气。'易以蜡烛,亦闭目云:'烟气愈甚。'曰:'然则宫中未尝点烛耶?'云:'宫中本阁每至夜,则悬大宝珠,光照一室,如日中也。'观此,则李氏之豪侈可知矣。"

重午龙舟岁岁陈,轻鬼飞燕各如云[1]。瓦官阁下黄花涨[2],别有凌波水上军[3]。

[1] "重午"二句:宋陆游《南唐书》卷三:"元宗(即南唐中主李璟)

时,许郡县村社竞渡,每岁重午日,官阅试之,胜者给彩帛银碗,皆籍姓名。"重午,即端午节,又称端阳节、端五节、重五节、重午节、天中节、浴兰节、地腊等,始于先秦,汉代以后,将此节定为农历每年的五月初五,与春节、中秋节共同构成我国民间三大传统节日。南朝梁宗懔《荆楚岁时记》:"是日竞渡,采杂药。"有注云:"按五月五日竞渡,俗为屈原投汨罗日,伤其死所,故命舟楫以拯之。舸舟取其轻利,谓之飞凫。"龙舟,饰龙形的大船,这里即指为端午竞渡而造者。轻凫飞燕,指代参加竞渡的赛船,取其轻便意。

〔2〕"瓦官阁"句:喻指南唐为宋所灭。宋马令《南唐书》卷五:"升元寺阁崇构,因山为基,高可十丈,平旦阁影半江,梁时为瓦棺阁,至南唐,民俗犹因其名。士大夫暨豪民富商之家美女少妇避难于其上,迨数百人,越兵举火焚之,哭声动天,一旦而烬。大将曹彬整军成列,至其宫门,门开,国主(即南唐后主李煜)跪拜纳降,彬答拜,为之尽礼。"又宋陆游《南唐书》卷三:"王师(指宋军)次采石矶,作浮桥成,长驱渡江,遂至金陵。每岁大江春夏暴涨,谓之黄花水,及王师至,而水皆缩小,国人异之。"瓦官阁,《江南通志》卷三〇:"瓦官阁在江宁县城西南隅瓦官寺。"其故址在今南京市中华门内西南隅花盝冈南。东晋时始建瓦官寺,梁武帝继筑台殿,更名瓦官阁。王士禛《渔洋文集》卷四《游瓦官寺记》:"金陵城西南隅最幽僻处,古瓦官寺在焉。邓太史元昭招予结夏万竹园,园与寺邻……太史谓瓦官旧在城外,濒于江,明初广拓都城,始入城内云。"

〔3〕凌波水上军:即凌波军,南唐在被宋军围攻中临时组建的十三种杂牌军名目之一,系取往年端阳竞渡中的优胜舟子为之。宋马令《南唐书》卷五:"保大中,许郡县村社竞渡,每岁端午,官给彩缎,俾两两较其迟速,胜者加以银碗,谓之打标,舟子皆籍其名。至是尽搜为卒,谓之凌波军。"此诗后二句明显意含讽刺。

冬日偶然作四首[1]

太史下蚕室[2],坎壈谁见知[3]。发愤传《货殖》[4],千古同悲噫[5]。郭纵出铸冶[6],翁伯起贩脂[7]。洒削既鼎食[8],胃脯亦连骑[9]。志士守蓬萝[10],不如交马医[11]。索带披敝裘[12],不如规鱼陂[13]。

〔1〕这四首古诗作于顺治十三年(1656)冬日。以历史人物或历史事件为题材创作诗歌,称为咏诗史。《晋书·袁宏传》:"宏有逸才,文章绝美,曾为《咏史》诗,是其风情所寄。"用古人酒杯浇自己心中块垒,是历代咏诗史的特色。这四首"偶然作"虽未标"咏史"之名,实则借古人事抒发向往社会公平的理想,可归入"咏史"一类。四诗分别借司马迁、灌夫、卫青、李广以及王方平几位历史人物事纵横议论,饶有生气。以阅历而言,诗人未必对社会有多少深刻认识;但读史有得,融会贯通,亦非无病呻吟。这也正是四诗的认识价值所在。

〔2〕"太史"句:谓汉司马迁因李陵事而受腐刑(即宫刑)。汉武帝天汉二年(前98),太史令司马迁以为李陵投降匈奴辩护而获罪,受腐刑,为完成《史记》的撰述,"隐忍苟活"。事见司马迁《报任少卿书》。太史,即太史令,秦汉官名,为太史署之长官,隶属太常,掌天文历法,秩六百石。司马迁于汉武帝元封三年(前108)承父司马谈之职,任太史令。蚕室,古代执行腐刑及受腐刑者所居之狱室。司马迁《报任少卿书》:"李陵既生降,陨其家声,而仆又佴之蚕室,重为天下观笑。"《汉书·张安世传》"得下蚕室",颜师古注:"谓腐刑也。凡养蚕者,欲其温而早成,

故为密室蓄火以置之。而新腐刑亦有中风之患,须入密室乃得以全,因呼为蚕室耳。"

〔3〕坎壈(lǎn 览):困顿;不得志。

〔4〕"发愤"句:宋晁公武《郡斋读书志》卷二上:"其述《货殖》,崇势利而羞贫贱者,盖迁自伤特以贫故不能自免于刑戮,故曰'千金之子,不死于市',非空言也。"《明文衡》卷四六赵汸《读货殖传》:"后人但谓子长陷于刑法,无财可赎,故发愤作《货殖传》,岂为知太史哉!虽然,迁之言亦激矣。"发愤,发泄愤懑。《汉书·司马迁传》:"既陷极刑,幽而发愤,书亦信矣。"货殖,即《货殖列传》,《史记》中篇名,多述货财蓄息与治生之道。

〔5〕悲噫:悲痛叹息。

〔6〕"郭纵"句:谓郭纵因从事冶铁而致富。语本《史记·货殖列传》:"邯郸郭纵以铁冶成业,与王者埒富。"

〔7〕"翁伯"句:谓翁伯因贩运膏脂而起家。语本《史记·货殖列传》:"贩脂,辱处也,而雍伯千金。"裴骃《集解》:"徐广曰:雍,一作翁。"

〔8〕"洒削"句:谓郅氏通过洒水磨刀之技而成为富家。语本《史记·货殖列传》:"洒削,薄技也,而郅氏鼎食。"司马贞《索隐》:"洒削,谓摩刀以水洒之。"鼎食,列鼎而食,原指世家大族的豪奢生活,这里即指富家生活。

〔9〕"胃脯(fǔ 府)"句:谓浊氏因贩买干羊肚而暴富。语本《史记·货殖列传》:"胃脯,简微耳,浊氏连骑。"司马贞《索隐》:"晋灼云:太官常以十月作沸汤煠羊胃,以末椒姜粉之讫,暴使燥,则谓之脯,故易售而致富。"连骑,形容骑从之盛,喻指暴富。

〔10〕守蓬荜:指过穷苦生活。蓬荜,茅屋草舍。宋范浚《香溪集》卷三《苦寒行》诗:"我衣穿空垂百结,蓬荜盖头四壁裂。"

〔11〕马医:专治马病的兽医。语本《史记·货殖列传》:"马医浅

方,张里击钟。"又《列子·说符》:"从马医作役而假食。"

〔12〕"索带"句:指过贫寒清苦的生活。语本《列子·天瑞》:"孔子游于太山,见荣启期行乎郕之野,鹿裘带索,鼓琴而歌。"索带,同带索,用绳索为衣带。敝裘,破旧的皮衣。

〔13〕规鱼陂(bēi悲):规划池塘养鱼以牟利。语本《史记·货殖列传》:"水居千石鱼陂。"张守节《正义》:"言陂泽养鱼,一岁收得千石鱼卖也。"又《史记·货殖列传》:"宛孔氏之先,梁人也,用铁冶为业。秦伐魏,迁孔氏南阳。大鼓铸,规陂池,连车骑,游诸侯,因通商贾之利,有游闲公子之赐与名。"鱼陂,养鱼的池塘。

我爱灌仲孺〔1〕,意气薄云天〔2〕。长啸入吴军,指顾坚壁穿。长戟郁龙蟠,怒骑如风旋。声名冠诸侯,皆曰夫夫贤〔3〕。魏其势既落〔4〕,田氏宠益专〔5〕。朝请考工地〔6〕,夕夺城南田〔7〕。丞相故宾客,顾盼忽屡迁〔8〕。笑骂顾四筵,殊不值一钱〔9〕。当时膝席子,岌岌皆危冠〔10〕。

〔1〕灌仲孺:即灌夫(?—前131),字仲孺,汉颍阴(今河南许昌)人。事见《史记·魏其武安侯列传》、《汉书·窦田灌韩传》。

〔2〕意气:志向与气概。薄:逼近。《史记·魏其武安侯列传》:"灌夫为人刚直使酒,不好面谀……稠人广众,荐宠下辈。士亦以此多之。夫不喜文学,好任侠,已然诺。诸所与交通,无非豪杰大猾。"

〔3〕"长啸"六句:汉景帝前三年(前154),吴、楚反,灌夫随同其父校尉灌孟出征,其父战死,灌夫不肯随丧归,募壮士及从奴驰入吴军,杀伤数十人,自身中大创十馀,以此名闻天下。事见《史记·魏其武安侯列传》。指顾,一指一瞥之间,形容时间短暂、迅速。坚壁,指吴军坚固的壁

垒。郁,这里形容吴军武器丛集。龙蟠,同"龙盘",如龙之盘卧,这里形容吴军营垒绵延严整。怒骑如风旋,形容灌夫驰马冲击吴军营垒的雄姿。诸侯,汉代皇子被封为王,称诸侯王。夫(fú 扶)夫(fū 肤),这个男子,语本《礼记·檀弓上》:"曾子指子游而示人曰:'夫夫也,为习于礼者。'"郑玄注:"夫夫,犹言此丈夫也。"

〔4〕魏其(jī击):即窦婴(?—前131),汉观津(今河北武邑东南)人,为汉文帝皇后(史书称窦太后)从兄之子,以外戚封魏其侯,曾一度为丞相,窦太后死后,其势力渐衰。后因与武安侯田蚡交恶,被杀。事见《史记·魏其武安侯列传》、《汉书·窦田灌韩传》。

〔5〕田氏:即田蚡(?—前131),汉长陵(今陕西咸阳东北)人,为汉景帝皇后(史书称王太后)同母弟,曾谄事窦婴,以外戚封武安侯,势力渐超越窦婴。窦太后死后,田蚡为丞相,受宠幸,日益骄奢。后因灌夫使酒骂座,与窦婴交恶,陷害窦婴弃市,自己也随之惊吓而亡。事见《史记·魏其武安侯列传》、《汉书·窦田灌韩传》。

〔6〕"朝请"句:田蚡作丞相后,权势甚至超越汉武帝,曾经为扩大住宅向武帝求索少府考工室地界,未得逞。事本《史记·魏其武安侯列传》:"尝请考工地益宅,上怒曰:'君何不遂取武库!'是后乃退。"

〔7〕"夕夺"句:丞相田蚡曾向窦婴索要其城南田,被拒绝,田蚡从此与窦婴、灌夫结怨。事本《史记·魏其武安侯列传》:"丞相尝使籍福请魏其城南田。魏其大望曰:'老仆虽弃,将军虽贵,宁可以势夺乎!'不许。灌夫闻,怒,骂籍福。"

〔8〕"丞相"二句:谓丞相窦婴失势后,原来的宾客随从都归向武安侯田蚡。事本《史记·魏其武安侯列传》:"武安侯虽不任职,以王太后故,亲幸,数言事多效,天下吏士趋势利者,皆去魏其归武安,武安日益横。"顾盼,观望,这里有揣度时势之意。屡迁,多次变易。

〔9〕"笑骂"二句:田蚡娶燕王女为夫人,窦婴、灌夫参加婚宴,田蚡

行酒为寿,众客皆避席,表示尊敬;窦婴行酒为寿,只有故人避席,其馀人皆半膝席(不如避席礼重),引起灌夫不悦。灌夫自起行酒,至田蚡,田蚡以"不能满觞"为辞,已令灌夫愤怒;又行酒至临汝侯窦贤,窦贤正与程不识耳语,没有避席,灌夫大骂窦贤:"生平毁程不识不值一钱,今日长者为寿,乃效女儿呫嗫耳语!"灌夫使酒骂座后,又不向田蚡谢罪,终于引来杀身之祸。事本《史记·魏其武安侯列传》。四筵,即四座,这里指四周筵席上人。殊,竟然。

〔10〕"当时"二句:指对窦婴不够恭敬的田蚡婚宴参加者,都是当时职高位重的官员。膝席,古人席地而坐,膝席即跪在席上,直起身子,又名长跪。膝席子即指代田蚡一方的人。岌(jí及)岌,高耸的样子。危冠,古代的高冠,这里喻指有权势的大官。战国楚屈原《离骚》:"高余冠之岌岌兮。"

郑季有孽子,少小为人奴〔1〕。骑从平阳主〔2〕,给事建章居〔3〕。朝拜大将军〔4〕,封侯诧钳徒〔5〕。遂复还尚主〔6〕,赐第耀通衢〔7〕。陇西老飞将〔8〕,猿臂雄万夫〔9〕。白首不得侯〔10〕,心折幕府书〔11〕。谁能对刀笔,临风自捐躯〔12〕。天道有如此〔13〕,千古同欷歔〔14〕。

〔1〕"郑季"二句:谓汉代卫青出身。语本《史记·卫将军骠骑列传》:"大将军卫青者,平阳人也。其父郑季,为吏,给事平阳侯家,与侯妾卫媪通,生青。青同母兄卫长子,而姊卫子夫自平阳公主家得幸天子,故冒姓为卫氏,字仲卿……青为侯家人,少时归其父,其父使牧羊。先母(郑季本妻)之子皆奴畜之,不以为兄弟数。"卫青(?—前106),字仲卿,河东平阳(今山西临汾西南)人。后以同母姊卫子夫得幸汉武帝,由建

章监历大中大夫、车骑将军,又以屡击匈奴有功,封长平侯,拜大将军,战功卓著,是西汉名将。孽(niè聂)子,古人称非正妻所生之子。

〔2〕"骑(jì记)从"句:语本《史记·卫将军骠骑列传》:"青壮,为侯家骑,从平阳主。"骑从,骑马的随从。平阳主,汉武帝的姐姐阳信长公主初嫁平阳侯曹寿,故称平阳主。

〔3〕"给事"句:谓卫青以同母姊卫子夫得幸汉武帝而供职建章宫。语本《史记·卫将军骠骑列传》:"青时给事建章宫,未知名。"给事,供职。建章宫,汉代上林苑宫名。

〔4〕"朝(cháo潮)拜"句:汉元光五年(前130),汉武帝任命卫青为车骑将军,元朔五年(前124),卫青大败匈奴有功,《史记·卫将军骠骑列传》:"天子使使者持大将军印,即军中拜车骑将军青为大将军,诸将皆以兵属大将军。"朝,这里指朝廷。

〔5〕"封侯"句:卫青未贵时,曾至甘泉居室,一钳徒替卫青相面,说他:"贵人也,官至封侯。"汉元光六年(前129)卫青以击匈奴功赐爵关内侯,汉元朔二年(前127)封长平侯。事见《史记》、《汉书》本传。诧(chà岔),惊讶。钳徒,被施钳刑而为徒众的人。钳,古代刑罚中束颈的铁圈。

〔6〕"遂复"句:谓卫青娶汉武帝姐长公主为妻。语本《汉书·卫青霍去病传》:"初,青既尊贵,而平阳侯曹寿有恶疾,就国。长公主问:'列侯谁贤者?'左右皆言大将军。主笑曰:'此出吾家,常骑从我,奈何?'左右曰:'于今尊贵无比。'于是长公主风白皇后,皇后言之,上乃召青尚平阳主。"尚,封建社会指娶公主为妻。

〔7〕赐第:指汉武帝为卫青治府第。通衢:四通八达的道路。

〔8〕"陇西"句:谓李广(?—前119)。语本《史记·李将军列传》:"李将军广者,陇西成纪人也……广居右北平,匈奴闻之,号曰'汉之飞将军',避之数岁,不敢入右北平。"陇西成纪,今甘肃秦安。

〔9〕猿臂:语本《史记·李将军列传》:"广为人长,猿臂,其善射亦

天性也。"雄万夫:形容极其雄健,有万夫不当之勇。

〔10〕"白首"句:谓李广英勇善战,但始终不得封侯。语本《史记·李将军列传》:"广尝与望气王朔燕语,曰:'自击匈奴而广未尝不在其中,而诸部校尉以下,才能不及中人,然以击胡军功取侯者数十人,而广不为后人,然无尺寸之功以得封邑者,何也?岂吾相不当侯邪?且固命也!'"

〔11〕"心折"句:汉元狩四年(前119),李广随大将军卫青出击匈奴,为前将军,获得杀敌立功的机会。但卫青暗中受汉武帝指示,认为李广命运不佳,年纪又老,不让他前锋当敌,命令李广迁回东道,李广不愿服从,卫青就"令长史封书于广之幕府",命其如文牒指示走东道,结果李广"意甚愠怒而就部"。事见《史记》本传。心折,中心摧折,形容伤感到极点。幕府,将帅在外的营帐,也泛指大吏的府署。

〔12〕"谁能"二句:李广出东道击匈奴,迷失道路,失去战机,卫青"使长史急责广之幕府对簿",李广对自己部下说:"广结发与匈奴大小七十馀战,今幸从大将军出接单于兵,而大将军又徙广部行回远,而又迷失道,岂非天哉!且广年六十馀矣,终不能复对刀笔之吏。"说完,拔刀自尽而亡。事见《史记》本传。刀笔,即刀笔吏,掌管文案的官吏。刀笔为古代书写工具,汉代多于竹简上书写,有误则用刀削去,故称刀笔吏。

〔13〕天道:天理,天意。

〔14〕歔欷:叹息。

吾家有方平[1],雅志托林壑[2]。拂衣早归耕[3],貂裘行采药[4]。卜筑沃川墅[5],垂钓上虞郭[6]。邈矣孔阮俦[7],遐哉箕颍乐[8]。琅琊多龙鸾[9],羡此云中鹤[10]。

〔1〕吾家:我的同宗,这里是同姓的意思。方平:即王弘之(365—

427),字方平,琅邪(今山东临沂)人。曾仕晋为乌程令、卫军参军,南朝刘宋时,屡荐不就官,性好山水,归耕以终。事见《宋书·隐逸传》。

〔2〕雅志:平素的意愿。托林壑:寄身林壑,即退隐。林壑,山林涧谷。

〔3〕拂衣:振衣而去,谓归隐。晋殷仲文《解尚书表》:"进不能见危授命,忘身殉国;退不能辞粟首阳,拂衣高谢。"

〔4〕"貂裘"句:语本《宋书·隐逸传》:"(王弘之)家在会稽上虞。从兄敬弘为吏部尚书……敬弘尝解貂裘与之,即着以采药。"貂裘,貂皮制成的衣裘,较为贵重。

〔5〕卜筑:择地建筑住宅,有定居意。沃川:在今浙江上虞西南,南朝属始宁县。《宋书·隐逸传》:"始宁沃川有佳山水,弘之又依岩筑室。"

〔6〕"垂钓"句:语本《宋书·隐逸传》:"性好钓,上虞江有一处名三石头,弘之常垂纶于此。"上虞,在今浙江省东北部,北临杭州湾。郭,外城,这里即指郊外。

〔7〕邈矣:高远超卓的意思。孔阮俦(chóu 酬):孔淳之、阮万龄同类人。孔淳之(372—430),字彦深,鲁郡鲁(今山东曲阜)人,居会稽(今浙江绍兴),性好山水,屡辞官不就。事见《宋书·隐逸传》。阮万龄(377—448),陈留尉氏(今属河南)人,居会稽,少知名。事见《宋书·隐逸传》。《宋书·隐逸传》载谢灵运与庐陵王义真笺曰:"会境既丰山水,是以江左嘉遁,并多居之。但季世慕荣,幽栖者寡,或复才为时求,弗获从志。至若王弘之拂衣归耕,逾历三纪;孔淳之隐约穷岫,自始迄今;阮万龄辞事就闲,纂成先业;浙河之外,栖迟山泽,如斯而已。"

〔8〕遐:高远。箕颖乐:隐居者的乐趣。语本晋皇甫谧《高士传》卷上:"许由字武仲,阳城槐里人也。为人据义履方,邪席不坐,邪膳不食,后隐于沛泽之中,尧让天下于许由……由于是遁耕于中岳颍水之阳、箕

山之下。"

〔9〕龙鸾:龙与凤,多喻贤士。《宋书》中,王弘之、颜延之、颜峻、王僧达、颜师伯、王景文、王素等皆是琅邪临沂人,故称。琅琊,通"琅邪"。

〔10〕云中鹤:即云中白鹤,比喻品格高洁、志向高远的人。南朝宋刘义庆《世说新语·赏誉》:"公孙度目邴原:所谓云中白鹤,非燕雀之网所能罗也。"

秋柳四首[1]

秋来何处最销魂[2],残照西风白下门[3]。他日差池春燕影[4],只今憔悴晚烟痕[5]。愁生陌上《黄骢曲》[6],梦远江南乌夜村[7]。莫听临风三弄笛,玉关哀怨总难论[8]。

〔1〕《秋柳》四首作于顺治十四年(1657)八月间,作者时年二十四岁。王士禛《蚕尾续文集》卷二《菜根堂诗集序》:"顺治丁酉秋,予客济南。时正秋赋,诸名士云集明湖。一日,会饮水面亭,亭下杨柳十馀株,披拂水际,绰约近人。叶始微黄,乍染秋色,若有摇落之态。予怅然有感,赋诗四章,一时和者数十人。又三年,予至广陵,则四诗流传已久,大江南北和者益众,于是《秋柳》诗为艺苑口实矣。"作者对于此四诗之写作沾沾自喜,晚年提及,尚顾盼自雄。《渔洋诗话》卷上:"余少在济南明湖水面亭,赋《秋柳》四章,一时和者甚众。后三年官扬州,则江南北和者,前此已数十家,闺秀亦多和作。南城陈伯玑(允衡)曰:'元倡如初写《黄庭》,恰到好处,诸名士和作皆不能及。'"有关此四章写作用心,众人猜测纷纭,李兆元《渔洋山人秋柳诗旧笺》云:"此先生悼明亡之作。第

一首追忆太祖开国时,后三首皆咏福王近事也。"可作一家之言。作者一时兴到之举,却取得意想不到的巨大成功,是促使作者以后向神韵说迈进的动力。《秋柳》四章那种欲说还休的诗歌语言、含蓄模糊的意象组合,都造成一种半吞半吐的朦胧感,恰与那一时代士人阶层极力向内心世界逃避人生的趋向合拍,从而获得心有灵犀一点通的南北唱和效应。神韵说多少染有一丝感伤色彩,并带有强烈的内向性,应当说与作者早年《秋柳》诗实践活动的成功密切相关。

〔2〕销魂:灵魂仿佛离开肉体,形容极其哀愁或欢乐。此处形容极其哀愁。《渔洋诗集》卷三录此四诗前有小序云:"昔江南王子,感落叶以兴悲;金城司马,攀长条而陨涕。仆本恨人,性多感慨。寄情杨柳,同《小雅》之仆夫;致托悲秋,望湘皋之远者。偶成四什,以示同人,为我和之。丁酉秋日北渚亭书。"

〔3〕残照西风:语本唐李白《忆秦娥》词:"西风残照,汉家陵阙。"白下门:故址在今江苏南京城东,见宋杨伯岩《六帖补》卷九。唐李白《金陵白下亭留别》诗:"驿亭三杨树,正当白下门。"又南京旧称"白下"、"白门",李白《杨叛儿》诗:"何许最关情,乌啼白门柳。"

〔4〕他日:昔日,以往。与下句"只今"属对。差(cī疵)池:参差不齐的样子。《诗·邶风·燕燕》:"燕燕于飞,差池其羽。"又南朝梁沈约《江南弄四首·阳春曲》:"烟柳垂地燕差池。"

〔5〕憔悴晚烟痕:语本唐李商隐《离亭赋得折杨柳二首》:"含烟惹雾每依依,万绪千条拂落晖。为报行人休尽折,半留相送半迎归。"

〔6〕"愁生"句:从春日杨柳写起,楼头思妇见陌头杨柳之色而为从征远方的丈夫忧心生愁。语本唐王昌龄《闺怨》:"闺中少妇不知愁,春日凝妆上翠楼。忽见陌头杨柳色,悔教夫婿觅封侯。"黄骢曲,即《黄骢叠》,唐段安杰《乐府杂录·黄骢叠》:"太宗定中原时所乘战马也。后征辽,马毙,上叹惜,乃命乐工撰此曲。"这里以《黄骢曲》代表征战之事。

李兆元《渔洋山人秋柳诗旧笺》认为此句"以唐太宗比明太祖,追忆创业之艰,而伤后人不能继也",似多附会,故以下诗句之相关解释不再征引。

〔7〕"梦远"句:以乌夜啼的凄清景象关合秋柳的衰微之态。上引"乌啼白门柳"诗句以及古乐府《杨叛儿》"杨柳可藏乌"诗句等是这种意象生成的基础。乌夜村,明王鏊《姑苏志》卷五七:"晋穆帝皇后,何准女,居昆山南村。一夕生后,群乌惊鸣,明日赦下,又鸣。今名其地乌夜村。"

〔8〕"莫听"二句:用有关吹笛的典故渲染杨柳的哀怨与离愁意绪。三弄笛,南朝宋刘义庆《世说新语·任诞》:"王子猷出都,尚在渚下。旧闻桓子野善吹笛,而不相识。遇桓于岸上过,王在船中,客有识之者云:'是桓子野。'王便令人与相闻云:'闻君善吹笛,试为我一奏。'桓时已贵显,素闻王名,即便回下车,踞胡床,为作三调。弄毕,便上车去,客主不交一言。"玉关,即玉门关,故址在今甘肃敦煌以西,为古代通往西域的要道。唐王之涣《凉州词》:"黄河远上白云间,一片孤城万仞山。羌笛何须怨杨柳,春风不度玉门关。"又北朝乐府《鼓角横吹曲》有《折杨柳枝》:"上马不促鞭,反拗杨柳枝。下马吹横笛,愁杀行客儿。"古人诗中常将怨别与杨柳、笛声三者相联系。论(lún 伦),评定。此处读阳平声。

娟娟凉露欲为霜〔1〕,万缕千条拂玉塘〔2〕。浦里青荷中妇镜〔3〕,江干黄竹女儿箱〔4〕。空怜板渚隋堤水〔5〕,不见琅琊大道王〔6〕。若过洛阳风景地,含情重问永丰坊〔7〕。

〔1〕娟娟:柔美飘动的样子。凉露欲为霜:语本《诗·秦风·蒹葭》:"白露为霜。"

〔2〕万缕千条:语本唐刘禹锡《杨柳枝词》:"千条金缕万条丝。"玉塘:池塘的美称。

〔3〕"浦里"句：以荷叶青翠光鲜可作镜，喻柳树茂盛时的绿色。宋郭茂倩《乐府诗集》卷七五录梁江从简《采荷调》，引《乐府广题》曰："梁太尉从事中郎江从简，年十七，有才思，为《采荷调》以刺何敬容，敬容览之，不觉嗟赏，爱其巧丽。敬容时为宰相。"其词曰："欲持荷作柱，荷弱不胜梁。欲持荷作镜，荷暗本无光。"浦，港汊水湾。中妇，次子之妻，这里泛指女子。

〔4〕"江干"句：以黄竹之色喻秋柳"叶始微黄"的状态。宋郭茂倩《乐府诗集》卷四七《黄竹子歌》："江边黄竹子，堪作女儿箱。一船使两桨，得娘还故乡。"

〔5〕板渚隋堤：《隋书·食货志》："又自板渚引河达于淮、海，谓之御河，河畔筑御道，树以柳。"又《江南通志》卷三三："隋堤在江都县，隋大业初，开邗沟入江，渠广四十步，旁筑御道，树以杨柳，时谓之隋堤。"板渚，在今河南荥阳附近黄河南岸。《河南通志》卷五二："板渚：在汜水县城东北二十里，隋炀帝自此引河入汴。"

〔6〕琅琊大道王：作者自注："借用乐府语，桓宣武曾为琅琊。"语本宋郭茂倩《乐府诗集》卷二五《琅琊王歌辞》："琅琊复琅琊，琅琊大道王。鹿鸣思长草，愁人思故乡。"又南朝宋刘义庆《世说新语·言语》："桓公北征经金城，见前为琅琊时种柳，皆已十围。慨然曰：'木犹如此，人何以堪！'攀枝执条，泫然流泪。"

〔7〕"若过"二句：用唐白居易《杨柳词》诗意及其本事，抒发怀古幽思。白居易《杨柳枝词》："一树春风千万枝，嫩于金色软于丝。永丰西角荒园里，尽日无人属阿谁。"题下注云："《云溪友议》：居易有妓樊素善歌，小蛮善舞。尝为诗曰：'樱桃樊素口，杨柳小蛮腰。'年既高迈，而小蛮方丰艳，因《杨柳词》以托意云。"永丰坊，唐代洛阳坊巷名。

东风作絮糁春衣[1]，太息萧条景物非[2]。扶荔宫中花事尽〔3〕,灵和殿里昔人稀〔4〕。相逢南雁皆愁侣〔5〕,好语西乌莫夜飞〔6〕。往日风流问枚叔,梁园回首素心违〔7〕。

〔1〕絮:柳絮,或称杨花。糁(sǎn伞):散开,洒落。唐杜甫《绝句漫兴》之七:"糁径杨花铺白毡。"

〔2〕"太息"句:语本唐杜甫《送韩十四江东省觐》诗:"太息人间万事非。"萧条,寂寞冷落。

〔3〕扶荔宫:《三辅黄图》卷三:"扶荔宫在上林苑中,汉武帝元鼎六年破南越,起扶荔宫(宫以荔枝得名),以植所得奇草异木。"花事:有关花的情事。

〔4〕灵和殿:南朝齐宫殿名。《南史·张绪传》:"刘悛之为益州,献蜀柳数株,枝条甚长,状若丝缕。时旧宫芳林苑始成,武帝以植于太昌灵和殿前,常赏玩咨嗟,曰:'此杨柳风流可爱,似张绪当年时。'其见赏爱如此。"

〔5〕南雁:南归的大雁。点明秋令。

〔6〕西乌莫夜飞:宋郭茂倩《乐府诗集》卷四九有《西乌夜飞》五首,抒写男女相慕之情。其题下有注云:"《古今乐录》曰:《西乌夜飞》者,宋元徽五年荆州刺史沈攸之所作也。攸之举兵发荆州,东下未败之前,思归京师,所以歌。"杨柳与乌关联,参见本组诗第一首注〔7〕。

〔7〕"往日"二句:用西汉辞赋家枚乘在梁孝王园中撰写《柳赋》事。旧题晋葛洪撰《西京杂记》卷四:"梁孝王游于忘忧之馆,集诸游士,各使为赋,枚乘为《柳赋》。"风流,形容文学作品超逸佳妙。枚叔,即枚乘(?—前140?),字叔,西汉淮阴(今江苏清江西南)人,为梁孝王刘武的文学侍从,以辞赋造诣最高。近人辑有《枚叔集》。梁园,故址在今河南开封。《河南通志》卷五一《开封府》:"梁园在府城东南,一名梁苑,汉梁孝王游赏之所。"忘忧之馆或在梁园中。素心,平素的心愿。违,不如意。

桃根桃叶镇相怜[1],眺尽平芜欲化烟[2]。秋色向人犹旖旎[3],春闺曾与致缠绵[4]。新愁帝子悲今日[5],旧事公孙忆往年[6]。记否青门珠络鼓,松枝相映夕阳边[7]。

〔1〕"桃根"句:以古代美女比喻秋柳情态宜人。宋郭茂倩《乐府诗集》卷四五录《桃叶歌三首》,题下有注云:"《古今乐录》曰:《桃叶歌》者,晋王子敬之所作也。桃叶,子敬妾名,缘于笃爱,所以歌之。《隋书·五行志》曰:陈时江南盛歌王献之《桃叶词》云:'桃叶复桃叶,渡江不用楫。但渡无所苦,我自迎接汝。'"又一首云:"桃叶复桃叶,桃树连桃根。相怜两乐事,独使我殷勤。"宋张敦颐《六朝事迹·桃叶渡》:"桃叶者,王献之爱妾名也,其妹曰桃根。"镇,常。相怜,相爱。

〔2〕平芜:草木丛生的平旷原野。烟:柳树枝叶茂密似笼一层烟雾,称柳烟。

〔3〕旖旎(yǐ nǐ 倚你):柔和美好。魏王粲《柳赋》:"览兹树之丰茂,纷旖旎以修长。"又唐李白《愁阳春赋》:"何垂杨旖旎之愁人。"

〔4〕"春闺"句:化用唐王昌龄《闺怨》诗意,参见第一首注〔6〕。缠绵,情意深厚。

〔5〕"新愁"句:三国魏曹丕《柳赋》序云:"昔建安五年,上与袁绍战于官渡,时余始植斯柳,自彼迄今十有五载矣。感物伤怀,乃作斯赋。"帝子,帝王之子,指魏文帝曹丕。曹丕父曹操生前未称帝,曹即位后追尊曹操为魏武帝,以"帝子"称曹丕略为勉强。或谓此句语本《楚辞·九歌·湘夫人》:"帝子降兮北渚,目眇眇兮愁予。袅袅兮秋风,洞庭波兮木叶下。"亦通,惟"悲今日"难释。

〔6〕"旧事"句:《汉书·五行志》:"昭帝时,上林苑中大柳树断仆地,一朝起立生枝叶,有虫食其叶,成文字曰'公孙病已立'。"汉昭帝卒,

汉宣帝刘询即位,刘询原名病已,为汉武帝曾孙,兴自民间。

〔7〕"记否"二句:语本宋郭茂倩《乐府诗集》卷四九《杨叛儿》八首之四:"七宝珠络鼓,教郎拍复拍。黄牛细犊儿,杨柳映松柏。"青门,汉代长安城门之一。《三辅黄图》卷一《都城十二门》:"长安城东出南头第一门曰霸城门,民见门色青,名曰青城门,或曰青门。"这里系借用,泛指城郭,与《杨叛儿》无涉。珠络鼓,饰以缀珠的鼓,喻华美。

读史杂感八首[1]

王谢乌衣六代同[2],名家龙虎盛江东[3]。可怜东邸鸾舆出[4],仆射终当愧侍中[5]。

〔1〕这一组咏史诗八首写于顺治十五年(1658)。这一年王士禛补行殿试,考中二甲第三十六名进士。春风得意之馀,不忘读书,南北朝史,头绪纷纭,梳理之馀,发为诗歌,议论纵横,眼界开阔,左右逢源,信手拈来,气势自然非同一般。而表彰忠义,讥讽昏庸、内乱、淫乐,痛下针砭,更可见诗人年轻时之胸襟与抱负。

〔2〕此诗吟咏六朝王、谢世家,内寓褒贬。王谢乌衣:王氏、谢氏为六朝望族,东晋时多居住于建康(今江苏南京)秦淮河南的乌衣巷,王谢乌衣即代表世家贵族。唐刘禹锡《乌衣巷》诗:"朱雀桥边野草花,乌衣巷口夕阳斜。旧时王谢堂前燕,飞入寻常百姓家。"六代:即六朝,三国吴、东晋与南朝宋、齐、梁、陈,皆相继建都建康(吴名建业),故称。

〔3〕名家龙虎:谓世家望族中多英雄俊杰。宋刘清之《戒子通录》卷三载王僧虔《戒子书》:"于时王家门中,优者龙凤,劣犹虎豹,失荫之后,岂龙虎之仪?况吾不能为汝荫,政应各自努力耳。"江东:或称江左,

长江下游以东地区,为东晋、南朝宋、齐、梁、陈五朝之基业所在。

〔4〕"可怜"句:谓南朝宋顺帝刘准禅位于齐高帝萧道成事。《南齐书·高帝纪》:"是日宋帝逊于东邸,备羽仪,乘画轮车出东掖门。问:'今日何不奏鼓吹?'左右莫有答者。"鸾舆,天子的乘舆。

〔5〕仆射(yè夜):官名,即尚书仆射,职掌历代不同,位在尚书下。这里指王俭(452—489),字仲实,南朝宋琅邪(今山东临沂)人,王僧虔之侄,仕宋历官右、左仆射。《南齐书》有传。侍中:官名,秦时为丞相属吏,以侍从皇帝左右,权位渐重,魏晋以后,职位已相当于宰相。这里指谢朏(441—506),字敬冲,南朝宋陈郡阳夏(今河南太康)人,谢庄之子,曾仕宋为侍中,领秘书监,《梁书》、《南史》有传。在南朝宋、齐禅代之际,谢朏采取不合作态度,而王俭则参与其中。《梁书·谢朏传》:"及齐受禅,朏当日在直,百僚陪位,侍中当解玺,朏佯不知,曰:'有何公事?'传诏曰:'解玺授齐王。'朏曰:'齐自应有侍中。'乃引枕卧……是日遂以王俭为侍中解玺。既而武帝言于高帝,请诛朏。帝曰:'杀之则遂成其名,正应容之度外耳。'遂废于家。"

过江名义共推袁〔1〕,宋室孤臣念愍孙〔2〕。千古销魂《石城曲》〔3〕,司徒家世本阳源〔4〕。

〔1〕此诗吟咏六朝时袁氏一门文才与忠烈事。过江:指东晋。晋愍帝建兴四年(316),西晋灭亡,晋宗室琅琊王司马睿渡江在建康即皇帝位,是为晋元帝建武元年(317),史称东晋。名义:名声。推袁:谓袁宏(328—376),字彦伯,晋陈郡阳夏(今河南太康)人,少孤贫,有文才,为大司马桓温记室。《晋书》有传。南朝宋刘义庆《世说新语·文学》:"桓宣武命袁彦伯作《北征赋》,既成,公与时贤共看,咸嗟叹之。时王珣在坐云:'恨少一句,得写字足韵,当佳。'袁即于坐揽笔益云:'感不绝于余

心,沂流风而独写。'公谓王曰:'当今不得不以此事推袁。'"

〔2〕宋室:指南朝刘宋王朝。孤臣:孤立无助的远臣。愍孙:即袁粲(420—477),《宋书·袁粲传》:"袁粲字景倩,陈郡阳夏人,父濯,扬州秀才,早卒。祖母哀其幼孤,名之曰愍孙……顺帝即位,迁中书监,司徒、侍中如故。"齐王萧道成欲代宋自立,袁粲以身受顾托,不事二姓,终于被杀。

〔3〕石城曲:褚渊(435—482),字彦回。袁粲与褚彦回共辅宋室,齐王代宋,袁粲忠于宋室被杀,褚彦回则顺从萧道成,百姓作《石城曲》相讥。《南史·褚渊传》:"然世颇以名节讥之,于时百姓语曰:'可怜石头城,宁为袁粲死,不作彦回生。'"

〔4〕司徒:即指袁粲。阳源:即袁淑(408—453),字阳源,是袁粲的叔父。据《宋书·袁淑传》,宋文帝元嘉三十年(453),太子刘劭谋篡逆,时任太子左卫率的袁淑因不受命被杀。

凿地莲花映雉头[1],却忘鼙鼓下荆州[2]。白门一决须臾事[3],枉向空中拜蒋侯[4]。

〔1〕此诗吟咏齐东昏侯萧宝卷昏庸无道。"凿地"句:《南史·东昏侯纪》:"凿金为莲华以帖地,令潘妃行其上,曰:此步步生莲华也。"雉头,即雉头裘,以雉头羽毛织成的裘,多指奇装异服。《南史·废帝东昏侯纪》:"又订出雄雉头鹤氅、白鹭缞,百品千条,无复穷已。"

〔2〕"却忘"句:谓萧衍起兵反齐。《御批资治通鉴纲目》卷二九:"(齐永元二年)十一月,齐雍州刺史萧衍起兵襄阳,行荆州事,萧颖胄亦以南康王宝融起兵江陵。"鼙(pí 皮)鼓,大鼓与小鼓,古代军中所用。诗中多喻战事,唐白居易《长恨歌》:"渔阳鼙鼓动地来,惊破霓裳羽衣曲。"荆州,古九州之一,地理概念屡有变迁,东晋时以江陵(今属湖北)为

治所。

〔3〕"白门"句:《南齐书·东昏侯纪》:"及义师起,江、郢二镇已降,帝游骋如旧,谓茹法珍曰:'须来至白门前,当一决。'"白门,六朝时建康(今南京)正南门宣阳门又称白门。后亦作南京的别称。

〔4〕"枉向"句:《南齐书·东昏侯纪》:"义师至近郊,乃聚兵为固守之计……又信鬼神,崔慧景事时,拜蒋子文神为假黄钺,使持节,相国、太宰、大将军、录尚书、扬州牧、钟山王,至是又尊为皇帝。迎神像及诸庙杂神皆入后堂,使所亲巫朱光尚祷祀祈福。"蒋侯,即蒋子文,六朝时建康一带民间信仰的地方保护神。晋干宝《搜神记》卷五:"蒋子文者,广陵人也。嗜酒好色,佻达无度。尝自谓己骨清,死当为神。汉末为秣陵尉,逐贼至钟山下,击贼伤额,因解绶缚之,有顷遂死。及吴先主之初,其故吏见文于道,乘白马,执白羽,侍从如平生。见者惊走。文追之,谓曰:'我当为此土地神,以福尔下民。尔可宣告百姓,为我立祠。不尔,将有大咎。'……于是使使者封子文为中都侯,次弟子绪为长水校尉,皆加印绶,为立庙堂。转号钟山为蒋山,今建康东北蒋山是也。自是灾厉止息,百姓遂大事之。"

结发从戎老战争[1],挥鞭立就十三城[2]。凉风堂侧桃枝戏[3],绝胜平阳九道兵[4]。

〔1〕此诗吟咏北齐勇将斛律光无辜被害事。"结发"句:斛(hú 胡)律光(515—572),字明月,北齐朔州(今属山西)人。少工骑射,以武艺知名。仕北齐,屡立战功,官至左丞相,功高震主,以谋反罪被杀。《北齐书》有传。结发,即束发,古代男子成童即束发,结发即指初成年。从戎:投身军旅。《北齐书·斛律光传》:"魏末,从(斛律)金西征,周文帝长史莫者晖时在行间,光驰马射中之,因擒于阵,光时年十七,高祖嘉之,即擢

为都督。"又《北史·斛律光传》："自结发从戎,未尝失律,深为邻敌慑惮。"老:历时长久。

〔2〕"挥鞭"句:《北齐书·斛律光传》:"河清二年四月,光率步骑二万筑勋掌城于轵关西,仍筑长城二百里,置十三戍。"按河清,齐武成帝高湛年号。河清二年,即公元563年。又《北史·斛律光传》:"在西境,筑定夸诸城,马上以鞭指画所取地,皆如其言。拓地五百里而未尝伐功。"

〔3〕"凉风堂"句:北齐祖珽等设计以赐骏马为名,骗斛律光入谢而杀之。《北齐书·斛律光传》:"光至,引入凉风堂,刘桃枝自后拉而杀之,时年五十八。于是下诏称光谋反,今已伏法,其馀家口并不须问。寻而发诏,尽灭其族。"凉风堂,北齐宫殿名。桃枝,即刘桃枝,北齐后主高纬的力士,曾官都督。戏,杀人如戏。刘桃枝多次为后主"拉杀"臣属,见《北齐书》。

〔4〕"绝胜"句:以斛律光曾战胜之勍敌反衬北齐后主之凶恶。据《北齐书·斛律光传》,齐后主武平二年(572):"诏复令率步骑五万出平阳道,攻姚襄、白亭城戍,皆克之,获其城主仪同、大都督等九人,捕虏数千人。"平阳,在今山西临汾西南。

江陵士马控西疆〔1〕,坐使吹唇沸建康〔2〕。湘土寻戈同气尽〔3〕,却教韦粲死青塘〔4〕。

〔1〕此诗总结南朝梁武帝萧衍朝侯景之乱中萧氏家族分崩离析的历史教训。江陵士马:指萧衍第七子湘东王萧绎(508—554)的军队。《梁书·武帝纪》:"太清元年正月壬寅……以镇南将军、江州刺史湘东王绎为镇西将军、荆州刺史。"江陵,治所在今湖北江陵一带。士马,兵马,引申指军队。西疆:江陵在梁都城建康(今南京)以西,故称。

〔2〕"坐使"句:据《资治通鉴》卷一六一、一六二载,梁太清二年

(548)八月,降将侯景以诛中领军朱异为名反梁,攻建康,围台城。湘东王萧绎自将锐卒三万发江陵入援,却又淹留不进。翌年三月,台城陷,梁武帝萧衍被囚饿死,萧绎回归江陵。吹唇,吹口哨。语本《南史·侯景传》:"(侯景)将登太极殿,丑徒数万,同共吹唇唱吼而上。"

〔3〕"湘土"句:谓萧绎与其侄辈萧誉、萧詧兄弟相争战事。据《梁书·元帝纪》载,太清三年(549)三月侯景寇没建康后,四月,萧绎向湘州刺史河东王萧誉征兵,萧誉拒绝,萧绎于六月、七月两次派兵讨伐萧誉。九月,雍州刺史岳阳王萧詧举兵攻江陵,不克,遁走。第二年五月,萧绎遣左卫将军王僧辩攻克湘州,杀萧誉。寻戈,动用刀兵,多用于兄弟之间,语本《左传·昭公元年》:"昔高辛氏有二子,伯曰阏伯,季曰实沈,居于旷林,不相能也,日寻干戈,以相征讨。"又北魏杨衒之《洛阳伽蓝记·永宁寺》:"弃亲助贼,兄弟寻戈。"同气,有血统关系的亲属。萧誉与萧詧是昭明太子萧统的儿子,萧统是萧绎的大哥。

〔4〕"却教"句:据《梁书·韦粲传》:"韦粲,字长蒨……好学仗气,身长八尺,容貌甚伟……(太清)二年,征为散骑常侍。粲还至庐陵,闻侯景作逆,便检阅部下,得精卒五千、马百匹,倍道赴援……诸将各有据守,令粲屯青塘……贼乘胜入营,左右牵粲避贼,粲不动,犹叱子弟力战,兵死略尽,遂见害,时年五十四。粲子尼及三弟助、警、构、从弟昂皆战死,亲戚死者数百人……世祖平侯景,追谥曰忠贞。"青塘,地名,据《景定建康志》卷二二,故址当在今秦淮河以南。

殿中拥槊唱《无愁》〔1〕,江左重开南豫州〔2〕。十万敌军齐北哭,至今淝水不曾流〔3〕。

〔1〕此诗谓北齐宫庭骄奢淫逸,终于导致败亡事。拥槊(shuò 硕):当作"握槊",古代类似双陆的一种博戏。《魏书·术艺传》:"赵国李幼

序、洛阳丘何奴并工握槊。此盖胡戏,近入中国,云胡王有弟一人遇罪,将杀之,弟从狱中为此戏以上之,意言孤则易死也。"《北齐书·武成胡后传》:"武成(即北齐世祖武成帝高湛)宠幸何士开,每与后握槊,因此与后奸通。"又《北齐书·何士开传》:"世祖性好握槊,士开善于此戏。"唱无愁:《北齐书·后主幼主纪》:"后主讳纬,字仁纲,武成皇帝之长子也,母曰胡皇后……盛为《无愁》之曲,帝自弹胡琵琶而唱之,侍和之者以百数。人间谓之无愁天子。"

〔2〕"江左"句:谓南朝陈将吴明彻率兵击北齐,克复寿阳事。《梁书·武帝纪》:"太清元年……秋七月庚申,羊鸦仁入悬瓠城。甲子,诏曰:'二豫分置,其来久矣。今汝、颍克定,可依前代故事,以悬瓠为豫州,寿春为南豫,改合肥为合州。'"又《陈书·宣帝纪》:"太建……五年……冬十月……乙巳,吴明彻克寿阳城,斩王琳,传首京师……丙辰,诏曰:'梁末得悬瓠,以寿阳为南豫州,今者克复,可还为豫州。'"陈宣帝太建五年(573),即北齐后主武平四年。江左,这里代指南朝陈,以其国土疆域言之。南豫州,即指寿阳(或曰寿春,今安徽寿县),用克复前之名。

〔3〕"十万"二句:据《陈书·吴明彻传》,吴明彻率陈兵进逼寿阳,北齐遣王琳拒守:"明彻令军中益修治攻具,又连肥水以灌城。城中苦湿,多腹疾,手足皆肿,死者十六七。会齐遣大将军皮景和率兵数十万来援,去寿春三十里,顿军不进……(明彻)于是躬擐甲胄,四面疾攻,城中震恐,一鼓而克,生擒王琳……琳之获也,其旧部典多在军中,琳素得士卒心,见者皆歔欷不能仰视。"又《北齐书·王琳传》:"(王琳)城陷被执,百姓泣而从之。吴明彻恐其为变,杀之城东北二十里,时年四十八,哭者声如雷。"敌军,势力相等的军队,这里指北齐军。淝水,或称肥水,即今东肥河,在今安徽中部,流经寿县。不曾流,宋文天祥《二月六日海上大战国事不济孤臣某坐北舟中向南痛哭为之诗曰》:"长平一坑四十万,秦人欢欣赵人怨。大风扬沙水不流,为楚者乐为汉愁。"

汾上军书夜刺闱，天池较猎未言归[1]。不愁粉镜匆匆去，更语官家杀一围[2]。

〔1〕此诗讽刺北齐后主高纬与冯淑妃以游猎误国，终至覆亡。"汾上"二句：据《北齐书·高阿那肱传》，北齐隆化元年(576)冬十月："周师逼平阳，后主于天池校猎，晋州频遣驰奏，从旦至午，驿马三至，肱云：'大家正作乐，何急奏闻。'至暮，使更至，云：'平阳城已陷，贼方至。'乃奏知。"汾上，指平阳（今山西临汾西南），以汾水流经平阳，故称。军书，军事文书。刺闱，古代夜有急报，投刺于宫门告警。闱即宫中小门。天池，水名，在今山西静乐以北。宋王应麟《通鉴地理通释》卷一四："天池在岚州静乐县北，燕京山上，周回八里。"较猎，或作"校猎"，比赛谁打猎收获多。

〔2〕"不愁"二句：《北史·后妃传》："周师之取平阳，帝猎于三堆，晋州亟告急，帝将还，(冯)淑妃请更杀一围，帝从其言……帝至晋州……并骑观战，东偏少却，淑妃怖曰：'军败矣！'帝遂以淑妃奔还，至洪洞戍，淑妃方以粉镜自玩，后声乱唱贼至，于是复走。"粉镜，以妇女梳妆用品指代北齐后主宠妃冯淑妃。官家，晋朝以后对皇帝的称呼。围，打猎的围场。后一句语本唐李商隐《北齐二首》："晋阳已陷休回顾，更请君王猎一围。"

芳华苑里奏名倡，积翠池边舍利装。衍得鱼龙新散乐[1]，大家恩赐学曹王[2]。

〔1〕此诗写隋炀帝穷极耳目之乐，贬斥之意，自在言外。"芳华苑"

三句:《隋书·音乐志下》:"始齐武平中,有鱼龙烂漫、俳优、侏儒、山车、巨象、拔井、种瓜、杀马、剥驴等,奇怪异端,百有馀物,名为百戏……及大业二年,突厥染干来朝,炀帝欲夸之,总追四方散乐,大集东都。初于芳华苑积翠池侧,帝帷宫女观之。有舍利先来,戏于场内,须臾跳跃,激水满衢,鼋鼍龟鳖,水人虫鱼,遍覆于地。又有大鲸鱼,喷雾翳日,倏忽化成黄龙,长七八丈,耸踊而出,名曰《黄龙变》。又以绳系两柱,相去十丈,遣二倡女对舞绳上,相逢切肩而过,歌舞不辍。"芳华苑,即东京(今河南洛阳)西苑。名倡,著名的倡优,南朝梁简文帝《鸡鸣高树巅》诗:"碧玉好名倡,夫婿侍中郎。"积翠池,在芳华苑中。舍利,《资治通鉴》卷一八〇作"舍利兽",宋叶廷珪《海录碎事》卷二二上引《文选·东京赋》注:"舍利,兽名,性吐金,故名舍利。"宋陈旸《乐书》卷一八六《鱼龙戏漫衍戏》:"汉天子正旦临轩,设九宾乐,舍利兽从西方来,戏于殿庭,激水成比目鱼,跳跃漱水,作雾翳日,化成黄龙。"明彭大翼《山堂肆考》卷二三八《吐金》:"舍利,本鸟名,《文选》又曰舍利兽也。性吐金,故名舍利。"所谓舍利兽之戏,当类似今天的狮子舞。衍,恣意欢乐,语本《诗·大雅·板》:"昊天曰旦,及尔游衍。"散乐,古代乐舞名,原指周代民间乐舞,南北朝后,成为"百戏"的同义语。《周书·宣帝纪》:"散乐杂戏,鱼龙烂漫之伎常在目前。"

〔2〕"大家"句:《隋书·音乐志下》:"炀帝不解音律,略不关怀。后大制艳篇,辞极淫绮。令乐正白明达造新声,创《万岁乐》、《藏钩乐》……因语明达云:'齐氏偏隅,曹妙达犹自封王。我今天下大同,欲贵汝,宜自修谨。'"大家,宫中近臣或后妃对皇帝的称呼,汉蔡邕《独断》:"天子自谓曰行在所……亲近侍从官称曰大家。"曹王,即指曹妙达,北齐后主高纬的乐工,造乐妙极一时,曾被高纬封王。唐李纲《谏高祖拜舞人安叱奴为散骑常侍疏》:"唯齐高纬封曹妙达为王,授安马驹为开府,既招物议,大斁彝伦,有国有家者以为殷鉴。"

雪后怀家兄西樵[1]

竹林上斜照[2],陋巷无车辙[3]。千里暮相思[4],独对空庭雪[5]。

〔1〕诗作于顺治十六年(1659)三月间,作者时居乡里。《渔洋诗集》卷五《三月大雪》有句"风光连上巳,急雪忽霏霏"可证。西樵,即王士禄(1626—1673),字子底,号西樵山人,为王士禛之兄,长士禛八岁。顺治十二年(1655)进士,选莱州教授,迁国子助教,擢吏部主事、考功员外郎,以事下狱,得雪,免归。母丧,以毁卒,年仅四十八岁。工吟咏,著有《表徐堂诗存》二卷、《十笏堂诗选》九卷、《辛甲集》七卷以及《读史蒙拾》等,《清史列传》入《文苑传》。这一年王士禄正在莱州教授任上。五言绝句容量有限,但善于化用前人诗意,自可言有尽而意无穷,获得耐人寻味的魅力。

〔2〕"竹林"句:语本唐钱起《天门谷题孙逸人石壁》诗:"崖石乱流处,竹深斜照归。"暗寓一"归"字,为其思念兄长所致。斜照,夕阳之馀晖,与下"暮相思"对应。

〔3〕"陋巷"句:语本晋陶渊明《归园田居》第二首:"野外罕人事,穷巷寡轮鞅。"仍暗寓盼归之意。陋巷,简陋的巷子,与"穷巷"义通。

〔4〕"千里"句:语本唐杨炯《送并州旻上人诗序》:"千里相思,空有关山之望。"又唐孟浩然《秋登兰山寄张五》诗:"愁因薄暮起。"

〔5〕"独对"句:语本宋蔡襄《六月八日山堂试茶》诗:"今朝寂寞山堂里,独对炎晖看雪花。"

法庆寺阁上望云门山[1]

祇园有珠阁[2],高出碧林端。落日眺平楚[3],青山生暮寒[4]。归云天际去,远树坐中看。今夕云门月,无人照戒坛[5]。

[1] 这首五律作于顺治十六年(1659)三月间,斯时作者曾游青州。法庆寺在青州(府治在今山东益都),《大清一统志》卷一三五"青州府二":"法庆寺,在府治北门外,本名大觉院。"云门山,《大清一统志》卷一三四"青州府一":"云门山在益都县南五里。《齐乘》:云门山在府城南五里,上方号大云顶,有通穴如门,可容百馀人,远望如悬镜。东南曰劈山,西则驼山,三山联翠,障城如画。《府志》:云门山一名云峰山,阴有石井,名龙潭,水旱不加盈涸。有亭曰耸翠。其左为凤凰岭,其南为云台山。"全诗于落日暮景中下笔,空灵潇洒,远望之馀,略带几分禅意,平淡中透出无限神韵。

[2] 祇(qí 齐)园:原为印度佛教圣地之一"祇树给孤独园"的简称,佛祖释迦牟尼曾在此说法,后即用为佛寺的代称。珠阁:华丽的楼阁,指法庆寺中的佛阁。

[3] 平楚:高处远望,丛林树梢齐平。明杨慎《升庵诗话》卷二《平楚》:"谢朓诗:'寒城一以眺,平楚正苍然。'楚,丛木也。登高望远,见木杪如平地,故云平楚,犹《诗》所谓平林也。"宋魏了翁《管待李参政劝酒》:"落日下平楚,秋色到方塘。"

[4] "青山"句:语本宋蔡襄《春野亭待月有怀》诗:"淅沥凉风来,空

郊生暮寒。"

〔5〕戒坛:寺院中僧徒传戒之坛。

即 目〔1〕

苍苍远烟起〔2〕,槭槭疏林响〔3〕。落日隐西山,人耕古原上〔4〕。

〔1〕这首诗作于顺治十六年(1659)春。即目就是眼前所见,南朝梁钟嵘《诗品》卷中:"'思君如流水',既是即目;'高台多悲风',亦惟所见。"旷野春色,虽显落寞,而"人耕古原",稍觉生气。全诗二十字,远景、近景交错而出,景中寓情,别有风味。

〔2〕苍苍:茫无边际。五代齐己《送人润州寻兄弟》诗:"闲游登北固,东望海苍苍。"

〔3〕槭(sè瑟)槭:风吹叶动的声音。唐刘禹锡《秋声赋》:"草苍苍兮人寂寂,树槭槭兮虫咿咿。"

〔4〕"人耕"句:语本唐崔涂《夕次洛阳道中》诗:"高树鸟已息,古原人尚耕。"

南园池上〔1〕

清言不觉暑〔2〕,纤月生西林〔3〕。苔径少尘色〔4〕,夜猿清道心〔5〕。渔樵晚多侣〔6〕,风壑静同音〔7〕。会学涓高术〔8〕,阴潭鸣玉琴〔9〕。

〔1〕这首诗作于顺治十六年(1659)夏。南园是王士禛祖父王象晋(字子进,别字康宇)的别业,惠栋注《南园二首》诗引《新城旧事补》:"王方伯康宇公南园,在南郭中,有二如亭,公著《群芳谱》于此,盖取老农、老圃意云。"全诗清隽淡雅,意境深远,令人百读不厌。

〔2〕清言:高雅的言论。晋陶渊明《咏二疏》诗:"问金终寄心,清言晓未悟。"

〔3〕"纤月"句:语本明唐顺之《村夜》诗:"纤月生西浦,流光照北林。"纤月,未弦之月,即月牙。

〔4〕苔径:长有苔藓的小路。言平时行人无多。

〔5〕"夜猿"句:语本唐刘长卿《龙门杂咏》诗:"寂寞群动息,风泉清道心。"夜猿,宋翁卷《寄永州徐三掾曹》:"香草寒犹绿,清猿夜更悲。"王士禛《池北偶谈》卷一二《唐诗本六朝》:"唐诗佳句,多本六朝……如王右丞……'如何此时恨,噭噭夜猿鸣',本沈约'噭噭夜猿鸣,溶溶晨雾合'。"按,"如何此时恨"二句为唐陈子昂《晚次乐乡县》诗。道心,佛教语,悟道之心。宋普济《五灯会元》卷一〇《百丈道恒禅师》:"师示偈曰:'不要三乘要祖宗,三乘不要与君同。君今欲会通宗旨,后夜猿啼在乱峰。'"

〔6〕"渔樵"句:语本唐马戴《客行》诗:"却羡渔樵侣,闲歌落照中。"又元丁鹤年《水光山色斋》诗:"往来半是渔樵侣,闲话兴亡坐夕曛。"

〔7〕风壑:山谷多风,故称。宋杨甲《灵泉山中》诗:"人间斤斧乱,风壑夜声哀。"

〔8〕会:恰巧,适逢。湲高术:鼓琴的技艺,这里指下句的潭水声。湲,即涓子,传说中仙人名,汉刘向《列仙传》卷上《涓子》:"涓子者,齐人

也,好饵术……著《天人经》四十八篇。后钓于荷泽,得鲤鱼,腹中有符。隐于宕山,能致风雨。受伯阳九仙法,淮南王安少得其文,不能解其旨也。其《琴心》三篇,有条理焉。"高,即琴高,汉刘向《列仙传》卷上《琴高》:"琴高者,赵人也,以鼓琴为宋康王舍人,行涓彭之术。"

〔9〕鸣玉琴:形容水从高处流入潭中如悦耳的琴声。玉琴,对琴的美称。

纪 事〔1〕

天寿苍凉石兽陈〔2〕,荒原惊见翠华春〔3〕。君王泪洒思陵树〔4〕,玉碗金凫感侍臣〔5〕。

〔1〕这首诗作于顺治十六年(1659)十一月。《清史稿·世祖本纪二》:"(顺治)十六年……十一月……丙寅,上猎于近畿。壬申,次昌平州,上酹酒明崇祯帝陵,遣学士麻勒吉祭王承恩墓。甲戌,遣官祭明帝诸陵,并增陵户,加修葺,禁樵采。"此诗题曰"纪事",即记述此事。清人入主中原,为笼络汉人,祭拜前朝帝陵是其手段之一。王士禛曾祖父与祖父皆是明朝大吏,对故明自有感情,所以此诗也有一种《黍离》情怀,貌似平淡,实则含蓄中深寓沉痛。

〔2〕天寿:天寿山,在今北京市昌平区以北,本名黄土山,属军都山脉,明永乐间以修帝陵,改名天寿山。明成祖及其后共十三帝葬于此,俗称十三陵。明蒋一葵《长安客话》卷四《天寿山》:"国初有寿阳人王贤,少遇异人相之,当官三品,乃授以青囊书,遂精其术。永乐七年,成祖卜寿陵,遍访名术,有司以贤应。贤奉命于昌平州东北十八里得兹吉壤,旧名东袳子山,陵成封曰天寿。贤后累封官至顺天府尹。"石兽:又称石像

生,古代帝王陵墓前的兽形石雕,多成对置于神路两侧。明十三陵大碑楼至龙凤门的神路两侧雕有石兽二十四座,分别为狮、獬豸、骆驼、象、麒麟、马各四座,两卧两立;另有石人十二座,分别为武臣、文臣、勋臣各四座。

〔3〕翠华:古代天子仪仗中以翠羽为饰的旗帜或车盖,常作为帝王的代称,这里即指顺治帝福临。

〔4〕"君王"句:《钦定日下旧闻考》卷一三七《世祖章皇帝谕修明崇祯帝陵诏》:"朕于凭吊之馀,抚往兴悲,不禁流涕。"君王,即指顺治帝。思陵,《畿辅通志》卷四八:"庄烈帝陵,在昌平州锦屏山,名曰思陵。"崇祯帝生前没有为自己营造陵墓,与太监王承恩煤山(今北京景山)自尽后,清人于顺治初将他安葬于其已先死之宠妃田妃墓中,故思陵与其他十二陵不成体系。

〔5〕玉碗金凫:指前代帝王陵墓,此处即指思陵。玉碗,旧题汉班固《汉武故事》:"邺县有一人货玉杯,吏疑其御物,欲捕之,因忽不见。县送其器,推问乃茂陵中物也。"按茂陵,汉武帝陵名。金凫,晋王嘉《拾遗记》卷五:"时有凫雁,色如金,群飞戏于沙濑,罗者得之,乃真金凫也。当秦破骊山之坟,行野者见金凫向南而飞,至淫泉。后宝鼎元年,张善为日南太守,郡民有得金凫以献。张善该博多通,考其年月,即秦始皇墓之金凫也。"侍臣:包括作者在内的陪祭诸臣。

高邮雨泊[1]

寒雨秦邮夜泊船[2],南湖新涨水连天[3]。风流不见秦淮海[4],寂寞人间五百年[5]。

〔1〕此诗作于十七年(1660)夏间,作者时在扬州推官任上,需经常往来江淮间处理公务。高邮,即高邮州,明清时属扬州府。《大清一统志》卷六六:"高邮州,在府城北少东一百二十里。"作者雨天泊舟高邮岸边,想起北宋著名词人秦观乃高邮历史上的一代风流,时过境迁,人文难再,不禁喟然兴叹。缅怀古人之情中,也暗含超越之想,流露出些许自负。

〔2〕秦邮:高邮别称,以秦朝曾在此置邮传,故称。

〔3〕南湖:当指高邮湖,又名新开湖,在今江苏省中部。

〔4〕风流:流风馀韵。秦淮海:即秦观(1049—1100),字少游,一字太虚,号邗沟居士,学者称淮海先生,北宋高邮(今属江苏)人。宋神宗元丰八年(1085)进士,历官定海主簿、宣教郎、太学博士,以元祐旧党连续遭贬,徙雷州,宋徽宗即位,复职北还,病逝于藤州。他是"苏门四学士"之一,词风婉约,擅长描写男女恋情,淡雅含蓄,有《淮海居士长短句》传世。《宋史》有传。

〔5〕"寂寞"句:从秦观逝世至清顺治十七年,间隔五百六十年,此言"五百年",举其成数。

淮安新城有感二首〔1〕

泽国阴多暑气微〔2〕,一城烟霭昼霏霏〔3〕。春风远岸江蓠长〔4〕,暮雨空堤燕子飞。四镇虫沙成底事〔5〕,五王龙种竟无归〔6〕。行人泪堕官桥柳,披拂长条已十围〔7〕。

〔1〕这两首七律作于顺治十七年(1660)夏间。淮安新城,故址即

在今江苏淮安。明代崇祯末,这里曾是江北四镇驻守之地,后为南明弘光政权的北方屏障。四镇矛盾重重,清兵南下,须臾瓦解。作者有感于此,悼念前朝人事,写下此二诗。第一首全面言及南明覆亡,第二首专就刘泽清一镇而论,情见乎辞。诗中写景抒情,皆有韵外之致,悲怆之情,难以自已,令读者回味不尽。

〔2〕泽国:水乡。暑气:盛夏时的热气。

〔3〕烟霭:云雾。霏霏:浓密盛多。

〔4〕江蓠:又名蘼芜,香草名。意取唐白居易《江边草》诗:"漠漠萋萋愁满眼,就中惆怅是江蓠。"

〔5〕四镇:即江北四镇。黄得功(1594—1645),明辽东开原卫(今辽宁开原)人,行伍出身,以镇压农民军起家,崇祯十七年封靖南伯,弘光朝立,进封侯,驻兵仪真。清兵渡江,弘光帝入其营,与清兵决战,重伤自刎。刘良佐(?—1667),明山西大同左卫(今山西左云)人,原为李自成农民军将领,降明后官至总兵,弘光朝立,封广昌伯,驻兵临淮。清兵南下,迎降,追获弘光帝于芜湖,献清,官至左都督。刘泽清(1603?—1648),明山东曹州(今山东菏泽)人,以守备累官至总督,弘光朝立,封东平伯,驻兵淮安。清兵南下,率部降,封三等子,后受山东李化鲸事牵连,被杀。高杰(?—1645),明陕西米脂人,原为李自成农民军将领,降明后官至总兵,弘光朝立,封兴平伯,驻兵扬州,后移驻徐州。弘光元年(1645),在睢州为总兵许定国所诱杀。虫沙:比喻战死的兵卒,这里泛指死于战乱者。《艺文类聚》卷九〇引《抱朴子》曰:"周穆王南征,一军尽化,君子为猿为鹤,小人为虫为沙。"底事:何事。清赵翼《陔馀丛考》卷四三《底》:"江南俗语,问何物曰底物,何事曰底事,唐以来已入诗词中。"

〔6〕五王:南明五个短暂政权。福王朱由崧(1607—1646),明神宗万历帝孙子、福王朱常洵子,明崇祯十六年(1643)袭福王。李自成攻入

北京,南逃至淮安,被凤阳总督马士英等在南京拥立为帝,以第二年为弘光元年。清兵南下占领南京,弘光帝走芜湖依黄得功,旋被俘押送北京,翌年被杀。唐王朱聿键(1602—1646),明太祖九世孙,明崇祯五年(1632)袭唐王,居南阳。弘光政权覆亡,为郑鸿逵、黄道周等拥立于福州,年号隆武。第二年清兵入福建,被执杀害,后被永历帝尊为思文皇帝。鲁王朱以海(1609或1618—1662),明太祖十世孙,明崇祯十七年嗣鲁王位。弘光政权覆亡,为钱肃乐、朱大典等拥戴,监国于绍兴。曾与隆武政权互争统属,后为清兵所逼,逃亡海上,去监国号,康熙元年(1662)病卒于金门。唐王朱聿𨮁(？—1647),隆武帝朱聿键弟,隆武二年(1646)封唐王。隆武政权覆亡,为苏观生、何吾驺等在广州所拥立为帝,年号绍武。曾与桂王永历政权相攻伐,清兵攻破广州,被俘,死。桂王朱由榔(1623—1662),为明神宗万历帝孙子,崇祯帝堂弟,明崇祯九年(1636)封永明王,隆武时袭封桂王。隆武二年(1646)为瞿式耜、丁魁楚等拥戴,监国于肇庆,旋即帝位,建元永历,招抚李自成、张献忠旧部,联络海上郑成功,一度声势甚大。清兵攻打与内部党争导致危机屡现,逃入缅甸。康熙元年(1662),为吴三桂所俘杀。龙种:旧时称帝王的子孙。《隋书·房陵王勇传》:"长宁王俨,勇长子也。诞乳之初,以报高祖,高祖曰:'此即皇太孙,何乃生不得也?'云定兴奏曰:'天生龙种,所以因云而出。'时人以为敏对。"

〔7〕"行人"二句:用晋朝桓温故事,参见《秋柳四首》之二注〔6〕。官桥柳,官路上的桥梁所植柳树,即指柳树。唐杜甫《长吟》诗:"江渚翻鸥戏,官桥带柳阴。"

开府当年据上游[1],建牙赐爵冠通侯[2]。即看别院连云起[3],更引长淮作带流[4]。荒径人稀鼪鼬啸,野塘风急荻芦秋[5]。永嘉南渡须臾事[6],忍向新亭问楚囚[7]。

〔1〕开府:古代高级官员有权成立府署,选置僚属,即称开府。这里指南明江北四镇之一的刘泽清在淮安开府。上游:形胜之地,重地。

〔2〕建牙:古代出师前树立牙旗,多为主帅、主将所建。牙旗即其竿上饰有象牙的大旗。后引申为武臣出镇。《明史·刘泽清传》:"京师陷,泽清走南都,福王以为诸镇之一,封东平伯。"赐爵:赐予爵位。冠通侯:居通侯之首,形容刘泽清权势之大。通侯,即彻侯,爵位名。秦统一后所建立的二十级军功爵中的最高一级,汉初因袭,又以避汉武帝刘彻讳,改称通侯或列侯。后即用以泛指侯伯高官。

〔3〕"即看"句:谓刘泽清于大敌当前之际,在淮安大兴土木事。清计六奇《明季南略》卷一《刘泽清》:"甲申……八月,泽清大兴土木,造宅淮安,极其壮丽,四时之室俱备,僭拟皇居,休卒淮上,无意北往。"别院,正宅以外的宅院。连云起,形容建筑高耸壮观。

〔4〕"更引"句:谓刘泽清妄想以淮河为带,在淮安建立自家享乐福地。清计六奇《明季南略》卷一《刘泽清》:"北兵南下,有问其如何御者,泽清曰:'吾拥立福王而来,以此供我休息。万一有事,吾自择江南一郡去耳。'"带,环绕。《战国策·楚策一》:"秦地半天下,兵敌四国,被山带河,四塞以为固。"

〔5〕"荒径"二句:言眼下淮安冷落荒凉景象。鼪鼬(shēng yòu 生右),俗称黄鼠狼,《庄子·徐无鬼》:"夫逃虚空者,藜藿柱乎鼪鼬之径。"鼪鼬之径乃鼠鼬一类往来的小道,引申为荒僻的小路。野塘,荒野中的池塘或湖泊。荻芦秋,语本唐刘禹锡《金陵怀古》:"而今四海为家日,故垒萧萧芦荻秋。"

〔6〕"永嘉"句:言南明在南京建立弘光政权如同晋朝永嘉南渡的重演,却不到二年即覆亡,远不似东晋尚有百馀年的国运。永嘉,西晋怀帝司马炽年号(307—313)。永嘉五年(311)六月,匈奴族汉主刘聪攻入

洛阳,据《资治通鉴》卷八七:"时海内大乱,独江东差安,中国士民避乱者,多南渡江。"六年以后,琅邪王司马睿在建康即位,是为晋元帝建武元年(317),史称东晋,至晋恭帝元熙二年(420),刘宋代晋,东晋共延续百馀年。须臾事,形容南明弘光政权为时短暂,仅一年零两月。

〔7〕"忍向"句:谓弘光政权中的官员连新亭对泣的机会都没有,真令人不愿提起。新亭,宋周应合《景定建康志》卷二二:"新亭亦曰中兴亭,去城西南十五里,近江渚。考证:《丹阳记》曰:'京师三亭,吴旧立,先基既坏,隆安中,丹阳尹司马恢徙创今地。'"楚囚,《左传·成公九年》:"晋侯观于军府,见钟仪,问之曰:'南冠而执者,谁也?'有司对曰:'郑人所献楚囚也。'"后世常以楚囚借喻处境窘迫而无计可施者。南朝宋刘义庆《世说新语·言语》:"过江诸人,每至美日,辄相邀新亭,藉卉饮宴。周侯中坐而叹曰:'风景不殊,正自有山河之异!'皆相视流泪。惟王丞相愀然变色曰:'当共戮力王室,克复神州,何至作楚囚相对!'"

江上寄程昆仑二首〔1〕

白浪金山寺〔2〕,青山铁瓮城〔3〕。故人今不见〔4〕,杨柳作秋声〔5〕。

〔1〕这两首五绝作于顺治十七年(1660)夏秋间。程昆仑:既程康庄(1613—1679),字坦如,号昆仑,武乡(今属山西)人。明崇祯八年拔贡,入清,历官镇江通判、陕西耀州知州。工诗古文词,与王士禛、宋琬等时相唱和,著有《昆仑诗选》二卷、《文选》四卷、《衍愚词》一卷。《清史列传》入《文苑传》。两诗皆以浅易之言出之,思念友人之情,则溢于言外,意象丰富。

〔2〕金山寺:故址在今江苏镇江市西北金山上,始建于东晋,寺依山而造,精巧壮丽。清初,金山尚屹立于长江之中,景观与今天不同。宋王令《忆润州葛使君》诗:"金山寺尽尘埃绝,铁瓮城深气象雄。"

　　〔3〕铁瓮城:镇江古城名,为三国时吴孙权所筑。唐杜牧《润州》诗之二:"城高铁瓮横强弩,柳暗朱楼多梦云。"冯集梧注:"原注:'润州城,孙权筑,号为铁瓮。'《演繁露》:'润州城古号铁瓮,人但知其取喻以坚而已,然瓮形深狭,取以喻城,似为非类。乾道辛卯,予过润,蔡子平置宴于江亭,亭据郡之前山绝顶,而顾子城雉堞缘冈,弯环四合,其中州郡诸廨在焉,圆深之形,正如卓瓮,予始知喻以为瓮者,指子城也。'"

　　〔4〕故人:旧交,老友。此处指程康庄。

　　〔5〕秋声:唐杜甫《送从弟亚赴安西判官》诗:"南风作秋声,杀气薄炎炽。"

江北望江南〔1〕,只隔江津水〔2〕。日暮寒潮生〔3〕,愁心满扬子〔4〕。

　　〔1〕"江北"句:王士禛时任扬州推官,居扬州,在长江北岸;程康庄时任镇江通判,居镇江,在长江南岸。

　　〔2〕"只隔"句:语本宋王安石《泊船瓜洲》诗:"京口瓜洲一水间。"江津,渡口,这里指瓜洲渡口,在扬州以南,运河于此流入长江。

　　〔3〕"日暮"句:语本唐韦应物《酬柳郎中春日归扬州南园见别之作》诗:"广陵三月花正开,花里逢君醉一回。南北相过殊不远,暮潮归去早潮来。"

　　〔4〕扬子:在今仪征、扬州一带的长江,古称扬子江,或作"杨子江"。唐李益《行舟》诗:"闻道风光满扬子,天晴共上望乡楼。"明魏学洢《乙卯春大人有文安之行送至京口大人用杨柳青青渡水人为韵赋七绝以

别敬步原韵》诗之六:"渺渺万里涛,风疾乱帆驶。惆怅对金焦,愁心满江水。"

余澹心寄金陵咏怀古迹诗却寄二首[1]

千古秦淮水[2],东流绕旧京[3]。江南戎马后,愁杀庾兰成[4]。

[1] 金荣《渔洋精华录笺注》卷一编两诗于顺治庚子(1660),据《渔洋诗话》,则当作于顺治辛丑(1661),即顺治十八年。余澹心,即余怀(1616—1695),字澹心,一字无怀,号曼翁,一号广霞、壶山外史、寒铁道人,晚号鬘持老人,莆田(今属福建)人,侨寓江宁(今南京)。能诗,工词善曲,著有《板桥杂记》三卷、《三吴游览志》一卷、《味外轩文稿》、《研山堂集》、《秋雪词》一卷等,《清史列传》入《文苑传》。《渔洋诗话》卷下:"余澹心(怀),莆田人,居建康。尝赋《金陵怀古》诗,不减刘宾客。《谢公墩》云:'高卧东山四十年,一堂丝竹败苻坚。至今墩下潇潇雨,犹唱当时奈何许。'《孙楚酒楼》云:'江南城西酒楼红,无数杨柳迎春风。孙楚去后李白醉,千年不见紫髯公。'《雨花台》云:'雨花台上草青青,落日犹衔木末亭。一线长江三里寺,千年鹤唳九秋萤。'《劳劳亭》云:'蔓草离离朝送客,骊驹愁唱新亭陌。夜深苦竹啼鹧鸪,空床独宿头皆白。'顺治辛丑,属严子餐(沆)寄余广陵,余答诗云……"两首五绝并非和作,只是遥想金陵(今江苏南京)古迹,感叹丛生,别有韵致。

[2] 秦淮水:即秦淮河,为长江下游支流,流经今江苏省东南部。有东、南二源,在秣陵关附近汇合北流,经南京市区西入长江。明末秦淮河房为妓业繁华之地。

〔3〕旧京:金陵(古又称建业、建康)曾为三国吴、东晋、南朝宋、齐、梁、陈以及南唐、明初之都城,故称。

〔4〕"江南"二句:谓南北朝时庾信因战乱而难返江南,故生愁怀。语本宋王安石《和惠思闻蝉》诗:"白下长干何可见,风尘愁杀庾兰成。"江南,南北朝时,南朝与北朝隔江对峙,因称南朝及其统治下的地区为江南。南朝齐谢朓《鼓吹曲》:"江南佳丽地,金陵帝王州。"戎马,战乱。庾兰成,即庾信(513—581),字子山,小字兰成,祖籍南阳新野(今属河南),梁代诗人庾肩吾之子,仕梁为建康令。侯景之乱,建康失陷,逃亡江陵,又奉命出使西魏,被迫滞留长安,历仕西魏、北周,官至骠骑大将军开府仪同三司,后世称"庾开府"。《周书·庾信传》:"信虽位望通显,常有乡关之思,乃作《哀江南赋》以致其意。"按《哀江南赋》中有句云:"王子洛滨之岁,兰成射策之年。"宋陈思《小字录·兰成》:"有天竺僧呼信为兰成,因以为小字。"

钟阜蒋侯祠〔1〕,青溪江令宅〔2〕。传得石城诗〔3〕,肠断芜城客〔4〕。

〔1〕钟阜:即钟山,又名紫金山,在今江苏南京市东北。蒋侯祠:三国吴先主为汉末秣陵尉蒋子文所立庙。参见《读史杂感八首》之三注〔4〕。

〔2〕青溪:故址在今江苏南京市东南,即东渠,屈曲十馀里,有九曲青溪之称,六朝时曾为都城漕运要道,今仅存入秦淮河的一段。宋祝穆《方舆胜览》卷一四:"青溪,《建康志》:'吴大帝凿通城北堑以泄玄武湖水。发源于钟山,接于秦淮。及杨溥城金陵,青溪始分为二,在城外者自城濠合于淮,在城内者湮塞,仅存。'"惠栋注引陶季直《京都纪》:"京师鼎族多在青溪埭。尚书孙旸、尚书令江总宅,当时并列溪北。"江令:即江

总(519—594),字总持,祖籍济阳考城(今河南兰考),仕梁为太常卿,仕陈官至尚书令,入隋为上开府,卒于江都(今江苏扬州)。江总为宫体艳诗代表诗人之一,晚年始有悲凉之音,今传《江令君集》一卷。

〔3〕石城诗:唐郑谷《石城》诗:"石城昔为莫愁乡,莫愁魂散石城荒。"这里即指余怀所寄作者之《金陵怀古》诗,参见第一首注〔1〕。石城,即石头城,又名石首城,故址在今江苏南京市清凉山。原为楚金陵城,汉建安十七年孙权重筑改名,城南临秦淮河口,负山面江,为六朝时建康之军事重镇,唐以后废。后多以石城代指金陵。

〔4〕芜城客:作者自指。芜城,即广陵城,故址在今江苏江都境,为西汉吴王刘濞建都所筑,南朝宋刘诞据广陵反,兵败城荒,鲍照作《芜城赋》以讽之,因而得名。这里即代指扬州,时作者任扬州推官。

再过露筋祠〔1〕

翠羽明珰尚俨然〔2〕,湖云祠树碧于烟〔3〕。行人系缆月初堕,门外野风开白莲〔4〕。

〔1〕这首七绝作于顺治十七年(1660)。露筋祠故址在今江苏高邮附近,又名露筋庙。唐段成式《酉阳杂俎》续集卷四:"相传江淮间有驿,俗呼露筋。尝有人醉止其处,一夕白鸟蚊唼,血滴筋露而死。据江德藻《聘北道记》云:自邵伯埭三十六里至鹿筋,梁先有逻。此处足白鸟,故老云,有鹿过此,一夕为蚊所食,至晓见筋,因以为名。"宋祝穆《方舆胜览》卷四六《高邮军》:"露筋庙去城三十里,旧传有女子夜过此,天阴蚊盛,有耕夫田舍在焉,其嫂止宿。女曰:'吾宁处死,不可失节。'遂以蚊死,其筋见焉。"有关露筋的传说当有一个演变的过程,唐以后文人对露

筋女多有吟咏,反映了此传说的定型。此诗用笔轻盈,夜间月色,意象传神,自有一种风流自赏的韵致。

〔2〕翠羽明珰(dāng 裆):或作"翠羽明珠",这里指露筋祠中女神塑像所戴饰物华美。三国魏曹植《洛神赋》:"或采明珠,或拾翠羽。""无微情以效爱兮,献江南之明珰。"翠羽,翠鸟的羽毛,古代多用于饰物。珰,古代妇女的耳饰。俨然:整齐的样子,语本《太平广记》卷四九八《李群玉》:"李群玉既解天禄之任而归涔阳,经二妃庙,题诗二首曰:'小孤洲北浦云边,二女明妆尚俨然。'……"

〔3〕湖云:指高邮湖上之云。

〔4〕"行人"二句:语本唐陆龟蒙《白莲》诗:"无情有恨何人见,月晓风清欲堕时。"系缆,系结船索,谓泊舟。白莲,白色的荷花。《渔洋诗话》卷上:"余谓陆鲁望'无情有恨何人见,月白风清欲堕时'二语,恰是咏白莲诗,移用不得,而俗人议之,以为咏白牡丹、白芍药亦可,此真盲人道黑白。在广陵有《题露筋祠》绝句云……正拟其意。一后辈好雌黄,亦驳之云:'安知此女非嫫母,而辄云翠羽明珰邪?'余闻之一笑而已。"

青山〔1〕

晨雨过青山,漠漠寒烟织〔2〕。不见秣陵城〔3〕,坐爱秋江色〔4〕。

〔1〕这首诗作于顺治十七年(1660),是年八月间,作者充江南乡试同考官,赶赴江宁,过仪征,诗当作于此时。《江南通志》卷一四:"青山在仪征县西南二十五里,南临大江。"王士禛《香祖笔记》卷二:"唐人五言绝句往往入禅,有得意忘言之妙,与净名默然、达磨得髓,同一关捩。

观王、裴《辋川集》及祖咏《终南残雪》诗,虽钝根初机,亦能顿悟。程石臞有绝句云:'朝过青山头,暮歇青山曲。青山不见人,猿声听相续。'予每叹绝,以为天然不可凑泊。予少时在扬州亦有数作,如'晨雨过青山……'皆一时伫兴之言,知味外味者当自得之。"这首五绝以唐代王维入禅之诗为典范,并善于效法,意在言外,不知所以神而自神,可谓是作者倡导神韵说的具体实践。

〔2〕"漠漠"句:语本唐李白《菩萨蛮》词:"平林漠漠烟如织。"漠漠,迷濛的样子。

〔3〕秣陵城:即指今江苏南京市。《太平御览》卷五三引《吴录》云:"张纮言于孙权曰:'秣陵,楚武王所置,名为金陵,秦始皇时望气,故掘断连冈,改名秣陵。'"

〔4〕坐:因为。唐杜牧《山行》诗:"停车坐爱枫林晚,霜叶红于二月花。"

江上[1]

吴头楚尾路如何[2]?烟雨秋深暗白波[3]。晚趁寒潮渡江去,满林黄叶雁声多[4]。

〔1〕这首七绝作于顺治十七年(1660)八月间。舟行江上,暮色苍茫,又值秋日烟雨天气,一片萧疏景象。黄叶与雁声之意象,更增加了几分凄凉意绪。惜春与悲秋本是古代文人之常情,欲翻出新意,笔生波澜,又谈何容易!这首诗以问语起句,富于禅意;接下写景平铺直叙,平淡中自有无限情感,透出一股神韵。

〔2〕吴头楚尾:古人指豫章(今江西)一带,以其地位于春秋吴的上

游、楚的下游,故称。后也泛指长江中下游一带地方。宋祝穆《方舆胜览》卷一九:"豫章之地为吴头楚尾。"是年八月王士禛由扬州赴江宁,不经过江西,而言吴头楚尾当别有用意。宋普济《五灯会元》卷一五《鹿苑圭禅师》:"潭州鹿苑圭禅师,桂州人也。僧问:'如何是道?'师曰:'吴头楚尾。'"本诗首句以问话出之,"路"即是"道",耐人寻味。宋黄庭坚《谒金门·戏赠知命》词:"山又水,行尽吴头楚尾。"

〔3〕白波:白色波浪。唐郑谷《江际》诗:"万顷白波迷宿鹭,一林黄叶送残蝉。"

〔4〕满林黄叶:语本元释善住《秋江待渡图》诗:"客路悠悠思渺然,满林黄叶满村烟。秋江正晚人争渡,莫把闲心待渡船。"雁声多:语本元仇远《雁多》诗:"雁声多处水弥茫。"又王士禛《香祖笔记》卷一〇:"太仓崔华,字不雕,予门人也,工诗画。尝有句云:'丹枫江冷人初去,黄叶声多酒不辞。'予极爱之,呼为崔黄叶。历城族子苹,字秋史,壬午举人。有句云:'乱泉声里才通屐,黄叶林间自著书。'予亦呼为王黄叶。"

雨后观音门渡江[1]

饱挂轻帆趁暮晴[2],寒江依约落潮平[3]。吴山带雨参差没,楚火沿流次第生[4]。名士尚传挥扇渡[5],踏歌终怨石头城[6]。南朝无限伤心史,惆怅秦淮玉笛声[7]。

〔1〕这首七律作于顺治十七年(1660)八月间。观音门原为南京城北门之一,濒临长江,前对观音山。《江南通志》卷二〇《江宁府》:"明初建都城……北三曰佛宁、上元、观音。"暮色中轻帆渡江,风正潮平,渔火

隐约,面对苍茫,不由感慨丛生,六朝兴亡相踵,一一浮上心头。这首诗写景抒情,情景双绘,惆怅秦淮玉笛,并非仅限于个人之荣辱得失,而是具有对历史深沉的思考内容,从而扩展了此诗的意境。

〔2〕饱挂轻帆:张满风帆的轻舟。宋苏轼《次韵沈长官三首》诗之三:"风来震泽帆初饱,雨入松江水渐肥。"王十朋注引赵次公曰:"帆饱、水肥,皆方言也。"

〔3〕依约:隐约。

〔4〕"吴山"二句:语本唐储光羲《寒夜江口泊舟》诗:"吴山迟海月,楚火照江流。"吴山,三国吴故地的山,这里即泛指南京附近的山。参差(cēn cī 岑阴平疵),高低不平的样子。楚火,泛指长江中下游一带的渔火。次第,顺序。

〔5〕挥扇渡:或作"麾扇渡"。宋叶廷珪《海录碎事》卷三上:"麾扇渡在上元县东南四里,乃顾荣拒陈敏,以羽扇麾其众,败之。"又《晋书·顾荣传》:"属广陵相陈敏反,南渡江……明年,周玘与荣及甘卓、纪瞻潜谋起兵攻敏。荣废桥敛舟于南岸,敏率万馀人出,不获济,荣麾以羽扇,其众溃。事平,还吴。"

〔6〕踏歌:或作"蹋歌",拉手而歌,以脚踏地为节拍。唐储光羲《蔷薇篇》:"连袂蹋歌从此去,风吹香去逐人归。"石头城:指南朝时民歌《石城曲》:"可怜石头城,宁为袁粲死,不作彦回生。"参见《读史杂感八首》之二注〔3〕。石头城,参见《余澹心寄金陵咏怀古迹诗却寄二首》之二注〔3〕。

〔7〕"南朝"二句:宋张端义《贵耳集》卷上:"北人张侍御有侍儿,意状可怜,乃宣和殿小宫姬也。又翰林吴激赋小词云:'南朝千古伤心地,还唱《后庭花》……'"又唐杜牧《泊秦淮》诗:"烟笼寒水月笼沙,夜泊秦淮近酒家。商女不知亡国恨,隔江犹唱《后庭花》。"南朝,南北朝时期据有江南地区的宋、齐、梁、陈四朝的总称。这里有暗喻南明弘光政权的意

向。秦淮,即秦淮河,参见《余澹心寄金陵咏怀古迹诗却寄二首》之一注〔2〕。玉笛,笛子的美称。

晓雨复登燕子矶绝顶[1]

岷涛万里望中收[2],振策危矶最上头[3]。吴楚青苍分极浦[4],江山平远入新秋[5]。永嘉南渡人皆尽[6],建业西风水自流[7]。洒酒重悲天堑险[8],浴凫飞鹭满汀洲[9]。

〔1〕这首七律作于顺治十七年(1660)秋日。燕子矶(jī机),在今江苏南京市东北观音山,以突出的岩石屹立长江边上,三面悬绝,形如飞燕,故名。《江南通志》卷一一:"燕子矶在上元界观音门外,磴道盘曲而上,丹崖翠壁,凌江欲飞,绝顶有亭,能揽江天之胜。"作者先有《夜登燕子矶》一首五古,故此言"复登"。江山寥廓,万里纵目,即景抒情,思绪万千。南朝旧事,早已融进历史的长河,而南明覆亡,仍仿佛是昨日梦呓。"洒酒重悲",自有情怀无限。《渔洋诗话》卷中:"律句有神韵天然不可凑泊者,如高季迪'白下有山皆绕郭,清明无客不思家',曹能始'春光白下无多日,夜月黄河第几湾',李太虚'节过白露犹馀热,秋到黄州始解凉',程孟阳'瓜步江空微有树,秣陵天远不宜秋'是也。余昔登燕子矶有句云:'吴楚青苍分极浦,江山平远入新秋。'或庶几尔。"可见作者顾盼自雄之态。

〔2〕岷涛万里:指长江。岷江本为长江上游支流,在今四川省中部,源出岷山南麓,至宜宾入长江。古人多以岷江为长江正源,宋程大昌《禹贡山川地理图》卷上《叙说》:"夫今岷江一派,自蜀发源以至入海,几至

万里。"望中收:谓尽入视野。

〔3〕振策:扬鞭走马。晋陆机《赴洛道中作》诗:"振策陟崇丘,案辔遵平莽。"危矶:指高耸的燕子矶。

〔4〕吴楚:春秋时的吴楚故地,即今长江中下游一带。极浦:遥远的水滨。《楚辞·九歌·湘君》:"望涔阳兮极浦,横大江兮扬灵。"

〔5〕平远:平夷远阔。

〔6〕永嘉南渡:西晋永嘉间士人避乱南渡事,参见《淮安新城有感二首》之二注〔6〕。

〔7〕建业西风:语本明梁寅《儿子岷自维扬还至金陵得朱县尹仲文手书且云荷接引良厚二绝寄谢时仲文将调官京师假馆维扬》诗:"木犀香里设离筵,建业西风八月天。"建业,《宋书·州郡志》:"建康令本秣陵县,汉献帝建安十六年置县,孙权改秣陵为建业,晋武帝平吴,还为秣陵,太康三年分秣陵之水北为建业,愍帝即位,避帝讳,改为建康。"

〔8〕酹酒:以酒浇地,表示祭奠。天堑(qiàn欠)险:谓长江形势险要,可阻断南北交通。天堑,天然的壕沟。《隋书·五行志下》:"长江天堑,古以为限隔南北,今日北军,岂能飞渡耶?"又明李清《南渡录》卷六:"北兵(即清兵)渡江信至,中外大震……朝廷(谓南明弘光政权)方恃长江天险,转官予荫,若无事然。兵科吴适曾诣兵部商防江大计,职方王朝答言:'长江之险,北兵决难飞渡,何足深忧?'"

〔9〕浴凫飞鹭:语本唐杜甫《涪城县香积寺官阁》诗:"小院回廊春寂寂,浴凫飞鹭晚悠悠。"转言当下太平景象。浴凫,水中嬉戏的野鸭。汀(tīng听)洲:水中小洲。

登金山二首[1]

振衣直上江天阁[2],怀古仍登海岳楼[3]。三楚风涛杯底合〔4〕,九江云物坐中收〔5〕。石簰落照翻孤影〔6〕,玉带山门访旧游〔7〕。我醉吟诗最高顶,蛟龙惊起暮潮秋〔8〕。

〔1〕这两首七律作于顺治十七年(1660)冬十一月,王士禛因公事赴江南,途经镇江(隋唐时属润州),登金山游览,遂有此二诗之作。金山在今江苏镇江市西北,原名氏父山,又名金鳌岭、伏牛山、浮玉山等。原屹立于长江中,后因江流变迁,金山今已与江南岸相接,成为陆山,无复旧观。两首诗登高望远,心潮澎湃,隐然有澄清天下之志。加之格律严整,字稳句响,与其大部分绝句诗的飘逸风格形成鲜明对比,代表了作者诗歌艺术的另一种追求。

〔2〕振衣:抖衣去尘,整衣。江天阁:故址在金山上。《大清一统志》卷六二:"江天阁在金山,一名灵观阁。"

〔3〕怀古:思念古代的人与事。海岳楼:故址在金山上。清赵执信《因园集》卷六有《暮登金山宿海岳楼二首》诗。

〔4〕"三楚"句:有关三楚的历史风涛在杯酒谈论中会集聚合。三楚,战国楚地辽阔,秦汉时以西楚、东楚、南楚合称三楚。《史记·货殖列传》:"夫自淮北、沛、陈、汝南、南郡,此西楚也……彭城以东,东海、吴、广陵,此东楚也……衡山、九江、江南、豫章、长沙,是南楚也。"后人诗文中多泛指长江中游以南与今湖南、湖北一带地区。合,会聚。

〔5〕"九江"句:九江景色在坐中一览无馀。九江,长江水系的九条河,历代说法不一,宋苏轼《书传》卷五:"九江孔殷:九江在今庐江浔阳县南,《浔阳记》有九江名,一曰乌白江,二曰蚌江,三曰乌江,四曰嘉靡江,五曰畎江,六曰源江,七曰廪江,八曰提江,九曰箘江。殷,当也,得水所当行也。"这里系泛指长江中下游一带。云物,景色。宋范成大《冬至日铜壶阁落成》诗:"故园云物知何似,试上东楼直北看。"

〔6〕石簰(pái排):即石簰山,或称石排山。《明一统志》卷一一:

"石排山在金山西,相传山上有郭璞墓,盛夏有大蛇莫知其数,盘结于木阴间。"又《江南通志》卷一三:"金山……西有石排山,隐出水面,若簰筏然。相传郭璞墓在焉。"簰,大筏。孤影:指落日斜映石簰,在江面留下的阴影。

〔7〕"玉带"句:用宋苏轼与佛印法师机锋赌玉带事。宋王十朋《东坡诗集注》卷二一《以玉带施元长老元以衲裙相报次韵》题下注:"师佛印禅师,法名了元,饶州人,公久与之游,时住持润州金山寺。公赴杭过润,为留数日。一日值师挂牌与弟子入室,公便服入方丈见之,师云:'内翰何来,此间无坐处。'公戏云:'暂借和尚四大用作禅床。'师曰:'山僧有一转语,内翰言下即答,当从所请;如稍涉拟议,则所系玉带,愿留以镇山门。'公许之,便解带置几上。师云:'山僧四大本空,五蕴非有,内翰欲于何处坐?'公拟议未即答,师急呼侍者云:'收此玉带,永镇山门。'公笑而与,师遂取衲裙相报,因有二绝,公次韵答之。"苏轼二绝云:"病骨难堪玉带围,钝根仍落箭锋机。欲教乞食歌姬院,故与云山旧衲衣。""此带阅人如传舍,传留到我亦悠哉。锦袍错落亦相称,乞与佯狂老万回。"玉带,饰玉的腰带,为古代贵官所用。山门,佛寺的外门,这里代指金山寺。

〔8〕"蛟龙"句:古人认为蛟龙得水便能兴云作雾,腾跃太空,这里展示出作者登高望远,亟欲施展远大抱负的心理活动。宋姜夔《昔游诗》:"纷纷虎豹吼,往往蛟龙惊。"

三山缥缈望如何[1],有客褰裳俯逝波[2]。绝顶高秋盘鹳鹤[3],大江白日踏鼋鼍[4]。泠泠钟梵云间出[5],历历帆樯槛外过[6]。京口由来开府地[7],不堪东望尚干戈[8]。

〔1〕三山:即金山、北固山与焦山的合称。《江南通志》卷一:"镇江

府……大江自句容界流径郡城北,又东历丹阳入常州府。其山曰北固,曰金,曰焦,世称京口三山,为江海锁钥云。"此处暗寓海上蓬莱、方丈、瀛洲三神山,详见下注。缥缈:高远隐约的样子。

〔2〕褰(qiān谦)裳:语本南朝宋刘义庆《世说新语·言语》:"荀中郎在京口,登北固望海云:'虽未睹三山,便自使人有凌云意。若秦、汉之君,必当褰裳濡足。'"褰裳,撩起下裳。《诗·郑风·褰裳》:"子惠思我,褰裳涉溱。"又《史记·封禅书》:"自威、宣、燕昭使人入海求蓬莱、方丈、瀛洲,此三神山者,其传在勃海中,去人不远,患且至,则船风引而去。盖尝有至者,诸仙人及不死之药皆在焉。其物禽兽尽白,而黄金银为宫阙。未至,望之如云,及到,三神山反居水下,临之,风辄引去,终莫能至云。世主莫不甘心焉。及至秦始皇并天下,至海上,则方士言之不可胜数。始皇自以为至海上而恐不及矣,使人乃赍童男女入海求之。船交海中,皆以风为解,曰未能至,望见之焉……天子(即汉武帝)既已封泰山,无风雨灾,而方士更言蓬莱诸神若将可得,于是上欣然庶几遇之。乃复东至海上望,冀遇蓬莱焉。"逝波:一去不返的流水,喻光阴流逝。《论语·子罕》:"子在川上曰:逝者如斯夫!不舍昼夜。"

〔3〕"绝顶"句:语本元成廷珪《再游金山寺》诗:"通宵月色鱼龙喜,绝顶秋声鹳鹤悲。"鹳(guàn贯)鹤,泛指鹤类。唐杜甫《宿江边阁》诗:"鹳鹤追飞静,豺狼得食喧。"

〔4〕"大江"句:清惠栋注引《九曜斋笔记》云:"宋苏绅题润州金山寺诗云:'僧依玉鉴光中住,人踏金鳌背上行。'渔洋山人《登金山寺》诗云:'绝顶高秋盘鹳鹤,大江白日踏鼋鼍。'次句意本苏诗,一经炉锤,分外沉雄。"又宋吴处厚《青箱杂记》卷七:"本朝翰林苏公绅,尝题润州金山寺一联云:'僧依玉鉴光中住,人踏金鳌背上行。'时公方举大科,识者以'人踏金鳌背上行'乃荣入玉堂之兆。已而果然。公位止于内相,岂

61

亦诗之谶耶？"另惠栋补注引《金山新志》云："金山滩濑下多鼋鼍窟宅，每沴洄顺流，唵喁浮沉，或近或远，出没浪花间，颇类驯抚可玩。故苏舜卿诗有'扣阑见鼋鼍，扬首意自得'。"按所引诗句见宋苏舜卿《苏学士集》卷四《金山寺》诗。鼋鼍（yuán tuó 元驼），大鳖与猪婆龙。《国语·晋语》："鼋鼍鱼鳖，莫不能化。"宋王安石《金山寺》诗："扣栏出鼋鼍，幽姿可时睹。"

〔5〕泠（líng 陵）泠：形容声音清越悠扬。钟梵：寺院的钟声与诵经声。

〔6〕历历：排列成行。帆樯（qiáng 墙）：挂帆的桅杆，代指舟船。槛（jiàn 建）：栏杆。

〔7〕京口：即今江苏镇江市，历来为长江下游之军事重镇，东晋、南朝时期，徐州、南徐州之治所先后在此。宋乐史《太平寰宇记》卷八九《江南东道一·润州》："按后汉建安十四年，吴孙权自吴徙都于京口，十六年迁都秣陵，复于京口置京都督以镇焉。又《吴志》云：京都所统，藩卫尤要，是以为重镇。后为南徐州，置刺史，镇下邳，而京城有留局。其后，徐州或镇盱眙，或镇姑孰，皆留局于京口……至陈六代，常以此地为重镇。"开府：古代指高级官员如三公、大将军、将军等，成立府署，选置僚属。

〔8〕"不堪"句：指当时郑成功、张煌言等海上军事力量抗清复明的军事行动。清顺治十六年五月，郑成功与张煌言分别率军攻入镇江，又进逼南京，后因失机，皆败退。事见《清史稿·郑成功传》。干戈，指战争。

毘陵归舟[1]

泊船西蠡河[2]，解缆东城路[3]。凉月淡孤舟[4]，遥村隐红树[5]。杳杳暮归人[6],悠悠渡江去[7]。

〔1〕这首五古作于顺治十七年(1660)冬十一月。毘(pí皮)陵,西汉所置县名,治所在今江苏常州市。这首诗纯用白描手法,轻灵自然,兴味绵长。夜间毘陵归舟,视野一片茫茫,所以景物只写凉月、红树,其他则写行舟过程,寥寥三十字,将公务之馀的悠闲心情和盘托出。

〔2〕西蠡河:《明一统志》卷一〇《常州府》:"西蠡河,在府城南,一名浦阳溪。南经陈渡桥,北接运河,相传范蠡所凿。"

〔3〕解缆:解开系船的缆绳,即指开船。东城路:清惠栋补注:"庚子诗自注:'东城天子路,孙吴遗迹也。'"

〔4〕"凉月"句:语本宋苏轼《太白山下早行至横渠镇书崇寿院壁》诗:"乱山横翠幛,落月淡孤灯。"

〔5〕红树:经霜叶红之树,如枫树、黄栌等。唐韦应物《登楼》诗:"坐厌淮南守,秋山红树多。"

〔6〕杳杳:昏暗的样子。《古诗十九首·驱车上东门》:"杳杳即长暮。"

〔7〕悠悠:辽阔无际。

焦山晓送昆仑还京口[1]

山堂振法鼓[2],江月挂寒树[3]。遥送江南人[4],鸡鸣峭帆去[5]。

〔1〕这首五绝作于顺治十七年(1660)冬十一月。王士禛《居易录》

63

卷四:"顺治庚子冬,在扬州病起,以公事渡江往毘陵,与京口别驾程昆仑(康庄)同游金、焦、北固及鹤林、招隐、竹林寺、海岳庵诸名胜,有《过江集》。张吏部(九征)公选序之云:'笔墨之外,自具性情;登览之馀,别深怀抱。'知己之言也。"焦山,在今江苏镇江市东北长江中,以东汉陕中焦先曾隐居于此而得名,又名浮玉山,为古今游览胜地。昆仑,即程康庄,详见《江上寄程昆仑二首》之一注〔1〕。京口,即今江苏镇江市。详见《登金山二首》之二注〔7〕。全诗二十字,信笔写来,如从心中流淌而出,有听觉感受,有视觉感受,不事雕琢而境界全出,一时伫兴之言,自有味外之味。

〔2〕山堂:山中的寺院。焦山中定慧寺为著名古刹。法鼓:佛教法器之一,为举行法事时用以集众唱赞的大鼓。唐李白《登瓦官阁》诗:"两廊振法鼓,四角吟风筝。"

〔3〕挂寒树:语本唐李白《金乡送韦八之西京》诗:"客自长安来,还归长安去。狂风吹我心,西挂咸阳树。此情不可道,此别何时遇。望望不见君,连山起烟雾。"

〔4〕江南人:指程康庄,时官镇江通判,镇江在长江南岸,故称。

〔5〕峭帆:耸立的船帆,借指驾船。唐李白《横江词》诗之三:"白浪如山那可渡,狂风愁杀峭帆人。"

海门歌[1]

岷峨东下江水长[2],远从井络来吴乡[3]。奔涛万里始一曲[4],古之天堑维朱方[5]。北界中原壮南纪[6],鱼龙日月相回翔[7]。中流一岛号浮玉[8],登高眺远何茫茫。长空飞鸟去不尽,江海一气同青苍。山外两峰远奇绝[9],双阙屹立天中央[10]。左江右海辨云气[11],如为八裔分纪疆[12]。江流到此一缚束,早潮晚汐无披猖[13]。烛龙晓日出云海[14],山光照曜连扶桑[15]。年来海氛未停罢[16],峨舸大舰来汪洋[17]。胡豆洲前起烽火[18],徒儿浦上披裲裆[19]。古闻京口兵可用[20],寄奴一去天苍凉[21]。我愿此山障江海,七闽百粤为堤防[22]。作歌大醉卧岩石,起看江月流清光[23]。

〔1〕这首七古作于顺治十七年(1660)冬月。海门,又称海门山。焦山东北有二峰雄峙,古人称海门。《江南通志》卷一三:"焦山在府东北九里大江中……山之馀支东出,并立于波间者,曰海门山。"这首七言歌行气魄雄浑,感情豪放,用典自如,一气呵成,暗寓对国家强盛安定的几许企盼,与其讲究神韵的五七言绝句的创作取径不同,反映了诗人对诗歌风格多样化的追求。

〔2〕岷峨:岷山北支,以其南为峨眉山,故称后者为岷峨,在今四川松潘县北。唐杜甫《剑阁》诗:"珠玉走中原,岷峨气凄怆。"一说岷为青城山,峨即峨眉山。古人以岷山为长江发源地,《尚书·禹贡》:"岷山导江。"又曰:"岷山之阳至于衡山。"汉孔安国传:"岷山,江所出,在梁州;衡山,江所经,在荆州。"

〔3〕井络:井宿的分野,古人即指岷山。晋左思《蜀都赋》:"岷山之精,上为井络。"刘逵注:"《河图括地象》曰:'岷山之地,上为井络,帝以会昌,神以建福,上为天井。'言岷山之地,上为东井维络;岷山之精,上为天之井星也。"吴乡:今江苏一带,以春秋时属吴国,故称。长江从今上海流入东海。

〔4〕"奔涛"句:语本南朝宋刘义庆《世说新语·任诞》:"有人讥周仆射:'与亲友言戏,秽杂无检节。'周曰:'吾若万里长江,何能不千里一曲。'"

〔5〕天堑:天然的壕沟。《隋书·五行志下》:"长江天堑,古以为限隔南北,今日北军,岂能飞渡耶?"朱方:春秋时吴地名,治所在今江苏丹徒东南。

〔6〕"北界"句:谓海门居天下之重要地位,有操控南北之势。《新唐书·天文志》:"一行以为,天下山河之象存乎两戒,北戒自三危、积石,负终南地络之阴,东及太华,逾河,并雷首、底柱、王屋、太行,北抵常山之右,乃东循塞垣,至濊貊、朝鲜,是谓北纪,所以限戎、狄也。南戒自岷山、嶓冢,负地络之阳,东及太华,连商山、熊耳、外方、桐柏,自上洛南逾江、汉,携武当、荆山,至于衡阳,乃东循岭徼,达东瓯、闽中,是谓南纪,所以限蛮夷也。故《星传》谓北戒为胡门,南戒为越门。"北界,通"北戒";南纪,通"南戒"。又《诗·小雅·四月》:"滔滔江汉,南国之纪。"汉郑玄笺:"江也,汉也,南国之大水,纪理众川,使不壅滞;喻吴楚之君能长理旁侧小国,使得其所。"

〔7〕鱼龙:鱼与龙,泛指鳞介水族。唐杜甫《秋兴》诗之四:"鱼龙寂寞秋江冷,故国平居有所思。"回翔:回旋,徘徊。

〔8〕浮玉:即浮玉山,或谓即金山,宋祝穆《方舆胜览》卷三:"金山,此山大江环绕,每风四起,势欲飞动,故南朝谓之浮玉山。"或谓即焦山,《大清一统志》卷六二引王象之《舆地纪胜》:"焦山以后汉处士焦先隐此而名,一名浮玉,今岩石有题刻'浮玉山'字。"此诗当指后者。

〔9〕两峰:即海门双峰。宋祝穆《方舆胜览》卷三:"双峰,在海门。韩持国《登润州城》诗:'一带分江纪,双峰照海门。'"

〔10〕双阙:形容海门双峰语。阙,原意为古代宫门、城门两侧的高台,中间有道路,台上可起楼观。引申为两山夹持之所,《史记·司马相

如列传》:"出乎椒丘之阙,行乎洲淤之浦。"司马贞《索隐》:"两山俱起,象双阙。"

〔11〕左江右海:指长江下游一带。明张国维《吴中水利全书·凡例》:"吴为泽国,左江右海。"辨:通"遍",即遍及。

〔12〕八裔:八方边远地区。晋木华《海赋》:"迤涎八裔。"李善注:"八裔,犹八方也。"纪疆:端绪,疆域。

〔13〕早潮晚汐:在月球与太阳引力的共同作用下,海洋水面有周期性的涨落,涨潮于白昼,称潮;涨潮于夜间,称汐。沿海一般每日有两次涨落。外海潮沿江河上溯,又令江河下游也发生潮汐。这里当指后者。披猖:猖獗,猖狂。宋周煇《清波别志》卷三:"钱唐明潮,人多不晓其理,尝闻之故老而得其说。盖众流自严衢而下,其势峻急,钱唐潮束涌入狭江,三水相激,所以束起潮头尔。若京口,则长江散漫而势可容缓,所以不然。"

〔14〕烛龙:古代神话传说中的神名,传说其张目(或谓其驾日,衔烛或珠)能照耀天下。《山海经·大荒北经》:"西北海之外,赤水之北,有章尾山。有神,人面蛇身而赤,直目正乘,其瞑乃晦,其视乃明,不食不寝不息,风雨是谒。是烛九阴,是谓烛龙。"《楚辞·天问》:"日安不到,烛龙何照?"王逸注:"言天之西北有幽冥无日之国,有龙衔烛而照之也。"

〔15〕山光:山的景色。扶桑:神话中的树名,传说日出于扶桑之下,拂其树杪而升,因谓为日出之所。《楚辞·九歌·东君》:"暾将出兮东方,照吾槛兮扶桑。"

〔16〕海戒:指海上郑成功、张煌言等抗清复明军事力量对清廷的威胁,参见《登金山二首》之二注〔8〕。王士禛《重建瓜洲大观楼记》:"润州当天下精兵处,由金陵左顾则武昌、九江,右顾则京口……扬、润相距不五十里,片帆可达。而瓜洲扼其冲,隐然为重镇。旧设操江都御史行台,

又设江防,分府而治。近且开都督府,增督镇,三营兵将屯守其地,与京口都统大军相望为声援……己亥之岁,海氛昼炽,润州不守,瓜镇继陷。艋艟舳舻之属,由崇明、孟河以至金陵、皖口、黄梅之间,所在蜂屯,扬帆往来,如门庭然,罔或一矢加遗者。赖王猷允塞,督抚协力,师武臣用命,旬月之间,恢复京口、瓜、仪诸城。馀孽宵遁,江海复宁。然犹厪主上宵旰之忧,赫然斯怒,特命重臣帅八旗禁旅,星驰电扫,以奠南服。其所安全者固大,而其为震惊亦已多矣。"

〔17〕峨舸(gě 各上声):高大的船,这里指郑成功的船队。汪洋:广阔无边的海洋。

〔18〕胡豆洲:明张国维《吴中水利全书》卷六"镇江府丹徒县"下有胡豆洲。《梁书·羊侃传》:"(侯)景于松江战败,惟馀三舸,下海欲向蒙山。会景倦昼寝,(羊)鹍语海师:'此中何处有蒙山,汝但听我处分。'遂直向京口,至胡豆洲。景觉大惊,问岸上人,云:'郭元建犹在广陵。'景大喜,将依之。鹍拔刀叱海师,使向京口。景欲透水,鹍抽刀斫之,景乃走入船中,以小刀抉船,鹍以矟入刺杀之。"又作胡逗洲,故址当在今江苏南通市及南通县一带,原本长江口沙洲,后并入北岸大陆。作者诗中用胡豆洲之地名,似有以侯景比喻郑成功之用心。

〔19〕徒儿浦:故址在今镇江市以西。明张国维《吴中水利全书》卷四"镇江府":"润浦在府城东,隋置,润州以此浦得名。又有徒儿浦、下鼻浦,在府城西,其北入江。"又宋叶廷珪《海录碎事》卷三下:"徒儿浦在丹徒,秦始皇将徒人过此,因名。"裲裆(liǎng dāng 两珰):古代的一种长度仅至于腰,只遮蔽胸背的上衣,类似于今之马甲或背心,军士所穿者称裲裆甲。《释名·释衣服》:"裲裆,其一当胸,其一当背,因以名之也。"

〔20〕"古闻"句:语本南朝宋刘义庆《世说新语·捷悟》:"郗司空在北府,桓宣武恶其居兵权。"刘孝标注云:"《南徐州记》曰:'徐州人多劲悍,号精兵,故桓温常曰:'京口酒可饮,箕可用,兵可使。'"又《太平御

览》卷六六:"《郡国志》曰:润州遏陂有湖名龙目湖,京口出好酒,人习战,故桓温云:'京口土瘠人窭,无可恋,惟酒可饮、兵可用耳。'"京口,即今江苏镇江市。参见《登金山二首》之二注〔7〕。

〔21〕寄奴:即南朝宋武帝刘裕,字德舆,小名寄奴。他生于京口,后起事,推翻东晋,建立了刘宋王朝。事见《宋书·武帝纪》。天苍凉:喻指京口英雄后继无人。

〔22〕七闽:指古代居住于今福建省和浙江省南部的闽人,因分为七族,故称。《周礼·夏官·职方氏》:"辨其邦国、都、鄙、四夷、八蛮、七闽、九貉、五戎、六狄之人民。"贾公彦疏:"叔熊居濮如蛮,后子从分为七种,故谓之七闽。"百粤:或作百越,我国古代南方越人的总称。分布于今浙、闽、粤、桂等地,以部落众多,故称百越。《汉书·地理志》颜师古注云:"自交趾至会稽七八千里,百粤杂处,各有种姓,不得尽云少康之后也。"堤防:比喻使边疆安定,暗寓平息郑成功海上力量与活动于云南、贵州、广西一带的南明永历抗清政权。

〔23〕清光:清亮的月光。暗寓对国家统一安定的企盼。

瓜洲渡江二首〔1〕

昨上京江北固楼〔2〕,微茫风日见瓜洲〔3〕。层层远树浮青莽〔4〕,叶叶轻帆起白鸥〔5〕。

〔1〕这两首七绝作于顺治十七年(1660)冬月。瓜洲在今江苏扬州市南,本长江中沙洲,唐中叶后始与北岸陆地相连,有渡口可通镇江,即瓜洲渡。《大清一统志》卷六七:"瓜洲镇在江都县南四十里江滨,《元和郡县志》:'昔为瓜洲村,盖扬子江中之砂碛也。沙渐涨出,状如瓜字,遥

接扬子渡口。自唐开元来,渐为南北襟喉之处。'"诗第一首写作者昨日登北固楼隔江遥望瓜洲之景象,第二首写当日拂晓由瓜洲渡江所见。二诗纯用白描手法,随意点染,相映成趣,皆成画境,信是才子之笔。

〔2〕京江:即指今江苏镇江市北长江河段。《江南通志》卷一三:"大江在府治西北六里,即扬子江也,一名京江。东注大海,北距扬州,郡城临其南岸,金、焦障其中流。"北固楼:故址在今江苏镇江市东北江滨北固山上。《江南通志》卷三二:"北固楼在丹徒县城北一里北固山上,下临长江,三面皆水。晋蔡谟建此,以贮军实。"宋辛弃疾《南乡子》词:"何处望神州,满眼风光北固楼。"

〔3〕微茫:隐约模糊。

〔4〕"层层"句:语本北齐颜之推《颜氏家训》卷上:"《罗浮山记》云:'望平地树如荠。'故戴高诗云'长安树如荠'。又邺下有一人《咏树》诗云'遥望长安荠'。"又唐孟浩然《秋登兰山寄张五》诗:"天边树若荠,江畔舟如月。"荠(jì寄),野菜名,一年或多年生草本植物,叶子羽状分裂,花白色。

〔5〕白鸥:水鸟名。这里比喻远望江中片片白帆如白鸥滑翔。或谓比喻白浪,南朝宋鲍照《还都道中作》诗:"腾沙郁黄雾,翻浪扬白鸥。"刘良注:"翻浪有似白鸥鸟也。"

扬子桥头鸡未鸣[1],**瓜洲城外日东生。风波不惮西津渡**[2],**一见金焦双眼明**[3]。

〔1〕扬子桥:故址在今江苏扬州市南,又名扬子津、扬子渡。《大清一统志》卷六七:"扬子桥在江都县南十五里,即扬子津,自古为江滨津要。"

〔2〕"风波"句:句式倒装,即不惧怕西津渡的风涛大浪。西津渡,

《明一统志》卷一一《镇江府》:"西津渡在府城西九里。唐孟浩然诗:'北固临京口,夷山对海滨。江风白浪起,愁杀渡头人。'"又《大清一统志》卷六三《镇江府》:"西津渡在府城西北,一名蒜山渡,一名京口渡,俗名西马头渡。"又《江南通志》卷二六《镇江府》:"西津渡在丹徒县西北九里,北与瓜洲对岸,旧名蒜山渡。"或谓西津渡即瓜洲渡之异称,恐误。按上引孟浩然诗题为《扬子津望京口》。

〔3〕金焦:即金山与焦山,原皆屹立于长江中,高耸相对,颇为壮观。双眼明:语本明程本立《题山水钓鱼小画》诗:"人间万事一丝轻,江上数峰双眼明。"

京江夜雪[1]

扬子津边扬片席[2],暮角声传京口驿[3]。北风一夜江上寒,鸿鹤山头雪几尺[4]。去年曾上春秋楼[5],芦花枫叶当清秋[6]。何当踏雪三山顶[7],第一江山万里流[8]。

〔1〕这首诗作于顺治十八年(1661)正月,作者往松江公干,从扬州于雪夜渡江抵镇江。京江,即今江苏镇江市北长江河段。参见《瓜洲渡江二首》之一注〔2〕。诗中有眼前景,有回忆去年的秋天景象,又有踏雪三山、放眼万里长江的展望,英气逼人,力透纸背。末二句堪称全诗之眼,具有踌躇满志的弦外之音。

〔2〕扬子津:即扬子渡,或名扬子桥。参见《瓜洲渡江二首》之二注〔1〕。片席:船帆。

〔3〕角:原为古代西北游牧民族乐器,后于军中用作军号,于城市

鸣角以示晨昏。宋陆游《沈园》诗二首之一："城上斜阳画角哀。"京口驿：设立于镇江府的驿站。《江南通志》卷二三《镇江府》："京口驿丞署，在府城儒学教授署。"《大清一统志》卷六二："京口驿在丹徒县城西，临河有丞。"驿，即驿站，古代供传递文书、官员往来及运输等中途暂息、住宿的地方。

〔4〕鸿鹤山：又名黄鹤山、黄鹄山，在今镇江市西南。清惠栋注引陈沂《南畿志》："黄鹤山在镇江府城西南三里，今名鸿鹤。"《明一统志》卷一一《镇江府》："黄鹤山在府城西南三里，一名黄鹄山。"

〔5〕春秋楼：故址在北固山后峰的甘露寺中。王士禛《渔洋文集》卷四《生生庵题名记》："永丰程公峒守京口……作生生庵于甘露寺春秋楼下。"

〔6〕"芦花"句：语本唐白居易《琵琶行》诗："枫叶荻花秋瑟瑟。""荻花"一作"芦花"。

〔7〕三山：即京口三山：北固山、金山、焦山。参见《登金山二首》之二注〔1〕。

〔8〕第一江山：作者自注："甘露寺有宋吴琚题榜，曰'天下第一江山'。"据传梁武帝游北固山，见此处风光秀美，曾写下"天下第一江山"六字刻石，后石毁。南宋淮东总管吴琚又以擘窠书重写上石，康熙间又毁。今存甘露寺长廊东壁上之石刻，为康熙间镇江通判程康庄所重摹者，"一江山"三字已不存。程康庄，参见《江上寄程昆仑二首》之一注〔1〕。吴琚，字居父，一字云壑，南宋开封（今属河南）人，官至少师、判建康府兼留守。工书善画，著有《云壑集》。《宋史》有传。

虎丘[1]

阖庐霸业夕阳沉[2]，钟梵空山自古今[3]。剑去虎丘青嶂在[4],水枯鹤涧碧苔侵[5]。吴宫歌散声犹苦[6],《越绝书》成怨不任[7]。惟有生公台畔石[8],年年白月照禅心[9]。

　　[1]这首七律作于顺治十八年(1661)春二月间,时作者赴苏州公干。虎丘,又名海涌山,在今江苏苏州阊门外山塘街。唐陆广微《吴地记》:"虎丘山避唐太祖讳,改为武丘,又名海涌山。在吴县西北九里二百步,阖闾葬此山中,发五郡之人作冢,铜椁三重,水银灌体,金银为坑。《史记》云:阖闾冢在吴县阊门外,以十万人治冢取土,临湖葬,经三日,白虎踞其上,故名虎丘山。"这首诗缅怀春秋时吴王阖庐霸业,历史风云、岁月沧桑皆融会于诗中,往事成空之感与宋苏轼《前赤壁赋》中对曹操"固一世之雄也,而今安在哉"的感慨,同一机杼。
　　[2]阖庐:或作"阖闾",即春秋时吴国公子光(?—前496),周敬王五年(前515),使专诸刺杀吴王僚而自立,是为吴王阖庐。用楚亡臣伍子胥,屡败楚,曾兵入楚都郢,称霸一时。后与越王勾践战,兵败伤趾而亡。事见《史记·吴太伯世家》。
　　[3]钟梵:寺院的钟声与诵经声。这里当指虎丘云岩禅寺的钟声。
　　[4]"剑去"句:用秦始皇求吴王剑不得事。唐陆广微《吴地记》:"秦始皇东巡至虎丘,求吴王宝剑,其虎当坟而踞,始皇以剑击之,不及,误中于石,其虎西走二十五里,忽失擒。"青嶂,耸立如屏障的青绿色山峰。南朝梁沈约《钟山诗应西阳王教》诗:"郁律构丹巘,崚嶒起青嶂。"
　　[5]鹤涧:即养鹤涧、放鹤涧,在虎丘。明都穆《游郡西诸山记》:"经清远道士放鹤涧,涧涸,灌莽生焉,后人亭其上。"
　　[6]"吴宫"句:语本宋周紫芝《河魨之美唯西施乳得名旧矣而未有作诗者戏作此诗》:"吴王宫中半吴女,选入吴宫歌《白苎》。姑苏台上看西施,羞得红妆不歌舞。"又《宋书·乐志》载《白纻舞歌诗三篇》之二:"人生世间如电过,乐时每少苦日多。"白苎,同"白纻"。

〔7〕越绝书:书名,不著撰人姓名,《四库总目提要》以为汉袁康撰,吴平定。原书二十五篇,今佚五篇,凡十五卷,记春秋间越国事,类似《吴越春秋》。怨不任(rèn 认):意谓对越王勾践灭吴事不胜哀怨。

〔8〕生公台:即千人石,在虎丘有一盘陀巨石,由南向北倾斜,平坦如砥。据传,晋代高僧生公曾在此讲经说法,石上列坐而听者可达千人,故名千人坐,又名千人石。石侧镌有篆书"千人坐"、"生公讲台",其下有白莲池,池中有点头石,所谓"生公说法,顽石点头"本此。《江南通志》卷二二:"虎丘山在府城西北九里……稍前为千人石,高下平衍,可坐千人。神僧竺道生讲经于此,有点头石,生公讲经时,聚石为徒,石辄点头,因名。"

〔9〕"年年"句:语本唐李颀《题璇公山池》诗:"片石孤峰窥色相,清池白月照禅心。"白月,即白分,古印度历法称农历每月的上半月为白分,下半月为黑分。清钱谦益《绝浪和上挽词》之一:"莫道三生隔眉宇,琉璃白月自分明。"钱曾注:"禅家以初一至十五日为白月,十六至大尽为黑月。"禅(chán 蟾)心,佛教语,谓清净寂定的心境。

五人墓〔1〕

流连虎阜游〔2〕,宛转山塘路〔3〕。石门映回波〔4〕,英灵此中聚。满坛松桂阴〔5〕,落日青枫树。生傍伍胥潮〔6〕,死近要离墓〔7〕。千秋忠介坟〔8〕,鬼雄誓相赴〔9〕。酹酒拂苍碑〔10〕,寒鸦自来去〔11〕。

〔1〕这首五古作于顺治十八年(1661)春二月间。五人墓在苏州虎

丘山塘街青山桥旁,为明末苏州市民反抗权阉斗争中慷慨捐躯的颜佩韦、杨念如、沈扬、马杰、周文元五位义士的墓地。明天启六年(1626),以魏忠贤为首的阉党矫诏至苏州逮捕吏部员外郎周顺昌,激起苏州市民义愤,奔走呼号,聚集数万人驱逐缇骑,杀骑尉一人。后上述五人挺身投案,不屈死。魏忠贤倒台后,苏州市民捣毁魏忠贤在苏州的生祠,在其旧址上为五义士立墓。事见《明史·周顺昌传》、明张溥《五人墓碑记》。这首诗借景抒情,讴歌正义,言简意赅,动人心魄。

〔2〕流连:留恋不舍。虎阜:即虎丘,参见《虎丘》注〔1〕。

〔3〕山塘路:即今山塘街,故址在今江苏苏州虎丘下。清惠栋注引茹昂《重辑虎丘志》:"山塘旧多积水,少傅白公筑之,民始免病涉之劳。又名白公堤。"

〔4〕石门:指五人墓墓地石门。明张溥《五人墓碑记》:"郡之贤士大夫请于当道,即除魏阉废祠之址以葬之,且立石于其墓之门,以旌其所为。"

〔5〕坛:古人筑坛祭祀,这里即指祭祀五位义士的场所。

〔6〕伍胥潮:春秋时伍子胥辅佐吴王,因忠被谗,终于被吴王夫差所杀,尸投浙江,遂成涛神。后世即称浙江潮为胥涛,也泛指汹涌的波涛。汉赵晔《吴越春秋》卷五:"吴王闻子胥之怨恨也,乃使人赐属镂之剑……(子胥)遂伏剑而死……(吴王)乃弃其躯,投之江中,子胥因随流扬波,依潮来往,荡激崩岸。"

〔7〕"死近"句:语本宋叶廷珪《海录碎事》卷二一《葬近要离》:"众葬梁鸿近要离墓,曰:'要离古烈士,伯鸾清高,可令相近。'"要离墓,故址在今江苏苏州阊门南。《太平御览》卷五六〇:"阊门南有要离墓。吴王阖闾既杀王僚而代之,僚子庆忌亡奔卫。庆忌勇健过人,恐结诸侯,还为国难。伍子胥与要离为行人,要离弱,而谋于王曰:'杀臣妻子,刑臣右手。'要离因亡奔卫,庆忌闻吴王暴虐如此,甚信之,遂与俱还,共袭吴王。

行及大江,要离刺杀庆忌,因亦自杀。阖闾葬之于阊门南。"又明王鏊《姑苏志》卷三四:"要离墓在吴县西四里阊门南城内,《吴地记》曰:在泰伯庙南三百五十步。"

〔8〕忠介坟:即周顺昌墓。《大清一统志》卷五五:"周顺昌墓在吴县西白莲泾。"清金荣注:"按:墓在白莲泾,距五人墓五六里。"周顺昌(1584—1626),字景文,号蓼洲,吴县(今江苏苏州)人。万历进士,历官福州推官、吏部员外郎,以忤权臣辞官。天启五年(1625),魏大中被阉党逮捕,道经吴县,周顺昌为之饯行,并结姻亲,痛骂魏忠贤。翌年被逮入京,受酷刑死。后追谥忠介,著有《烬馀集》。《明史》有传。

〔9〕鬼雄:鬼中之雄杰,比喻为国捐躯者。《楚辞·九歌·国殇》:"身既死兮神以灵,子魂魄兮为鬼雄。"

〔10〕酹(lèi类)酒:以酒浇地,表示祭奠。苍碑:青色的墓碑,这里当指明张溥所撰《五人墓碑记》。

〔11〕"寒鸦"句:语本宋苏轼《丙子重九二首》诗之一:"西湖不欲往,暮树号寒鸦。"

夜雨题寒山寺寄西樵礼吉二首〔1〕

日暮东塘正落潮〔2〕,孤篷泊处雨潇潇〔3〕。疏钟夜火寒山寺〔4〕,记过吴枫第几桥〔5〕?

〔1〕这两首七绝作于顺治十八年(1661)春二月间,五十年后,作者对此二诗之作仍记忆犹新。王士禛《分甘馀话》卷二:"顺治辛丑,春雨中泊舟枫桥,寄先兄西樵二绝句云……今荏苒五十年矣,西樵下世亦已三十馀年,回思往事,为之怃然而叹。"寒山寺在今江苏苏州阊门外枫桥

镇,始建于南朝梁天监年间,原名妙利普明塔院,唐贞观间有名僧寒山、拾得来此间住持,遂得今名。寺屡毁于战火,现存者为清光绪至宣统间陆续重建者。西樵即王士禛长兄王士禄,参见《雪后怀家兄西樵》诗注〔1〕。礼吉即王士禛二兄王士禧(？—1697),字礼吉,监生,终生未出仕,著有《抱山集选》。作者夜雨中游寒山寺,别有况味,想起十年前与伯、仲二兄同游江南的旧约,不免触景生情,思念兄长之意油然而生。二诗轻盈飘逸,馀味绵长。

〔2〕东塘:即东塘河,故址在枫桥附近。明张内蕴、周大韶《三吴水考》卷三:"彭山潊在游湖东北,上承太湖为潴,东由枫桥达于郡城,东为东朱港,北为东塘河。"落潮:海潮涨落一日两次,可影响江河下游水位之涨落,参见《海门歌》注〔13〕。此言东塘河水正值退潮水位低时。

〔3〕孤篷:指代孤舟,为作者所乘者。潇潇:小雨的样子。南唐王周《宿疏陂驿》诗:"谁知孤宦天涯意,微雨潇潇古驿中。"

〔4〕疏钟:寒山寺有夜半敲钟之习。语本唐张继《枫桥夜泊》诗:"月落乌啼霜满天,江枫渔火对愁眠。姑苏城外寒山寺,夜半钟声到客船。"宋王观国《学林》卷八《半夜钟》:"世疑半夜非钟声时,观国案《南史·文学传》:'丘仲孚,吴兴乌程人,少好学,读书常以中宵钟鸣为限。'然则半夜钟固有之矣。丘仲孚,吴兴人,而继诗'姑苏城外寺',则半夜钟乃吴中旧事也。"夜火:清惠栋注引《陈检讨集》:"舟泊枫桥,因忆昔年阮亭先生入吴,夜已曛黑,风雨杂沓。阮亭摄衣著屦,列炬登岸,径上寺门,题诗二绝而去。一时以为狂。"

〔5〕吴枫:即指枫桥。《明一统志》卷八《苏州府》:"枫桥在府城西七里,面山临水,可以游息,南北往来必经于此。"《大清一统志》卷五五:"枫桥在阊门外西九里,宋周遵道《豹隐纪·谈旧》作'封桥'。后因唐张继诗相承作'枫'。"苏州水乡多桥,故下以"第几桥"出以问语,自多情趣。

枫叶萧条水驿空[1],离居千里怅难同。十年旧约江南梦[2],独听寒山半夜钟[3]。

〔1〕"枫叶"句:语本唐李频《送郝判官》诗:"枫林带水驿,夜火明山县。"宋王楙《野客丛书》卷二三《枫桥》:"杜牧之诗曰:'长洲茂苑草萧萧,暮烟秋雨过枫桥。'近时孙尚书仲益、尤侍郎延之作《枫桥修造记》与夫《枫桥植枫记》,皆引唐人张继、张祜诗为证,以谓枫桥之名著天下者,由二公之诗,而不及牧之。按牧与祜正同时也。又怪白乐天、韦应物尝典吴郡,又以诗名,皮日休、陆鲁望与吴中士大夫赓咏景物,如皋桥、乌鹊桥之属,亦班班见录,顾不及枫桥二字,何也?崔信明诗:'枫落吴江冷。'江淹诗:'吴江泛丘墟,饶桂复多枫。'又知吴中自来多枫树。"萧条,寂寞冷落。水驿,水路驿站。

〔2〕"十年"句:陈汝洁2009年7月28日博客《渔洋诗补笺》云:"渔洋《癸卯诗卷自序》:'予兄弟少无宦情,同抱箕颍之志,居常相语,以十年毕婚宦,则耦耕醴泉山中,践青山黄发之约,息壤在彼,得毋笑是食言多乎?'此'十年旧约'之谓也。渔洋诗作于苏州,时任扬州推官,奔波于宦途,兄弟不能聚首,难践旧约,故云'江南梦'也。"

〔3〕半夜钟:宋龚明之《中吴纪闻》卷一《半夜钟》:"唐张继宿枫桥诗云……昔人谓钟声无半夜者。《诗话》尝辨之,云姑苏寺钟多鸣于半夜。予以其说为未尽,姑苏寺钟惟承天寺至夜半则鸣,其它皆五更钟也。"

虎山擅胜阁眺光福以雨阻不得往[1]

虎山桥畔尽层松[2],掩映寒流古寺红[3]。却上重楼看邓尉[4]，太湖西去雨濛濛[5]。

〔1〕这首七绝作于顺治十八年（1661）春二月间。虎山，在今江苏吴县西部光福镇以北，据传春秋时吴王曾养虎于此。明王鏊《姑苏志》卷八："邓尉山在光福里，俗名光福山，在锦峰西南，与玄墓、铜坑诸山联属，其东有虎山、凤鸣冈、至理山，北有龟峰，光福寺在焉。"擅胜阁，又名擅胜亭，故址在虎山桥南。明吴宽《光福山游记》："更召其里隐士徐孟祥，同导予步虎山桥，桥南登擅胜亭，还饮其家。"光福，这里指光福山，即邓尉山。这首诗写眼前湖山烟雨景色，绿色"层松"掩映红色古寺，万绿丛中红一点，在濛濛雨丝中，尤觉豁然醒目，可谓著一"红"字，境界全出。

〔2〕虎山桥：故址在今吴县西光福镇北。明王鏊《姑苏志》卷一九："虎山桥在光福，西接太湖，宋嘉泰中重建，元泰定甲子改为圆洞三，遂以纪年名泰定桥。"又《江南通志》卷一二："邓尉山在锦峰山西南，去城七十里。汉有邓尉者隐此，其地为光福里，故又名光福山。北有龟山，光福塔在焉，山之西北为虎山，中通一溪，跨以石梁，曰虎山桥。"明袁宏道《光福》："光福一名邓尉，与玄墓、铜坑诸山相连属。山中梅最盛，花时香雪三十里。其下为虎山桥，两峡一溪，画峦四匝。"

〔3〕寒流：山间溪水。古寺红：清龚鼎孳《抵南康后舟中漫兴》诗："遥怜沙碧蘼芜外，一抹斜阳古寺红。"

〔4〕重楼：层楼，这里指擅胜阁。邓尉：即邓尉山，亦即题中之"光福"。山在今江苏吴县光福镇西南，以东汉太尉邓禹尝隐居于此得名，山中多梅。

〔5〕太湖：古称震泽、具区、笠泽，在今江苏省南部，横跨江、浙二省，为我国第三大淡水湖。宋范成大《吴郡志》卷一八："太湖在吴县西，即古具区、震泽、五湖之处。《越绝书》云：'太湖周回三万六千顷，《禹贡》

之震泽。'《尔雅》云：'吴越之间巨区，其湖周回五百里，襟带吴兴、毘陵诸县界，东南水都也。'"

邓尉竹枝词六首[1]

二月梅花烂熳开[2]，游人多自虎山来[3]。新安坞畔重重树[4]，画舫青油日几回[5]？

　　[1]　这六首七绝作于顺治十八年（1661）春二月间。邓尉，即邓尉山，参见《虎山擅胜阁眺光福以雨阻不得往》诗注[4]。竹枝词，乐府《近代曲》之一，本为巴渝（今四川东部）一带民歌，唐刘禹锡据以改作新词，题材以三峡风光与男女恋情为主，形式近于七言绝句，语言通俗。后世诗人亦多以吟咏当地风土人情或儿女情长的七言绝句为《竹枝词》。王士禛《香祖笔记》卷三："唐人《柳枝词》专咏柳，《竹枝词》则泛言风土，如杨廉夫《西湖竹枝》之类。前人亦有一二专咏竹者，殊无意致。"这六首《竹枝词》以邓尉山吴地风土人情为题材，清新自然，虽不脱诗人固有的书卷气，但也可见诗人有意向民歌学习的痕迹。
　　[2]　烂熳：形容梅花鲜明繁多，光彩照人的景象。《江南通志》卷一二："邓尉山……居人爱植梅树，花开时，数十里如积雪。"
　　[3]　虎山：参见《虎山擅胜阁眺光福以雨阻不得往》诗注[1]。
　　[4]　新安坞：在新安里，属吴县。明王鏊《姑苏志》卷一八《吴县》："南宫乡新安里，在县西长沙山，管都四。"坞，这里指停泊或修理船的船坞。
　　[5]　"画舫"句：谓游人众多。画舫，装饰华美的游船。唐刘希夷《江南曲》之二："画舫烟中浅，青阳日际微。"青油，即青油舫，用青油涂

饰的游船。

邓尉山头片雨晴[1],司徒庙下晚潮生[2]。却登七十二峰阁[3],玉柱银房相向明[4]。

　　[1] 邓尉:即邓尉山,参见《虎山擅胜阁眺光福以雨阻不得往》诗注[4]。
　　[2] 司徒庙:故址在邓尉山中青芝山北。《钦定南巡盛典》卷八五:"西北石梁为虎山桥,又有司徒庙,或云汉高密侯邓禹祠,在青芝山北,古柏雄奇蟠郁,盖千馀年物。"晚潮:参见《海门歌》注[13]。
　　[3] 七十二峰阁:故址在邓尉山中弹山附近。《江南通志》卷一二《苏州府》:"弹山在西碛之左,发迹湖滨,横亘六七里,直接青芝,濒湖处有七十二峰阁,所据极胜。"
　　[4] 玉柱:即玉柱山,在太湖中,属太湖七十二峰之一,见明王鏊《姑苏志》卷九。银房:当指太湖洞庭西山东面中部林屋山下的林屋洞。《太平御览》卷六六三:"《真诰》曰:包山下有石室银房,方圆百里。"按包山,即洞庭西山,以四面皆为水所包围而得名。林屋洞为石灰岩质的天然溶洞,内有石钟乳诸多景观。明高启《洞庭山》诗:"中有林屋仙所都,银房石室开金铺。"或谓"玉柱银房"乃林屋洞中石钟乳景观,清惠栋注引徐夔曰:"蔡升《震泽编》:林屋洞中有石室、银房、石钟、石鼓、金庭、玉柱。"似误,盖七十二峰阁上见不到林屋洞中诸景观也。

西施洞望米堆山[1],夕翠朝烟拥髻鬟[2]。不道鸱夷曾载去,至今人在五湖间[3]。

〔1〕西施洞：故址在今苏州灵岩山上。宋范成大《吴郡志》卷八："西施洞在灵岩山之腰，山即馆娃宫所在，故西施洞在焉。"西施，春秋越国的美女，别名夷光，亦称西子，姓施，越国苎罗（今浙江诸暨南）人。越王勾践败于会稽，范蠡取西施献于吴王夫差，使其迷惑乱政。事见汉赵晔《吴越春秋》卷九。米堆山：邓尉山左冈别名。清惠栋《雨中寻米堆山》诗注引徐崧《百城烟水》："米堆山，即邓尉山，左冈突然高耸，如米泻之状。崇祯末，毗陵薛郡侯寀避迹于此，因更名，号米堆山。"按薛寀，清朱彝尊《明诗综》卷七三："寀字谐孟，武进人，崇祯辛未进士。选武学教授，升国子助教，转南刑部主事，历郎中，出知开封府。晚为僧，号米堆和尚。"

〔2〕夕翠朝烟：形容米堆山早晚笼罩于翠霭云烟之中。髻鬟：古代妇女发式，即将头发环曲束于项。语本宋陆游《雨中山行至松风亭忽澄霁》："烟雨千峰拥髻鬟，忽看青嶂白云间。"这里系用西施洞之名、米堆山之秀丽的综合意象引起诗三、四句对古代美女西施的追忆。

〔3〕"不道"二句：据唐陆广微《吴地记》："《越绝书》曰：西施亡吴国后，复归范蠡，同泛五湖而去。"按今本《越绝书》无此记载。又唐杜牧《杜秋娘》诗："西子下姑苏，一舸逐鸱夷。"宋张孝祥《水调歌头》词："欲酹鸱夷西子，未辨当年功业，空系五湖船。"鸱（chī 吃）夷，即鸱夷子皮，春秋越国范蠡之号。范蠡助越王勾践灭吴，知勾践义薄，变姓名，泛舟而去。《史记·货殖列传》："（范蠡）乃乘扁舟，浮于江湖，变名易姓，适齐，为鸱夷子皮。"五湖，古代吴越地区的湖泊，或谓江南五大湖之总称，或谓即太湖。此二句诗于想象中略带调侃意味。

西来铜井又铜坑〔1〕，山势高低有二名〔2〕。试上龟峰光福塔〔3〕，白波翠巘两边生〔4〕。

〔1〕铜井:在今江苏吴县西南。明王鏊《姑苏志》卷八:"铜坑山在邓尉山西南,一名铜井,晋、宋间凿坑取沙土煎之,皆成铜,故名。上有岩洞,其悬溜汇而为池,清冽可饮,名曰铜泉。"

〔2〕"山势"句:清惠栋注引《吴县志》:"铜井在邓尉西,旧志云即铜坑山。今山中别指其地一小山名铜坑,不知其故。"

〔3〕龟峰光福塔:在今光福镇龟山上光福寺故址中,四面七级,位于山顶。登塔可眺望邓尉、天平、灵岩诸山风景。明王鏊《姑苏志》卷二九:"光福讲寺在吴县邓尉山龟峰上,梁大同间建,寺有舍利塔。"

〔4〕白波翠巘(yǎn演):语本明袁宏道《光福》:"碧栏红亭,与白波翠巘相映发,山水园池之胜,可谓兼之矣。有湖在其中,名西崦湖,阔十馀里。"白波,即指西崦湖之水波。翠巘,苍翠的峰峦。巘,山顶,或谓上大下小之山。

枫桥估客入山来[1],艓子多从木渎开[2]。玛瑙冰盘堆万颗[3],西林五月熟杨梅[4]。

〔1〕枫桥:在今江苏苏州阊门外。参见《夜雨题寒山寺寄西樵礼吉二首》之一注〔5〕。估客:商人。

〔2〕艓(dié迭)子:小船。唐杜甫《最能行》诗:"富豪有船驾大舸,贫穷取给行艓子。"木渎(dú独):镇名,在今江苏吴县西南。明王鏊《姑苏志》卷二五:"木渎巡检司在县西二十七里木渎镇。"

〔3〕玛瑙:矿物中玉髓的一种,品类繁多,颜色光美。这里比喻本地出产的杨梅。冰盘:大的瓷盘。

〔4〕西林:当是邓尉山中村落名。杨梅:常绿乔木,核果球形,表面有粒状突起,色红黄中透紫,味酸甜。清惠栋注引杨循吉《吴邑志》:"杨梅为吴中名品,出光福山、铜山第一,聚坞次之,洞庭所产尤多。"唐李白

《梁园吟》:"五月不热如清秋,玉盘杨梅为君设。"

绿黛遥浮玉镜间^[1],峰峦千叠水弯环。居人却厌真山好,玄墓南头看假山^[2]。

〔1〕绿黛:青绿色。这里指代太湖中诸山峰。宋陆游《中溪》诗:"绿黛染晴嶂,白云如玉城。"玉镜:比喻太湖明净的水面。唐李白《陪族叔晔游洞庭湖》诗之五:"淡扫明湖开玉镜,丹青画出是君山。"

〔2〕"居人"二句:清金荣注引《吴县志》:"玄墓山后奇石在焉,俗谓之真假山。石类太湖,天然嵌空。"清惠栋注引邵长蘅《青门賸稿》:"圣恩寺后真假山,石玲珑类人工镂凿,故名。以真冒假,为之一笑。"玄墓,即玄墓山,或作袁墓山。明王鏊《姑苏志》卷八:"玄墓山,相传郁泰玄葬此,故名。在邓尉西南,一名万峰山。山之半,南面太湖,远见法华山,如屏浮于波面。"

惠山下邹流绮过访^[1]

雨后明月来,照见下山路。人语隔溪烟,借问停舟处^[2]。

〔1〕这首五绝作于顺治十八年(1661)春二三月间。惠山,在今江苏无锡市西郊,古称华山、历山、西神山,以山有九峰,如龙蜿蜒,又名九龙山。山中以泉水著称。邹流绮,即邹漪,字流绮,无锡人,生平无考,今传《明季遗闻》四卷、《启祯野乘》一集十六卷、二集八卷。曾卖屋为吴伟业刻《绥寇纪略》,陷入文字狱,见清施闰章《学馀堂文集》卷二七《为邹

流绮致金长真》文。又王士禛于是年冬有《岁暮怀人》绝句云:"花时曾过九龙山,第二泉边挹妙颜。"即谓邹漪。全诗二十字,语虽浅近,而用意良深,效法唐诗人王维的痕迹明显,因而带有几分朦胧感,并有些许禅意。

〔2〕"人语"二句:化用唐王维《终南山》诗:"欲投人处宿,隔水问樵夫。"借问,主语当是邹漪,与诗题呼应。

江上望青山忆旧二首[1]

扬子秋残暮雨时,笛声雁影共迷离[2]。重来三月青山道,一片风帆万柳丝。

〔1〕这两首七绝作于顺治十八年(1661)春三月初。青山,在今江苏仪征市西南,参见《青山》诗注〔1〕。上一年八月,作者曾舟行至江宁充江南乡试同考官,路过仪征,这次重赴江宁公干,又乘船过仪征,写下这两首诗。所谓"忆旧"云云,是回忆去年八月此间景象,半年之后重经此地,节候不同,景物全新,自多感慨,寓情于景,意在言外。

〔2〕"扬子"二句:回忆去年八月此间景物。扬子,在今仪征、扬州一带的长江,古称扬子江,或作"杨子江"。迷离,模糊不明,难以分辨。

长江如练布帆轻[1],千里山连建业城[2]。草长莺啼花满树[3],江村风物过清明[4]。

〔1〕长江如练:语本南朝齐谢朓《晚登三山还望京邑》诗:"馀霞散

成绮,澄江净如练。"布帆轻:语本唐顾况《别江南》诗:"布帆轻白浪,锦带入红尘。"布帆,借指帆船,亦含有旅途平安之意。南朝宋刘义庆《世说新语·排调》:"顾长康作殷荆州佐,请假还东。尔时例不给布帆,顾苦求之,乃得发;至破冢,遭风,大败。作笺与殷云:'地名破冢,真破冢而出,行人安稳,布帆无恙。'"

〔2〕建业城:清代江宁府治所(今江苏南京市),三国吴孙权时名建业,系改自秣陵。

〔3〕"草长(zhǎng 掌)"句:形容江南春天景象,语本南朝梁丘迟《与陈伯之书》:"暮春三月,江南草长,杂花生树,群莺乱飞。"

〔4〕清明:我国农历二十四节气之一,一般在公历每年的4月5日前后。顺治十八年清明为农历三月初六日。

秦淮杂诗十四首〔1〕

年来肠断秣陵舟〔2〕,梦绕秦淮水上楼〔3〕。十日雨丝风片里〔4〕,浓春烟景似残秋〔5〕。

〔1〕这组七绝诗十四首作于顺治十八年(1661)春三月间。《渔洋山人自撰年谱》:"顺治十八年辛丑,二十八岁。在扬州……三月,有事金陵,居秦淮邀笛步,赋《秦淮杂诗》。"汪琬《钝翁前后类稿》卷二九《王贻上白门诗集序》:"贻上自莅广陵以来,凡至白门者再矣……其再至,则馆于布衣丁继之氏。丁故家秦淮,距邀笛步不数弓。贻上心喜,遂往来赋诗其间。丁年七十有八,为人少习声伎,与歙县潘景升、福清林茂之游,最稔,数出入南曲中,及见马湘兰、沙宛在之属。故能为山人缕述曲中遗事,娓娓不倦。贻上心益喜,辄掇拾其语,入《秦淮杂诗》中,诗益流

丽陫侧,可播笙管而被丝桐也。噫!亦异矣哉。"秦淮,即秦淮河,乃长江下游的支流,有东、南两个源头,在秣陵关附近汇合北流,经今南京市区西入长江。晚明时期,金陵是当时全国妓业繁华之地,而秦淮河房称最。明张岱《陶庵梦忆》卷四有云:"秦淮河河房,便寓,便交际,便淫冶,房值甚贵,而寓之者无虚日。画船箫鼓,去去来来,周折其间。"金陵乃六朝古都,明初与南明又以之为都城,诗人咏怀古迹,自多诗材。况且南明弘光政权覆亡不久,金陵早已今非昔比,那一缕汉族知识分子割舍不断的故国情结,也令诗人有怅然若失之感。发为诗歌,也自有欲说还休的几许无奈、几多悲叹,却又只能以宛转出之,这无疑会增加这一组诗的艺术魅力。组诗原二十首,见《渔洋山人诗集》卷一八,《渔洋诗话》卷上:"余客金陵,居秦淮邀笛步上,与主人丁翁谈秦淮盛时旧事,作绝句二十首,人竞传写。"《渔洋精华录》只选十四首,今从。

〔2〕秣陵:即指今江苏南京市,参见《青山》诗注〔3〕。

〔3〕秦淮水上楼:当指晚明时期的秦淮河房。明吴应箕《留都见闻录》:"南京河房,夹秦淮而居。绿窗朱户,两岸交辉。而倚槛窥帘者,亦自相掩映。夏月淮水盈漫,画船箫鼓之游,至于达旦,实天下之丽观也。"

〔4〕雨丝风片:春天的细雨微风。语本明汤显祖《牡丹亭·惊梦》:"朝飞暮卷,云霞翠轩;雨丝风片,烟波画船。"

〔5〕"浓春"句:谓秦淮两岸已失去往日的繁华。

结绮临春尽已墟〔1〕,琼枝璧月怨何如〔2〕。惟馀一片青溪水〔3〕,犹傍南朝江令居〔4〕。

〔1〕结绮临春:南朝陈后主在金陵所建两楼阁名。《陈书·张贵妃传》:"至德二年,乃于光照殿前起临春、结绮、望仙三阁,阁高数丈,并数十间……后主自居临春阁,张贵妃居结绮阁,龚、孔二贵嫔居望仙阁,并

复道交相往来。"墟:废墟。用如动词。

〔2〕琼枝璧月:南朝陈后主在宫中荒淫无度,与诸后妃、狎客所赋歌曲的曲词。《陈书·张贵妃传》:"后主每引宾客对贵妃等游宴,则使诸贵人及女学士与狎客共赋新诗,互相赠答,采其尤艳丽者以为曲词,被以新声,选宫女有容色者以千百数,令习而歌之,分部迭进,持以相乐。其曲有《玉树后庭花》、《临春乐》等,大指所归,皆美张贵妃、孔贵嫔之容色也。其略曰:'璧月夜夜满,琼树朝朝新。'"

〔3〕青溪:水名,故址在今南京市内。嘉庆重刊《江宁府志》卷八:"今督署后有青溪里巷,想当为青溪经过处。"宋祝穆《方舆胜览》卷一四:"青溪,《宋都记》:'鼎族多居其侧。'《建康志》:'吴大帝凿通城北堑,以泄玄武湖水。发源于钟山,接于秦淮。"又《南史·张贵妃传》:"隋军克台城,贵妃与后主俱入井,隋军出之,晋王广命斩之于青溪中。"

〔4〕江令居:南朝陈江总的住所。元陶宗仪《说郛》卷六八上:"青溪,今县东有渠,北接覆舟山,近后湖,里俗相传此青溪也,其水迤逦西出。《京都记》云:京师鼎族多在青溪,溪北有江总宅。"宋王安石《招约之职方并示正甫书记》:"往时江总宅,近在青溪曲。井灭非故桐,台倾尚馀竹。"江总(519—594),字总持,陈后主时,官至尚书令,不持政务,日与后主游宴后庭。隋灭陈,入隋为上开府,卒于江都。他是亡国宰相、后宫狎客、宫体诗人,明人辑有《江令君集》一卷。《陈书》有传。

桃叶桃根最有情[1],琅琊风调旧知名[2]。即看渡口花空发[3],更有何人打桨迎[4]?

〔1〕桃叶桃根:桃叶相传是晋朝王献之的侍妾,桃根是桃叶的妹妹。参见《秋柳》诗之四注〔1〕。

〔2〕"琅琊风调"句:谓王献之风姿潇洒,名传遐迩。王献之(344—

386),字子敬,小字官奴,会稽(今浙江绍兴)人,祖籍琅琊(今山东临沂)。为王羲之第七子,官至中书令,书法精妙。明人辑有《王大令集》一卷。《晋书》有传。

〔3〕渡口:即桃叶渡,相传为王献之送别桃叶处,故址在今南京市内。宋祝穆《方舆胜览》卷一四:"桃叶渡,一名南浦渡。《金陵览古》:在秦淮口。"

〔4〕"更有"句:语本《桃叶歌》:"桃叶复桃叶,渡江不用楫。但渡无所苦,我自迎接汝。"见宋郭茂倩《乐府诗集》卷四五。

三月秦淮新涨迟[1],千株杨柳尽垂丝。可怜一样西川种,不似灵和殿里时[2]。

〔1〕新涨(zhǎng掌):江河春季水涨。
〔2〕"可怜"二句:用灵和柳的典故。《南史·张绪传》:"刘悛之为益州,献蜀柳数株,枝条甚长,状若丝缕。时旧宫芳林苑始成,武帝以植于太昌灵和殿前,常赏玩咨嗟,曰:'此杨柳风流可爱,似张绪当年时。'其见赏爱如此。"西川种,来自蜀地的杨柳。西川,原为唐方镇剑南西川的简称,这里指代蜀地(今四川一带)。灵和殿,南朝齐宫殿名。

潮落秦淮春复秋,莫愁好作石城游[1]。年来愁与春潮满,不信湖名尚莫愁[2]。

〔1〕"莫愁"句:宋郭茂倩《乐府诗集》卷四八录《莫愁乐》二首,其一曰:"莫愁在何处,莫愁石城西。艇子打两桨,催送莫愁来。"前有序云:"《唐书·乐志》曰:'《莫愁乐》者,出于石城乐。石城有女子名莫愁,

善歌谣,石城乐和中复有忘愁声,因有此歌。'"宋洪迈《容斋随笔·三笔》卷一一《两莫愁》:"莫愁者,郢州石城人,今郢有莫愁村……'艇子打两桨,催送莫愁来'者是也。李义山诗曰'……如何四纪为天子,不及卢家有莫愁',此莫愁者,洛阳人。梁武帝《河中之歌》曰:'河中之水向东流,洛阳女儿名莫愁……'者是也……近世周美成乐府《西河》一阕,专咏金陵,所云'莫愁艇子曾系'之语,岂非误指石头城为石城乎?"

〔2〕"不信"句:《大清一统志》卷五〇:"莫愁湖在江宁县三山门外,明时为徐中山园。《府志》相传为莫愁旧居,因名。"又明张萱《疑耀》卷四《莫愁》:"今金陵莫愁湖在三山门外,相传有妓卢莫愁家此,或后代倡女慕莫愁名,好事者因其人以名湖。而竟陵之与金陵,石城之与石头城,又易讹也,即金陵有莫愁,当是两莫愁矣。又《乐府解题》云:'古歌有《莫愁》,洛阳女。'则是有三莫愁矣。"

青溪水木最清华[1],王谢乌衣六代夸[2]。不奈更寻江总宅,寒烟已失段侯家[3]。

〔1〕"青溪"句:语本唐李白《宣城青溪》:"青溪胜桐庐,水木有佳色。"此系借用,金陵青溪,参见本组诗之二注〔3〕。清华,景物清秀美丽。晋谢混《游西池》诗:"景昃鸣禽集,水木湛清华。"

〔2〕"王谢"句:王、谢二姓为六朝声名显赫的世族大家。宋周应合《景定建康志》卷一六:"乌衣巷在秦淮南,晋南渡,王、谢诸名族居此,时谓其子弟为乌衣诸郎。今城南长干寺北,有小巷曰乌衣,去朱雀桥不远。"六代,即六朝,三国吴、东晋、南朝宋、齐、梁、陈皆建都建业(即金陵),故称。

〔3〕"不奈"二句:宋张敦颐《六朝事迹编类》卷下《江令宅》:"陈尚书令江总宅也,《建康实录》及杨修诗注云:'南朝鼎族多夹青溪,江令宅

尤占胜地,后主尝幸其宅,呼为狎客。'刘禹锡诗云:'南朝词臣壮朝客,归来唯见秦淮碧。池台竹树三亩馀。至今人道江家宅。'今城东段大夫约之宅,正临青溪,即其地也。故王荆公诗云:'昔时江令宅,今日段侯家。'此可验也。"

当年赐第有辉光[1],开国中山异姓王[2]。莫问万春园旧事[3],朱门草没大功坊[4]。

　　[1] 赐第:谓明太祖朱元璋赐功臣徐达宅第事。徐达(1332—1385),字天德,凤阳临淮(今安徽凤阳东北)人,辅助朱元璋取天下,为开国第一功臣。官至中书右丞相,封魏国公。《明史·徐达传》:"帝尝从容言:'徐兄功大,未有宁居,可赐以旧邸。'旧邸者,太祖为吴王时所居也,达固辞。一日帝与达之邸,强饮之醉,而蒙之被,舁卧正寝。达醒,惊趋下阶,俯伏呼死罪,帝觇之,大悦,乃命有司即旧邸前治甲第,表其坊曰'大功'。"
　　[2] 异姓王:封建时代与帝王不同姓而封王者。《史记·汉兴以来诸侯王年表序》:"高祖弟子同姓为王者九国,唯独长沙异姓。"这里指徐达死后被追封中山王事。《明史·徐达传》:"达在北平病背疽,稍愈,帝遣达长子辉祖赍敕往劳,寻召还。明年二月病笃,遂卒,年五十四。帝为辍朝,临丧悲恸不已,追封中山王,谥武宁,赠三世皆王爵。赐葬钟山之阴,御制神道碑文。配享太庙,肖像功臣庙,位皆第一。"
　　[3] "莫问"句:当为徐达第十一世孙徐青君沦落事。据清余怀《板桥杂记》下卷记述,中山公子徐青君,家资巨万,曾造一花园于大功坊侧,极其豪侈,日夜欢宴。明亡后,凡明帝所赐宅第一律为清廷没收,徐青君贫无立锥,沦为乞丐,甚至为人代杖以糊口。后遇分守江宁道林天擎,得知花园乃徐青君自造,予以查还,徐青君才有了变卖旧产以存活的生计。

林天擎任分守江宁道在顺治五年至十一年间(参见《江南通志》卷一〇六、一〇七),徐青君代杖事亦当在此期间,距王士禛写这一组诗仅十来年左右。徐青君所造园之名,未见记述,"万春"之名,或系布衣丁继之所告者。参见本组诗之一注[1]。

〔4〕朱门:这里指中山王府邸。大功坊:清金荣注引《南畿志》:"大功坊东抵秦淮,西通古御街,中山王徐达宅在焉。"

新歌细字写冰纨[1],小部君王带笑看[2]。千载秦淮呜咽水,不应仍恨孔都官[3]。

〔1〕新歌:南明福王弘光政权的兵部右侍郎阮大铖所撰《燕子笺》传奇。作者自注:"福王时,阮司马以吴绫作朱丝阑,书《燕子笺》诸剧进宫中。"清夏燮《明通鉴》附编卷一上:"崇祯十七年甲申……十二月,阮大铖以乌丝栏写己所作《燕子笺》杂剧进之。"清计六奇《明季南略》卷一《马士英特举阮大铖》:"给事中罗万象奏曰:'辅臣荐用大铖,或以愧世之无知兵者。然而大铖实未知兵,恐《燕子笺》、《春灯谜》即枕上之《阴符》,而袖中之黄石也。'"阮大铖(1587—1646),字集之,号圆海,一号石巢,又号百子山樵,安庆府怀宁(今属安徽)人,一说桐城人。万历四十四年进士,明末以投靠魏忠贤名列逆案。南明弘光朝,与马士英相勾结,党同伐异,迫害忠良。后降清,死于仙霞关。一生创作传奇十一种,今仅传《春灯谜》、《牟尼合》、《双金榜》、《燕子笺》四种,另有《咏怀堂诗文集》传世。《明史》有传。冰纨:洁白的细绢。

〔2〕小部:原指唐代宫廷中的少年歌舞乐队。唐袁郊《甘泽谣·许云封》:"值梨园法部置小部音声,凡三十馀人,皆十五以下。"后世遂泛指梨园、教坊演剧奏曲。君王:指南明弘光帝朱由崧(1607—1646),明崇祯十六年(1643)袭福王。李自成占领北京,南逃,为凤阳总督马士英等

拥立为帝,建元弘光。昏庸腐朽,追逐声色,不理国事,弘光元年(顺治二年,1645),清兵南下占领南京,弘光帝走依芜湖黄得功,旋被俘送北京,翌年被杀。带笑看:语本唐李白《清平调》:"长得君王带笑看。"

〔3〕"千载"二句:语本唐胡曾《杀子谷》诗:"至今谷口泉呜咽,犹似秦人恨李斯。"孔都官,即孔范(生卒年不详),字法言,会稽山阴(今浙江绍兴)人。仕南朝陈后主为都官尚书,为人跋扈,谄事后主,常与陈暄、江总等侍奉后主游宴赋诗,号称"狎客"。隋师将渡江,他又侈谈长江天堑,终于兵败被俘,为隋文帝流放边疆。他文章富丽,擅长五言诗。《南史》有传。阮大铖与孔范属异代之同类奸佞,而阮大铖之可恨更较孔范为甚,所谓项庄舞剑,意在沛公,可见作者用思之巧。

旧院风流数顿杨〔1〕,梨园往事泪沾裳〔2〕。尊前白发谈天宝〔3〕,零落人间脱十娘〔4〕。

〔1〕旧院:明代南京妓女丛聚之所。清余怀《板桥杂记》上卷:"旧院,人称曲中,前门对武定桥,后门在钞库街。妓家鳞次,比屋而居。"顿杨:指明末秦淮名妓顿文、杨玉香。顿文,清余怀《板桥杂记》上卷:"顿文,字少文,琵琶顿老女孙也。性聪慧,识字义,唐诗皆能上口……学鼓琴,雅歌三叠,清泠然,神与之浃,故又字曰琴心云。琴心生于乱世,顿老赖以存活,不能早脱乐籍……然终归匪人。嗟乎!佳人命薄,若琴心者,其尤哉,其尤哉!"杨玉香,清钱谦益《列朝诗集小传》闰集《杨玉香》:"玉香,金陵倡家女。年十五,色艺绝群,与闽人林景清题诗倡和,遂许嫁景清。诀别六年,景清复南游,舟泊白沙,月夜见玉香于舟中,欢好如平生。天将曙,不复见。景清至金陵访之,死经年矣。金陵人传之甚详。"

〔2〕梨园往事:指明末秦淮妓寮娼馆的演戏歌舞盛事与妓女的不同遭遇和归宿。梨园,唐玄宗时教练宫廷歌舞艺人的地方。后以梨园泛

指戏班或演戏之所。

〔3〕"尊前"句:语本唐元稹《行宫》诗:"寥落古行宫,宫花寂寞红。白头宫女在,闲坐说玄宗。"白发,这里指已经年老的秦淮妓女。天宝,唐玄宗李隆基的年号(742—756),这里指前明时的秦淮旧梦。

〔4〕脱十娘:明末金陵著名妓女名。王士禛《池北偶谈》卷一二《脱十娘郑妥娘》:"金陵旧院,有顿、脱诸姓,皆元人后没入教坊者。顺治末,予在江宁,闻脱十娘者,年八十馀尚在,万历中北里之尤也。予感而赋诗云……"

傅寿清歌沙嫩箫〔1〕,红牙紫玉夜相邀〔2〕。而今明月空如水〔3〕,不见青溪长板桥〔4〕。

〔1〕"傅寿"句:清金荣注引徐釚《本事诗》:"傅寿,字灵修,旧院妓,能弦索,喜登场演剧。沙,名宛在,字嫩儿,桃叶女郎,有《蝶香集》。当时曲中以沙嫩箫为第一。"又清钱谦益《列朝诗集小传》闰集《沙宛在》:"宛在,字嫩儿,自称桃叶女郎。有《蝶香集》、《闺情绝句》一百首。"清余怀《板桥杂记》中卷:"沙才,美而艳,丰而柔,骨体皆媚,天生尤物也。善弈棋、吹箫、度曲。长指爪,修容貌,留仙裙,石华广袖,衣被灿然。后携起妹曰嫩者,游吴郡,卜居半塘,一时名噪,人皆以'二赵'、'二乔'目之。惜也才以疮发,剜其半面;嫩归叱利,郁郁死。"

〔2〕红牙:檀木制的拍板,用以调节乐曲的节拍,对应上句"清歌"。紫玉:古人多截紫竹以为箫笛,故以紫玉为箫笛的代称。这里代指箫,对应上句"箫"。

〔3〕"而今"句:语本宋苏轼《和黄秀才鉴空阁》诗:"明月本自明,无心孰为境。挂空如水鉴,写此山河影。"

〔4〕青溪:水名,故址在今南京市内。参见本组诗之二注〔3〕。长

板桥:清余怀《板桥杂记》上卷:"长板桥在院墙外数十步,旷远芊绵,水烟凝碧。回光、鹫峰两寺夹之,中山东花园亘其前,秦淮朱雀桁绕其后。洵可娱目赏心,漱涤尘俗。"又清金荣注引徐钒《本事诗》:"旧院有长板桥为最胜,今院址为菜圃,独板桥尚存。"

新月高高夜漏分[1],枣花帘子水沉熏[2]。石桥巷口诸年少[3],解唱当年《白练裙》[4]。

[1] "新月"句:语本唐李白《捣衣篇》诗:"明月高高刻漏长,真珠帘箔掩兰堂。"又唐许浑《瓜州留别李诩》诗:"杨堤惜别春潮晚,花榭留欢夜漏分。"漏分(fēn 纷),深夜。

[2] 枣花帘子:花纹编织成枣花形状的帘子。清孔尚任《桃花扇·拒媒》:"你望着枣花帘影杏纱纹。"水沉:用沉香木制成的香。明李时珍《本草纲目·木一·沉香》:"木之心节置水则沉,故名沉水,亦曰水沉。"宋苏轼《九日舟中望见有美堂上鲁少饮以诗戏之》诗之二:"西阁珠帘卷落晖,水沉烟断佩声微。"

[3] 石桥巷:当即石桥街,在明南京旧院附近。清金荣注引曹大章《秦淮士女表》:"张奴儿,旧院石桥街住。"

[4] 解:能够。白练裙:明郑之文、吴兆所作传奇名。明沈德符《顾曲杂言·白练裙》:"顷岁丁酉,冯开之年伯为南祭酒,东南名士云集金陵。时屠长卿年伯久废,新奉恩诏复冠带,亦寓此。公慕狭邪寇四儿名文华者,先以缠头住。至日,具袍服、头踏,呵殿而至,踞厅事,南面,呼妓出拜,令寇姬傍侍行酒,更作才语相向。次日,六院喧传,以为谈柄。有江右孝廉郑豹先名之文者,素以才自命,遂作一传奇,名曰《白练裙》,摹写屠憨状曲尽。时吴下王百谷亦在留都,其少时曾眷名妓马湘兰名守真者,马年已将耳顺,王则望七矣,两人尚讲衾裯之好,郑亦串入其中,备列

丑态,一时为之纸贵。次年,李久我署南礼部,追书肆刻本,毁其板,然已传播远近无算矣。余后于都下遇郑君,誉其填词之妙,郑面发赤,嘱余勿再告人。"清钱谦益《列朝诗集小传》丁集上《郑太守之文》:"之文,字应尼,南城人。公车下第,薄游长干。曲中马湘兰负盛名,与王百谷诸公为文字饮,颇不理应尼。应尼与吴非熊辈,作《白练裙》杂剧,极为讥调,聚子弟演唱,召湘兰观之,湘兰为之微笑……应尼官南部郎,稍迁至某郡太守,免归。崇祯末,余作长歌寄之,有曰:'子弟犹歌《白练裙》,行人尚酹湘兰墓。'应尼亦次韵相答,是后寂不相闻矣。"

玉窗清晓拂多罗[1],处处凭栏更踏歌[2]。尽日凝妆明镜里[3],水晶帘影映横波[4]。

〔1〕玉窗:窗的美称。多罗:脂粉盒。《太平御览》卷七一七引南朝宋何承天《纂文》曰:"多罗,粉器。"这里当暗指眉楼的陈设,详见本诗注〔4〕。

〔2〕踏歌:拉手而歌,以脚踏地为节拍。唐储光羲《蔷薇篇》:"连袂踏歌从此去,风吹香去逐人归。"

〔3〕凝妆:盛装。唐谢偃《新曲》诗:"青楼绮阁已含春,凝妆艳粉复如神。"

〔4〕水晶帘:亦作水精帘,以水晶制帘,比喻帘之晶莹华美。唐李白《玉阶怨》诗:"却下水精帘,玲珑望秋月。"横波:比喻女子眼神流动,如水横流。晋傅毅《舞赋》:"眉连娟以增绕兮,目流睇而横波。"这里当暗指明末南京旧院名妓顾媚(1615—1673),又名眉,字眉生,又字眉庄,号横波,归龚鼎孳后改姓徐,名智珠,号善持,又有徐夫人之称。清余怀《板桥杂记》中卷:"顾媚,字眉生,又名眉。庄妍靓雅,风度超群。鬓发如云,桃花满面。弓弯纤小,腰支轻亚。通文史,善画兰,追步马守真,而姿

容胜之,时人推为南曲第一。家有眉楼,绮窗绣帘。牙签玉轴,堆列几案;瑶琴锦瑟,陈设左右。香烟缭绕,檐马丁当……未几归合肥龚尚书芝麓……客有求尚书诗文及乞画兰者,缣笺动盈箧笥,画款所书'横波夫人'者也。"

北里新词那易闻[1],欲乘秋水问湘君[2]。传来好句《红鹦鹉》,今日青溪有范云[3]。

〔1〕北里:唐代长安平康里位于城北,亦称北里,为当时妓院所在地。后世遂用以泛称娼妓聚集之所。新词:新作之词曲。唐刘禹锡《踏歌词》:"唱尽新词欢不见,红霞映树鹧鸪鸣。"

〔2〕"欲乘"句:语本唐李白《陪族叔刑部侍郎晔及中书贾舍人至游洞庭五首》诗之一:"日落长沙秋色远,不知何处吊湘君。"湘君,湘水女神。《楚辞·九歌》有《湘君》、《湘夫人》,《湘君》:"君不行兮夷犹,蹇谁留兮中洲?美要眇兮宜修,沛吾乘兮桂舟。令沅湘兮无波,使江水兮安流。"这里以"湘君"暗指马湘兰,即马守真(1548—1606)。清钱谦益《列朝诗集小传》闰集《马湘兰》:"马姬,名守真,小字玄儿,又字月娇,以善画兰,故湘兰之名独著。姿首如常人,而神情开涤,濯濯如春柳早莺,吐辞流盼,巧伺人意,见之者无不人人自失也。"

〔3〕"传来"二句:作者自注:"(范)云,字双玉,有《红鹦鹉》诗最佳。"清惠栋注引《续本事诗》:"双玉,秦淮女子。文舍人启美有'相逢恨少珠千斛,问字云从玉一双'之句。"青溪,参见《余澹心寄金陵咏怀古迹诗却寄二首》之二注〔2〕。

十里清淮水蔚蓝[1],板桥斜日柳毿毿[2]。栖鸦流水空萧瑟[3]，不见题诗纪阿男[4]。

〔1〕清淮：清澈的秦淮河。这里有意以"淮"暗寓本诗所咏之女子纪映淮。蔚蓝：像晴朗天空的颜色。唐杜甫《冬到金华山观》诗："上有蔚蓝天，垂光抱琼台。"

〔2〕板桥：即长板桥，参见本组诗之九注〔4〕。毵(sān 三)毵：形容杨柳枝垂拂纷披的样子。唐施肩吾《春日钱塘杂兴》诗之一："酒姥溪头桑衮衮，钱塘郭外柳毵毵。"

〔3〕"栖鸦"句：王士禛《池北偶谈》卷一一《纪映淮》："金陵纪青，字竺远，能诗。少为诸生，弃去，入天台国清寺为僧，久之复舍去。其子映钟伯紫，尤负诗名。女名映淮，字阿男，尝有《秦淮竹枝》云：'栖鸦流水点秋光，爱此萧疏树几行。不与行人绾离别，赋成谢女雪飞香。'及笄，嫁莒州杜氏，早寡，年五十馀以节终。予在仪制时，下有司旌表之。予昔在秦淮赋诗云……"萧瑟，冷落，凄凉。《楚辞·九辩》："悲哉！秋之为气也。萧瑟兮，草木摇落而变衰。"

〔4〕纪阿男：即纪映淮（生卒年不详），字冒绿，小字阿难，江南上元（今江苏江宁）人。明诸生纪青女，莒州诸生杜李室。崇祯十五年，夫遇难，纪映淮奉姑以节孝闻，擅诗词，多为少时所作，有《真冷堂词》。王士禛《渔洋诗话》卷上："余辛丑客秦淮，作《杂诗》二十首，多言旧院时事……伯紫与余书云：'公诗即史，乃以青灯白发之嫠妇，与莫愁、桃叶同列，后人其谓之何？'余谢之。后入为仪郎，乃力主覆疏，旌其间。笑曰：'聊以忏悔少年绮语之过。'"

题余氏女子绣浣纱洛神图二首[1]

溪水粼粼见浣纱[2]，苎萝春色玉人家[3]。丝丝绣出吴宫怨〔4〕,碧石清江是若耶〔5〕。

〔1〕这两首七绝作于顺治十八年(1661)四月间。王士禛《香祖笔记》卷一一:"余在广陵时,有余氏女子名韫珠,刺绣工绝,为西樵作须菩提像,既又为先尚书府君作弥勒像,皆入神妙。又为余作神女、洛神、浣纱、杜兰香四图,妙入毫厘,盖与画家同一关捩。"又王士禛《池北偶谈》卷一二《吴画余绣》:"予在广陵时,有余氏女子,字韫珠,年甫笄,工仿宋绣,绣仙佛人物,曲尽其妙,不啻针神。曾为予绣神女、洛神、浣纱诸图,又为西樵作须菩提像,皆极工。"除此二诗外,王士禛还填有《浣溪沙》(西施)、《解佩令》(洛神)、《望湘人》(柳毅传书)三首词,称赏这位女工艺美术家。同时,陈维崧、董以宁、彭孙贻、彭孙遹、邹祗谟等文人亦有和作,可见余韫珠技艺之精良。这两首诗根据绣作题材略事发挥,不即不离,游刃有余。第一首围绕西施浣纱的传说展开,第二首围绕曹植《洛神赋》的文学作品延伸,可谓各有韵致。

〔2〕粼(lín 林)粼:水流清澈的样子。《诗·唐风·扬之水》:"扬之水,白石粼粼。"浣纱:洗涤纱一类的丝织品。传说春秋时越国美女西施未入吴宫前曾浣纱溪边。《太平御览》卷四七引晋孔晔《会稽记》:"勾践索美女以献吴王,得诸暨罗山卖薪女西施、郑旦,先教习于土城山。山边有石,云是西施浣纱石。"

〔3〕苎(zhù 住)萝:山名,在今浙江诸暨市南,相传西施为此山鬻薪者之女,见汉赵晔《吴越春秋·勾践阴谋外传》。玉人:容貌美丽者,这里即指西施。

〔4〕吴宫怨:语本唐张籍《吴宫怨》诗:"君心与妾既不同,徒向君前作歌舞。"又明徐熥《吴宫怨》诗:"高台日日翠华临,何事颦眉更捧心。本是苎萝山下女,吴中恩浅越中深。"

〔5〕碧石清江:语本唐杜甫《滕王亭子》诗:"清江碧石伤心丽,嫩蕊

浓花满目斑。"若耶：即若耶溪，在今浙江绍兴南若耶山下，溪旁有浣纱石，相传为西施浣纱处。宋施宿等《会稽志》卷一一："西施石在若耶溪，一名西子浣纱石。唐王轩诗云：'岭上千峰碧，江边细草春。今逢浣纱石，不见浣纱人。'"

明珠翠羽魏宫妆[1]，洛水微波渺正长[2]。欲写陈王旧时恨[3]。唾绒兼仿十三行[4]。

〔1〕明珠翠羽：珍贵的饰物，语本三国魏曹植《洛神赋》："或采明珠，或拾翠羽。"翠羽，翠鸟的羽毛，古人多用作饰物。魏宫妆：指曹魏宫中的妆束。余韫珠所绣之洛神系据曹植《洛神赋》之题材，故云。

〔2〕洛水微波：语本三国魏曹植《洛神赋》："黄初三年，余朝京师，还济洛川。古人有言，斯水之神，名曰宓妃。感宋玉对楚王神女之事，遂作斯赋。"又："无良媒以接欢兮，托微波而通辞。"洛水，即《洛神赋》中之洛川，源出陕西洛南西北，东入河南，经洛阳，于巩县之洛口流入黄河。

〔3〕陈王：曹植（192—232）原封东阿，故称东阿王；其最后封地在陈郡，卒谥思，后世又称之为陈王或陈思王。旧时恨：《文选》李善注云："魏东阿王，汉末求甄逸女既不遂，太祖回与五官中郎将。植殊不平，昼思夜想，废寝与食。黄初中入朝，帝示植甄后玉缕金带枕，植见之不觉泣，时已为郭后谮死。帝意亦寻悟，因令太子留宴饮，仍以枕赍植。植还，渡辕辕，少许时，将息洛水上，思甄后，忽见女来，自云：'我本托心君王，其心不遂。此枕是我在家时从嫁，前与五官中郎将，今与君王，遂用荐枕，欢情交集，岂常辞能具。为郭后以糠塞口，今被发，羞将此形貌重睹君王耳。'言讫遂不复见所在。遣人献珠于王，王答以玉佩，悲喜不能自胜。遂作《感甄赋》，后明帝见之，改为《洛神赋》。"

〔4〕唾绒：古代妇女刺绣，当停针换线、咬断绣线之时，随口吐出口

唇所沾留之线绒,俗谓唾绒。南唐李煜《一斛珠》词:"绣床斜凭娇无那,烂嚼红茸,笑向檀郎唾。"这里即指刺绣。十三行(háng杭):法帖名。晋王献之所书《洛神赋》真迹,至南宋时仅存十三行,共二百五十字,世称"十三行",为稀世珍品。今传本有玉版十三行、柳跋十三行两种。这里以之比喻余韫珠绣品的珍贵。

昭阳舟中读闺秀徐幼芬遗诗寄李季子二首[1]

昭阳北望景依依[2],江柳微黄燕雁飞[3]。空忆谢家才调美,青丝曾解小郎围[4]。

〔1〕这两首七绝作于顺治十八年(1661)闰七月初。昭阳,即昭阳山,在今江苏兴化一带。《明一统志》卷一二:"昭阳山在兴化县西四里,有昭阳府君庙。昭阳为楚怀王令尹,出将入相,有功德于民,故立庙祀焉。"徐幼芬,邓汉仪《诗观初集》:"徐氏,字幼芬,广陵人,工部徐葆初石钟之女,孝廉李淦季子之配也。与叔姑季静姎夫人迭有倡和,不幸早逝。"李季子,即李淦,王晫《今世说·豪爽》:"李励国名淦,字季子,江南兴化人。博学好古,秀杰之气见于须眉。"两首诗赞美已故才女徐幼芬,兼有劝慰其夫之意,笔触轻灵,文字得体。

〔2〕依依:流连难舍。

〔3〕燕雁飞:语本明顾璘《送吴铣入楚》诗:"岳阳楼头江月辉,洞庭湖边燕雁飞。"

〔4〕"空忆"二句:用晋才女谢道韫为王献之议论解围事。《晋书·王凝之妻谢氏传》:"王凝之妻谢氏,字道韫,安西将军奕之女也,聪识有才辩。叔父安尝问:'《毛诗》何句最佳?'道韫称:'吉甫作颂,穆如清风,

仲山甫永怀,以慰其心。'安谓有雅人深致。又尝内集,俄而雪骤下,安曰:'何所似也?'安兄子朗曰:'散盐空中差可拟。'道韫曰:'未若柳絮因风起。'安大悦……凝之弟献之尝与宾客谈议,词理将屈,道韫遣婢白献之曰:'欲为小郎解围。'乃施青绫步鄣自蔽,申献之前议,客不能屈。"空忆,以徐幼芬已故,故称空忆。青丝,青绫步鄣。小郎,古代已婚女子称丈夫之弟。

自来学得谢公棋[1],博士风流幼妇词[2]。未免有情看不得[3],桥南荀令断肠诗[4]。

　　[1]谢公棋:即指围棋。南朝宋刘义庆《世说新语·雅量》:"谢公与人围棋,俄而谢玄淮上信至。看书竟,默然无言,徐向局。客问淮上利害,答曰:'小儿辈大破贼。'意色举止,不异于常。"作者自注:"幼芬七岁,能与父弈。"

　　[2]博士风流:用三国魏文帝曹丕甄皇后幼年时事。《三国志·魏书·文昭甄皇后传》:"(文昭甄皇后)年九岁,喜书,视字辄识,数用诸兄笔砚,兄谓后言:'汝当习女工,用书为学,当作女博士耶?'后答言:'闻古者贤女,未有不学前世成败,以为己诫。不知书,何由见之?'"幼妇词:用杨修识碑事称赞徐幼芬聪慧。南朝宋刘义庆《世说新语·捷悟》:"魏武尝过曹娥碑下,杨修从,碑背上见题作'黄绢幼妇,外孙齑臼'八字。魏武谓修曰:'解不?'答曰:'解。'魏武曰:'卿未可言,待我思之。'行三十里,魏武乃曰:'吾已得。'令修别记所知。修曰:'黄绢,色丝也,于字为绝;幼妇,少女也,于字为妙;外孙,女子也,于字为好;齑臼,受辛也,于字为辞。所谓绝妙好辞也。'魏武亦记之,与修同,乃叹曰:'我才不及卿,乃觉三十里。'"

　　[3]未免有情:语本南朝宋刘义庆《世说新语·言语》:"卫洗马初

欲渡江,形神惨顇,语左右云:'见此芒芒,不觉百端交集。苟未免有情,亦复谁能遣此!'"看不得:元冯子振《落梅》诗:"谁家吹笛苦悲凉,断却佳人铁石肠。回首泪痕看不得,离情分付返魂香。"

〔4〕桥南荀令:唐李商隐《韩翃舍人即事》诗:"桥南荀令过,十里送衣香。"清朱鹤龄《李义山诗注》:"习凿齿《襄阳记》:'刘季和性爱香,谓张坦曰:"荀令君至人家,坐幕三日,香气不歇,为我何如?"坦曰:"丑妇效颦,见者必走也。"'晋荀勖为尚书令,故云令君。"按李商隐诗中荀令当指荀彧(163—212),字文若,东汉颍川颍阴(今河南许昌)人,曾官侍中,守尚书令。王士禛诗中荀令似用荀彧之子荀粲因丧妇而伤神事,喻李淦、徐幼芬夫妇情深。南朝宋刘义庆《世说新语·惑溺》:"荀奉倩与妇至笃,冬月妇病热,乃出中庭自取冷,还以身熨之。妇亡,奉倩后少时亦卒,以是获讥于世。奉倩曰:'妇人德不足称,当以色为主。'裴令闻之曰:'此乃是兴到之事,非盛德言,冀后人未昧此语。'"刘孝标注引《粲别传》曰:"粲常以妇人才智不足论,自宜以色为主。骠骑将军曹洪女有色,粲于是聘焉,容服帷帐甚丽,专房燕婉历年,后妇病亡,未殡,傅嘏往喭粲,粲不哭而神伤。嘏问曰:'妇人才色,并茂为难,子之聘也,遗才存色,非难遇也,何哀之甚?'粲曰:'佳人难再得,顾逝者不能有倾城之异,然未可易遇也。'痛悼不能已已,岁馀亦亡,亡时年二十九。粲简贵不与常人交接,所交者一时俊杰。至葬夕,赴期者裁十馀人,悉同年相知名士也,哭之感恸路人。粲虽褊隘,以燕婉自丧,然有识犹追惜其能言。"断肠诗:语本宋苏轼《次韵回文三首》诗之二:"红笺短写空深恨,锦句新翻欲断肠。"这里是形容足以令李淦断肠的徐幼芬遗诗。

陈洪绶水仙竹二首　为周栎园侍郎题[1]

清泠池畔梁园种[2],奈此生绡素影何[3]。更写东阿旧时恨[4],芝田馆外见凌波[5]。

〔1〕这首七绝作于顺治十八年(1661)冬十月间,时周亮工由京师返南,过扬州,王士禛为他题杂画册十六首,《渔洋精华录》选录五首,本书连下所选《樊圻画》、《叶欣画》共录四首。陈洪绶(1598—1652),字章侯,幼名莲子,一名胥岸,号悔迟、老迟、弗迟、悔僧、云门僧、九品莲台主者、小净名,老年称老莲,浙江诸暨人,明国子监生。入清,曾一度为僧,后以卖画为生。《清史列传·文苑传》:"陈洪绶,字章侯,浙江诸暨人。工诗善画,与莱阳崔子忠齐名,号'南陈北崔'……崇祯末,入赀为国子生,寻归里。既,遭乱,混迹浮图,纵酒自放,醉后恸哭不已。有求画者靳不与,及酒间召妓,即自索笔墨,小夫稚子,无弗应也……其绘事本天纵,尤工人物,得李公麟法,论者谓在仇、唐之上。诗有逸致,为画所掩,朱彝尊、王士禛皆赏之。尝与毛奇龄约某时萧山相访,以年暮畏死先期至。晚亦称老迟。著有《宝纶堂集》。"周栎园,即周亮工(1612—1672),字元亮,一字减斋,号栎园,学者又称之为栎下先生,祥符(今河南开封)人。明崇祯十三年进士,历官潍县知县、浙江道监察御史。入清,历官福建左布政使、户部右侍郎,被劾入狱,旋释归,起为江安粮道。又因事下狱,赦归,病卒。著有《赖古堂集》二十四卷、《书影》十卷、《闽小记》四卷、《字触》六卷以及《印人传》、《读画录》、《同书》等多种。两首诗,前一首题陈洪绶画水仙,后一首题陈洪绶画斑竹。两首题画诗妙在超以象外,不仅仅拘泥于画图本身,心游万仞,借题发挥,方见作手。

〔2〕清泠池:《河南通志》卷七:"清泠池在睢阳城东二十里梁园内,李白在清泠池作《鸣皋歌》,即此。"按睢阳,秦置,治所在今河南商丘南。梁园:即梁苑,故址在今河南开封市东南,为汉梁孝王刘武游赏之所。《明一统志》卷二七《归德府》:"梁园在府城东,一名梁苑,或曰即菟园。汉梁孝王武所筑,内有百灵山,山之巅有落猿岩、栖龙岫、望秦岭,又有雁

池,池间有鹤洲凫。《九域志》曰:菟园中有修竹园。"按归德府,明承金置,治所在今河南商丘南。南朝宋谢惠连曾作《雪赋》,描绘梁苑大雪景色,曲尽其妙,后人即以"梁苑雪"比喻白色的繁花。这里以"梁园种"转喻水仙花白如梁苑之雪。

〔3〕生绡:未漂煮过的丝织品,古人多用以作画。这里即指画卷。素影:指画中的水仙花。

〔4〕东阿(ē婀):即三国魏曹植,以其曾封东阿王,故称。旧时恨:指曹植求甄氏不得事。参见《题余氏女子绣浣纱洛神图二首》诗之二注〔3〕。

〔5〕"芝田"句:语本曹植《洛神赋》:"尔乃税驾乎蘅皋,秣驷乎芝田。""凌波微步,罗袜生尘。"这里以水上洛神之美丽轻盈比喻画中水仙之态。芝田馆,语本唐李商隐《可叹》诗:"宓妃愁坐芝田馆,用尽陈王八斗才。"凌波,宋黄庭坚《王充道送水仙花五十枝欣然会心为之作咏》诗:"凌波仙子生尘袜,水上轻盈步微月。"

玲珑疏影玉缤纷〔1〕,比似江梅迥不群〔2〕。特向苍梧分一本〔3〕,泪痕斑处伴湘君〔4〕。

〔1〕"玲珑"句:用形容梅花之语形容斑竹,启下句"比似"语。玲珑疏影,本为形容梅花之语。明胡应麟《夜同胡孟弢龙君超杨世叔三孝廉周陈二山人集宋忠父第观梅花》诗:"寂历寒香飞枕簟,玲珑疏影出庭除。"又唐韩愈《春雪间早梅》诗:"玲珑开已遍,点缀坐来频。"宋林逋《山园小梅》诗:"疏影横斜水清浅,暗香浮动月黄昏。"玉缤纷,亦是形容梅花之语。明蓝智《桂林见梅》诗:"忽见罗浮万鹤群,水边林下玉缤纷。"

〔2〕江梅:一种野生梅花。宋范成大《梅谱》:"江梅,遗核野生,不经栽接者,又名直脚梅,或谓之野梅。凡山间水滨荒寒清绝之趣,皆此本

也。花稍小而疏瘦有韵,香最清,实小而硬。"迥不群:卓然超绝,与众不同。

〔3〕苍梧:山名,即九疑山,在今湖南宁远南。《湖广通志》卷一一一《宁远县》:"九疑山在县南六十里,亦名苍梧山,《山海经》:'南方苍梧之丘,苍梧之渊,其中有九疑山,舜之所葬,在长沙零陵界中。'郭璞曰:'山今在零陵营道县南,其山九峰皆相似,故云九疑,古者总名其地为苍梧也。'"

〔4〕"泪痕"句:点明咏斑竹。晋张华《博物志》卷八:"尧之二女,舜之二妃,曰湘夫人。舜崩,二妃啼,以涕挥竹,竹尽斑。"故斑竹又名湘妃竹。湘君,这里即指湘夫人。汉刘向《古列女传》卷一《有虞二妃》:"有虞二妃者,帝尧之二女也,长娥皇,次女英……舜陟方,死于苍梧,号曰重华;二妃死于江湘之间,俗谓之湘君。"唐杜甫《奉先刘少府新画山水障歌》:"不见湘妃鼓瑟时,至今斑竹临江活。"

樊圻画〔1〕

芦荻无花秋水长〔2〕,澹云微雨似潇湘〔3〕。雁声摇落孤舟远〔4〕,何处青山是岳阳〔5〕。

〔1〕这首七绝作于顺治十八年(1661)冬十月间,参见《陈洪绶水仙竹二首》诗之一注〔1〕。樊圻,周亮工《读画录》:"樊圻,字会公,江宁人。工山水、花草、人物,莫不极其妙境。"画为金陵八家之一。清惠栋注引《竹南漫录》云:"予弟苽思年十二,极称此诗:'泓峥萧瑟,读之形神超越,题画诗当以此种为神品。'予赏识其语,以为知言。今予弟下世五年矣,每读渔洋诗至此,追忆苽思之言,恒掩涕不忍卒读也。"这首诗吟咏樊

圻一幅山水画卷,从诗中可知,其画取材江南秋色,有山,有水,有孤舟,有芦荻,有大雁,迷濛中一片淡远情致,全诗意境溢于笔墨之外,可谓诗中有画了。

〔2〕"芦荻"句:语本唐杜荀鹤《溪岸秋思》诗:"秋风忽起溪滩白,零落岸边芦荻花。"芦荻,即芦与荻。皆为生长于水边的多年生草本植物。

〔3〕澹云微雨:宋程颢《和诸公梅台》诗:"淑景暖风前日事,澹云微雨此时情。"潇湘:湘江与潇水的并称,诗词中多泛指今湖南一带。唐刘禹锡《海阳湖别浩初师并引》:"潇湘间无土山,无浊水,民乘是气,往往清慧而文。"

〔4〕摇落:凋残,零落。《楚辞·九辩》:"悲哉! 秋之为气也。萧瑟兮,草木摇落而变衰。"

〔5〕"何处"句:语本唐孟浩然《济江问同舟人》诗:"时时引领望天末,何处青山是越中。"岳阳,在今湖南省东北部,长江南岸,濒临洞庭湖。

叶欣画〔1〕

偶来独立碧溪头,石涧茅亭白日幽。风雨欲来山欲暝〔2〕,万松阴里飒寒流〔3〕。

〔1〕这首七绝作于顺治十八年(1661)冬十月间,参见《陈洪绶水仙竹二首》诗之一注〔1〕。叶欣,周亮工《读画录》:"荣木善结构,能就目前所见,一运之纸,一经其笔,虽极无意物,亦有许多灵异,故往往引人入胜地。荣木,名欣,云间人,流寓白门。"《国朝画征录》谓其为无锡人。画学赵令穰,为金陵八家之一,曾为周亮工摘陶渊明诗作小景百幅。从这首七绝描写可知,其画取材山间小景:松林森森,石涧掩映;溪水潺潺,茅

亭清幽;远山迷茫,人立溪头。画卷意境被诗准确传达出来,所谓"俯拾即是,不取诸邻",此之谓也。唐贯休《山居诗二十四首》之二前半首:"难是言休即便休,清吟孤坐碧溪头。三间茅屋无人到,十里松阴独自游。"王士禛当受此诗意象启发。

〔2〕"风雨"句:语本元虞集《息斋竹》诗:"山雨欲来春树暗,尽将情思写江南。"

〔3〕万松阴里:语本明王恭《访僧不值》诗:"万松阴里隐禅扉,一上中峰入翠微。"飒,迅疾的样子。唐杜甫《大雨》诗:"风雷飒万里,霈泽施蓬蒿。"

杨枝紫云曲二首[1]

名园一树绿杨枝[2],眠起东风踠地垂[3]。忆向灞陵三月见[4],飞花如雪飐轻丝[5]。

〔1〕这两首七绝作于顺治十八年(1661)冬月。杨枝、紫云为王士禛诗友冒襄家的歌儿。冒襄(1611—1693),字辟疆,别号巢民,如皋(今属江苏)人。陈瑚《兰陵美人歌》注:"杨枝、紫云,皆冒辟疆家歌儿。"又徐釚《词苑丛谈》卷九:"广陵冒巢民家青童紫云,儇巧善歌,与阳羡陈其年狎,其年为画云郎小照,遍索题句。新城王阮亭曰……"两首七绝,第一首写杨枝,第二首写紫云,诗意绾合二人名字,描绘他们歌喉舞姿,借题发挥,尽态极妍,运用典故,如盐著水中,浑然无迹,显示出诗人驾驭语言的能力。

〔2〕名园:冒襄在如皋的家中有水绘园,极尽园林之胜,一时海内名士,多游觞咏啸其中。绿杨枝:即指歌儿杨枝。

〔3〕眠起：柳树柔弱枝条在风中飘拂，比喻杨枝身态舞姿。《三辅故事》："汉苑中有柳状如人形，号曰人柳，一日三眠三起。"踠（wǎn 宛）地垂：语本北周庾信《杨柳歌》："河边杨柳百丈枝，别有长条踠地垂。"踠地，屈曲斜垂着地的样子。

〔4〕"忆向"句：用折柳赠别故事回忆与杨枝的交往。《三辅黄图》卷六："霸桥在长安东，跨水作桥，汉人送客至此桥，折柳赠别。"又蜀王仁裕《开元天宝遗事》卷三《销魂桥》："长安东灞陵有桥，来迎去送，皆至此桥，为离别之地，故人呼之为销魂桥。"

〔5〕飞花如雪：谓柳絮飘飞如雪，比喻杨枝风华正茂。语本宋张扩《送顾景蕃暂还浙西》诗："墙头飞花如雪委，墙根老柳丝垂地。春政浓时君不留，山路晓风鸣马棰。"飐（zhǎn 展）：风吹使物颤动摇曳。

黄金屈膝玉交杯〔1〕，坐烬银荷叶上灰〔2〕。法曲只从天上得，人间那识《紫云回》〔3〕。

〔1〕"黄金"句：形容居室装饰与用具的华美。屈膝，又名屈戌，古人称门窗、厨柜或屏风上的环钮、铰链，俗称合页。玉交杯，玉制的交饮杯，古时男女狎昵，有饮交杯酒的习俗。

〔2〕"坐烬"句：形容听紫云唱曲者不觉时间的推移。烬，灰烬，这里用如动词。银荷，银制荷叶形的灯盏或烛台。明杨基《和唐李义山商隐》诗之四："伤心两炬绯罗烛，吹作银荷叶下灰。"

〔3〕"法曲"二句：谓紫云歌喉动人。语本唐杜甫《赠花卿》诗："此曲只应天上有，人间能得几回闻。"法曲，一种古代乐曲，东晋南北朝称作法乐，以其用于佛教法会而得名。西域各族音乐与汉族清商乐逐渐形成隋朝的法曲，至唐又搀杂道曲而发展至极盛。后泛称美妙的音乐。《新唐书·礼乐志》："隋有法曲，其音清而近雅，其器有铙钹、钟磬、幢箫、琵

琶……玄宗既知音律,又酷爱法曲,选坐部伎子弟三百,教于梨园,声有误者,帝必觉而正之,号皇帝梨园弟子。"紫云回,曲名,这里借喻歌儿紫云所唱曲美妙动听。唐郑綮《开天传信记》:"上尝坐朝,以手指上下按其腹。退朝,高力士进曰:'陛下向来数以手指按其腹,岂非圣体小不安耶?'上曰:'非也。吾昨夜梦游月宫,诸仙娱予以上清之乐,寥亮清越,殆非人间所闻也。酣醉久之,合奏诸乐以送吾归,其曲凄楚动人,杳杳在耳。吾回以玉笛寻之,尽得之矣,坐朝之际,虑忽遗忘,故怀玉笛,时以手指上下寻,非不安。'力士再拜贺曰:'非常之事也,愿陛下为臣一奏之。'其声寥寥然,不可名言也。力士又再拜,且请其名。上笑言:'此曲名《紫云回》。'遂载于乐章,今太常刻石在焉。"

送苕文之京二首[1]

淼淼江湖春水生[2],淮南风景过清明[3],故人恰向愁中至,感激真从难后平[4]。竹外寒烟瓜步镇,花时细雨广陵城[5]。谢公埭下通宵语[6],酒冷香残十载情[7]。

[1] 这两首七律作于康熙元年(1662)春二月中。苕文,即汪琬(1624—1690),字苕文,号钝庵,晚号钝翁,以晚年隐居太湖尧峰山,学者称尧峰先生。江南长洲(今江苏苏州)人。顺治十二年进士,历官户部主事、刑部郎中。康熙十八年举博学鸿儒,授翰林院编修,与修《明史》,翌年以病告归,十年后卒。擅长散文,著有《尧峰文钞》、《钝翁类稿》、《拟明史列传》等。王士禛《居易录》卷九:"同年长洲汪钝翁琬,以庚午十二月十三日卒。汪狷急多忤交友,罕善终者,虽予以至诚交之,亦不免

其龉龅,予终不较也。海内交知甚多,至于议论有根柢,终推此君。汪官止翰林编修云。"两首诗中规中矩,虽不如作者的七绝那样挥洒自如,却也情真意切,感慨良多,对汪琬遭受奏销案的打击,抱以同情,含蓄中意味深长。

〔2〕森森:水势浩大的样子。宋苏辙《陪子瞻游百步洪》诗:"轻舟鸣橹自生风,渺渺江湖动颜色。"

〔3〕淮南:淮河以南、长江以北地区,这里即指淮阴一带,王士禛本月曾到此公干。风景:景况。清明:我国农历二十四节气之一,一般在公历每年的4月5日前后。康熙元年清明为农历二月十六日。

〔4〕"故人"二句:谓汪琬受奏销案牵连去官一事。此二诗作于事发后仅数月。《清史列传·文苑传》:"汪琬,字苕文,江苏长洲人。顺治十二年进士,授户部主事,充大通桥监督。迁员外郎改刑部郎中。以奏销案降北城兵马司指挥。"故人,指汪琬。感激,这里指意气激越,牢骚不平。难(nàn南去声),即指奏销案。顺治十八年(1661),清廷下严禁拖欠钱粮之令,违禁官绅,一律斥革追索。江南巡抚朱国治列举欠粮绅监一万三千五百一十七人,指为"抗粮",褫革追比。探花叶方蔼因欠粮一厘(值制钱一文),被革去编修,时有"探花不值一文钱"之谣。史称奏销案。

〔5〕"竹外"二句:写作者近时与汪琬的诗酒唱和。瓜步镇,即瓜埠(今属江苏)。《江南通志》卷二五:"瓜步镇,六合县东南二十五里瓜步山下。"花时,百花盛开之际,即指春天。广陵城,这里即指扬州府治所(今江苏扬州市)。

〔6〕谢公埭(dài代):即召伯埭,故址在今江苏扬州市东北。《明一统志》卷一二:"召伯埭在江都县东北四十五里,晋谢安镇广陵时所筑。民思其德,比于召公,故名。又名召伯堰。"

〔7〕"酒冷"句:化用汪琬此前所作诗中语,对其遭遇表示同情。汪

琬《夜坐杂感二首》:"萧萧夜雨打窗时,酒冷香残梦觉迟。往日风流都减尽,只惭犹未遣杨枝。""十载郎潜事业非,梦中犹恋旧渔矶。铜驼陌上秋风起,不为鲈鱼也合归。"十载情,即用汪琬"十载郎潜"诗语。郎潜,老于郎署之意,多喻做官久不得升迁。十载,汪琬于户部、刑部为郎官,至奏销案起不过六七年,此举其成数。

潦倒徒成未拂衣[1],疏狂真与世相违[2]。南徐载鹤横江去[3],西碛看花压帽归[4]。此去故人京洛少[5],莫教远道尺书稀[6]。岭南程五如相问[7],为道维摩减带围[8]。

〔1〕"潦倒"句:谓汪琬虽仕途坎坷,却并未辞官归隐。语本唐杜甫《曲江对酒》诗:"吏情更觉沧州远,老大悲伤未拂衣。"潦(liáo 聊)倒,颓丧、失意的样子。拂衣,振衣而去,指归隐。晋殷仲文《解尚书表》:"进不能见危授命,忘身殉国;退不能辞粟首阳,拂衣高谢。"

〔2〕疏狂:豪放,不受拘束。违:差异,不一致。

〔3〕"南徐"句:王士禛《渔洋诗话》卷中:"余在广陵衙斋,有鹤十二,每微雨,辄矫翮引吭如得意者。汪苕文(琬)、叶子吉(方蔼)过扬州,各笼其二归吴中。汪有《赠鹤记》,叶有长歌,具载本集。鹤产通州吕四场者,觜胫皆绿,传是仙种也。"南徐,即今江苏镇江,与扬州隔江而望,故曰"横江去"。

〔4〕西碛(qì 器):山名,山在今江苏吴县光福镇西南,山中多植梅花。《大清一统志》卷五四:"西碛山在邓尉山西,最高大,少景。"压帽:唐冯贽《云仙杂记》卷二《花簪压损帽檐》:"梁绪梨花时折花簪之,压损帽檐,至头不能举。"作者自注:"载鹤、探梅,皆余与苕文近事。"

〔5〕"此去"句:化用唐张谓《湘中有怀》诗:"故人京洛满,何日复同游。"京洛,洛阳的别称,以东周、东汉皆建都于此,故称。后世泛指国都,

这里即指京师(今北京市)。

〔6〕"莫教"句:语本唐杜甫《登舟将适汉阳》诗:"中原戎马盛,远道素书稀。"尺书,指书信。古乐府《饮马长城窟行》:"客从远方来,遗我双鲤鱼。呼儿烹鲤鱼,中有尺素书。"

〔7〕岭南程五:作者自注:"程五,调周量会元也。"即程可则(1624—1673),字周量,一字彦揆,又字湟溱,小字佛壮,号石臞,广东南海人。顺治九年会元,以磨勘不得与殿试。越十年,试授中书,历官户部主事、兵部郎中、桂林知府,三藩乱作,以忧卒。诗作有名于时,与王士禛、汪琬等皆有交。著《海日堂集》。程五,以其排行称之。岭南,古人指五岭以南地区,即今广东、广西一带。

〔8〕"为道"句:用梁昭明太子事,谓汪琬因忧虑过度而消瘦,略有调侃意。《南史·昭明太子传》:"昭明太子统,字德施,小字维摩,武帝长子也。"后其生母丁贵嫔卒,哀伤已极:"不尝菜果之味,体素壮,腰带十围,至是减削过半。"

绝 句[1]

波绕雷塘一带流[2],至今《水调》怨扬州[3]。年来惯听《吴娘曲》[4],暮雨潇潇水阁头[5]。

〔1〕这首七绝作于康熙元年(1662)春月。绝句本是近体诗之体裁之一,径以之命题,唐人已见其例,大约等同于"无题"。这首诗可谓扬州怀古,对隋炀帝褒贬无一字,而其意显然。诗熔历史与现实于一炉,巧借前人诗歌意象,扩充了诗的容量。诗原有二首,《渔洋精华录》选其一首。王士禛《香祖笔记》卷八:"白乐天诗:'吴娘暮雨潇潇曲,自别江南

113

久不闻。'极是佳句,可吟诵。又近人诗云:'东风谁唱《吴娘曲》,暮雨潇潇闹禁城。'予亦有二绝句云:'波绕雷塘一带流,至今《水调》怨扬州。年来惯听《吴娘曲》,暮雨潇潇水阁头。''七载离筵唤奈何,玉壶红泪敛青蛾。潇潇暮雨南阳驿,重听吴娘一曲歌。'"可见诗人顾盼自雄之态。所谓"近人诗",即指钱谦益诗,因乾隆间其书被禁,后人故刬其名。

〔2〕雷塘:原为水名,宋以后堙废,又名雷陂,故址在今江苏扬州市北。《江南通志》卷三三:"雷塘在甘泉县,亦曰雷陂。汉江都王建游雷陂,即此。唐武德中改葬隋炀帝于雷陂南平冈上。元苏大年诗云:'雷塘春雨绿波浓,古冢寒烟蔓草空。斜日欲沉山色近,行人无处问隋宫。'"按甘泉县,清雍正九年析江都县置,治所即今江苏扬州市,民国后废。

〔3〕水调(diào 吊):古代曲调名。《乐府诗集》卷七九《水调二首》:"《乐苑》曰:'《水调》,商调曲也。'旧说《水调河传》,隋炀帝幸江都时所制,曲成奏之,声韵怨切。王令言闻而谓其弟子曰:'但有去声而无回韵,帝不返矣。'后竟如其言。按唐曲凡十一叠,前五叠为歌,后六叠为入破。其歌,第五叠五言调,声最为怨切,故白居易诗云:'五言一遍最殷勤,调少情多似有因。不会当时翻曲意,此声肠断为何人。'唐又有新水调,亦商调曲也。"唐杜牧《扬州》诗之一:"谁家唱《水调》,明月满扬州。"自注云:"炀帝凿汴渠成,自造《水调》。"又宋贺铸《罗敷歌・采桑子》词:"谁家《水调》声声怨,黄叶秋风。"

〔4〕吴娘曲:古歌曲名,即《吴二娘曲》。明杨慎《升庵诗话》补遗《吴二娘》:"吴二娘,杭州名妓也,有《长相思》一词云:'深花枝,浅花枝,深浅花枝相间时,花枝难似伊。 巫山高,巫山低,暮雨潇潇郎不归,空房独守时。'白乐天诗:'吴娘暮雨潇潇曲,自别江南久不闻。'又:'夜舞吴娘袖,春歌蛮子词。'自注:'吴二娘歌词有"暮雨潇潇郎不归"之句。'《绝妙词选》以此为白乐天词,误矣。吴二娘亦杜公之黄四娘也。聊表出之。"

〔5〕水阁:临水的楼阁。

寄陈伯玑金陵[1]

东风作意吹杨柳[2],绿到芜城第几桥[3]。欲折一枝寄相忆[4],隔江残笛雨潇潇[5]。

〔1〕这首七绝作于康熙元年(1662)春月。陈伯玑,即陈允衡(1636？—1672),字伯玑,号玉渊,江西南城人。明御史陈本初之子。诗工五言,尝选诗号《国雅》,又选《诗慰》。著有《爱琴馆集》、《勤外堂愿学集》。王士禛《居易录》卷四:"南城陈伯玑(允衡)客金陵,清羸善病,以予故,数来扬州,选录《国雅集》,予居之古文选楼,颇料理之。"诗人与布衣陈允衡以诗文相交,情感真挚,发为诗歌,也清新自然,毫无做作之态。风景如画之春日忆友,以眼前杨柳为纽带,令人神往。

〔2〕"东风"句:语本唐杜甫《绝句漫兴九首》诗之九:"隔户杨柳弱袅袅,恰似十五女儿腰。谁谓朝来不作意,狂风挽断最长条。"又宋杨万里《过秦淮》诗:"晓过新桥启轿窗,要看春水弄春光。东风作意惊诗眼,搅乱垂杨两岸黄。"

〔3〕芜城:古城名,即广陵城。故址在今江苏江都县境。《明一统志》卷一二:"芜城,即古邗沟城,吴王濞故都。后荒芜,鲍照作《芜城赋》。"

〔4〕"欲折"句:语本宋文彦博《新杨柳》诗:"长忆都门外,低垂拂路尘。更思南陌上,攀折赠行人。行人经岁别,杨柳逐年新。何当凭塞雁,重寄一枝春。"

〔5〕"隔江"句;语本唐李白《塞下曲三首》诗之一:"笛中闻折柳,春

色未曾看。"雨潇潇,以眼前景寄托想念之情。《诗·郑风·风雨》:"风雨潇潇,鸡鸣胶胶。既见君子,云胡不瘳。"

红桥二首[1]

舟入红桥路[2],垂杨面面风[3]。销魂一曲水[4],终古傍隋宫[5]。

　　[1] 这两首五绝作于康熙元年(1662)。红桥初建于明末,木制,故址位于今江苏扬州西北,横跨长春湖上,朱栏掩映绿水,故名红桥。王士禛《香祖笔记》卷一二:"昔袁荆州籜庵(于令),自金陵过予广陵,与诸名士泛舟红桥,予首赋三阕,所谓'绿杨城郭是扬州'者,诸君皆和。袁独制套曲,时年八十矣。曲载《红桥倡和》。"乾隆元年(1736)此桥改建为石拱桥,如长虹卧波,即改称大虹桥。两首诗不事雕琢,全出以质朴之语,宛如一幅淡雅的青绿山水画轴,令人陶醉。

　　[2] "舟入"句:清李斗《扬州画舫录》卷一〇录王士禛《红桥游记》:"出镇淮门,循小秦淮折而北,陂岸起伏,竹木蓊郁。人家多因水为园溪塘,幽窈明瑟,颇尽四时之美。挐小艇,循河西北行,林木尽处有桥,宛然如垂虹下饮于涧,又如丽人靓妆照明镜中,所谓红桥也。"红桥原系板桥,桥桩四层,层各四桩,桥板六层,层各四板。南北跨保障湖水口,围以红栏,故名红桥。

　　[3] 面面风:宋赵师秀《陈待制湖楼》诗:"游人未得蒙庄旨,虚倚栏干面面风。"

　　[4] "销魂"句:语本宋宋庠《送令狐揆南游》诗:"绿波易荡销魂水,紫陌难遮拂面尘。"销魂,灵魂仿佛要离开肉体,形容极其哀愁。一曲水,

即今瘦西湖,原名保障河,亦称长春湖。

〔5〕隋宫:故址在今江苏扬州市。《江南通志》卷三三:"隋江都宫,在甘泉县大仪乡,大业元年敕王弘大修。江都宫中有成象殿、流珠堂、水精殿诸处,令宫人盛饰,谓之飞仙。今为上方禅智寺。"

水榭迎新秋〔1〕,素舸自孤往〔2〕。漠漠柳绵飞〔3〕,时时落波上。

〔1〕水榭:建筑在水边或水上,可供人眺望游憩的亭阁。
〔2〕素舸(gě 各上声):不加装饰的船。
〔3〕漠漠:密布的样子。语本唐韩愈《送李六协律归荆南》诗:"柳花还漠漠,江燕正飞飞。"

真州绝句五首〔1〕

扬州西去是真州,河水清清江水流〔2〕。斜日估帆相次泊〔3〕,笛声遥起暮江楼。

〔1〕这五首七绝皆作于康熙元年(1662)。真州即今江苏仪征,清代隶属扬州府,在长江北岸。第一首写真州江边晚景;第二首写白沙江春日景象;第三首写清晨登临目送离人;第四首写渔家卖鱼小景,最为脍炙人口,"好是日斜风定后,半江红树卖鲈鱼",江淮人多写作画图(见《渔洋诗话》卷中);第五首写江乡春日习尚。这一组诗活泼泼地,自然流畅,《二十四诗品》所谓:"俯拾即是,不取诸邻。俱道适往,著手成

春。"神韵自在其中。

〔2〕江水流:暗用唐李白诗意。李白《江夏行》诗:"谁知嫁商贾,令人却愁苦。自从为夫妻,何曾在乡土。去年下扬州,相送黄鹤楼。眼看帆去远,心逐江水流。只言期一载,谁谓历三秋。使妾肠欲断,恨君情悠悠。"

〔3〕估帆:商贾载货的船。

白沙江头春日时〔1〕,江花江草望参差〔2〕。行人记得曾游地,长板桥南旧酒旗〔3〕。

〔1〕白沙江头:指真州南白沙洲一带的长江。《大清一统志》卷六六:"白沙洲在仪征县南,滨江,城多白沙。唐白沙镇以此名。"

〔2〕江花江草:泛指长江沿岸的野花野草。语本唐杜甫《哀江头》诗:"人生有情泪沾臆,江草(一作水)江花岂终极。"参差(cēn cī岑阴平疵):高低不齐的样子。

〔3〕酒旗:又称酒帘,古代酒店的标帜。

晓上江楼最上层,去帆婀娜意难胜〔1〕。白沙亭下潮千尺〔2〕,直送离心到秣陵〔3〕。

〔1〕去帆婀娜:语本宋郭茂倩《乐府诗集》卷四六《吴声歌曲·懊侬歌十四首》之八:"长樯铁鹿子,布帆阿那起。诧侬安在间,一去三千里。"婀娜,通"阿那",柔美轻盈的样子。意难胜(shēng生):情意难以承受。

〔2〕白沙亭:《江南通志》卷三三:"白沙亭旧在仪征县白沙洲,唐韦

应物有《白沙亭逢吴叟歌》,宋嘉定间,方信儒移于注目亭故址。"

〔3〕秣陵:故址在今江苏南京市,秦时名秣陵。

江干多是钓人居[1],柳陌菱塘一带疏[2]。好是日斜风定后,半江红树卖鲈鱼[3]。

〔1〕江干:江岸边。钓人:打鱼人。

〔2〕柳陌:植有柳树的道路。菱塘:栽有菱藕的池塘。疏:这里指居舍稀疏。

〔3〕"半江"句:清伊应鼎评云:"此诗乃先有第四句而卒成之者也。适然遇此佳景,适然得此佳句,而以前三句成篇,此诗家请客之法也。但主客须要相配,如一句未工,一字未稳,便如嵇、阮辈与屠沽儿相厕也。试看此四句,色色俱精,却又一气呵成,直如天造地设,所谓'运斤成风',欲求斧凿之痕,了不可得。"半江红树,谓夕阳映照江面,染红岸边树木的倒影。鲈鱼,体侧扁,巨口细鳞,腹白,体侧与背鳍有黑斑,夏季进入淡水,冬季返回海中。肉味鲜美。

江乡春事最堪怜[1],寒食清明欲禁烟[2]。残月晓风仙掌路[3],何人为吊柳屯田[4]。

〔1〕春事:春色。唐徐晶《同蔡孚五亭咏》诗:"幽栖可怜处,春事满林扉。"堪怜:可爱。

〔2〕寒食:即寒食节,又名禁烟节、冷节、一百五。时在清明前一或二三日。梁宗懔《荆楚岁时记》:"去冬节一百五日,即有疾风甚雨,谓之寒食,禁火三日,造饧、大麦粥。"隋杜公瞻注云:"按历,合在清明前二

日,亦有去冬至一百六日者。介子推三月五日为火所焚,国人哀之,每岁暮春为不举火,谓之禁烟。犯之则雨雹伤田。"据说,春秋时晋公子重耳因国难出逃,后历尽艰辛回到晋国,当了国君(即晋文公),封赏追随他的臣子,惟独忘了介子推。介子推隐居山中,晋文公寻找不到,就放火烧山,意图逼他出来,结果反而烧死介子推。晋文公为悼念这位忠臣,就下令这一天禁火,于是有了寒食节。寒食由来实则与古人星宿崇拜有关,《周礼·秋官·司烜氏》:"中春以木铎修火禁于国中。"郑玄注:"为季春将出火也。""火"即恒星心宿二,古人称"大火"。古代寒食禁火,须到清明才燃新火。清明:农历二十四节气之一,一般在公历每年的4月5日前后。

〔3〕残月晓风:语本宋柳永《雨霖铃》词:"今宵酒醒何处,杨柳岸、晓风残月。"仙掌路:地名,在仪征城西。作者自注:"柳耆卿墓,在城西仙人掌。"王士禛《分甘馀话》卷一:"柳耆卿卒于京口,王和甫葬之。然今仪真西地名仙人掌,有柳墓,则是葬于真州,非润州也。余少在广陵有诗云……"

〔4〕柳屯田:即柳永(987?—1053),原名三变,字耆卿,北宋崇安(今属福建)人。以排行第七,又称柳七,曾官屯田员外郎,世称柳屯田。古代婉约词人的代表,有《乐章集》。宋叶梦得《避暑录话》卷下:"永终屯田员外郎。死,旅殡润州僧寺。王和甫为守时求其后不得,乃为出钱葬之。"宋曾敏行《独醒杂志》卷四:"柳耆卿风流俊迈,闻于一时。既死,葬于枣阳县花山。远近之人,每遇清明日,多载酒肴,饮于耆卿墓侧,谓之'吊柳会'。"宋陈元靓《岁时广记》卷一七:"(柳永)终老无子,掩骸僧舍,京西妓者鸠钱葬于枣阳县花山。既出郊原,有浪子数人戏曰:'这大伯做鬼也爱打哄。'其后遇清明日,游人多狎饮坟墓之侧,谓之'吊柳七'。"

江东[1]

江东人物旧难俦[2],遗老飘零半白头[3]。斑管题诗吴祭酒[4],红颜顾曲袁荆州[5]。太常缣素云烟落[6],宗伯文章江汉流[7]。径欲相从破萧瑟[8],片帆高挂五湖秋[9]。

〔1〕这首七律作于康熙元年(1662)。长江在芜湖、南京间作西南、东北流向,隋唐以前是南北往来主要渡口所在,古代习惯上称自此以下的长江南岸地区为江东。这首诗赞扬了明末清初出生于江东的四位杰出人物:吴伟业、袁于令、王时敏、钱谦益,他们或于诗文,或于词曲,或于书画,领一代风骚,殊足为江山生色,以"江东"命题,用意明显。全诗下语工稳,措词妥帖,言简意赅,风格爽朗,体现了诗人的又一种风格。

〔2〕"江东"句:宋华岳《山水吟》诗:"地灵人杰推江东,人物风流兼磊落。"俦(chóu 愁),相比。

〔3〕遗老:这里指明朝的老人或旧臣。

〔4〕斑管:以斑竹为杆的毛笔。《太平广记》卷二〇〇引《北梦琐言》:"昔梁元帝为湘东王时,好学著书,常记录忠臣义士及文章之美者。笔有三品,或以金、银雕饰,或用斑竹为管。忠孝全者,用金管书之;德行清粹者,用银管书之;文章赡丽者,以斑管书之。故湘东之誉振于江表。"吴祭酒:作者自注:"梅村。"即吴伟业(1609—1671),字骏公,号梅村,又号梅村居士、梅村道士、梅村叟、鹿樵生,江南太仓(今属江苏)人。明崇祯四年(1631)一甲二名进士,授编修。寻充东宫讲读官,又迁南京国子监司业,转左庶子。福王时,授少詹事,与大学士马士英、尚书阮大铖不

合,请假归。清顺治九年(1636),两江总督马国柱疏荐吴伟业来京,诏授秘书、侍讲。十三年,迁国子监祭酒。吴伟业学问博赡,诗文工丽,创"梅村体"歌行,蔚为一时之冠。著有《梅村集》、《春秋地理志》、《春秋氏族志》、《绥寇纪略》,又撰乐府杂剧等。《清史列传》、《清史稿》皆有传。

〔5〕红颜:指奏乐或演戏的年轻女子。顾曲:形容袁于令精通音乐、戏曲。《三国志·吴志·周瑜传》:"瑜少精意于音乐,虽三爵之后,其有阙误,瑜必知之,知之必顾。故时人谣曰:'曲有误,周郎顾。'"又唐李端《听筝》:"鸣筝金粟柱,素手玉房前。欲得周郎顾,时时误拂弦。"袁荆州:作者自注:"籜庵。"即袁于令(1592—1674),原名韫玉,一名晋,字于令,后以字行;又字令昭、凫公,号籜庵,江南吴县(今属江苏)人。明末诸生,清顺治二年,以迎清师草降表,仕于清,历官荆州知府。善诗文,尤工戏曲,亦创作小说。著有《及音室稿》、《留研斋稿》,小说《隋史遗文》,传奇《剑啸阁八种》,包括《西楼记》、《金锁记》、《玉符记》、《珍珠记》、《骗骦裘》、《长生乐》、《瑞玉记》、《红梅记》,以《西楼记》为代表作;另有杂剧《双莺传》、《北曲语》等。

〔6〕"太常"句:作者自注:"烟客。"即王时敏(1592—1680),本名赞虞,字逊之,号烟客,又号偶偕道人、懦斋,晚号归村老农、西庐老人,世称西田先生,江南太仓(今属江苏)人。明崇祯初,以祖父相国文肃公锡爵荫官至太常寺少卿,人亦称之王奉常。明亡后,家居不出,师事钱谦益,与吴伟业时相唱酬,工诗文,尤善书画,为清初六大画家之首,有"娄东画祖"之美誉。著有《王奉常书画题跋》、《西庐家书》、《王烟客先生集》八种。《清史稿》有传。太常,这里指太常寺少卿,明代掌管祭祀礼乐官署的副职官员。缣素,可供书画的细绢。云烟,比喻挥洒自如的墨迹。唐杜甫《饮中八仙歌》:"张旭三杯草圣传,脱帽露顶王公前,挥毫落纸如云烟。"

〔7〕"宗伯"句:作者自注:"牧斋。"即钱谦益(1582—1664),字受

之,号尚湖,一号牧斋,晚号蒙叟,自称绛云老人、东涧遗老,江南常熟(今属江苏)人。明万历三十八年(1610)进士,由翰林院编修历官礼部右侍郎、翰林院侍读学士。福王时为礼部尚书。入清,以礼部右侍郎管秘书院事,充修《明史》副总裁。他是著名诗人,为明末清初诗坛领袖五十年之久。著有《初学集》、《有学集》、《投笔集》、《苦海集》及《外集》、《补遗》等。《清史列传》、《清史稿》皆有传。宗伯,官名,原为周代六卿之一,掌宗庙祭祀等事,即后世礼部之职,于是即称礼部尚书为宗伯或大宗伯。钱谦益在南明弘光政权中曾任礼部尚书,故称。江汉,长江与汉水,《尚书·禹贡》:"江汉朝宗于海。""江汉流"有江河万古流的气势且传之久远的含义。

〔8〕萧瑟:比喻冷落、凄凉的境况。《楚辞·九辩》:"悲哉!秋之为气也。萧瑟兮,草木摇落而变衰。"

〔9〕"片帆"句:意谓相与遨游江湖。宋刘弇《赠连州致政蔡宣德》诗:"挂冠归慕赤松游,不羡金门万户侯。一枕清风三径晓,满船明月五湖秋。"五湖,即太湖。

亡名氏画[1]

芦荻萧萧山气阴[2],横笛吹作苍龙吟[3]。一声入破铁皆裂[4],举世无人知我心[5]。

〔1〕这首七绝作于康熙元年(1662)。亡名氏即"无名氏"。赏画而不知其名,本无关宏旨,也不碍对画意的理解,关键在于从画境中体会作画者的用心并融入其中,达到鉴赏的高峰体验。从诗中可知,画面山水沉阴,芦荻拂风,一人吹笛,孤独伤怀。诗人借题发挥,想象画中本无法

表现出的高亢乐声,将现实中知音难觅的自我情怀也融入其中,凸显了一种时代的感伤,而其极力倡导神韵的基调也正在于此。

〔2〕芦荻萧萧:语本唐刘禹锡《金陵怀古》诗:"而今四海为家日,故垒萧萧芦荻秋。"芦荻,即芦与荻。皆为生长于水边的多年生草本植物。

〔3〕苍龙吟:形容笛声激越响亮。汉马融《长笛赋》:"近世双笛从羌起,羌人伐竹未及已。龙鸣水中不见已,截竹吹之声相似。"唐李白《宫中行乐词》之三:"笛奏龙吟水,箫鸣凤下空。"宋郭祥正《韶州武溪亭》诗:"山色欲学翠凤舞,笛声自作苍龙吟。"

〔4〕入破:音乐术语。唐宋大曲每套有十馀遍,归入散序、中序、破三大段。入破即为破这一段的第一遍。《新唐书·五行志二》:"至其曲遍声繁,皆谓之入破……破者,破碎之义也。"后世常指乐声骤变为繁碎高亢之音。铁皆裂:唐李肇《唐国史补》卷下:"李舟好事,尝得村舍烟竹,截以为笛,鉴如铁石,以遗李牟。牟吹笛天下第一。月夜泛江,维舟吹之,寥亮逸发,上彻云表。俄有客独立于岸,呼船请载。既至,请笛而吹,甚为精壮,山河可裂,牟平生未尝见。及入破,呼吸盘擗,其笛应声粉碎,客散不知所之。舟著记,疑其蛟龙也。"

〔5〕"举世"句:语本唐李白《悲歌行》:"悲来乎,悲来乎!主人有酒且莫斟,听我一曲悲来吟。悲来不吟还不笑,天下无人知我心。"

恽向《千岩竞秀图》〔1〕

万壑千岩云雾生,曹娥江外几峰晴〔2〕。分明乞与樵风便〔3〕,身向山阴道上行〔4〕。

〔1〕这首七绝作于康熙元年(1662)。恽向,原名恽道生(1586—

1655），字本初，后改名向，又以字行，号香山。明崇祯间，诏举贤良方正，授中书舍人，不就。好诗歌、古文辞，善画山水，早岁全摹董巨，晚年在倪、黄之间，惜墨如金，颇得雄浑之趣。著有《画旨》。南朝宋刘义庆《世说新语·言语》："顾长康从会稽还，人问山川之美，顾云：'千岩竞秀，万壑争流，草木蒙笼其上，若云兴霞蔚。'"恽向所画《千岩竞秀图》当是据此挥洒而成。诗亦从会稽山川入手，略加点染，便觉风光无限。

〔2〕曹娥江：在今浙江省东部，源出东阳县齐公岭，支流众多。《大清一统志》卷二二六："曹娥江在会稽东南七十里，上流曰剡溪，自嵊县北流入县界曰曹娥江，又北入上虞县界，亦名上虞江。"

〔3〕樵风：顺风，好风。《后汉书·郑弘传》："郑弘字巨君，会稽山阴人。"李贤注引南朝宋孔灵符《会稽记》："射的山南有白鹤山，此鹤为仙人取箭。汉太尉郑弘尝采薪，得一遗箭，顷有人觅，弘还之，问何所欲，弘识其神人也，曰：'常患若邪溪载薪为难，愿旦南风，暮北风。'后果然。"《明一统志》卷四五："樵风泾在（绍兴）府城东南二十五里。"

〔4〕山阴道上：今浙江绍兴西南郊沿途一带，向以景物美而多著称。南朝宋刘义庆《世说新语·言语》："王子敬云：'从山阴道上行，山川自相映发，使人应接不暇。若秋冬之际，尤难为怀。'"

戏仿元遗山论诗绝句三十二首〔1〕

巾角弹棋妙五官〔2〕，搔头傅粉对邯郸〔3〕。风流浊世佳公子〔4〕，复有才名压建安〔5〕。

〔1〕这三十二首《论诗绝句》作于康熙二年（1663）九月间。《渔洋诗话》卷上："余往如皋，马上成《论诗绝句》四十首，从子净名（启浣）作

注,人谓不减向秀之注《庄》。"《渔洋精华录》选录三十二首。以诗论诗,唐杜甫《戏为六绝句》早开先河,此后代有作手,或论艺术得失,或论作家风格,在中国文学批评史上占有重要地位。金元好问(1190—1257),字裕之,号遗山山人,太原秀容(今山西忻县)人。金宣宗兴定元年(1217)进士,官至行尚书省左司员外郎。金亡不仕。编纂金诗总集《中州集》,著有《遗山先生全集》。其《论诗三十首》运用绝句形式系统地讨论历代诗人风格流派,影响甚大。王士禛仿元好问之论诗,从东汉建安时代一直到明代的诗人,皆有所涉及,也属作家论的范畴,对于理解其神韵说不无助益。

〔2〕第一首颂扬建安文学中的代表人物曹丕与曹植。"巾角"句,点明曹丕,谓曹丕精于弹棋这种博戏。曹丕(187—226),字子桓,曹操之子。八岁能文,善骑射、击剑,建安十六年(211)为五官中郎将、副丞相,曹操卒后,代汉自立,即魏文帝。其文学成就以诗歌及文学批评最为突出,明人辑有《魏文帝集》。《三国志》有传。曹丕《典论自序》:"余于他戏弄之事少所喜,唯弹棊略尽其巧。"又南朝宋刘义庆《世说新语·巧艺》:"弹棊始自魏宫内,用妆奁戏,文帝于此戏特妙,用手巾角拂之,无不中。"五官,即五官中郎将,汉代光禄勋属官,秩比二千石。

〔3〕"搔头"句:点明曹植,谓曹植见人时的潇洒举止。曹植(192—232),字子建,曹操之子。自幼聪慧,长封东阿王、陈王,卒谥思。工诗、赋、散文,为五言诗一代宗匠。有《曹子建集》。《三国志》有传。明徐应秋《玉芝堂谈荟》卷八引《魏略》云:"颖川邯郸淳,博学有才萃,太祖曾遣诣陈思王。植延入坐,不先与谈,时天暑热,植取水自澡讫,傅粉科头,拍袒旋舞五椎锻,跳丸击剑,诵俳优小说数千言讫,谓淳曰:'邯郸生何如耶?'乃更著衣帻,整仪容,与淳评说混元造化之端,品物区别之意。然后论羲皇以来圣贤、名臣、烈士优劣之差,次颂古今文章、诗赋及当官、政事宜所先后,又论用师、行兵倚伏之势,乃命厨宰酒炙交至,坐席默然,无与

伉者。"搔头,以指甲或他物爬搔头部。傅粉,搽粉。

〔4〕浊世佳公子:指曹丕、曹植二人。语本《史记·平原君虞卿列传》:"太史公曰:平原君,翩翩浊世之佳公子也。"浊世,混乱的时世。

〔5〕建安:东汉献帝刘协的年号(196—219)。这里指建安文学,曹操父子而外,尚有孔融、陈琳、王粲、徐幹、阮瑀、应玚、刘桢等建安七子,他们的诗文创作风格刚健、词情慷慨,被后世尊为建安体,或称建安风骨。

五字清晨登陇首,羌无故实使人思〔1〕。定知妙不关文字〔2〕,已有千秋幼妇词〔3〕。

〔1〕第二首借梁钟嵘《诗品·总论》之语发挥,强调诗歌吟咏情性的重要。"五字"二句,语本梁钟嵘《诗品·总论》:"至乎吟咏情性,亦何贵乎用事?'思君如流水',既是即目;'高台多悲风',亦惟所见;'清晨登陇首',羌无故实;'明月照积雪',讵出经史。"清晨登陇首,晋张华诗。唐虞世南《北堂书钞》卷一五七《陇八》:"张华诗云:'清晨登陇首,坎壈行山难。'"羌无故实,指诗文不用典故或无出处。羌,语首助词,无实义。

〔2〕不关文字:语本宋严羽《沧浪诗话·诗辨》:"夫诗有别材,非关书也;诗有别趣,非关理也……近代诸公乃作奇特解会,遂以文字为诗,以才学为诗,以议论为诗。夫岂不工,终非古人之诗也。"

〔3〕幼妇词:意谓绝妙好辞,即指前所言所载"绝妙好辞"故事,参见《昭阳舟中读闺秀徐幼芬遗诗寄李季子二首》之二注〔2〕。

青莲才笔九州横〔1〕,六代淫哇总废声〔2〕。白纻青山魂魄在〔3〕,一生低首谢宣城〔4〕。

〔1〕第三首颂扬唐代大诗人李白,兼及南朝齐诗人谢朓。青莲,即李白(701—762),字太白,号青莲居士,绵州昌隆(今四川江油)人。曾供奉翰林,后辞官。其诗汪洋恣肆,喜用夸张想象手法,形象鲜明,以古诗及绝句为最擅长。有《李太白文集》。新、旧《唐书》有传。九州,古代分中国为九州,《尚书·禹贡》作冀、雍、兖、青、徐、扬、荆、豫、梁九州。这里即代指全国。横,遍布的意思,意谓名声巨大。

〔2〕"六代"句:唐李阳冰《草堂集序》:"卢黄门云:陈拾遗横制颓波,天下质文翕然一变。至今朝诗体,尚有梁、陈宫掖之风,至公大变,扫地并尽,今古文集遏而不行,惟公文章横被六合,可谓力敌造化欤!"六代,即六朝,三国吴、东晋、南朝宋、齐、梁、陈皆建都建康(今江苏南京),史称六朝。淫哇,乐曲或诗歌的淫邪之声,三国魏嵇康《养生论》:"目惑玄黄,耳务淫哇。"六朝时期文风绮靡,故称淫哇。

〔3〕"白纻"句:谓李白坟墓所在。唐范传正《唐左拾遗翰林学士李公新墓碑》:"按图得公之坟墓在当涂邑,因令禁樵采,备洒扫,访公之子孙,故申慰荐。凡三四年,乃获孙女二人……因云:'先祖志在青山,遗言宅兆,顷属多故,殡于龙山东麓,地近而非本意。坟高三尺,日益摧圮,力且不及,知如之何。'闻之恻然,将遂其请,因当涂令诸葛纵会计在州,得谕其事,纵亦好事者,学为歌诗,乐闻其语,便道还县,躬相地形,卜新宅于青山之阳。以元和十二年正月二十三日,迁神于此,遂公之志也。西去旧坟六里,南抵驿路三百步,北倚谢公山,即青山也,天宝十二载敕改名焉。"白纻,山名。宋祝穆《方舆胜览》卷一五:"白纻山在当涂东五里。按《寰宇志》,名楚山,桓温领妓游山奏乐,好为《白纻歌》,因名。"青山,山名。宋祝穆《方舆胜览》卷一五:"青山在当涂县东南三十里。《寰宇记》:齐宣城大守谢朓筑室于山南,址犹存。绝顶有谢公池,唐天宝年改

为谢公山。"

〔4〕"一生"句:谓李白平生服膺南朝齐诗人谢朓。唐冯贽《云仙杂记》卷一《搔首问青天》:"李白登华山落雁峰曰:'此山最高,呼吸之气,想通天帝座矣,恨不携谢朓惊人诗来,搔首问青天耳!'"李白《金陵城西楼月下吟》诗:"解道澄江净如练,令人长忆谢玄晖。"又《秋夜板桥浦泛月独酌怀谢朓》诗:"玄晖难再得,洒洒气填膺。"又《秋登宣城谢朓北楼》诗:"谁念北楼上,临风怀谢公。"谢宣城,即谢朓(464—499),字玄晖,陈郡阳夏(今河南太康)人。南朝齐诗人,曾任宣城太守、尚书吏部郎等职。文章清丽,擅长五言诗,在"永明体"诗人中成就较高。明人辑有《谢宣城集》。《南齐书》、《南史》皆有传。

挂席名山都未逢,浔阳喜见香炉峰〔1〕。高情合受维摩诘,浣笔为图写孟公〔2〕。

〔1〕第四首诗颂扬唐代诗人孟浩然。"挂席"二句,语本唐孟浩然《晚泊浔阳望庐山》诗:"挂席几千里,名山都未逢。泊舟浔阳郭,始见香炉峰。尝读远公传,永怀尘外踪。东林精舍近,日暮但闻钟。"挂席,扬帆行舟。浔阳,即今江西九江。香炉峰,庐山的一座山峰名。《明一统志》卷五二:"香炉峰,在庐山,其形圆耸,常出云气。"王士禛《分甘馀话》卷四:"或问'不著一字,尽得风流'之说,答曰:太白诗:'牛渚西江夜,青天无片云。登高望秋月,空忆谢将军。余亦能高咏,斯人不可闻。明朝挂帆去,枫叶落纷纷。'襄阳诗:'挂席几千里……'诗至此,色相俱空,政如羚羊挂角,无迹可求。画家所谓逸品是也。"

〔2〕"高情"二句:作者自注:"右丞爱襄阳'挂席几千里,名山都未逢'之句,因为写《吟诗图》。"高情,高隐超然物外之情,这里指孟浩然的诗情。维摩诘,即王维(?—761),字摩诘,太原祁县(今属山西)人。唐

开元九年(721)进士,历官大乐丞、荆州长史、给事中、尚书右丞,世称王右丞。工诗善画,以山水田园诗著名,诗中有画,画中有诗。有《王右丞集》。新、旧《唐书》有传。浣(huàn 换)笔,洗笔,表示恭敬。宋葛立方《韵语阳秋》卷一四:"余在毗陵,见孙润夫家有王维画孟浩然像,绢素败烂,丹青已渝。维题其上云:'维尝见孟公吟曰:"日暮马行疾,城荒人住稀。"又吟曰:"挂席数千里,名山都未逢。泊舟浔阳郭,始见香炉峰。"余因美其风调,至所舍,图于素轴。'……后有本朝张泊题识云:'观右丞笔迹,穷极神妙。襄阳之状顾而长,峭而瘦,衣白袍,靴帽重戴,乘款段马,一童总角,提书笈,负琴而从。风仪落落,凛然如生。'"孟公,即孟浩然(689—740),襄州襄阳(今湖北襄樊)人,世称孟襄阳。一生未入仕,曾隐居鹿门山。与王维交好,诗风自然浑成,超妙自得,以写山水田园的五言短篇著名。有《孟浩然集》。新、旧《唐书》有传。

杜家笺传太纷挐[1],**虞赵诸贤尽守株**[2]。**苦为《南华》求向郭**[3],**前惟山谷后钱卢**[4]。

〔1〕第五首诗专论为杜甫诗作注诸家之得失,贬虞集、赵汸,褒黄庭坚、钱谦益、卢世㴶。"杜家"句,指后世为唐代大诗人杜甫诗作注释者异常混乱。杜甫(712—770),字子美,生于巩县(今属河南)。在长安曾居住城南少陵,又曾官检校工部员外郎,后世或称其杜少陵、杜工部。终生忧患漂泊,以作诗为终生事业,有"诗史"美誉。各体兼擅,以五、七律成就最高。有《杜工部集》。新、旧《唐书》有传。笺,注释古书以显明作者之意。传(zhuàn 撰),解说、注释。纷挐(rú 如),混乱的样子。

〔2〕虞:即虞集(1272—1348),字伯生,号邵庵,祖籍仁寿(今属四川)。元代文学家,历官翰林直学士兼国子祭酒、奎章阁侍书学士,卒谥文靖。有《道园学古录》。《元史》有传。世传其《杜律虞注》二卷

（或题《杜工部七言律诗注》），系伪书，乃张性（伯成）所撰。明杨慎《升庵集》卷五《闲书杜律》："杜诗可以意解，而不可以辞解。必不得已而解之，可以一句、一首解，而不可以全帙解。全帙解，必有牵强不通，反为作者之累。世传虞伯生注杜七言律，本不出自伯生笔，乃张伯成为之，后人驾名于伯生耳……牵缠之长，实累千里。此既晦杜意，又污虞名，曷镵其板，勿误人也。"赵：即赵汸（1319—1369），字子常，休宁（今属安徽）人。仕元为枢密院都事，入明，与修《元史》。曾从虞集学，擅《春秋》之学，学者称东山先生。有《类注杜工部五言律诗》二卷，《明史》有传。守株：即"守株待兔"的省称。这里有拘泥字句，食古不化，忘怀大旨的意思。晋葛洪《抱朴子·明本》："每见凡俗守株之儒，营营所习，不博达理。"明代有将虞集、赵汸二注合刊者，且版本众多，如《杜工部五七言律诗》二卷、《杜律二注》等。清惠栋注引明薛冈《天爵堂笔馀》："风人与训诂，肝肠意见绝不相同。训诂者，往往取风人妙义，牵强附会，老杜身后受虞、赵两君之累不浅。近见《剡溪漫笔》云：杜公虽破万卷，未必拘拘泥古若此。"

〔3〕南华：即《南华真经》，《庄子》的别称，《新唐书·艺文志三》："天宝元年，诏号《庄子》为《南华真经》。"向：即向秀（约221—约300），字子期，河内怀县（今河南武陟西南）人。魏晋间文学家，好老庄之学，作《庄子隐解》，解释玄理，甚有影响。但未注《秋水》、《至乐》而卒。《晋书》有传。郭：即郭象（？—312），字子玄，河南（今河南洛阳）人。西晋哲学家，亦好老庄，继向秀未竟工作，述而广之，完成《庄子注》，弘扬老庄，使道家思想风行后世。《晋书》有传。

〔4〕"前惟"句：作者自注："牧斋有《读杜小笺》，德水有《读杜微言》。"全句意谓堪与向秀、郭象注释《庄子》媲美，注杜诗之名家，前有黄庭坚，后有钱谦益与卢世㴶。山谷，即黄庭坚（1045—1105），字鲁直，号山谷，又号涪翁，洪州分宁（今江西修水）人。宋英宗治平四年（1067）进

士,历官国子监教授、起居舍人。为北宋文学家、书法家,有《山谷集》,内有《杜诗笺》一卷。《宋史》有传。黄庭坚《大雅堂记》:"余尝欲随欣然会意处,笺以数语,终以汩没世俗,初不暇给。虽然,子美诗妙处,乃在无意于文,夫无意而意已至,非广之以《国风》、《雅》、《颂》,深之以《离骚》、《九歌》,安能咀嚼其意味,阆然入其门耶?故使后生辈自求之,则得之深矣。使后之登大雅堂者,能以余说而求之,则思过半矣。彼喜穿凿者,弃其大旨,取其发兴于所遇林泉、人物、草木、鱼虫,以为物物皆有所托,如世间商度隐语者,则子美之诗委地矣。"钱,即钱谦益(1582—1664),参见《江东》诗注[7]。钱谦益有《钱注杜诗》(又名《草堂诗小笺》)二十卷,又有《读杜小笺》三卷《二笺》二卷,附于《初学集》卷末。钱谦益《有学集》卷三九《复吴江潘力田书》:"仆之笺杜诗,发端于卢德水、程孟阳诸老,云'何不遂举其全'?虽有《小笺》之役。大意专为刊削有宋诸人伪注缪解、繁仍觺驳之文,冀少存杜陵面目。偶有诠释,但据目前文史,提撮纲要,宁略无繁,宁疏无漏。"卢,即卢世㴶,字德水(1588—1653),号紫房,又号杜亭亭长,德州(今属山东)人。明天启五年(1625)进士,历官户部主事。撰有《杜诗胥钞》十五卷、《读杜微言》(又名《读杜私言》)一卷。钱谦益《读杜小笺序》:"德水,北方之学者,奋起而昌杜氏之业,其殆将箴宋、元之膏肓、起今人之废疾,使三千年以后,涣然复见古人之总萃乎!"

漫郎生及开元日[1],**与世聱牙古性情**[2]。**谁嗣《箧中》冰雪句**[3],**《谷音》一卷独铮铮**[4]。

[1] 第六首诗颂扬唐代诗人元结兼及有关总集的编纂。漫郎,即元结(719—772),字次山,号漫郎、聱叟,河南(今河南洛阳)人。唐天宝十二载(753)进士,历官道州刺史、容州都督。工五言古诗,深具现实性,

散文亦佳。著有《元次山集》。《新唐书·元结传》:"后家瀼滨,乃自称浪士。及有官,人以为浪者亦漫为官乎,呼为漫郎。既客樊上,漫遂显。樊左右皆渔者,少长相戏,更曰聱叟。"开元,唐玄宗年号(713—741)。唐开元年间,经济繁荣,有盛世之目。唐杜甫《忆昔》诗:"忆昔开元全盛日,小邑犹藏万家室。"

〔2〕与世聱(áo 敖)牙:与世俗寡合,不随波逐流。元结《自释书》:"彼聱叟不羞聱齖于邻里,吾又安能惭漫浪于人间,取而尤汝也。"

〔3〕嗣:继承,接续。箧中:元结所编唐诗总集名,一卷。收录沈千运、王季友、于逖、孟云卿、张彪、赵微明、元季川七人诗二十四首,皆取自其当时"箧中所有",故名《箧中集》。所录诗以个人坎坷失意及亲友生离死别之哀伤为主,均为五古,风格质朴,绝去雕饰,有意矫正当时不良诗风。冰雪句:形容辞意高雅清新的文章。唐孟郊《送窦庐策归别墅》诗:"一卷冰雪文,避俗常自携。"唐贾岛《酬栖上人》诗:"静览冰雪词,厚为酬赠颜。"

〔4〕谷音:元代杜本所编宋、金遗民诗总集,二卷,选录作者三十人、诗一百〇一首。所选诗大多雄浑遒劲、慷慨悲凉,现实性较强。张槩跋云:"谷音,若曰山谷之音,野史之类也。"王士禛《池北偶谈》卷一九《谷音》:"《谷音》二卷,元清江杜本清碧所辑,其人皆节侠跅弛之士,诗亦岸异可喜。常疑清碧自撰,托名于人,及得其《清江碧嶂集》观之,殊庸肤无足取,与所辑迥不类。《谷音》,吾友施愚山为湖西监司时,亦尝刻于临江。"铮铮:形容诗作刚劲有力。

风怀澄澹推韦柳[1],佳处多从五字求[2]。解识无声弦指妙[3],柳州那得并苏州[4]。

〔1〕第七首诗颂扬唐代诗人韦应物与柳宗元的淡雅诗风,并对二

人略加轩轾。风怀,抱负,志向。《晋书·祖逖传赞》:"祖生烈烈,风怀奇节。"澄澹,清静淡泊。唐司空图《与李生论诗书》:"王右丞、韦苏州澄澹精致,格在其中,岂妨于遒举哉。"明高棅《唐诗品汇总论》:"大历、贞元中,则有韦苏州之雅淡。"韦,即韦应物(737—793?),唐京兆万年(今陕西西安)人。早年以三卫郎近侍唐玄宗,安史乱后,立志读书,历官滁州刺史、江州刺史、左司郎中、苏州刺史。世称韦江州、韦左司或韦苏州。其山水田园诗为后人传诵,五言古体学陶渊明,冲淡闲远,成就最高。有《韦苏州集》。柳,即柳宗元(773—819),字子厚,河东(今山西永济)人,世称柳河东,又因其官终柳州刺史,后世又称其柳柳州。唐德宗贞元九年(793)进士,历官蓝田尉、礼部员外郎、永州司马。其文学成就散文大于诗,与韩愈同为唐代古文运动的倡导者。有《柳河东集》。新、旧《唐书》有传。

〔2〕"佳处"句:谓韦、柳诗以五言见长。宋苏轼《次韵鲁直书伯时画王摩诘》诗:"前身陶彭泽,后身韦苏州。欲觅王右丞,还向五字求。"金元好问《济南杂诗十首》诗之五:"只应画戟清香地,多欠韦郎五字诗。"

〔3〕"解识"句:意谓言有尽而意无穷、味在酸咸之外,方为诗歌妙趣所在。三国魏曹植《七启》:"譬若画形于无象,造响于无声。"《列子·汤问》:"瓠巴鼓琴而鸟舞鱼跃,郑师文闻之,弃家从师襄游。柱指钩弦,三年不成章。师襄曰:'子可以归矣。'师文舍其琴叹曰:'文非弦之不能钩,非章之不能成,文所存者不在弦,所志者不在声。内不得于心,外不应于器,故不敢发手而动弦。'"《晋书·陶潜传》:"性不解音,而畜素琴一张,弦、徽不具。每朋酒之会,则抚而和之,曰:'但识琴中趣,何劳弦上声。'"

〔4〕"柳州"句:意谓柳宗元诗不能与韦应物诗相提并论。明胡震亨《唐音癸签》卷七:"韦左司平淡和雅,为元和之冠,然欲令之配陶凌

谢,宋人岂知诗者。柳州则刻削虽工,去之远矣,近体尤卑凡不称。"王士禛《分甘馀话》卷三:"东坡谓柳柳州诗在陶彭泽下、韦苏州上,此言误矣。余更其语曰:韦诗在陶彭泽下,柳柳州上。余昔在扬州作论诗绝句有云……又常谓陶如佛语,韦如菩萨语,王右丞如祖师语也。"

《中兴》高步属钱郎[1],拈得维摩一瓣香[2]。不解雌黄高仲武[3],长城何意贬文房[4]。

[1] 第八首诗议论唐高仲武所编《中兴间气集》的有关诗人评价,为刘长卿鸣不平。中兴,指唐诗总集《中兴间气集》,二卷,选录唐肃宗至德初(756)至唐代宗大历末(779)二十馀年间诗人二十六家、诗一百四十首,以五律为多,五古次之。"间气"指杰出人才,古人认为英雄才士禀天地特殊之气,间世而出。"中兴"指肃、代两朝乃安史之乱后的唐室中兴时期。编选者高仲武,生卒不详,大约生活于唐代中叶前期,自署"渤海"人。高步,超群出众。钱,即钱起(710?—782?),字仲文,吴兴(今浙江湖州)人。唐玄宗天宝十载(751)进士,历官蓝田尉、考功郎中。诗才清逸,多五、七言近体,与郎士元齐名,为大历十才子之首。有《钱考功集》,新、旧《唐书》有传。《中兴间气集》卷上选钱起诗十二首,小传云:"员外诗体格新奇,理致清赡,粤从登第,挺冠词林,文宗右丞,许以高格。右丞没后,员外为雄。芟齐、宋之浮游,削梁、陈之靡嫚,迥然独立,莫之与群。"郎,即郎士元(?—780?),字君胄,中山(今河北定州)人。唐玄宗天宝十五载(756)进士,历官渭南尉、郎中、郢州刺史。诗擅长五律,风格闲雅,或列为大历十才子之一。有《郎士元集》。《中兴间气集》卷下选郎士元诗十二首,小传云:"员外河岳英奇,人伦秀异,自家刑国,遂拥大名。右丞以往,与钱更长。自丞相以下,更出作牧,二公无诗祖饯,时论鄙之。两君体调,大抵欲同就。中郎公稍更闲雅,近于康乐。"

〔2〕"拈得"句:谓钱起、郎士元诗学王维。维摩,本为"维摩诘"的省称,维摩诘是佛典中现身说法、辩才无碍的大乘居士。这里即双关王维,字摩诘。参见本组诗第四首注〔2〕。一瓣香,犹一炷香。佛教禅宗长老开堂讲道,烧至第三炷香时,长老即云这一瓣香敬献传授道法的某法师。后世多用以表示师承或敬仰。

〔3〕雌黄:本矿物名,古人用以涂抹改写黄纸上所书文字,引申为议论、评价。高仲武:《中兴间气集》编者,参见注〔1〕。

〔4〕长城:喻刘长卿(?—790?),字文房,宣州(今属安徽)人。唐玄宗天宝中进士,历官长洲县尉、转运使判官、随州刺史,世称刘随州,本此。诗以五、七言近体为主,尤工五言,自诩"五言长城"(见权德舆《秦征君校书与刘随州唱和集序》)。有《刘随州集》。贬文房:《中兴间气集》卷下选刘长卿诗九首,小传云:"长卿有吏干,刚而犯上,两遭迁谪,皆自取之。诗体虽不新奇,甚能炼饰,大抵十首已上,语意稍同,于落句尤甚思锐才窄也。"《四库总目提要》卷一八六著录《中兴间气集》二卷:"仲武持论颇矜慎,其谓刘长卿十首以后语意略同,落句尤甚,鉴别特精,而王士禛《论诗绝句》独非之。盖士禛诗修词之功多于练意,其模山范水,往往自归窠臼,与长卿所短颇同,殆以中其所忌,故有此自护之论耶?"

《草堂》乐府擅惊奇[1],杜老哀时托兴微[2]。元白张王皆古意[3],不曾辛苦学妃豨[4]。

〔1〕第九首诗从乐府诗创作的角度,颂扬李白、杜甫、元稹、白居易、张籍、王建的创新精神。草堂乐府,指唐李白所作乐府诗。《新唐书·艺文志》著录:"李白《草堂集》二十卷,李阳冰录。"是集卷一至四全录其乐府诗。乐府,原为汉代主管音乐的官署,作为一种诗体,则指乐府官署所

采制的诗歌,以后即将魏晋至唐可以入乐的诗歌,以及仿效乐府古题的作品统称乐府。擅惊奇,这里是创新、不因袭的意思。

〔2〕杜老:即杜甫。参见本组诗第五首注〔1〕。哀时:伤悼时事。宋郭茂倩《乐府诗集》收录杜甫乐府诗二十四首,多属哀时之作,如《大麦行》、《兵车行》、《前苦寒行》、《后苦寒行》、《哀王孙》、《哀江头》、《悲陈陶》等。托兴微:寄兴深远。

〔3〕"元白张王"句:清惠栋注引王士禛评《问山集乐府》云:"余最不喜今人作乐府,非谓乐府不可作,恶今人乐府无寄托也。凡有寄托,即元、白、张、王,皆古乐府之苗裔也。"元,即元稹(779—831),字微之,又字威明,河南(今河南洛阳)人。唐德宗贞元九年(793)明经擢第,历官左拾遗、监察御史、中书舍人、工部侍郎同平章事、尚书左丞、武昌军节度使。诗与白居易齐名,乐府诗创作推崇杜甫,即事名篇,有较大影响。有《元氏长庆集》。新、旧《唐书》有传。白,即白居易(772—846),字乐天,号香山居士、醉吟先生,下邽(今陕西渭南)人。唐德宗贞元十六年(800)进士,历官翰林院学士、左拾遗、江州司马、中书舍人、杭州刺史、苏州刺史、秘书监、刑部侍郎、刑部尚书。讽谕诗,包括《新乐府》五十首,为白居易诗中精华,影响深远。有《白氏长庆集》。新、旧《唐书》有传。张,即张籍(767?—830?),字文昌,祖籍吴郡(今江苏苏州),移居和州(今安徽和县)。唐德宗贞元十五年(799)进士,历官水部员外郎、主客郎中、国子司业,故世称张水部、张司业。诗工乐府,与王建齐名,时称"张王乐府",与白居易交好。有《张司业集》。新、旧《唐书》有传。王,即王建(766?—832?),字仲初,颍川(今河南许昌)人。历官渭南尉、陕州司马。擅长乐府歌诗,有《王建诗集》。

〔4〕"不曾"句:意谓李、杜、元、白、张、王的乐府诗创作不因袭摹仿古乐府之形式,而有所创新。妃豨(xī 西),即妃呼豨,古乐府曲中的助声词,本身无意义。宋郭茂倩《乐府诗集》卷一六《鼓吹曲辞一·有所

思》:"妃呼豨,秋风肃肃晨风飔。"明徐祯卿《谈艺录》:"乐府中有妃呼豨、伊阿那诸语,本自亡义,但补乐中之音。"王士禛《池北偶谈》卷一一:"予尝见一江南士人拟古乐府诗,有'妃来呼豨豨知之'之句。盖乐府'妃呼豨'皆声而无字,今误以妃为女,呼为唤,豨为豕,凑泊成句,是何文理?因于《论诗绝句》著其说云……"

广大居然太傅宜[1],沙中金屑苦难披[2]。诗名流播鸡林远[3],独愧文章替左司[4]。

〔1〕第十首诗论唐白居易诗,不无微词。广大,谓白居易。唐张为《诗人主客图》以白居易为"广大教化主",清李调元《叙》云:"唐张为撰《诗人主客图》一卷,所谓主者,白居易、孟云卿、李益、鲍溶、孟郊、武元衡,皆有标目。馀有升堂、入室、及门之殊,皆所谓客也。"太傅,白居易曾为太子少傅。

〔2〕"沙中"句:谓白居易所作诗瑕瑜互见,欲寻佳作,颇不容易。南朝宋刘义庆《世说新语·文学》:"孙兴公云:潘文烂若披锦,无处不善;陆文若排沙简金,往往见宝。"刘孝标注引《文章传》曰:"机善属文,司空张华见其文章,篇篇称善,犹讥其作文太冶。谓曰:'人之作文,患于不才;至子为文,乃患才多也。'"披,义同"排",翻开,淘。王士禛《香祖笔记》卷五:"白乐天论诗多不可解,如刘梦得'雪里高山头白早,海中仙果子生迟','沉舟侧畔千帆过,病树前头万木春'等句,最为下劣,而乐天乃极赏叹,以为此等语在在当有神物护持,悖谬甚矣。元、白二集,瑕瑜错陈,持择须慎,初学人尤不可观。白古诗晚岁重复什而七八,绝句作眼前景语,却往往入妙。"

〔3〕"诗名"句:唐元稹《白氏长庆集序》谓白居易诗远近流播,致使:"鸡林贾人求市颇切,自云:'本国宰相每以百金换一篇,其甚伪者,

宰相辄能辨别之。'自篇章以来,未有如是流传之广者。"鸡林,古国名,即新罗,故疆域在今朝鲜半岛。东汉永平八年(65),新罗王夜闻金城西始林间有鸡声,遂更名鸡林。

〔4〕"独愧"句:作者自注:"'岂有文章替左司',白公刺苏州时诗也。"全句借用白居易自谦之诗语,婉转批评白居易诗终不如韦应物。《白氏长庆集》卷二四《重答刘和州》诗:"分无佳丽敌西施,敢有文章替左司。随分笙歌聊自乐,等闲篇咏被人知。花边妓引寻香径,月下僧留宿剑池。可惜当时好风景,吴王应不解吟诗。"题下自注云:"来篇云:'苏州刺史例能诗,西掖吟来替左司。'又云:'若共吴王斗百草,不如惟是欠西施。'"左司,即韦应物,曾任左司郎中,又在白居易前任苏州刺史。参见本组诗第七首注〔1〕。宋葛立方《韵语阳秋》卷一:"韦应物诗平平处甚多,至于五字句,则超然出于畦径之外,如《游溪诗》:'野水烟鹤唳,楚天云雨空。'《南斋诗》:'春水不生烟,荒岗筠翳石。'《咏声诗》:'万物自生听,太空常寂寥。'如此等句,岂下于'兵卫森画戟,燕寝凝清香'哉!故白乐天云:'韦苏州五言诗,高雅闲淡,自成一家之体。'东坡亦云:'乐天长短三千首,却爱韦郎五字诗。'"

獭祭曾惊博奥殚[1],一篇《锦瑟》解人难[2]。千年毛郑功臣在[3],犹有弥天释道安[4]。

〔1〕第十一首诗议论唐李商隐诗意深难解,幸有释道源作解人,堪称有功于义山。獭(tǎ 塔)祭,即獭祭鱼,据说獭常捕鱼陈列于水边,如同陈列供品祭祀。《礼记·月令》:"(孟春之月)东风解冻,蛰虫始振,鱼上冰,獭祭鱼,鸿雁来。"常用来比喻诗文罗列故实,用语堆砌。宋吴炯《五总志》:"唐李商隐为文,多检阅书史,鳞次堆积左右,时谓为獭祭鱼。"博奥,广博深奥。殚(dān 丹),竭尽。

〔2〕锦瑟:李商隐《锦瑟》诗:"锦瑟无端五十弦,一弦一柱思华年。庄生晓梦迷蝴蝶,望帝春心托杜鹃。沧海月明珠有泪,蓝田日暖玉生烟。此情可待成追忆,只是当时已惘然。"解人:见事高明、通解理趣的人。语本南朝宋刘义庆《世说新语·文学》:"谢安年少时,请阮光禄道《白马论》。为论以示谢,于时谢不即解阮语,重相咨尽。阮乃叹曰:'非但能言人不可得,正索解人亦不可得。'"清朱鹤龄《李义山诗集注》附录引《缃素杂记》一则云:"义山《锦瑟》诗,山谷读之,殊不晓其意。后以问东坡,坡曰:'此出《古今乐志》,锦瑟之为器也,其弦五十,其柱如之。其声也适怨清和,以中间四句配之,一篇之中曲尽其意。'"其下又有注云:"刘贡父《诗话》:'锦瑟,当时贵人爱姬之名。'《唐诗纪事》:'锦瑟,令狐楚青衣。'"

〔3〕"千年"句:谓为李商隐诗作注解,也有像东汉郑玄替《毛诗》作笺而功垂千古的人。语本金元好问《论诗三十首》之十二:"望帝春心托杜鹃,佳人锦瑟怨年华。诗家总爱西昆好,独恨无人作郑笺。"今本《诗经》相传为汉初毛亨、毛苌所传,故称《毛诗》,东汉治《毛诗》者多,郑玄作《毛诗笺》;唐孔颖达定《五经正义》,于《诗经》取《毛诗》与郑笺,郑玄遂为后世所宗尚。《后汉书·卫宏传》:"中兴后,郑众、贾逵传《毛诗》,后马融作《毛诗传》,郑玄作《毛诗笺》。"

〔4〕"犹有"句:作者自注:"琴川释道源,字石林。"这里以东晋、前秦时名僧释道安比喻为李商隐诗作注的明末僧人释道源。弥天释道安,语本《晋书·习凿齿传》:"释道安俊辩有高才,自北至荆州,与凿齿初相见。道安曰:'弥天释道安。'凿齿曰:'四海习凿齿。'时人以为佳对。"弥天,喻志气高远。释道安(314—385),常山扶柳(今河北冀县西南)人,俗姓卫。少曾遇佛图澄,受赏识。前秦苻坚从襄阳迎居长安五重寺。著有《僧尼轨范》、《法门清式》等。南朝宋刘义庆《世说新语·雅量》"郗嘉宾钦崇释道安德问",刘孝标注引《安合上传》:"释道安者,常山薄柳

人,本姓卫,年十二作沙门。神性聪敏而貌至陋,佛图澄甚重之。值石氏乱,于陆浑山木食修学,为慕容俊所逼,乃住襄阳。以佛法东流,经籍错谬,更为条章,标序篇目,为之注解。自支道林等,皆宗其理。无疾卒。"释道源,明末诗僧。清朱彝尊《静志居诗话》卷二三《道源》:"道源,号石林,太仓州人。居吴北禅寺,有《寄巢诗集》。诗话:石林好读儒书,尝类纂子史百家为《小碎集》又以馀力注李义山诗三卷,其言曰:'诗人论少陵忠君爱国,一饭不忘,而目义山为浪子,以其绮靡华艳,极《玉台》、《金楼》之体而已。第少陵之志直,其词危;义山当南北水火,中外钳结,不得不纡曲其指,诞谩其辞。此风人《小雅》之遗,推原其志义,可以鼓吹少陵。'惜其书未刊行。会吴江朱长孺笺义山诗,多取其说,间驳其非。于是愚山诗家,谓长孺阴掠其美,且痛抑之。长孺固长者,未必有心效齐丘子也。"又《四库总目提要》卷一五一著录《李义山诗注》三卷《附录》一卷:"国朝朱鹤龄撰。鹤龄有《尚书埤传》,已著录。李商隐诗旧有刘克、张文亮二家注本,后俱不传,故元好问《论诗绝句》有'诗家总爱西昆好,只恨无人作郑笺'之语。明末释道源始为作注,王士禛《论诗绝句》所谓'獭祭……'者,即为道源是注作也。然其书征引虽繁,实冗杂寡要,多不得古人之意。鹤龄删取其什一,补辑其什九,以成此注。后来注商隐集者如程梦星、姚培谦、冯浩诸家,大抵以鹤龄为蓝本,而补正其阙误。"

涪翁掉臂自清新[1],未许传衣躐后尘[2]。却笑儿孙媚初祖,强将配飨杜陵人[3]。

[1] 第十二首诗颂扬宋黄庭坚诗,并指出其诗风并非传杜甫衣钵。涪(fú 福)翁,即黄庭坚(1045—1105),字鲁直,号山谷,又号涪翁。参见本组诗第五首注[4]。掉臂:自在行游的样子。宋宋祁《和延州庞龙图见寄》诗:"自惭念旧殊非计,正是朋游掉臂时。"清新,清美新颖。宋苏

辙《次韵任遵圣见寄》诗:"诗句清新非世俗,退居安稳补江天。"

〔2〕"未许"句:谓黄庭坚诗别开生面,并非步杜甫后尘,传其衣钵。传衣,传授师法或继承师业。蹑(niè聂)后尘:跟随于他人之后。

〔3〕"却笑"二句:作者自注:"山谷诗得未曾有,宋人强以拟杜,反来后世弹射,要皆非文节知己。"二句谓吕本中等硬将黄庭坚认作杜甫传人,实属可笑。宋胡仔《苕溪渔隐丛话》前集卷四八:"吕居仁近时以诗得名,自言传衣西江,尝作《宗派图》,自豫章(指黄庭坚——注者)以降,列陈师道、潘大临、谢逸……合二十五人以为法嗣,谓其源流皆出豫章也。其《宗派图序》数百言,大略云:'唐自李、杜之出,焜耀一世,后之言诗者,皆莫能及……惟豫章始大而力振之,抑扬反复,尽兼众体,而后学者同作并和,虽体制或异,要皆所传者一,予故录其名字,以遗来者。'"《四库总目提要》卷一八八著录元方回《瀛奎律髓》四十九卷:"《瀛奎》大旨排西昆而主江西,倡为一祖三宗之说。一祖者,杜甫;三宗者,黄庭坚、陈师道、陈与义也。其说以生硬为健笔,以粗豪为老境,以炼字为句眼,颇不谐于中声。"儿孙,指吕本中(字居仁)等人。初祖,指杜甫。配飨杜陵人,王士禛《渔洋文集》卷一四《七言诗凡例》:"山谷虽脱胎于杜,顾其天姿之高,笔力之雄,自辟门庭,宋人作《江西宗派图》,极尊之,以配食子美,要亦非山谷意也。"配飨,以功臣袝祭于帝王宗庙。杜陵人,即杜甫,他以祖籍杜陵,自称杜陵野老。参见本组诗第五首注〔1〕。

诗人一字苦冥搜[1],论古应从象罔求[2]。不是临川王介甫[3],谁知暝色赴春愁[4]。

〔1〕第十三首诗讲作诗炼字的重要,并以宋王安石为例。"诗人"句,谓作诗炼字之难。南朝梁刘勰《文心雕龙·练字》:"故善为文者,富于万篇,贫于一字。一字非少,相避为难也。"唐卢延让《苦吟》诗:"吟安

一个字,捻断数茎须。险觅天应闷,狂搜海亦枯。"冥搜,尽力寻找、搜集。

〔2〕"论古"句:谓吟诗得句往往于无心中妙手偶得。象罔,《庄子》中的寓言人物,含有无心、无形迹之意。《庄子·天地》:"黄帝游乎赤水之北,登乎昆仑之丘而南望,还归,遗其玄珠。使知索之而不得,使离朱索之而不得,使吃诟索之而不得也。乃使象罔,象罔得之。黄帝曰:'异哉!象罔乃可以得之乎!'"

〔3〕临川王介甫:即王安石(1021—1086),字介甫,号半山,抚州临川(今属江西)人。封荆国公,世称王荆公。卒谥文,又称王文公。宋仁宗庆历二年(1042)进士,历官翰林学士兼侍讲、参知政事、同平章事,力行变法。后退居江宁,忧愤卒。一生参与北宋诗文革新运动,为唐宋八大家之一,工散文,诗歌亦有特色。有《临川先生文集》。《宋史》有传。

〔4〕"谁知"句:作者自注:"唐人《晚渡伊水》诗首句。或作'暝色起春愁',王云:'若作起,谁不能道也?'"全句谓王安石鉴赏诗中用字之精审。宋叶梦得《石林诗话》:"王荆公编《百家诗选》,从宋次道借本中间有'暝色赴春愁',次道改'赴'字作'起'字,荆公复定为'赴'字。以语次道曰:'若是起字,人谁不能到?'次道以为然。"宋胡仔《苕溪渔隐丛话》前集卷三六:"余观《钟山语录》云:'暝色赴春愁,下得赴字最好,若下起字,即小儿言语也。'所云止此,不知石林之说,何从得之。"按"暝色赴春愁",唐皇甫冉《归渡洛水》诗:"暝色赴春愁,归人南渡头。渚烟空翠合,滩月碎光流。灃浦饶芳草,沧浪有钓舟。谁知放歌客,此意正悠悠。"

苦学昌黎未赏音[1],偶思螺蛤见公心[2]。平生自负《庐山》作[3],才尽禅房花木深[4]。

〔1〕第十四首诗评论宋欧阳修作诗效法古人,未必允当。"苦学"

句,谓宋欧阳修学唐韩愈的古诗风格,却未必能鉴赏到其精妙处。宋严羽《沧浪诗话·诗辨》:"欧阳公学韩退之古诗。"王士禛《渔洋文集》卷一四《七言诗凡例》:"宋承唐际衰陋之后,至欧阳文忠公始拔流俗,七言长句,高处欲追昌黎,自王介甫辈皆不及也。"昌黎,即韩愈(768—824),字退之,河阳(今河南孟县)人,郡望昌黎,后人因称韩昌黎。晚任吏部侍郎,卒谥文,故又称韩吏部、韩文公。唐德宗贞元八年(792)进士,历官监察御史、阳山令、刑部侍郎、潮州刺史、国子祭酒、吏部侍郎、京兆尹。与柳宗元共倡古文运动,其诗风格雄奇壮伟、光怪陆离,或谓之以文为诗。有《昌黎先生集》。新、旧《唐书》有传。赏音,知音。三国魏曹植《求自试表》:"夫临博而企竦,闻乐而窃忭者,或有赏音而识道也。"

〔2〕"偶思"句:作者自注:"欧公欲仿常尉《破山寺作》一联而不能,东坡云:'公厌刍豢,反思螺蛤耶?'"谓欧阳修学常建诗属于弃高就低。宋胡仔《苕溪渔隐丛话》前集卷二〇《常建》:"东坡云:常建诗'竹径通幽处,禅房花木深',欧阳文忠公最爱赏,以为不可及。此语诚可人意,然于公何足道,岂非厌饫刍豢,反思螺蛤邪。'"刍豢,牛羊犬豕一类的家畜,泛指可口的肉类食品。螺蛤(gé 隔),贝壳类软体动物,是较为一般的食品。常尉,即常建(生卒年不详),唐玄宗开元十五年(727)进士,曾官盱眙尉,故称常尉。诗多佳句,《全唐诗》录常建诗一卷。

〔3〕"平生"句:谓欧阳修对自己所作《庐山高》一诗非常自负。宋胡仔《苕溪渔隐丛话》后集卷二三:"《石林诗话》云:欧公一日被酒,语其子斐云:'吾诗《庐山高》,今人莫能为,惟李太白能之;《明妃曲》后篇,太白不能为,惟杜子美能之;至于前篇,则子美亦不能,惟吾能之也。'"王士禛《渔洋文集》卷一四《七言诗凡例》:"《庐山高》一篇,公所自负,然殊非其至者。"《庐山高》全名《庐山高赠同年刘中允归南康》,杂言古诗。

〔4〕"才尽"句:谓欧阳修自以才不及,竟不能效法常建"禅房花木深"这样的诗句。宋释惠洪《冷斋夜话》卷三《诗未易识》:"唐诗有'竹

径通幽处,禅房花木深'之句,欧阳文忠公爱之,每以语客曰:'古人工为发端,心虽晓之而才莫逮,欲仿此为一联,终莫之能。'以文忠公之才,而谓不能,诗盖未易识也。"常建《题破山寺后禅院》诗:"清晨入古寺,初日照高林。竹径通幽处,禅房花木深。山光悦鸟性,潭影空人心。万籁此都寂,但馀钟磬音。"

林际春申语太颠[1],园林半树景幽偏[2]。豫章孤诣谁能解[3],不是晓人休浪传[4]。

〔1〕第十五首诗以黄庭坚之语为例,探讨诗歌鉴赏之难。林际春申,作者自注:"山谷谓'气蒸云梦泽,波撼岳阳楼',不如'云中下蔡邑,林际春申君'。"宋胡仔《苕溪渔隐丛话》前集卷九:"《后山诗话》云:鲁直谓孟浩然'气蒸云梦泽,波动岳阳城',不如九僧'云间下蔡邑,林际春申君'也。"按九僧为宋初惠崇、希书等九位和尚的合称,皆以诗闻名于世,具晚唐风格,有合集《九僧诗》,已失传。"云间"一联诗题不详,待考。颠,放浪不受拘束。
〔2〕园林半树:语出宋林逋《梅花》诗:"吟怀长恨负芳时,为见梅花辄入诗。雪后园林才半树,水边篱落忽横枝。人怜红艳多应俗,天与清香似有私。堪笑胡雏亦风味,醉将声调角中吹。"作者自注:"山谷谓……'疏影横斜水清浅,暗香浮动月黄昏',不如'雪后园林才半树,水边篱落忽横枝'也。"按"疏影"一联亦出自宋林逋《山园小梅二首》诗之一:"众芳摇落独暄妍,占尽风情向小园。疏影横斜水清浅,暗香浮动月黄昏。霜禽欲下先偷眼,粉蝶如知合断魂。幸有微吟可相狎,不须檀板共金尊。"幽偏:静僻之处。唐宋之问《蓝田山庄》诗:"宦游非吏隐,心事好幽偏。"
〔3〕豫章:指黄庭坚,豫章,古郡名,治所在今江西南昌,而黄庭坚为

江西人,故称。参见本组诗第五首注〔4〕。孤诣:这里指学识上独到的修养。王士禛《居易录》卷一二:"山谷云:'气蒸云梦泽,波撼岳阳城',不如'云中下蔡邑,林际春申君';'疏影横斜水清浅,暗香浮动月黄昏',不如'雪后园林才半树,水边篱落忽横枝'。此论最有神解。"

〔4〕"不是"句:意谓诗歌鉴赏功夫不到的人就不要随便传布黄庭坚独到的见识。晓人,明达事理的人,这里指对诗歌鉴赏有真知灼见的人。浪传,随便传布,任意流传。

铁厓乐府气淋漓〔1〕,渊颖歌行格尽奇〔2〕。耳食纷纷说开宝〔3〕,几人眼见宋元诗〔4〕。

〔1〕第十六首诗通过颂扬元代杨维祯、吴莱的诗,肯定了宋、元两代的诗歌成就。铁厓乐府,指元代杨维祯的拟古乐府诗创作。《四库总目提要》卷一六八著录元杨维祯《铁崖古乐府》十卷《乐府补》六卷:"维桢以横绝一世之才,乘其弊而力矫之,根柢于青莲、昌谷,纵横排奡,自辟町畦。"元张雨《铁崖古乐府原序》:"《三百篇》而下,不失比兴之旨,惟古乐府为近。今代善用吴才老韵书,以古语驾御之,李季秋、杨廉夫遂称作者。廉夫又纵横其间,上法汉魏而出入于少陵、二李之间,故其所作古乐府词,隐然有旷世金石声,人之望而畏者。又时出龙鬼蛇神,以眩荡一世之耳目,斯亦奇矣。"铁厓,即杨维祯(1296—1370),或作杨维桢,字廉夫,号铁厓(或作崖),会稽(今浙江绍兴)人。元泰定四年(1327)进士,历官江西等处儒学提举,生活放荡,入明未出仕。工诗歌,提倡古乐府,亦擅长宫词、竹枝词、艳体诗。著有《铁崖古乐府》、《复古诗集》、《东维子集》等。《明史》有传。淋漓,形容文气酣畅。唐李商隐《韩碑》诗:"公退斋戒坐小阁,濡染大笔何淋漓。"

〔2〕渊颖歌行:指元代吴莱的古诗创作。《四库总目提要》卷一六

七著录元吴莱《渊颖集》十二卷《附录》一卷:"王士禛《论诗绝句》有曰……实举以配杨维桢。其所选七言古诗乃录莱而不录维桢,盖维桢为词人之诗,莱则诗人之诗,恃气纵横与覃思冶炼,门户固殊。士禛《论诗绝句》作于任扬州推官时,而《古诗选》一书,则其后来所定,所见尤深也。"渊颖,即吴莱(1297—1340),字立夫,卒后,门人私谥渊颖先生,浦江(今属浙江)人。终生未仕,著有《尚书标说》、《渊颖集》等。《元史》有传。歌行,原为古代乐府诗之一体,后发展为古诗之一体,音节、格律较为自由,五言、七言或杂言,形式多变。格,格调。奇,奇妙。王士禛《渔洋文集》卷一四《七言诗凡例》:"元诗靡弱,自虞伯生而外,惟吴立夫长句瑰伟有奇气,虽疏宕或逊前人,视杨廉夫之学飞卿、长吉,区以别矣。"

〔3〕耳食:指不加省察、徒信传闻的论诗者。《缁门警训》卷四:"《增一阿含经》云:眼以色为食。耳以声为食。鼻以香为食。舌以味为食。身以触为食。意以法为食。涅槃以无放逸为食。"开宝:代指盛唐诗歌。开,唐玄宗开元(713—741)年号;宝,唐玄宗天宝(742—756)年号。宋严羽《沧浪诗话·诗体》"盛唐体"下自注:"景云以后,开元、天宝诸公之诗。"

〔4〕"几人"句:谓见识浅陋者并没有认真读过宋、元人的诗歌。明李东阳《怀麓堂诗话》:"六朝、宋、元时,就其佳者,亦各有兴致,但非本色,只是禅家所谓小乘,道家所谓尸解仙耳!"清田雯《古欢堂集杂著》卷四《诗话》:"客有谓蛟门者曰:'诗学宋人何也?'答曰:'子几曾见宋人诗,只见得"云淡风轻"一首耳!'"

藐姑神人何大复〔1〕,致兼南雅更王风〔2〕,论交独直江西狱〔3〕,不独文场角两雄〔4〕。

〔1〕第十七首诗颂扬明代诗人何景明,兼赞其为人正直,有朋友之义。藐姑仙人,庄子寓言中的神人。《庄子·逍遥游》:"藐姑射之山,有神人居焉,肌肤若冰雪,绰约若处子,不食五谷,吸风饮露,乘云气,御飞龙,而游乎四海之外。其神凝,使物不疵疠而年谷熟。"何大复,即何景明(1483—1521),字仲默,号白波,又号大复山人,信阳(今属河南)人。明孝宗弘治十五年(1502)进士,历官中书舍人、吏部员外郎、陕西提学副使。明"前七子"之一,古诗宗汉魏,近体诗宗盛唐,性耿介。著有《大复集》。《明史》有传。

〔2〕"致兼"句:谓何大复诗歌创作情趣源于《诗经》,体兼《风》、《雅》。致,情趣。南雅,《诗经》中有《周南》、《召南》(二南属于十五国风)以及《大雅》、《小雅》。宋陈傅良《送谢倅景英赴阙》诗:"言诗必南雅,自邻吾无讥。"王风,《诗经》中十五国风之一。

〔3〕直:伸雪,平反。江西狱:《何大复集》附录《中州人物志》:"正德四年,瑾诛,李东阳荐复授中书舍人,直内阁制敕房经筵官。梦阳遭江西之讼,众多媒蘖其短,势汹汹,欲挤陷重辟。景明又移书杨一清争之,始得白。"据《明史·李梦阳传》,李梦阳在江西提学副使任上,与总督陈金、巡按御史江万实等不和,相互攻讦。最终,李梦阳以"陵轹同列,挟制上官"之罪名被免职。正德十四年(1519),宁王朱宸濠叛乱失败,李梦阳又以曾为宁王撰写《阳春书院记》一文,受牵连被捕入狱,经多人力救,仅以"削籍"结案。

〔4〕"不独"句:谓何景明与李梦阳同声相应,不独在文坛上卓然并立,不相上下。文场,即文坛。南朝梁刘勰《文心雕龙·总术》:"文场笔苑,有术有门。"角,角立,并立。两雄,《明史·何景明传》:"与李梦阳辈倡诗古文,梦阳最雄骏,景明稍后出,相与颉颃。"

三代而还尽好名[1],文人从古善相轻[2]。君看少谷山人死,独有平生王子衡[3]。

〔1〕第十八首诗借明代文坛惺惺相惜、知音可贵的佳话,从好名角度批评文人相轻之陋。三代,夏、商、周三个历史朝代。南朝梁刘勰《文心雕龙·铭箴》:"斯文之兴,盛于三代。"好(hào 浩)名,爱好名誉。《孟子·尽心下》:"好名之人能让千乘之国。"

〔2〕"文人"句:语本三国魏曹丕《典论·论文》:"文人相轻,自古而然。"

〔3〕"君看"二句:作者自注:"'海内谈诗王子衡,春风坐遍鲁诸生',郑继之诗也。二公初不相识,郑死,王见此诗,数千里入闽,经纪其丧。"语本明王世贞《艺苑卮言》卷七:"郑郎中善夫,初不识王仪封廷相,作《漫兴》十首,中有云:'海内谈诗王子衡,春风坐遍鲁诸生。'后郑卒,王始知之,为位而哭,走使千里致奠,为经纪其丧,仍刻其遗文。人之爱名也如此。"少谷山人,即郑善夫(1485—1523),字继之,号少谷,闽县(今属福建)人。明孝宗弘治十八年(1505)进士,历官户部主事、南京吏部郎中。诗学杜甫,亦工画。著有《经世要谈》、《少谷山人集》。《明史》有传。王子衡,即王廷相(1474—1544),字子衡,号平厓,又号浚川,仪封(今河南兰考)人。明孝宗弘治十五年(1502)进士,历官兵科给事中、左都御史、兵部尚书,卒谥肃敏。明"前七子"之一,博学好议论,著有《王氏家藏集》、《内台集》等。《明史》有传。

正德何如天宝年[1],寇侵三辅血成川[2]。郑公变雅非关杜,听直应须辨古贤[3]。

〔1〕第十九首诗评价郑善夫诗,知人论世,附和钱谦益之论。"正

德"句,谓明代正德间国势毕竟不如唐代天宝年间。正德,明武宗朱厚照年号(1506—1521)。天宝,唐玄宗李隆基年号(742—756)。

〔2〕"寇侵"句:明正德五年(1510),霸州文安(今属河北)爆发刘六、刘七农民起义,聚众数万人,转战河南、山东、河北一带,于正德六年、正德七年两度进逼京师,转掠畿辅,令"京师戒严"。正德九年,鞑靼军大举入宣府、大同,亦令"京师戒严"。见《明史·武宗本纪》。三辅,原为西汉治理京畿(长安)地区的三个职官的合称,亦指其所辖地区。后泛指京城附近地区为三辅。明何景明《送张元德侍御巡畿内》诗:"三辅自来多寇盗,五陵今日更豪雄。"血成川,言杀人之多。

〔3〕"郑公"二句:谓判断郑善夫诗是否为无病呻吟,当须从对古代贤人标准的分辨识别开始。作者自注:"昔人论郑善夫诗,以为时非天宝,位靡拾遗,讥其无病而呻吟,故驳之。"语本钱谦益《列朝诗集小传》丙集《郑郎中善夫》:"林尚书贞恒《福州志》,刺少谷诗专仿杜,时匪天宝,地远拾遗,以为无病而呻吟。以毅皇帝时政观之,视天宝何如,犹曰无病呻吟,则为臣子者必将请东封颂巡狩而后可乎? 甚矣,尚书之慎也。"郑公,即郑善夫,参见本组诗第十八首注〔3〕。变雅,《诗经》中《小雅》、《大雅》的部分内容,与"正雅"相对,论者认为是指反映周政衰乱的作品。《诗大序》:"至于王道衰,礼义废,政教失,国异政,家殊俗,而变风、变雅作矣。"杜,指杜甫,参见本组诗第五首注〔1〕。听直,听取曲直。古贤,古代贤人。

十载钤山冰雪情〔1〕,青词自媚可怜生〔2〕。彦回不作中书死〔3〕,更遭匆匆唱《渭城》〔4〕。

〔1〕第二十首诗评价明代权臣严嵩尊显前后的诗,阐明诗风与人地位变化的关系。"十载"句,谓严嵩考中进士后读书钤山下,所作诗文

辞意高雅清新。严嵩(1480—1565),字惟中,号介溪,分宜(今属江西)人。明孝宗弘治十八年(1505)进士,历官国子监祭酒、南京礼部尚书、武英殿大学士,以进献青词固宠,结党营私,任首辅。后被御史邹应龙弹劾解职归,抄家后寄食墓舍,老病卒。有《钤山堂集》。《明史·严嵩传》:"严嵩,字惟中,分宜人。长身戌削,疏眉目,大音声。举弘治十八年进士,改庶吉士,授编修。移疾归,读书钤山十年,为诗古文辞,颇著清誉。"明朱国祯《涌幢小品》卷九《焦严终始》:"分宜大宗伯,以前极有声,不但诗文之佳,其品格亦自铮铮。钤山隐居九年,谁人做得?"钤(qián 钱)山,在江西分宜,又名钤冈山。《江西通志》卷八:"钤冈山,在分宜县水南二里,新泽水出于右,长寿水出于左,夹于山末,故曰钤。山势耸特,登之可眺一邑。"冰雪情,语本唐孟郊《送窦庐策归别墅》诗:"一卷冰雪文,避俗常自携。"

〔2〕"青词"句:谓严嵩用青词去谄媚巴结明世宗,因而受宠。青词,或作青辞,道士上奏天庭或征召神将的符箓,用朱笔写在青藤纸上,故称。唐李肇《翰林志》:"凡太清宫道观荐告词文用青藤纸,朱字,谓之青词。"后遂成为一种文体。元王恽《玉堂嘉话》卷四:"青词主意,不过谢罪、禳灾,保佑平安而已。"明世宗朱厚熜好道,喜青词,《明史·顾鼎臣传》:"帝好长生术,内殿设斋醮。鼎臣进《步虚词》七章,且列上坛中应行事。帝优诏褒答,悉从之。词臣以青词结主知,由鼎臣倡也。"又《明史·严嵩传》:"嵩遂倾(夏)言,斥之。言去,醮祀青词,非嵩无当帝意者。"自媚,自动去谄媚、巴结他人。可怜生,可爱,这里指严嵩因进青词而受宠。生,词尾,无义。

〔3〕"彦回"句:谓严嵩若早死于读书钤山之日,当为名士流芳后世。彦回,即褚渊(435—482),字彦回,南朝阳翟(今河南禹州)人。宋文帝女婿,仕刘宋历官中书郎、尚书右仆射;后依附萧道成,助其夺帝位,仕齐官至司空,封南康郡公。美仪容,工文辞,善琵琶。《隋书·经籍

志》著录其文集十五卷,已佚。《南史》、《南齐书》皆有传。褚渊身事两朝,被其从弟褚照所轻。《南史·褚照传》:"常非彦回身事二代。彦回子贲往问讯照,照问曰:'司空今日何在?'贲曰:'奉玺绂,在齐大司马门。'照正色曰:'不知汝家司空将一家物与一家,亦复何谓!'彦回拜司徒,宾客满坐。照叹曰:'彦回少立名行,何意披猖至此,门户不幸,乃复有今日之拜!使彦回作中书郎而死,不当是一名士邪!名德不昌,遂有期颐之寿。'"

〔4〕"更遣"句:谓严嵩身居高位,本无暇风雅之事,还要直庐应制,作青词一类的东西,匆匆而就,自然今非昔比。唱渭城,唐韦绚《刘宾客嘉话录》:"刑部侍郎从伯伯刍尝言:某所居安邑里巷口,有鬻饼者。早过其户,未尝不闻讴歌而当垆,兴甚早。一旦召之与语,贫窭可怜,因与万钱,令多其本,日取饼以偿之,欣然持镪而去。后过其户,则寂然不闻讴歌之声,谓其逝矣,及呼乃至,谓曰:'尔何辍歌之遽乎?'曰:'本流既大,心计转粗,不暇唱《渭城》矣。'从伯曰:'吾思官徒亦然。'因成大噱。"渭城,即《渭城曲》,又名《送元二使安西》,唐王维作,诗曰:"渭城朝雨浥轻尘,客舍青青柳色新。劝君更尽一杯酒,西出阳关无故人。"钱谦益《列朝诗集小传》丁集中《严少师嵩》:"少师在钤山,有诗赠日者曰:'原无蔡泽轻肥念,不向唐生更问年。'为通人所称。其诗名《钤山集》者,清丽婉弱,不乏风人之致。直庐应制之作,篇章庸猥,都无可称。王元美为郎时,讥评其诗,以为不能复唱《渭城》者也。"王士禛《居易录》卷三四:"余少尝语汪钝翁云:'吾辈立品须为他日诗文留地步。'正此意也。每观《钤山集》,亦作此叹。"

接迹风人《明月篇》[1],何郎妙悟本从天[2]。王杨卢骆当时体[3],莫逐刀圭误后贤[4]。

〔1〕第二十一首诗从明何景明所作七古《明月篇》而论及古诗作法诸问题。"接迹"句,谓何景明所作七古《明月篇》继承初唐诗人的旨趣。作者自注:"何大复谓初唐《明月篇》诸作,得风人遗意,其源高于李、杜。"何景明《明月篇序》:"仆始读杜子七言诗歌,爱其陈事切实,布辞沉著,鄙心窃效之,以为长篇圣于子美矣。既而读汉魏以来歌诗,以唐初四子者之所为而反复之,则知汉魏固承《三百篇》之后,流风犹可征焉;而四子者,虽工富丽,去古远甚,至其音节,往往可歌。乃知子美,辞固沉著,而调失流转,虽成一家语,实则诗歌之变体也。夫诗本性情之发者也,其切而易见者,莫如夫妇之间。是以《三百篇》首乎'雎鸠',六义首乎风,而汉魏作者义关君臣、朋友,辞必托诸夫妇以宣郁而达情焉,其旨远矣。由是观之,子美之诗博涉世故,出于夫妇者常少,致兼雅颂而风人之义或缺,此其调反在四子之下与?暇日为此篇,意调若仿佛四子而才质猥弱,思致庸陋,故摛词芜紊,无复统饬。姑录之,以俟审音者裁割焉。"清朱彝尊《明诗综》卷三五选何景明诗七十八首,于《明月篇》后引明陈子龙语云:"此序深得风人之旨。"又《诗话》云:"初唐四子体,今人弃之若土苴矣,然其音节宛转,从六朝乐府中来,初学者正不可不知也。仲默《明月篇》拟议颇工,未堕恶道。子美诗云:'王杨卢骆当时体,轻薄为文哂未休。尔曹身与名俱灭,不废江河万里流。'其论诗之指若此,然则初唐亦岂可尽废乎!"

〔2〕"何郎"句:谓何景明对诗歌写作之悟性源于天分。何郎,即何景明,参见本组诗第十七首注〔1〕。妙悟,犹言神悟,语本宋严羽《沧浪诗话·诗辨》:"大抵禅道惟在妙悟,诗道亦在妙悟。"本从天,语本唐苑咸《酬王维》:"莲花梵宇本从天,华省仙郎早悟禅。"

〔3〕"王杨"句:用唐杜甫《戏为六绝句》诗之二中成句,参见本诗注〔1〕。宋严羽《沧浪诗话·诗体》:"以人而论,则有苏李体、曹刘体、陶体、谢体、徐庾体、沈宋体、陈拾遗体、王杨卢骆体、张曲江体、少陵体、太

白体、高达夫体……"王杨卢骆,谓唐初诗人王勃、杨炯、卢照邻、骆宾王。

〔4〕"莫逐"句:谓后来学者不要误会何景明的话,认为诗古体只须学初唐四子之作即可。王士禛《渔洋文集》卷一四《七言诗凡例》:"明何大复《明月篇序》谓初唐四子之作,往往可歌,其调反在少陵之上。韪矣。然遂以此概七言之正变,则非也。二十年来,学诗者但取王、杨、卢、骆数篇,转相仿效,肤辞剩语,一倡百和,是岂何氏之旨哉!"《四库总目提要》卷一七一著录何景明《大复集》三十八卷:"景明于七言古体,深崇四杰转韵之格,见所作《明月篇序》中。王士禛《论诗绝句》有曰……乃颇不以景明为然。其实七言肇自汉氏,率乏长篇。魏文帝《燕歌行》以后,始自为音节;鲍照《行路难》始别成变调。继而作者实不多逢,至永明以还,蝉联换韵,宛转抑扬,规模始就。故初唐以至长庆,多从其格,即杜甫诸歌行,鱼龙百变,不可端倪,而《洗兵马》、《高都护》、《骢马行》等篇,亦不废此一体。士禛所论,以防浮艳涂饰之弊则可,必以景明之论足误后人,则不免于惩羹而吹齑矣。"刀圭,中药的量器名。北周庾信《至老子庙应诏》:"盛丹须竹节,量药用刀圭。"这里比喻作古体诗的规矩、范式。后贤,后世学人。

翩翩安定四琼枝〔1〕,司直司勋绝妙词〔2〕。底事济南高月旦,仅存水部数篇诗〔3〕。

〔1〕第二十二首诗颂扬明代皇甫四杰之诗,对李攀龙《古今诗删》之持择颇有微词。翩翩,风流而有文采。三国魏曹植《侍太子坐》诗:"翩翩我公子,机巧忽若神。"安定四琼枝,作者自注:"安定,谓皇甫兄弟。沧溟撰《诗删》,入选者,子约一人耳。"皇甫兄弟,明皇甫录的四个儿子。按,安定,乃皇甫氏之郡望。据唐白居易《银青光禄大夫太子少保安定皇甫公墓志》,皇甫氏始封祖为殷商时微子,周克殷,封于宋。至秦,

徙于茂陵。东汉迁于安定朝那(今宁夏固原),有皇甫规、皇甫嵩名世。及晋,则有皇甫谧。遂成当地望族。另据明邵宝《吴皇甫氏宗韩祠记》,北宋末皇甫氏有为提刑而扈跸南渡者,遂有一支落籍长洲。皇甫录(1470—1540),字世庸,号近峰,长洲(今江苏苏州)人。明孝宗弘治九年(1496)进士,曾官顺庆知府。著有《明纪略》、《容台集》等。长子皇甫冲(1490—1558),字子浚,嘉靖七年(1528)举人,善骑射,好谈兵。著有《几策兵统》、《枕戈杂言》、《三峡山水记》、《子浚全集》等。次子皇甫涍(1497—1546),字子安,号少玄,嘉靖十一年(1532)进士,历官礼部主事、右春坊司直、浙江按察佥事。好学工诗,著有《皇甫少玄集》。三子皇甫汸(1498—1583),字子循,号百泉,嘉靖八年(1529)进士,历官工部主事、南京稽勋郎中。工书法,善吟咏。著有《解颐新语》、《百泉子绪论》、《皇甫司勋集》。四子皇甫濂(1508—1564),字子约,一字道隆,号理山,嘉靖二十三年(1544)进士,历官工部都水司主事、兴化同知。著有《逸民传》、《水部集》。皇甫录四子时有"皇甫四杰"之誉,《明史》皆有传。琼枝,比喻贤才。

〔2〕司直:右春坊司直郎,明詹事府属官,从六品。这里指皇甫涍。清钱谦益《列朝诗集小传》丁集上《皇甫佥事涍》:"(黄)鲁曾之子河水评其诗云:'司直含咀八代,苦心覃思,每制一篇,必经百虑,既薄杜陵之史,心醉殷璠之鉴,盖东览优于诸集,而五言长于七言。'斯定评也。"司勋:稽勋清吏司郎中,明吏部属官,正五品。这里指皇甫汸,他曾任南京稽勋郎中。清钱谦益《列朝诗集小传》丁集上《皇甫佥事汸》:"司直、司勋,甫氏竞爽,学问渊源,约略相似。始而宗师少陵,惩拆洗之弊,则斯追溯魏晋;既而含咀六朝,苦雕绘之穷,则有旁搜李唐。当弘正之后,畅迪功之流风,矫北地之结习,二甫之于吾吴,可谓杰然者矣。"

〔3〕"底事"二句:谓因为何事令李攀龙品评人物失衡,其《古今诗删》只选录四兄弟中皇甫濂的几首诗。按,此事王士禛失考,今查《古今诗

删》卷三四,尚选有皇甫涍七绝诗《赠友》一首。底事,何事。济南,即指李攀龙(1514—1570),字于鳞,号沧溟,历城(今山东济南)人。明世宗嘉靖二十三年(1544)进士,历官刑部主事、陕西提学副使、河南按察使。明代"后七子"领袖之一,论诗推崇汉魏古诗、盛唐近体,编选历代诗歌集名《古今诗删》。《四库总目提要》卷一八九著录《古今诗删》三十四卷:"是编为所录历代之诗,每代各自分体。始于古逸,次以汉、魏、南北朝,次以唐,唐之后,继以明,多录同时诸人之作,而不及宋、元。盖自李梦阳倡不读唐以后书之说,前、后七子率以此论相尚,攀龙是选,犹是志也。"著有《沧溟集》。《明史》有传。月旦,原指品评人物,这里借喻编《古今诗删》而持择去取诸家。典出《后汉书·许劭传》:"初,劭与靖俱有高名,好共核论乡党人物,每月辄更其品题,故汝南俗有'月旦评'焉。"水部,皇甫濂曾任工部都水司主事,明工部属官,正六品。数篇诗,《古今诗删》卷二三选皇甫濂五古诗二首,卷二六选皇甫濂五律诗四首,共六首。

中州何李并登坛,弘治文流竞比肩[1]。讵识苏门高吏部[2],啸台鸾凤独逌然[3]。

〔1〕第二十三首诗借评述何景明、李梦阳称雄弘治文坛,推许高叔嗣古淡之诗风。"中州"二句,谓何景明与李梦阳在明弘治间领导文坛,聚集了康海、边贡、徐祯卿、王九思、王廷相等"前七子",共倡文学复古。中州,古豫州(今河南省一带)地处九州之中,故称中州。何李,即何景明与李梦阳。《明史·何景明传》:"何景明,字仲默,信阳人……与李梦阳辈倡诗古文,梦阳最雄骏,景明稍后出,相与颉颃。"参见本组诗第十七首注〔1〕。李梦阳(1473—1530),字献吉,号空同子。庆阳(今属甘肃)人。明孝宗弘治七年(1494)进士,历官户部主事、江西提学副使。为明代"前七子"领袖人物之一,主张古诗学魏晋,近体学盛唐,著有《空同

集》。《明史·李梦阳传》:"父正,官周王府教授,徙居开封。母梦日堕怀而生,故名梦阳。"清朱彝尊《明诗综》卷三四《李梦阳》引曹洁躬云:"献吉虽产于秦,其父正,教授封丘,遂徙家大梁,故《登科录》直书河南扶沟人。居于康王城,葬于大阳山麓,然则李、何皆中州人矣。"登坛,登上坛场。古代会盟、祭祀、拜将、帝王即位,多设坛场,举行仪式。这里比喻二人成为"前七子"的领袖人物。弘治,明孝宗朱祐樘年号(1488—1505)。文流,文士之流辈。南朝梁钟嵘《诗品·总论》:"徒自弃于高明,无涉于文流矣。"这里即指康海、边贡等文士。比肩,并列,居同等地位。

〔2〕讵(jù巨)识:岂识。苏门高吏部:即高叔嗣(1502—1538),字子业,号苏门,祥符(今河南开封)人。明世宗嘉靖二年(1523)进士,历官吏部主事、湖广按察使。少即受知李梦阳,诗清新婉约。著有《苏门集》。《明史》有传。

〔3〕"啸台"句:谓高叔嗣诗犹如三国魏时苏门生之啸一样,从容舒缓,如凤之鸣。语本《三国志·魏志·阮籍传》裴松之注引《魏氏春秋》云:"籍少时尝游苏门山,苏门山有隐者,莫知姓名,有竹实数斛,臼杵而已。籍从之与谈太古无为之道及论五帝三王之义,苏门生萧然,曾不经听,籍乃对之长啸,清韵响亮,苏门生逌尔而笑。籍既降,苏门生亦啸,若鸾凤之音焉。"又《晋书·阮籍传》:"籍尝于苏门山遇孙登,与商略终古及栖神道气之术,登皆不应。籍因长啸而退,至半岭,闻有声若鸾凤之音,响乎岩谷,乃登之啸也。"这里显然以苏门山双关高叔嗣之号苏门。啸台,即阮公啸台,又名阮籍台,在今河南尉氏县东南。东晋江微《陈留志》:"阮嗣宗善啸,声与琴谐,陈留有阮公啸台。"鸾凤,这里比喻啸声如鸾鸟与凤凰的鸣叫一样清越动听。逌(yóu游)然,闲适自得的样子。《列子·力命》:"终身逌然,不知荣辱之在彼也在我也。"此诗作者自注:"高叔嗣有《再调考功作》,为一时传诵。"按《苏门集》卷一《再调考功作

157

地,初犹崛强,赋诗云:'我虽甘为李左车,身未交锋心未服。顾予多见不知量,此项未肯下颇牧。'既而心倾意写,营垒旌旗,忽焉一变。是时李、何并陈,未决雌雄,迪功精锐无多,能以偏师取胜,遂成鼎足。其诗不专学太白,而仿佛近之,七言胜于五言,绝句尤胜诸体。"

〔3〕天马行空:以神马奔竞太空比喻才华横溢,不受拘束。明刘子钟《萨天锡诗集序》:"其所以神化而超出于众表者,殆犹天马行空而步骤不凡。"羁靮(dí 笛):马络头与缰绳,泛指驭马之物。《礼记·檀弓下》:"如皆守社稷,则孰执羁靮而从?"明王世贞《胡元瑞绿萝馆诗集序》:"绝尘行空,卿云烂兮,吾故推昌谷,然不能讳其轻。"清朱彝尊《明诗综》卷三六引李雯云:"李舒章云:迪功神致俊爽,如天厩飞龙,不加鞭策,自然驶迈。用寡用虚,独有所长。"

〔4〕"更怜"句:谓更喜爱徐祯卿的《谭艺录》,可以为我师表。王士禛《题迪功集》:"昭代婵娟子,徐卿雅好文。称诗如典午,谭艺似参军。"清钱谦益《列朝诗集小传》丙集《徐博士祯卿》:"又断作诗之妙,为《谈艺录》……其所研索,具在《谈艺录》中,斯良工独苦者与?"《谈艺录》,或作《谭艺录》,一卷二十馀则,重情贵实,与李梦阳、何景明复古主张不尽一致,对王士禛神韵说的产生,有一定影响。

济南文献百年稀〔1〕,白雪楼空宿草菲〔2〕。未及尚书有边习〔3〕,犹传林雨忽沾衣〔4〕。

〔1〕第二十五首诗论百年以来,山东济南人文凋零,"前七子"边贡之子边习虽未及其父,尚有佳句传世。济南,明代济南府,治所在历城县(今山东济南市)。文献,有关典章制度的文字资料与多闻熟悉掌故的人。《论语·八佾》:"文献不足故也。"朱熹集注:"文,典籍也;献,贤也。"这里即指济南的文士及其著述。

〔2〕"白雪楼"句:谓济南名士李攀龙已经逝世很久了。白雪楼,李攀龙的读书楼名,其故址有二。王士禛《香祖笔记》卷九:"李按察攀龙白雪楼,初在韩仓店,所谓'西揖华不注,东揖鲍山'者;后改作于百花洲,在王府后碧霞宫西,许长史诗所谓'湖上楼'也。今趵突泉东有白雪楼,乃后人所建,以寓仰止之意,非旧迹也。"宿草菲,指李攀龙已死多时。宿草,隔年的草。《礼记·檀弓上》:"朋友之墓,有宿草而不哭焉。"孔颖达疏:"宿草,陈根也,草经一年则根陈也,朋友相为哭一期,草根陈乃不哭也。"菲,草茂盛。李攀龙(1514—1570),字于鳞,号沧溟,历城(今山东济南)人。参见本组诗第二十二首注〔3〕。

〔3〕尚书:即指边贡(1476—1532),字廷实,号华泉,历城(今山东济南)人。明孝宗弘治九年(1496)进士,历官太常博士、河南提学副使、南京太常少卿、南京户部尚书。明"前七子"之一,诗较平淡,擅长近体,著有《华泉集》。《明史》有传。边习:边贡次子,字仲学(生卒年不详)。王士禛《渔洋诗话》卷下:"边习,字仲学,历城户部尚书华泉先生仲子,有《睡足轩诗》一卷,纸札草恶,犹是当日真迹,亡友徐东痴装潢而藏之。余既刻《华泉集》,又删存仲学诗一卷,附刻于后。其佳句云:'野风欲落帽,林雨忽沾衣。''薄暑不成雨,夕阳开晚晴。'宛有家法。"又王士禛《蚕尾续文集》卷二《边仲子诗选序》:"弘治四杰,惟何氏之后最大,李氏次之;徐氏有子伯虬,称诗吴中,名载《光岳英华集》。而仲子以尚书之胄,饥饿终其身。"又《四库总目提要》卷一七七著录边习《边仲子诗》一卷:"明边习撰。习字仲学,济南人,户部尚书贡之次子。王士禛《论诗绝句》所谓'不及尚书有边习,犹传林雨忽沾衣'者是也。贡虽仕宦显达,而图籍以外无馀资,习竟贫困以没。仅存其七十岁客孙氏时诗一卷,本名《睡足轩集》,士禛与徐夜共选定之,附刻其父诗集后,改题今名。习诗远不及其父,尤多应俗之作。其挽李东阳二诗,论虽公而评太讦,亦乖诗品。夜等特以名父之子重之耳。"

〔4〕"犹传"句:谓边习仍有佳句传世。作者自注:"边司徒华泉先生仲子,有诗一卷,佳句云:'野风吹落帽,林雨忽沾衣。'又云:'薄暮不成雨,夕阳开晚晴。'"清翁方纲《石洲诗话》卷八:"边仲子诗稿手迹,予尝见之,前有徐东痴手题数行,渔洋以红笔题其卷端。其诗皆渔洋红笔圈点,或偶改一二字。此句'野风欲落帽,疏雨忽沾衣',实是'疏'字。渔洋红笔压改'林'字,盖以'林'与'野'相对也。不知此'野'字,原不必定以'林'为对,自以'疏'为是,改'林'则滞矣。渔洋竟有偶失检处。"

枫落吴江妙入神〔1〕,思君流水是天真〔2〕。何因点窜澄江练〔3〕,笑杀谈诗谢茂秦〔4〕。

〔1〕第二十六首诗明确诗贵自然传神,后人妄改前人佳句,未免点金成铁,贻笑大方。枫落吴江,语本《旧唐书·郑世翼传》:"郑世翼,郑州荥阳人也,世为著姓……世翼弱冠有盛名,武德中历万年丞、扬州录事参军,数以言辞忤物,称为轻薄。时崔信明自谓文章独步,多所凌轹。世翼遇诸江中,谓之曰:'尝闻"枫落吴江冷"',信明欣然,示百馀篇,世翼览之未终,曰:'所见不如所闻!'投之于江。信明不能对,拥楫而去。"宋罗大经《鹤林玉露》卷三:"作诗必以巧进,以拙成,故作字惟拙笔最难,作诗惟拙句最难。至于拙则浑然天全,工巧不足言矣。古人拙句曾经拈出,如'池塘生春草','枫落吴江冷','澄江净如练','空梁落燕泥','清晖能娱人','游子澹忘归','大江流日夜,客心悲未央','明月入高楼,流光正徘徊','采菊东篱下,悠然见南山',如此等类,固已多矣。"妙入神,语本《古诗十九首·今日良宴会》:"弹筝奋逸响,新声妙入神。"指某种技艺达到神妙之境。

〔2〕思君流水:东汉建安七子之一徐幹《杂诗五首》之三:"浮云何

洋洋,愿因通我词。飘飘不可寄,徙倚徒相思。人离皆复会,君独无返期。自君之出矣,明镜暗不治。思君如流水,何有穷已时。"南朝梁钟嵘《诗品》卷二:"至乎吟咏情性,亦何贵于用事?'思君如流水',既是即目;'高台多悲风',亦惟所见;'清晨登陇首',羌无故实;'明月照积雪',讵出经史?观古今胜语,多非补假,皆由直寻。"天真:单纯朴实的本色。唐李白《古风五十九首》诗之三十五:"一曲斐然子,雕虫丧天真。"

〔3〕"何因"句:谓明代谢榛妄改南朝齐谢朓诗句事。明王世贞《艺苑卮言》卷三:"谢山人谓玄晖'澄江净如练',澄、净二字意重,欲改为'秋江净如练'。余不敢以为然,盖江澄乃净耳。"又王士禛《古夫于亭杂录》卷三:"古人诗一字不可妄改,如谢茂秦改宣城'澄江净如练'作'秋江',亦其类也。"王士禛《香祖笔记》卷一一:"后人妄改古诗,如谢茂秦改玄晖'澄江净如练'之类,为世口实。"点窜,删改,修改。唐李商隐《韩碑》诗:"点窜尧典舜典字,涂改清庙生民诗。"澄江练,语本南朝齐谢朓《晚登三山还望京邑》诗:"馀霞散成绮,澄江净如练。"

〔4〕谢茂秦:即谢榛(1499—1579),字茂秦,号四溟山人,临清(今属山东)人。曾为明"后七子"之一,终身布衣。诗擅长近体,以五律最优。著有《四溟山人集》,内含《四溟诗话》(即《诗家直说》)。其论诗宗旨对王士禛神韵说的形成有一定影响。《明史》有传。

来禽夫子本神清[1],香茗才华未让兄[2]。徐庾文章建安作[3],悔教书法掩诗名[4]。

〔1〕第二十七首诗颂扬明代邢侗及其妹邢慈静诗,惜二人诗名为书法所掩。来禽夫子,即邢侗(1551—1612),字子愿,临邑(今属山东)人,明神宗万历二年(1574)进士,官至陕西行太仆卿。家资钜万,筑来禽馆于古犁丘,工画,擅长书法,书法有《来禽馆帖》,诗文有《来禽馆集》。

《明史》有传。神清,心神清朗。

〔2〕"香茗"句:谓邢侗有妹慈静,才华与其兄不相上下。作者自注:"《香茗赋》,鲍令晖作,以拟马邢卿慈静。"香茗,唐陆羽《茶经》卷下:"鲍照妹令晖著《香茗赋》。"又唐陆龟蒙《小名录》卷下:"鲍照,字明远,妹字令晖,有才思,亚于明远。著《香茗赋集》行于世。"又南朝梁钟嵘《诗品》卷三:"令晖歌诗,往往崭绝清巧,拟古尤胜,惟百愿淫矣。照尝答孝武云:'臣妹才自亚于左芬,臣才不及太冲尔。'"胡文楷《历代妇女著作考》卷五著录邢慈静《黔途略》一卷:"慈静,临邑人,太仆邢侗妹,以归方伯马拯,故又称马邢卿。"同书同卷又著录邢慈静《兰雪斋集》,并引《妇人集》云:"临邑邢慈静,子愿先生之妹,善画观音大士,庄严妙丽,用笔如玉台腻发、春日游丝。慈静适武定马方伯。马夫人雅工诗文,诗有《非非草》、《兰雪斋集》二种。钱宗伯选入《列朝诗集》者,非其佳制也。从马宦黔中,马卒于官,夫人扶柩还,途中作《黔途略》一书。文笔高古,有班惠姬之风。予在莱海时,于刘幼孙呈生家见夫人答刘一书,词极雅健。又于张勃海家见其砚铭二首,亦有致。又工书,酷类太仆,刻有《之室集帖》。"

〔3〕"徐庾"句:谓邢侗兄妹诗文如同南北朝时徐陵、庾信一样才华横溢,并具建安风骨。徐庾文章,宋严羽《沧浪诗话·诗体》:"徐庾体,徐陵、庾信也。"徐陵(507—583),字孝穆,东海郯(今山东郯城)人。仕梁,出使东魏,迫留北方,后归陈,仕至左光禄大夫、太子少傅。诗文喜用典故,工骈文,与庾信齐名。明人辑有《徐孝穆集》。《陈书》、《南史》皆有传。庾信(513—581),字子山,小字兰成。参见《余澹心寄金陵咏怀古迹诗却寄二首》注〔4〕。建安作,即建安风骨,南朝梁刘勰《文心雕龙·时序》:"自献帝播迁,文学蓬转。建安之末,区宇方辑。魏武以相王之尊,雅爱诗章;文帝以副君之重,妙善辞赋;陈思以公子之豪,下笔琳琅。并体貌英逸,故俊才云蒸……观其时文,雅好慷慨,良由世积乱离,

风衰俗怨,并志深而笔长,故梗概而多气也。"参见本组诗第一首注〔5〕。

〔4〕"悔教"句:谓邢侗兄妹二人以书法名传世上,反而掩盖了他们的诗文成就。清朱彝尊《静志居诗话》卷一五《邢侗》:"子愿虽有诗名,为书法所掩。其言曰:'诗盛于嘉、隆七子,以为尽词人之变矣。然效趋者高趾,促柱者急张,往往不病而呻吟,匪乐而强笑,江河日下,七子之盛,七子之衰也。'盖深中时流之弊。特其自撰,不见脱颖耳。"

海雪畸人死抱琴〔1〕,朱弦疏越有遗音〔2〕。九疑泪竹娥皇庙,字字《离骚》屈宋心〔3〕。

〔1〕第二十八首诗颂扬明末诗人邝露之诗歌创作并其人品。"海雪畸人"句,作者自注:"邝露,南海人,抱琴而死。集名《海雪》,诗多在潇湘、洞庭之间。"邝露(1604—1650),本名瑞露,字湛若,南海(今属广东)人,明诸生。南明永历时,以荐入翰林。清兵下广州,抱所宝琴赴水死。工诗,著有《峤雅》。王士禛《池北偶谈》卷一一《邝露》:"邝露,字湛若,南海人,狂生也,负才不羁,常敝衣跋履,行歌市上,旁若无人。顺治初,王师入粤,生抱其所宝古琴,不食死。其诗名《峤雅》,《过贾谊宅三间庙》云:'浮湘七泽下灵渠,牢落残云伴索居。庚子日斜闻鹏鸟,重阳沙涸见江鱼。天高未敢重相问,年少何劳更上书。此去樊城望京国,定从王粲赋归与。'露少客金陵,游阮大铖之门,尝为阮序其集。"畸(jī基)人,指有独特志行、不同流俗的人。《庄子·大宗师》:"子贡曰:'敢问畸人?'曰:'畸人者,畸于人而侔于天。'"成玄英疏:"畸者,不耦之名也。修行无有,而疏外形体,乖异人伦,不耦于俗。"

〔2〕"朱弦"句:谓邝露善鼓琴,可与其节操、诗文一同流芳。朱弦疏越,语本《礼记·乐记》:"《清庙》之瑟,朱弦而疏越,壹倡而三叹,有遗音者矣。"朱弦,用熟丝制的琴弦,这里指邝露所宝之琴。疏越,原指疏通

瑟底之孔,使声音舒缓。这里指琴声悠扬、隽永。清朱彝尊《静志居诗话》卷二一《邝露》:"又蓄二琴,一曰'南风',宋理宗宫中物;一曰'绿绮台',唐武德年制,明康陵御前所弹也。出入必与二琴俱,广州城破,湛若抱琴死。'绿绮台'为老兵所得,以鬻于市,归善叶锦衣解百金赎归,至今存其家。"王士禛《渔洋诗话》卷下:"粤东诗派皆宗区海目(大相),而开其先路者,邝露湛若也。露,南海人,著《峤雅》,有骚人之遗音。"

〔3〕"九疑"二句:谓邝露有古代能鼓瑟的娥皇、女英从一而终的节烈,其心犹如战国楚屈原与宋玉一样忧国怀君,其诗可与《离骚》媲美。九疑,山名,即九疑山,在今湖南宁远南。参见《陈洪绶水仙竹二首》之二注〔3〕。泪竹,即斑竹,又名湘妃竹、湘竹,一种茎上有紫褐色斑点的竹子。汉刘向《古列女传》卷一《有虞二妃》:"有虞二妃者,帝尧之二女也,长娥皇,次女英……舜既嗣位,升为天子,娥皇为后,女英为妃……天下称二妃聪明贞仁。舜陟方,死于苍梧,号曰重华。二妃死于江湘之间,俗谓之湘君。君子曰:二妃德纯而行笃,《诗》云:'不显惟德,百辟其型之。'此之谓也。"晋张华《博物志》卷八:"尧之二女,舜之二妃,曰湘夫人,帝崩,二妃啼,以涕挥竹,竹尽斑。"唐杜甫《奉先刘少府新画山水障歌》:"不见湘妃鼓瑟时,至今斑竹临江活。"娥皇庙,故址当在今湖南宁远一带。唐元稹《斑竹》诗:"一枝斑竹渡湘沅,万里行人感别魂。知是娥皇庙前物,远随风雨送啼痕。"离骚,《楚辞》篇名,战国楚屈原的代表作,三百七十多句,两千四百多字,为中国最长的抒情诗。《史记·屈原贾生列传》:"屈平之作《离骚》,盖自怨生也。《国风》好色而不淫,《小雅》怨诽而不乱,若《离骚》者,可谓兼之矣……推此志也,虽与日月争光可也。"屈宋心,喻指忠君之情怀。清屈大均《广东新语》卷一二《邝湛若诗》:"为人好诙谐大言,汪洋自恣,以写其牢骚不平之志。或时清谈缓态,效东晋人风旨,所至辄倾一座。至为诗,则忧天悯人,主文谲谏,若《七哀》、《述征》之篇。虽《小雅》之怨诽,《离骚》之忠爱,无以尚之。"

屈,屈原(前339?—前278?),名平,字原,与《离骚》中自称名正则、字灵均义同。战国时楚诗人,曾任楚国左徒、三闾大夫,后被楚顷襄王流放,自沉于汨罗以明志。《离骚》而外,尚作有《天问》、《九歌》、《九章》等《楚辞》作品。《史记》有传。宋,宋玉(生卒年不详),生在屈原之后,或曰为屈原弟子,仕途不得志。作有《九辩》、《高唐赋》、《神女赋》、《登徒子好色赋》等楚辞。后人多以之与屈原并称"屈宋"。南朝梁刘勰《文心雕龙·辨骚》:"屈宋逸步,莫之能追。"

澹云微雨小姑祠,菊秀兰衰八月时[1]。记得朝鲜使臣语[2],果然东国解声诗[3]。

〔1〕第二十九首诗颂扬朝鲜使臣能通汉诗。"澹云"二句,朝鲜使臣金尚宪所作《登州次吴秀才韵》诗中句。作者自注:"明崇祯时,朝鲜使臣过登州作。"王士禛《池北偶谈》卷一五《朝鲜诗》:"邹平张尚书华东公刻朝鲜使臣金尚宪叔度《朝天录》一卷,诗多佳句,略载于此。《晓发平岛》云:'三秋海岸初宾雁,五夜天文一客星。'《初至登州》云:'南商北客簇沙头,画鹢青帘几处舟。齐唱《竹枝》联袂过,满城明月似扬州。'《蓬莱阁》云:'桥石已从秦帝断,星槎惟许汉臣通。'《登州次吴秀才韵》云:'澹云轻雨小姑祠,菊秀兰衰八月时。'《水城夜景》云:'五更残月水城头,咏史何人独舣舟。不向东溟觅归路,还依北斗望神州。'……"

〔2〕"记得"句:王士禛《渔洋诗话》卷上:"天启中,朝鲜使臣金尚宪字叔度,由登州入贡,邹平张忠定公华东(延登)馆之于家,刻其诗一卷,颇多佳句。如'三秋海岸初宾雁,五夜天文一客星','澹云微雨小姑祠,菊秀兰衰八月时'……"此言"天启中",与自注所云"崇祯时"抵牾。

〔3〕东国:这里指朝鲜,以其在中国之东。声诗:原指乐歌,《礼记·乐记》:"乐师辨乎声诗,故北面而弦。"这里即指汉人诗歌创作。

溪水碧于前渡日,桃花红是去年时[1]。江南肠断何人会,只有崔郎七字诗[2]。

〔1〕第三十首诗称赏作者门人崔华抒写闲愁的诗歌创作。"溪水"二句,径用作者门人崔华的诗句。王士禛《池北偶谈》卷一二《崔孝廉》:"予门人崔华孝廉,字不凋,太仓之直塘人。性孤洁寡合,画翎毛、花卉甚工,尤工诗,清迥自异,吴梅村尝目为'直塘一崔'。其佳句云:'敧檐坐清昼,薄冷出蘋间。'又:'一寺千松内,飞泉屋上行。'又:'此中枕簟客初到,半夜梧桐风起时。'又:'丹枫江冷人初去,黄叶声多酒不辞。'吴人目为'崔黄叶'云。予《论诗绝句》云……二句亦崔诗也。""桃花红"句,暗用唐崔护《题都城南庄》诗意。据唐孟棨《本事诗》,博陵崔护,一次清明日独游都城南,得居人庄,酒渴求饮。有女子饮以杯水,若不胜情。来岁清明日,崔护又往寻之,门墙如故,不见女子,因题诗于左扉曰:"去年今日此门中,人面桃花相映红。人面只今何处去,桃花依旧笑春风。"

〔2〕"江南"二句:谓能体味诸如宋代贺铸抒写闲愁名句妙处所在的,只有上举崔华的七言诗句可以做到。江南肠断,宋贺铸《青玉案》(凌波不过横塘路)词以抒写闲愁著名,其下阕有云:"碧云冉冉蘅皋暮,彩笔新题断肠句。试问闲愁都几许,一川烟草,满城风絮,梅子黄时雨。"宋黄庭坚《寄贺方回》诗:"解作江南断肠句,只今惟有贺方回。"按贺铸,字方回。会,这里有体味、理解的意思。崔郎,即崔华(生卒年不详),字蕴玉,一字不凋,江南太仓(今属江苏)人,顺治十七年(1660)举人,同考官即为王士禛,故为其门人。家素贫,性寡合,工诗善画,诗风幽峭艳逸。著有《樱桃轩集》、《馀不轩集》。

曾听巴渝里社词[1],三闾哀怨此中遗[2]。诗情合在空舲峡[3]，冷雁哀猿和《竹枝》[4]。

〔1〕第三十一首诗论诗创作多由环境感发，灵感之来，不可忽视。巴渝里社词，泛指蜀地（今四川东部一带）如《竹枝》一类的民歌。唐杜甫《奉寄李十五秘书二首》诗之一："《竹枝》歌未好，画舸莫迟回。"九家注云："《竹枝》歌，巴渝之遗音，惟峡人善唱。"巴渝，古蜀地名。里社，古代里中祭祀土地神的处所，这里借指乡里。

〔2〕"三闾"句：谓巴渝民歌有屈原《楚辞》的哀怨遗风。明何宇度《益部谈资》卷下："《竹枝》歌，唐刘禹锡、白居易皆尝赋之，凄婉悲怨。苏长公云：'有楚人哀屈吊贾之遗声焉。'《鹤林玉露》载，宋时三峡长年犹能歌之，今则亡矣。"三闾，即战国楚屈原，以其曾官三闾大夫，故称。参见本组诗第二十八首注〔3〕。

〔3〕"诗情"句：语本宋《宣和画谱》卷一五："胡擢，不知何许人也，博学能诗，气韵超迈，飘飘然有方外之志。尝谓其弟曰：'吾诗思若在三峡之间闻猿声时。'其高情逸兴如此。一遇难状之景，则寄之于画；乃作草木禽鸟，亦诗人感物之作也。"王士禛《分甘馀话》卷一："唐郑繁云：'诗思在灞桥驴子背上。'胡擢云：'吾诗思若在三峡间闻猿声时也。'余少在广陵作《论诗绝句》，其一云：'诗情合在空舲峡，冷雁哀猿和竹枝。'用擢语也。后壬子秋典蜀试，归舟下三峡，夜泊空舲，月下闻猿声，忽悟前诗，乃知事皆前定。"空舲峡，一作空泠峡，故址在今湖北秭归东南。宋祝穆《方舆胜览》卷五八："空舲峡，在秭归县东，绝崖壁立，飞鸟不能栖。有一火烬插石崖间，长数尺，相传尧洪水时，行者泊舟，系于崖侧，故插馀烬于此。至今犹曰插灶。"雍正《湖广通志》卷一〇："空舲峡，（归）州东四十里，自州至长阳四百里内，峡水奔流，石碛险恶，夏月水涨，必空舲乃可上滩。"当代由于三峡大坝的建立，今日景象已非复旧观。

〔4〕"冷雁"句：谓长江三峡间感发诗情的三种境遇：寒空中的大

雁、两岸的猿声以及乡间《竹枝》的歌声。哀猿,语本北魏郦道元《水经注》卷三四:"每至晴初霜旦,林寒涧肃,常有高猿长啸,属引凄异,空谷传响,哀转久绝。故渔者歌曰:'巴东三峡巫峡长,猿鸣三声泪沾裳。'"竹枝,即竹枝词。参见《邓尉竹枝词六首》诗之一注〔1〕。

九岁诗名铜雀台〔1〕,三年留滞楚江隈〔2〕。不如解唱《黄麖》者,新自王戎墓下来〔3〕。

〔1〕第三十二首诗为夫子自道之语,其间不无怅望之音,或有讽刺当时某显官之意。"九岁"句,谓自己早惠,九岁即有诗名。清惠栋注:"按,曹子建十岁作《铜雀台赋》,韦君平十一岁赋《铜雀诗》,皆夙惠也。先生八岁能诗,至十五岁有诗一卷,曰《落笺堂初稿》。稿今不传,卷中当有《铜雀台》诗,为人所称诵也。"《三国志·魏志·曹植传》:"陈思王植,字子建,年十岁馀,诵读诗论及辞赋数十万言,善属文。太祖尝视其文,谓植曰:'汝倩人邪?'植跪曰:'言出为论,下笔成章,顾当面试,奈何倩人?'时邺铜爵台新成,太祖悉将诸子登台,使各为赋。植援笔立成,可观,太祖甚异之。"按韦君平误,当为韦渠牟(749—801),一名尘外,号遗名子、北山子,唐京兆杜陵(今陕西长安东北)人。宋计有功《唐诗纪事》卷四八《韦渠牟》:"权载之叙其文曰:'初君年十一,尝赋《铜雀台》绝句,右拾遗李白见而大骇,因授以古乐府之学。'"清盛符升《蚕尾续诗集总述》:"吾师新城先生,八岁能诗。伯氏西樵吏部,授以裴、王诗法。"又徐釚《本事诗》卷一〇:"西樵司勋曰:'贻上早负夙惠,神姿清澈,如琼林玉树,朗然照人。'"铜雀台,或作铜爵台,宋王应麟《玉海》卷一六二:"《魏志》:建安十五年冬,作铜爵台于邺。"又《明一统志》卷二八:"铜雀台在临漳县治西,魏曹操筑,并金虎、冰井三台,相去各六十步。其上复道,楼阁相通,中央悬绝,铸大铜雀,高一丈五尺,置之楼顶。临终《遗令》:'施

緦帐于上,朝晡,使宫人歌吹帐中,望吾西陵。'西陵,操葬处也。后楼台俱毁。"

〔2〕"三年"句:作者于顺治十七年(1660)三月到任扬州,官扬州府推官,至康熙二年(1663)九月间写此组《论诗绝句》,已三年有馀。作者以未得升转有几分无奈之感。留滞,指自己久不得升迁的困境。楚江隈(wēi 微),代指扬州。暗用唐韦嗣立《奉和张岳州王潭州别诗二首》诗之一:"茂先王佐才,作牧楚江隈。"有不平意。楚江,古人指湖北及其以东长江河段。隈,山水弯曲处。

〔3〕"不如"二句:谓自己官运尚不如唐朝能唱《黄麞》的赵仁奖。黄麞,唐杂曲谣辞名、舞名。《旧唐书·五行志》:"如意初,里歌云:'黄麞黄麞草里藏,弯弓射尔伤。'后契丹李万荣叛,陷营州,则天令总管曹仁师、王孝杰等将兵百万讨之,大败于黄麞。"王戎墓下来,宋马永易《实宾录》卷八《黄麞汉》:"唐赵仁奖,河南人也,稗贩于殖业坊王戎墓北,善歌《黄麞》,与宦官有旧,因所托附。景隆中,乃负薪诣阙,遂得召见,云:'负薪助国家调鼎。'即日拜监察御史。睿宗朝,左授上蔡丞,使于京,中书令姚崇曰:'此是《黄麞》汉耶?'授当州悉当尉。仁奖本在台,既无馀能,以《黄麞》自衔。宋务光题曰:'赵仁奖出王戎墓下,入朱博台中,舍彼负薪,登兹列宿。行人不避骢马,坐客惟听《黄麞》。'"王戎墓,宋乐史《太平寰宇记》卷三:"王戎墓在(洛阳)殖业坊,高四丈。故老传云,隋大业迁都之始,人为酒窖,得名云'晋司徒尚书令安丰元年王君之墓铭'。"王戎,字浚冲(234—305),西晋琅琊(今山东临沂)人,官至尚书令。善清谈,性贪吝,"竹林七贤"之一,《晋书》有传。

秦邮杂诗六首〔1〕

夹岸人家短竹篱,鸭头新绿雨如丝〔2〕。几年寒食秦邮路〔3〕,拂面杨花被酒时〔4〕。

〔1〕这六首七绝作于康熙三年(1664)春三月初,作者时在扬州推官任上,至高邮督修文游台。秦邮,即高邮(清属扬州府,今属江苏)别称,以秦朝曾在此置邮传,故称。六诗措语轻快,韵致悠然,随意挥洒,即成文章,备见作者驾驭七绝炉火纯青的能力。

〔2〕鸭头新绿:语本唐李白《襄阳歌》:"遥看汉水鸭头绿,恰似蒲萄初酦醅。"以鸭头色绿形容水色。

〔3〕寒食:即寒食节,又名禁烟节、冷节、一百五。时在清明前一或二三日。参见《真州绝句五首》之五注〔2〕。康熙三年之清明在农历三月初九。

〔4〕拂面杨花:宋司马光《夜发长垣》诗:"歇鞍沙月白,拂面柳风醒。"被酒:为酒所醉。

国士无双秦少游〔1〕,堂堂坡老醉黄州〔2〕。高台几废文章在〔3〕,果是江河万古流〔4〕。

〔1〕"国士"句:语本宋黄庭坚《送少章从翰林苏公馀杭》诗:"东南淮海惟扬州,国士无双秦少游。"国士无双,国中独一无二的人才。语本《史记·淮阴侯列传》:"诸将易得耳,至如信者,国士无双。"秦少游,即秦观(1049—1100),字少游。参见《高邮雨泊》注〔4〕。

〔2〕堂堂坡老:语本宋黄庭坚《东坡先生真赞三首》:"子瞻堂堂,出于峨眉,司马班扬。金马石渠,阅士如墙。"王士禛《池北偶谈》卷一三《杜茶村诗》:"黄冈杜濬于皇,晚号茶村老人。少时咏苏长公:'堂堂复堂堂,子瞻出峨眉。早读范滂传,晚和渊明诗。'合肥龚端毅公酒间常击

节诵之,以为二十字说尽东坡一生,真不可及。"坡老,即苏轼(1037—1101),字子瞻,一字和仲,号东坡居士,眉州眉山(今属四川)人,宋仁宗嘉祐二年(1057)进士,历官大理评事、签书凤翔府判官、黄州团练副使、中书舍人、翰林学士,出知杭州、扬州,贬儋州(今海南儋县),卒于常州。文学家、书画家,诗词、散文皆有造诣。著有《东坡先生全集》。《宋史》有传。黄州:治所在今湖北黄冈。宋神宗元丰二年(1079),苏轼因乌台诗案被贬为黄州团练副使,本州安置。他在府治以东山坡上自筑雪堂,并以东坡为号,期间写下《念奴娇》词以及前、后《赤壁赋》等名作。也有部分作品抒写饮酒买醉之疏放。如其《西江月》词有序云:"顷在黄州,春夜行蕲水中。过酒家,饮酒醉,乘月至一溪桥上,解鞍,曲肱醉卧少休。及觉已晓,乱山攒拥,流水锵然,疑非尘世也。书此语桥柱上。"词有云:"障泥未解玉骢骄,我欲醉眠芳草。"又其《临江仙》(夜归临皋)一词,作于元丰五年(1082)九月间,有句云:"夜饮东坡醒复醉。"末二句云:"小舟从此逝,江海寄馀生。"传至朝廷,险些引起一场误会(见叶梦得《避暑录话》卷二)。皆可见苏轼"醉黄州"之情状。

〔3〕高台:作者自注:"予方修文游台成。"《明一统志》卷一二:"文游台,在高邮州东二里。旧传宋苏轼、孙觉、秦观、李公麟同游饮酒论文于此。"康熙《扬州府志》卷三九录王士禛《重修文游台记》:"余以顺治十七年四月来李广陵,文书之暇,多泛小舠往来三十六湖之上,因登是台而吊之,嗟其颓废荒落,谋诸州守吴君及州之士大夫,思所以修葺而振起之者……盖始辛丑,迄甲辰,阅四岁三守而台之功以成。"文章:指苏轼的文学创作。

〔4〕"果是"句:谓苏轼的文学作品犹如万古常流的江河一样,传之久远,千古不朽。语本唐杜甫《戏为六绝句》诗之二:"王杨卢骆当时体,轻薄为文哂未休。尔曹身与名俱灭,不废江河万古流。"

露筋祠前水拍村〔1〕,平湖水暖生兰荪〔2〕。灵风斜日画旗卷〔3〕,时有神鸦归庙门〔4〕。

〔1〕露筋祠:故址在今江苏高邮附近,又名露筋庙。参见《再过露筋祠》诗注〔1〕。

〔2〕兰荪:即菖蒲,一种香草。宋沈括《梦溪笔谈·辩证一》:"香草之类,大率多异名,所谓兰荪,荪即当菖蒲是也。"

〔3〕"灵风"句:语本唐李商隐《重过圣女祠》:"一春梦雨常飘瓦,尽日灵风不满旗。"灵风,谓圣女之神灵。梁陶弘景《真诰》卷三《运象篇第三》录《英王夫人歌》有云:"阿母延轩观,朗啸蹑灵风。"唐吴筠《宗玄集别录·玄纲论·中篇辩法教·神道设教章第十》云:"九玄之初,二象未搆。灵风集妙,空洞凝华。"

〔4〕神鸦:指啄食露筋祠中祭品的乌鸦。宋范成大《吴船录》卷下:"庙有驯鸦,客舟将来,则迓于数里之外,或直至县下,船过亦送数里,人以饼饵掷空,鸦仰喙承取,不失一,土人谓之神鸦,亦谓之迎船鸦。"

涛声东走海陵仓〔1〕,蛾子纷纷割据场〔2〕。三百年来陵谷变〔3〕,居人犹是说张王〔4〕。

〔1〕海陵仓:古代仓库名,汉吴王刘濞建。故址在今江苏泰州市海陵区。汉枚乘《上书重谏吴王》:"转粟西乡,陆行不绝,水行满河,不如海陵之仓。"李善注引臣瓒曰:"海陵,县名,有吴大仓。"

〔2〕蛾(yǐ蚁)子:幼蚁。《礼记·学记》:"蛾子时术之。"郑玄注:"蛾,蚍蜉也,蚍蜉之子,微虫耳,时术蚍蜉之所为,其功乃复成大垤。"这里是对元末各地纷起的地方割据势力的蔑称。割据:占据一方领土,成

立政权。

〔3〕三百年来:从元末群雄纷争至作者写此组诗,约计三百年。陵谷:语本《诗·小雅·十月之交》:"高岸为谷,深谷为陵。"后世用来比喻世事发生巨变。

〔4〕张王:作者自注:"张士诚,元末据此。"张士诚(1321—1367),原名九四,泰州白驹场(今江苏大丰)人,盐贩出身。元顺帝至正十三年(1353)起兵反元,五月攻克高邮,自称诚王,国号大周,年号天祐。后定都平江(今江苏苏州),一度曾降元,后又称吴王,终为朱元璋所破,自缢死。清姚之骃《元明事类钞》卷五:"张王:杨循吉《吴中故语》:'迹士诚之所以起,盖亦乘乱保结,然在元犹贡运不绝,亦固知有大义者。苏人至今犹呼为张王云。'"

三十六湖如玦环〔1〕,青蘋风起白银湾〔2〕。红桥四百姑苏郡〔3〕,径合移来著此间〔4〕。

〔1〕三十六湖:高邮以湖多著称。《江南通志》卷一:"高邮州介居扬楚,薮泽回环,有三十六湖。樊艮、甓社之类,相连如贯珠,土沃水深,富有鱼稻。"玦环:比喻湖之形状。环形有缺口之玉饰为玦,圆圈形的玉饰称环,为璧的一种。宋苏轼《祈雪雾猪泉出城马上作赠舒尧文》:"浩荡城西南,乱山如玦环。"

〔2〕青蘋(pín 频)风:初起之风,小风。青蘋,一种生于浅水中的草本植物。战国楚宋玉《风赋》:"夫风生于地,起于青蘋之末。"白银湾:形容湖水亮如白银的弯曲处。语本元杨维桢《小临海曲》诗之二:"道人铁笛响,半入洞庭山。天风将一半,吹度白银湾。"

〔3〕红桥四百:谓苏州桥梁众多。宋范成大《吴郡志》卷一七《桥梁》:"唐白居易诗曰'红栏三百九十桥',本朝杨备诗亦云'画桥四百',

则吴门桥梁之盛,自昔固然。今图籍所载者,三百五十九桥。"按白居易《正月三日闲行》诗:"绿浪东西南北水,红栏三百九十桥。"自注:"苏之官桥大数。"姑苏郡:今江苏苏州的别称。

〔4〕径合:犹"应当"。著(zhuó 酌):放置。

小桃初红柳垂阴[1],甓社湖中花水深[2]。丫头十五《竹枝》曲,不听歌声何处寻[3]。

〔1〕"小桃"句:语本元贡性之《题画》诗:"桃花红绽断桥边,杨柳垂阴散绿烟。"

〔2〕甓(pì 僻)社湖:在高邮西北。《大清一统志》卷六六:"甓社湖,在高邮州西北。《舆地纪胜》:'离城三十里,南北五十里。'"花水:农历二三月间桃开放时盛涨的河水,或称桃花水。唐严维《酬王侍御西陵渡见寄》诗:"柳塘熏昼日,花水溢春渠。"

〔3〕"丫头"二句:谓有少女湖中乘舟唱曲,寻声才知人在何方。丫头,即丫头,双髻丫形的女孩或女婢。明王世贞《浣溪沙》词:"一夜春波酿作蓝,晓桑柔叶绿鬖鬖。丫鬟十五太娇憨。"竹枝曲,即《竹枝词》。本为巴渝一带民歌,后世诗人亦多以吟咏当地风土人情或儿女情长的七言绝句为《竹枝词》。参见《邓尉竹枝词六首》诗之一注〔1〕。

冶春绝句十二首[1]

今年东风太狡狯[2],弄晴作雨遣春来[3]。江梅一夜落红雪,便有夭桃无数开[4]。

〔1〕这一组七绝十二首作于康熙三年（1664）三月初九日清明。作者题下自注："同林茂之前辈、杜于皇、孙豹人、张祖望、程穆倩、孙无言、许力臣、师六修禊红桥，酒间赋《冶春》诗。"原为二十四首，《渔洋精华录》选此十二首。孙枝蔚《溉堂前集》卷九有《清明王阮亭招同林茂之张祖望程穆倩许力臣师六家无言泛舟城西间同赋冶春绝句二十四首》诗，可证。冶春，即游春。林茂之，即林古度（1582—1666），字茂之，号那子，福清（今属福建）人。明万历间即有诗名，故称其前辈。晚年为东南文坛耆宿，贫困以终。传世《林茂之诗选》二卷。《清史列传》入《文苑传》。杜于皇，即杜濬（1611—1687），原名诏先，字于皇，号茶村，黄冈（今属湖北）人。明崇祯十二年乡试副榜，能诗，长于五言。入清，以遗民自居，著有《变雅堂集》、《茶村诗》等。《清史列传》、《清史稿》皆有传。孙豹人，即孙枝蔚（1620—1687），字豹人，号溉堂。三原（今属陕西）人。明末，曾起兵抗击李自成农民军，后逃至扬州经商，旋弃去，乞食江湖。康熙十八年举博学鸿儒，不愿应试，授内阁中书归。工诗词，与李天馥、陈维崧、王士禛、魏禧、施闰章等人皆有交往。著有《溉堂集》。《清史列传》、《清史稿》皆有传。张祖望，即张丹（1619—?），初名纲孙，字祖望，钱塘（今浙江杭州）人。与毛先舒、陆圻等称"西泠十子"。为诗悲凉沉远，著有《秦亭集》。《清史列传》、《清史稿》皆有传。程穆倩，即程邃（1605—1691），字穆倩，号垢区，江宁（今江苏南京）籍歙县（今属安徽）人，明诸生。康熙十八年举博学鸿儒，不与试。工诗文书画，著有《萧然吟诗集》、《会心吟诗集》等。孙无言，即孙默（1613—1678），字无言，一字桴庵（或作桴荂），布衣，工诗。著《留松阁诗》。许力臣，即许承宣，字力臣，江都（今江苏扬州）人。康熙十五年（1676）进士，历官工科给事中。师六，即许承家，字师六，号来庵，为许承宣之弟。康熙二十四年（1685）进士，历官翰林院编修。有《猎微阁诗集》。修禊，古人于农历三月上旬的巳日（三国魏以后始固定为三月初三）到水边嬉戏，以祓除不祥，称修

禊。这里显然是泛用。红桥,故址位于今江苏扬州西北。参见《红桥二首》诗之一注[1]。《渔洋山人自撰年谱》卷上:"山人官扬州,比号繁剧,公事毕则召宾客泛舟红桥、平山堂,酒酣赋诗,断纨灵素,墨沈狼藉。吴梅村先生(伟业)云:'贻上在广陵,昼了公事,夜接词人。'盖实录也。"这一组诗全为兴到笔随之语,天籁自鸣,不假雕饰,最可见其神韵宗旨。

〔2〕东风:春风。狡狯(kuài 快):玩笑。宋范成大《游灵石山寺》诗:"老矣谢狡狯,题诗记吾曾。"清陈廷敬《出郭见山桃花早开二首》诗之一:"汶篁冻叶影离披,惆怅江梅雪满枝。惟有山桃太狡狯,一春先放早春时。"

〔3〕弄晴作雨:天气忽晴忽雨。《渔洋山人自撰年谱》卷上引宗元鼎和《冶春绝句》诗云:"休从白傅歌杨柳,莫向刘郎演《竹枝》。五日东风十日雨,江楼齐唱《冶春》词。"遣春来:王士禛《香祖笔记》卷八:"予平生为诗,不喜次韵,不喜集句,不喜数叠前韵。惟少时有《集黄山谷诗》一绝云(《谢人送梅》):'榨头夜雨排檐滴,谁与愁眉唱一杯。瘦尽腰围怯风景,城南名士遣春来。'如此集句,恐非李西涯所知。西涯有《集句诗》一卷。"按宋黄庭坚《王才元惠梅花三种皆妙绝戏答三首》诗之一:"城南名士遣春来,三月乃见腊前梅。定知锁著江南客,故放绿梢春晚回。"

〔4〕"江梅"二句:谓春日梅花落而桃花开。江梅,一种野生梅花。宋范成大《梅谱》:"江梅,遗核野生、不经栽接者,又名直脚梅,或谓之野梅。凡山间水滨荒寒清绝之趣,皆此本也。花稍小而疏瘦有韵,香最清,实小而硬。"这里谓开红花的江梅,故喻其坠英为"落红雪"。元郑奎妻《春词》:"春风吹花落红雪,杨柳阴浓啼百舌。"夭桃,《诗·周南·桃夭》:"桃之夭夭,灼灼其华。"后世即称艳丽的桃花为夭桃。

野外桃花红近人[1],秾华簇簇照青春[2]。一枝低亚隋皇墓〔3〕,且可当杯酒入唇〔4〕。

〔1〕桃花红近人:语本唐薛能《宋氏林亭》诗:"地湿莎青雨后天,桃花红近竹林边。"

〔2〕秾华:语本《诗·召南·何彼秾矣》:"何彼秾矣,华如桃李。"秾,茂盛。秾,一作襛。簇簇:一丛丛。照青春:语本唐杜甫《奉寄章十侍御》诗:"淮海惟扬一俟人,金章紫绶照青春。"青春,春天,以春季草木茂盛,其色青绿,故称。《楚辞·大招》:"青春受谢,白日昭只。"王逸注:"青,东方春位,其色青也。"

〔3〕低亚(yà 讶):低垂。元王实甫《西厢记》第三本第三折:"凉夜迢迢,闲庭寂静,花枝低亚。"隋皇墓:即隋炀帝的坟墓,在扬州。《明一统志》卷一二《扬州府》:"炀帝冢,在府城北雷塘,隋陈棱为江都守,求得炀帝枢,略备仪卫,葬之于此。唐罗隐诗:'君王忍把平陈业,只换雷塘数亩田。'"

〔4〕当杯:语本明李流芳《南归后六日偕闲孟子薪家茂初无垢集鲁生园亭梅花下次家茂初韵》诗:"频年不到此花中,喜见花枝压路通。近坐繁香如潋酒,当杯落瓣尚禁风。"

红桥飞跨水当中〔1〕,**一字阑干九曲红。日午画船桥下过**〔2〕,**衣香人影太匆匆**〔3〕。

〔1〕红桥:故址位于今江苏扬州西北。参见《红桥二首》诗之一注〔1〕、〔2〕。

〔2〕画船:装饰华美的游船。

〔3〕衣香人影:比喻两岸游女仪态优雅、服饰艳丽。语本唐骆宾王

《咏美人在天津桥》诗："美女出东邻,容与上天津。动衣香满路,移步袜生尘。水下看妆影,眉头画月新。寄言曹子建,个是洛川神。"

三月韶光画不成[1],寻春步屟可怜生[2]。青芜不见隋宫殿[3],一种垂杨万古情[4]。

〔1〕"三月"句:语本宋范成大《携家石湖赏拒霜》诗:"谁知摇落霜林畔,一段韶光画不成。"韶光,美好的春光。

〔2〕寻春步屟(xiè谢):语本唐杜甫《遭田夫泥饮美严中丞》诗:"步屟随春风,村村自花柳。"步屟,行走,漫步。《南史·袁粲传》:"又尝步屟白杨郊野间,道遇一士大夫,便呼与酣饮。"可怜生:可爱。生,词尾,无义。宋赵彦端《虞美人·刘帅生日》词:"风流椿树可怜生,长与柳枝桃叶、共青青。"

〔3〕青芜:杂草丛生的草地。隋宫殿:即隋炀帝在扬州兴建的江都宫,隋炀帝在位期间时常巡幸。《大清一统志》卷六七:"江都宫,在甘泉县西五里,故广陵城内。中有成象殿、水精殿及流珠堂,皆隋炀帝建。《隋书·志》:'江阳有江都宫。'《舆地纪胜》:'宫在江都县西五里,今为上方禅寺。'"宋刘敞《雷陂劝耕作杂言》诗:"君不见江都宫,昔时何崔嵬。下临雷陂水,前踞吴王台。台倾无馀级,水竭空尘埃。隋人已曾顾此长叹息,今世更为隋人哀。"

〔4〕"一种"句:语本唐李商隐《隋宫》诗:"于今腐草无萤火,终古垂杨有暮鸦。"又唐杜甫《岳阳楼歌》诗:"君王旧迹今人赏,转见千秋万古情。"

髯公三过平山下[1],白发门生感故知[2]。欲觅醉翁呼不起〔3〕,碧虚楼阁草离离〔4〕。

〔1〕髯公:指宋苏轼。苏轼因其多髯,有"髯苏"的别称。苏轼《客位假寐》诗:"同僚不解事,愠色见髯苏。"苏轼,参见《秦邮杂诗六首》诗之二注〔2〕。三过平山下:语本宋苏轼《西江月·平山堂》词:"三过平山堂下,半生弹指声中。十年不见老仙翁,壁上龙蛇飞动。 欲吊文章太守,仍歌杨柳春风。休言万事转头空,未转头时皆梦。"平山堂,故址在今扬州瘦西湖畔蜀冈中峰上,大明寺西侧。《明一统志》卷一二:"平山堂在蜀冈上,宋庆历中,郡守欧阳修建。江南诸山,拱列檐下,因名平山。沈括为记。"

〔2〕白发门生:宋神宗嘉祐二年(1057),主考官欧阳修取中苏轼为进士,故苏轼对欧阳修自称门生。语本宋苏轼《和子由除夜元日省宿致斋三首》诗之三:"当年踏月走东风,坐看春闱锁醉翁。白发门生几人在,却将新句调儿童。"自注:"师欧阳永叔自号醉翁。"故知:故交,这里指欧阳修。

〔3〕呼不起:谓欧阳修已长眠地下。

〔4〕碧虚:绿窗。王士禛《如梦令·春昼》词:"帘外游丝片片,昼静碧虚常卷。"自注:"碧虚,窗也。"离离:浓密的样子。

东风花事到江城〔1〕,早有人家唤卖饧〔2〕。他日相思忘不得〔3〕,平山堂下五清明〔4〕。

〔1〕花事:关于花的情事,多指游春看花。明张凤翼《题刺绣图》诗:"蛱蝶成双过短垣,参差花事到山矾。"江城:临江之城市。扬州濒临长江,故称。

〔2〕卖饧(xíng形):古代寒食节有吃饧的习俗。梁宗懔《荆楚岁时记》:"去冬节一百五日,即有疾风甚雨,谓之寒食。禁火三日,造饧。大麦粥。"唐沈佺期《岭表逢寒食》诗:"岭外无寒食,春来不见饧。"宋韩淲《菩萨蛮·小词》:"上巳是清明,新烟带粥饧。"饧,用麦芽或谷芽熬成的饴糖。

〔3〕他日相思:语本唐李白《送舍弟》诗:"他日相思一梦君,应得池塘生春草。"

〔4〕平山堂:见上一首诗注〔1〕。五清明:王士禛于顺治十七年(1660)到任扬州推官,至康熙三年(1664)已经五阅清明。

坐上同矜作达名[1],留犁风动酒鳞生[2]。江南无限青山好[3],便与诸君荷锸行[4]。

〔1〕"坐上"句:谓同游者皆以旷达、放浪之名自恃。矜,自夸,自恃。作达,仿效放达行为。语本南朝宋刘义庆《世说新语·任诞》:"阮浑长成,风气韵度似父,亦欲作达。步兵曰:'仲容已预之,卿不得复尔!'"

〔2〕"留犁"句:谓风如饭匕一样搅动着杯中酒生微波。留犁,古代匈奴人使用的饭匕。《汉书·匈奴传下》:"昌猛与单于及大臣俱登匈奴诸水东山,刑白马,单于以径路刀金留犁挠酒,以老上单于所破月氏王头为饮器者共饮血盟。"颜师古注引应劭曰:"径路,匈奴宝刀也。金,契金也。留犁,饭匕也。挠,和也。契金著酒中,挠搅饮之。"酒鳞,酒面的微波。宋苏舜卿《和彦猷晚宴明月楼》诗之二:"香穗紫斜凝画栋,酒鳞环合起金罍。"

〔3〕无限青山:语本宋苏轼《单同年求德兴俞氏聚远楼诗三首》诗之二:"无限青山散不收,云奔浪卷入帘钩。直将眼力为疆界,何啻人间

万户侯。"

〔4〕荷锸(chā 插):语本《晋书·刘伶传》:"刘伶,字伯伦,沛国人也。身长六尺,容貌甚陋,放情肆志……常乘鹿车,携一壶酒,使人荷锸而随之,谓曰:'死便埋我。'其遗形骸如此。"锸,锹。

海棠一树淡胭脂[1],开时不让锦城姿[2]。花前痛饮情难尽[3],归卧屏山看折枝[4]。

〔1〕海棠一树:明黄姬水《西域海棠诗》:"仙观台荒蔓草中,海棠一树太憎红。可怜亦是星槎物,不学葡萄入汉宫。"淡胭脂:宋任希夷《垂丝海棠》诗:"宛转风前不自持,妖娆微傅淡胭脂。花如剪彩层层见,枝似轻丝袅袅垂。"

〔2〕锦城:即锦官城,故址在今四川成都南。成都旧有大城、少城。少城古为掌织锦官员之官署,故称锦官城,亦称锦城。后世即用为成都之别称。《佩文斋广群芳谱》卷三五:"海棠盛于蜀,而秦中次之。其株翛然出尘,俯视众芳,有超群绝类之势。而其花甚丰,其叶甚茂,其枝甚柔,望之绰约如处女,非若他花冶容不正者比。"又宋陆游《成都行》诗:"成都海棠十万株,繁华盛丽天下无。"陆游《柳梢青》词题下自注:"故蜀燕王宫海棠之盛,为成都第一,今属张氏。"

〔3〕花前痛饮:语本明胡纪《寄怀翁复初二首》诗之一:"曾对东风倒玉壶,花前痛饮醉相扶。"

〔4〕"归卧"句:语本宋陆游《驿舍见故屏风画海棠有感》诗:"夜阑风雨嘉州驿,愁向屏风见折枝。"屏山,即屏风。宋欧阳修《蝶恋花》词:"枕畔屏山围碧浪。"折枝,为屏风上所画折枝海棠。折枝为传统花卉画法之一,即不画全株,只画连枝折下来的部分。唐韩偓《已凉》诗:"碧阑干外绣帘垂,猩血屏风画折枝。"

邛竹方袍老谪仙[1],威仪犹复见前贤[2]。蓬莱三度扬尘后[3],坐阅春光九十年[4]。

〔1〕"邛竹"句:作者自注:"谓林翁。"林翁,即林古度(1582—1666),参见本组诗第一首注〔1〕。邛竹,邛山所产竹名,以其中实而节高,可制杖。多用作手杖代称。《艺文类聚》卷八九引晋戴凯之《竹谱》:"邛竹,高节实中,状如人刻,俗谓之扶老竹。"方袍,僧人所穿的袈裟,以其平摊为方形,故称。元辛文房《唐才子传·道人灵一》:"一食自甘,方袍便足;灵台澄皎,无事相干。"林古度年老贫甚,故穿僧衣。谪(zhé浙)仙,谪居世间的仙人,古人用以比喻才学优异者。唐李白《玉壶吟》诗:"世人不识东方朔,大隐金门是谪仙。"

〔2〕威仪:指林古度仪容举止庄重。前贤:前代的名人。林古度以明遗民身份周旋于作者友人中,故称。

〔3〕"蓬莱"句:比喻明清易代的沧桑巨变。语本晋葛洪《神仙传》卷三:"麻姑自说:'接待以来,已见东海三为桑田。向到蓬莱,水又浅于往昔会时略半也,岂将复还为陵陆乎?'方平笑曰:'圣人皆言海中行复扬尘也。'"

〔4〕"坐阅"句:谓林古度高寿。作者写此诗时,林古度年八十五岁,言"九十",举其成数。清卓尔堪《明遗民诗》卷五:"林古度,字茂之,号那子,少为钟、谭好友,攻楷法,宇内名流,奔辏其门。游广陵,有'登高空忆梅花岭,买醉都无万历钱'之句。年近九十,目双瞽。"

当年铁炮压城开[1],折戟沉沙长野苔[2]。梅花岭畔青青草[3],闲送游人骑马回[4]。

〔1〕"当年"句:谓清顺治二年(1645)四月豫王多尔衮攻破扬州事。清计六奇《明季南略》卷三《史可法扬州殉节》:"四月十九日,清豫王自亳州陆路猝至扬州,兵甚盛,围之。时史可法居城内,兵虽有,能战者少,闭门坚守不与战。清以炮攻城,铅弹小者如杯,大者如罍。堞堕即修讫,如是者数次。既而炮益甚,不能遽修,将黄草大袋盛泥于中,须臾填起……围至六日,乃廿五丁丑也,忽报曰:'黄爷(指黄得功)兵到矣。'望城外旗帜信然,可法令开门迎入。及进旧城,猝起杀人,有如草菅。众知为清人所绐,大惊,悉弃甲溃走。百姓居新城者一时哗叫曰:'鞑子已入旧城杀人矣!'众不知所为,皆走出城。走不及者被杀,凡杀数十万人,所掠妇女称是,无一人得存者,扬城遂空。"

〔2〕折戟沉沙:谓往日争战留下的痕迹。语本唐杜牧《赤壁》诗:"折戟沉沙铁未销,自将磨洗认前朝。"

〔3〕梅花岭:在今江苏扬州广储门外。《江南通志》卷一四《扬州府》:"金匮山在府城西北七里,郡邑旧志云:明秀水吴秀守扬州,浚河积土而成,树以梅花,名曰梅花岭。岭前有史可法墓,盖藏衣冠处也。"王士禛《池北偶谈》卷七《史阁部》:"康熙二十年,吴江吴汉槎(兆骞)自宁古塔归京师,驻防将军安某者,老将也,语之曰:子归,可语史馆诸君,昔王师下江南破扬州时,吾在行间,亲见城破时,一官人戴巾衣氅,骑一驴诣军营,自云'我史阁部也'。亲王引与坐,劝之降,以洪承畴为比。史但摇首云:'我此来只办一死,但虑死不明白耳。'王百方劝谕,终不从,乃就死。此吾所目击者,史书不可屈却此人云。"

〔4〕骑马回:语本唐孟浩然《裴司户员司士见寻》诗:"谁道山公醉,犹能骑马回。"

彭泽豪华久黄土,梁溪歌舞散寒烟[1]。生前行乐犹如此[2],何处看春不可怜[3]。

〔1〕"彭泽"二句:作者自注:"张御史达泉,彭泽人;邹副使愚谷,梁溪人。林翁酒间述二家声伎豪侈之乐,今俱衰歇矣。"彭泽,在今江西省北部,长江南岸。张御史达泉,即张科(生卒年不详),明世宗嘉靖三十五年(1556)进士。《江西通志》卷九二:"张科,字达泉,湖口人。以进士为中书舍人,中秘书多,钞以归。改御史,巡浙江,与胡宗宪相不下,弹抨之,遂请致仕,时年二十八岁耳。戚党有与江陵相交厚者,绝不一迹其家。五十馀年,悠优林下,稍以声色自晦,人莫测其所操云。"按,湖口,汉代属彭泽县。久黄土,谓人死已久,豪华尽去。梁溪,古代江苏无锡的别称。邹副使愚谷,即邹迪光(生卒年不详),字彦吉,号愚谷,无锡人。明神宗万历二年(1574)进士,历官湖广学政。清钱谦益《列朝诗集小传》丁集下《邹提学迪光》:"迪光,字彦吉,无锡人。万历甲戌进士,官至副使,提学湖广,罢官时年才及强。以其间疏泉架壑,征歌度曲,卜筑惠锡之下,极园亭歌舞之胜。宾朋满座,觞咏穷日,享山林之乐几三十载。年七十馀乃卒。愚公亡,而江左风流尽矣。前后集三百馀卷,连篇累牍,烦缛酾艳,无如其骨气猥弱,不堪采撷。"散寒烟,为昔日繁华皆烟消云散。语本元陈孚《管仲井》诗:"画野分民乱井田,百王礼乐散寒烟。"

〔2〕行乐:消遣娱乐或游戏取乐。汉杨恽《报孙会宗书》:"人生行乐耳,须富贵何时?"

〔3〕"何处"句:语本明李攀龙《赵州道中忆殿卿》诗:"重来此地逢寒食,何处看春不可怜。"可怜,可爱。

故国风光在眼前〔1〕,鹊山寒食泰和年〔2〕。邗沟未似明湖好〔3〕,名士轩头碧涨天〔4〕。

〔1〕"故国"句:语本唐刘兼《登郡楼书怀》诗:"有时倚槛垂双袂,故

国风光似眼前。"又唐王表《清明日登城春望寄大夫使君》诗:"春城闲望爱晴天,何处风光不眼前。"故国,这里指作者的故乡山东。

〔2〕"鹊山"句:作者自注:"元遗山《济南》诗句。"又王士禛《居易录》卷三四:"元遗山济南赋咏尤多,而工如'济南山水天下无'、'鹊山寒食泰和年'等句,古今脍炙。具载《遗山集》。"金元好问《济南杂诗十首》之四:"别有洞天君不见,鹊山寒食泰和年。"按前一句"济南山水天下无"乃元于钦诗句。鹊山,这里指今济南市以北的鹊山。《明一统志》卷二二《济南》:"鹊山,在府城北二十里。俗云每岁七八月间,乌鹊翔集于此。又云扁鹊尝于此炼丹。"寒食,即寒食节,又名禁烟节、冷节、一百五。时在清明前一或二三日。参见《真州绝句五首》之五注〔2〕。泰和年,即太平年。汉扬雄《法言·孝至》:"或问泰和。曰:其在唐虞、成周乎!"

〔3〕邗(hán 寒)沟:也称邗水、邗江、邗溟沟等。春秋时吴王夫差为争霸中原,引江水入淮以通粮道而开凿的古运河。故道自今江苏扬州市南引长江北过高邮西,折东北入射阳湖,又西北至淮安北入淮河。东汉建安初陈登改凿新道,自今高邮直北径达淮安,大致即今里运河一线。明湖:即大明湖,在今山东济南市旧城北部,由珍珠泉、芙蓉泉、王府池等多处泉水汇成。《明一统志》卷二二《济南》:"大明湖,在府城内西北隅,源出舜泉,其大占府城三之一,由北水门出,与济水合。弥漫无际,遥望华不注峰,若在水中。盖历下城绝胜处也。又名西湖。"

〔4〕名士轩:故址在今济南市。王士禛《香祖笔记》卷九:"济南藩司署,后临明湖,西偏即曾子固集中所谓西湖也。曾守郡日,尝作名士轩。轩今入署中,明时尚有古竹数竿、芍药一丛,传是宋故物。"按"名士",取义当本唐杜甫《陪李北海宴历下亭》诗:"海右此亭古,济南名士多。"涨碧天:语本明乌斯道《太松场俞少府归隐》诗:"处处妖氛涨碧天,抱琴归去卧林泉。"

送彭十羡门游粤二首〔1〕

大姑弯弯眉黛长〔2〕,小姑窈窕宫亭妆〔3〕。三日浔阳风信到〔4〕,双姑早晚嫁彭郎〔5〕。

〔1〕这两首七绝作于康熙三年(1664)五月下旬。彭十羡门,即彭孙遹(1631—1700),字骏孙,号信弦、羡门,行十。海盐(今属浙江)人。顺治十六年(1659)进士,授中书。康熙十八年举博学鸿儒第一,授翰林院编修,官至礼部右侍郎。工诗善词,与王士禛齐名,有"彭王"之称。著有《松桂堂全集》、《延露词》、《金粟词话》、《词统源流》、《词藻》等。《清史稿》有传。粤,今广东一带。两首诗饶有民间风格,巧用谐音,又略带调侃意,读来趣味横生,代表了作者诗的另一种风格。彭孙遹有《别贻上》诗,有句云"朝来送我粤东行,《衍波》丽句新翻出。"

〔2〕大姑:即大孤山,在今江西省鄱阳湖出口处,横扼湖口,孤峰独耸。宋孙光宪《北梦琐言》卷一二:"西江中有两山孤拔,号大者为大孤,小者为小孤。朱崖李太尉有《小孤山赋》寄意焉。后人语讹,作姑姊之姑,创祠山上,塑像艳丽,而风涛甚恶,行旅惮之。"眉黛:古代女子用黛画眉,故称眉为眉黛。这里系拟人写法。

〔3〕小姑:即小孤山,在今江西彭泽县北。宋欧阳修《归田录》卷下:"江南有大、小孤山,在江水中,岿然独立。而俚俗转'孤'为'姑',江侧有一石矶,谓之澎浪矶,遂转为彭郎矶云。彭郎者,小姑婿也。余尝过小孤山庙,像乃一妇人而敕额,为圣母庙,岂止俚俗之缪哉!"《大清一统志》卷二四四:"小孤山在彭泽县北,屹立江中,俗名髻山。《寰宇记》:'山高三十丈,周回一里,在古城西北九十里,孤峰耸峻,半入大江。'"窈

窈:娴静、美好的样子。宫亭:宫亭湖,即今鄱阳湖,又名彭蠡湖。《江西通志》卷一二:"宫亭湖在府城东五里。《尔雅》:'大山曰宫。'宫之命名取此。"《明一统志》卷五二:"彭蠡湖,在府东南,一名宫亭,一名扬澜,左里一名鄱阳,阔四十里,长三百里,巨浸弥漫。"这里以宫亭湖为小孤山的妆束,拟人写法。作者另有一首《大孤山》七绝,本书已选,可参见。

〔4〕浔阳:浔阳江,古代称今江西九江市附近一带长江河段。风信:随着季节变化应时吹来的风。唐张继《江上送客游庐山》诗:"晚来风信好,并发上江船。"

〔5〕双姑:即指大孤山、小孤山。彭郎:即彭郎矶。与小孤山夹江相对,明陶安《彭郎矶》诗:"巨灵运起霹雳斧,斫去巉岩当面平。想为小孤无伴侣,夹江对立一般清。"又宋苏轼《李思训画长江绝岛图》诗:"舟中贾客莫漫狂,小姑前年嫁彭郎。"这里用大姑、小姑双双嫁与彭郎的遐想,双关友人彭孙遹将路过游览其地,带有玩笑意味。

万里南荒吊尉佗〔1〕,芭蕉林里越禽多〔2〕。好将《延露》新翻曲〔3〕,乞与珠娘踏臂歌〔4〕。

〔1〕南荒:南方荒凉遥远的地方。清初广东一带尚未开发,故称。尉佗:亦作"尉他",即赵佗,以其曾任秦南海郡尉,故称。《史记·南越列传》:"南越王尉佗者,真定人也,姓赵氏。秦时已并天下,略定扬越,置桂林南海象郡,以谪徙民,与越杂处十三岁。佗秦时用为南海龙川令……秦已破灭,佗即击并桂林象郡,自立为南越武王。(汉)高帝已定天下,为中国劳苦,故释佗弗诛。汉十一年,遣陆贾因立佗为南越王,与剖符通使,和集百越,毋为南边患害,与长沙接境。"

〔2〕芭蕉林里:语本宋黄庭坚《同韵和元明兄知命弟九日相忆》诗:"万水千山厌问津,芭蕉林里自观身。"越禽:唐李白《古风五十九首》诗

之六:"代马不思越,越禽不恋燕。情性有所习,土风固其然。"

〔3〕延露:即《延露词》,三卷,彭孙遹撰。王士禛《古夫于亭杂录》卷四:"本朝诗馀,颇有十数名家,惟禾中曹讲学顾庵(尔堪)《南溪词》,冲澹如陶靖节田园诗,彭少宰羡门(孙遹)《延露词》,清新俊逸,逼似秦、李二家,尤天然难及。毘陵董孝廉舜民(元恺)《苍梧词》,感慨悲凉,不减横槊,亦后劲也。三家词皆余所选定,故特论之。"又清邹祗谟《远志斋词衷·彭王齐名》:"金粟《延露》,阮亭《衍波》,高才闲拟,濡笔奇工,合之双美,离之各擅,彭、王齐名,良云不忝。然阮亭尝云:'每当彭十,辄复自惭伧夫。'金粟亦谓阮亭云:'君诗文歌词,悉距峰顶,令我辈从何处生活?'"新翻曲:指新作的词。南唐冯延巳《采桑子》词:"昭阳殿里新翻曲,未有人知。"

〔4〕乞(qì 器)与:给与。珠娘:古越俗呼女孩为珠娘。南朝梁任昉《述异记》卷上:"越俗以珠为上宝,生女谓之珠娘,生男谓之珠儿。"踏臂歌:踏地为节,连臂而歌。唐冯贽《云仙杂记》卷九《赤凤凰》:"十月五日,宫中故事,上灵女庙吹埙击鼓,连臂踏歌《赤凤凰来曲》。"

秦淮泛月宿青溪有寄二首[1]

移船就明月[2],鼓楫泝淮流[3]。明月云中出,流光水上浮。三更吹玉笛[4],银汉泻凉秋[5]。长板桥头柳[6],谁家尚倚楼[7]。

〔1〕这两首诗作于康熙三年(1664)闰六月间,时作者赴金陵公干。秦淮,即秦淮河,为长江下游支流,流经今江苏省东南部。有东、南二源,

在秣陵关附近汇合北流,经南京市区西入长江。青溪,故址在今江苏南京市东南,即东渠,屈曲十馀里,有九曲青溪之称,六朝时曾为都城漕运要道,今仅存入秦淮河的一段。参见《余澹心寄金陵咏怀古迹诗却寄二首》之一注〔2〕。第一首景中寓情,情景双绘。第二首咏古感怀,兴寄无限。

〔2〕"移船"句:语本宋梅尧臣《夜泊虹县同施景仁太博河上纳凉书事》诗:"与君爱清风,移榻就明月。"

〔3〕鼓楫:划桨,划船。泝:泛。淮流:即秦淮河。明张羽《龟山》诗:"轻舟泝淮流,千里不见山。"

〔4〕三更:或称三鼓,相当于现代半夜十一时至次日凌晨一时之间。玉笛:对笛的美称。

〔5〕银汉:即今所称银河。明陈耀文《天中记》卷二:"天河谓之银河、银汉、河汉、绛河、明河。"

〔6〕长板桥:故址在今南京市。参见《秦淮杂诗十四首》之十注〔4〕。

〔7〕"谁家"句:用唐白居易《长相思》词意:"思悠悠,恨悠悠,恨到归时方始休。月明人倚楼。"

一宿青溪栅,还悲张丽华[1]。黑头江令宅,亦作段侯家[2]。垒号韩擒虎[3],商歌《玉树花》[4]。都将东郭笔,写恨寄天涯[5]。

〔1〕"一宿"二句:《南史·后妃传》:"张贵妃,名丽华,兵家女也,父兄以织席为业。后主为太子,以选入宫,时龚贵嫔为良娣,贵妃年十岁,为之给使。后主见而悦之,因得幸,遂有娠,生太子深。后主即位,拜为贵妃。性聪慧,甚被宠遇……隋军克台城,贵妃与后主俱入井,隋军出

之,晋王广命斩之于青溪中。"青溪栅,宋周应合《景定建康志》卷二〇:"青溪栅在城东。苏峻之乱,因风纵火,进烧此栅,官军再败,卞壶父子死之。隋平陈,斩张丽华、孔贵妃于此栅下。"

〔2〕"黑头"二句:宋张敦颐《六朝事迹编类》卷下《江令宅》:"陈尚书令江总宅也,《建康实录》及杨修诗注云:'南朝鼎族多夹青溪,江令宅尤占胜地,后主尝幸其宅,呼为狎客。'刘禹锡诗云:'南朝词臣壮朝客,归来惟见秦淮碧。池台竹树三亩馀。至今人道江家宅。'今城东段大夫约之宅,正临青溪,即其地也。故王荆公诗云:'昔时江令宅,今日段侯家。'此可验也。"黑头江令,语本唐杜甫《晚行口号》诗:"远愧梁江总,还家尚黑头。"江令,即江总(519—594)。参见《余澹心寄金陵咏怀古迹诗却寄二首》之二注〔2〕。段侯,即段约,生平不详。

〔3〕"垒号"句:宋周应合《景定建康志》卷二〇:"韩擒虎垒,在上元县西四里,今在石头城西。"韩擒虎,字子通(538—292),河南东垣(今河南新安东)人。《氏族大全》卷五《平定江表》:"韩擒虎,字子通,初名擒。容貌魁岸,有雄杰之表。隋文帝委以平陈之任,功成,进位上柱国。"

〔4〕"商歌"句:语本唐杜牧《泊秦淮》诗:"烟笼寒水夜笼沙,夜泊秦淮近酒家。商女不知亡国恨,隔江犹唱后庭花。"玉树花,即《玉树后庭花》。宋郭茂倩《乐府诗集》卷四七著录陈后主叔宝《玉树后庭花》一首,有序云:"《隋书·乐志》曰:陈后主于清乐中造《黄骊留》及《玉树后庭花》、《金钗两鬓垂》等曲,与幸臣等制其歌词,绮艳相高,极于轻荡,男女唱和,其音甚哀。"其词云:"丽宇芳林对高阁,新妆艳质本倾城。映户凝娇乍不进,出帷含态笑相迎。妖姬脸似花含露,玉树流光照后庭。"

〔5〕"都将"二句:谓陈后主与张丽华难忘仓促去国之恨。唐颜师古《大业拾遗记》:"(隋炀帝)尝游吴公宅鸡台,恍惚间与陈后主相遇,尚唤帝为殿下……中一女迥美,帝屡目之。后主云:'殿下不识此人耶?即丽华也。每忆桃叶山前乘战舰,与此子北渡。尔时丽华最恨,方倚临春

阁,试东郭魄紫毫笔,书小砑红绡,作答江令璧月,句未终,见韩擒虎跃青
骢车,拥万甲直来冲人,都不存去就,至今日.'"东郭笔,语本唐韩愈《毛
颖传》:"居东郭者,曰魄。"

登鸡鸣寺[1]

鸡笼山上鸡鸣寺[2],绀宇凌霞鸟路长[3]。古堞尚传齐武帝[4],风流空忆竟陵王[5]。白门柳色残秋雨[6],玄武湖波澹夕阳[7]。下界销沉陵谷异[8],枫林十庙晚苍苍[9]。

〔1〕这首七律作于康熙三年(1664)闰六月二十日。王士禛《渔洋文集》卷四《游鸡鸣山乌龙潭诸胜记》:"康熙甲辰六月闰,立秋酷暑,二十日稍凉,遂发兴寻鸡鸣山、乌龙潭诸胜。"鸡鸣寺在今南京鸡笼山,为当地最古老的梵刹之一。寺东有胭脂井,相传陈后主与张丽华、孔贵嫔为避隋兵,曾于此井藏身。此诗登临怀古,感慨万千,眼中之景与历史风云融会贯通,浮想联翩,隐含有人生的感喟与历史的苍凉意绪。

〔2〕鸡笼山:在今南京鼓楼以东,九华山以西。以山势浑圆,状如鸡笼,故称。宋周应合《景定建康志》卷一七:"鸡笼山,在城西北六七里,高三十丈,周回一十里。《舆地志》云:'在覆舟山之西二百馀步,其状如鸡笼,因以为名。'"《明一统志》卷六:"鸡鸣山,在府西北七里,旧名鸡笼山,东连覆舟。刘宋名龙山,以黑龙常见玄武湖,故名。元嘉中,雷次宗开馆于此,齐竟陵王子良移居山下,集四学之士,抄五经、百家之书。本朝于此建十庙。"

〔3〕绀(gàn 赣)宇:即绀园,佛寺的别称。凌霞:形容殿阁高耸入

云。鸟路:鸟道。南朝齐谢朓《暂使下都夜发新林至京邑赠西府同僚一首》诗:"风云有鸟路,江汉限无梁。"

〔4〕"古埭(dài代)"句:谓齐武帝与鸡鸣埭事。《大清一统志》卷五七:"鸡鸣埭,在上元县南,《南史》:'齐武帝数幸琅琊城讲武,宫人常从。早发,至湖北埭鸡始鸣,故呼为鸡鸣埭。'唐李商隐诗:'玄武湖中玉漏催,鸡鸣埭口绣襦回。'《舆地纪胜》:'在青溪西南潮沟上。'"埭,堵水的土坝。古代于水浅不利行船处,筑土遏水,两岸树立转轴,遇有船过,则以缆系船,用人或畜力挽之而渡。齐武帝,即萧赜(440—493),在位十一年。

〔5〕"风流"句:谓竟陵王萧子良在鸡笼山聚学士抄书、编书事。《南齐书·竟陵文宣王子良传》:"竟陵文宣王子良,字云英,世祖第二子也……移居鸡笼山西邸,集学士抄《五经》、百家,依《皇览》例为《四部要略》千卷。招致名僧,讲语佛法,造经呗新声,道俗之盛,江左未有也。"萧子良(460—494),字云英,晋陵武进(今江苏常州西北)人。齐武帝第二子,仕宋为会稽太守,入齐,封竟陵郡王,官至太傅。笃信佛教,爱好文学,礼贤下士。明人辑有《竟陵王集》。《南齐书》、《南史》皆有传。

〔6〕白门柳色:语本唐李白《杨叛儿》诗:"何许最关人,乌啼白门柳。"白门,六朝时建康(今南京)正南门宣阳门,又称白门。《宋书·明帝纪》:"宣阳门,民间谓之白门。"残秋雨:语本唐杜荀鹤《旅寓书事》诗:"中路残秋雨,空山一夜猿。"

〔7〕玄武湖:在今南京城北玄武门外。宋周应合《景定建康志》卷一八:"玄武湖,亦名蒋陵湖、秣陵湖、后湖,在城北二里,周回四十里,东西有沟,流入秦淮,深七尺,灌田一百顷……宋元嘉中,有黑龙见,因改玄武湖,立三神山于湖中,春秋祠之。"澹夕阳:语本明于慎行《秋日南溪闲眺得李宗伯丈书》诗:"高树留新雨,平波澹夕阳。"

〔8〕下界:指人间,对天上而言,故称。销沉:消逝,唐杜牧《登乐游

原》诗:"长空澹澹孤鸟没,万古销沉向此中。"陵谷异:比喻世事巨变。语本《诗·小雅·十月之交》:"高岸为谷,深谷为陵。"又元谢应芳《追和侯良斋秋怀》诗之四:"风景不殊陵谷异,丹心雪发两堪怜。"

〔9〕十庙:明初于鸡鸣山建有功臣十庙。《江南通志》卷一一:"明初于(鸡笼)山巅建观星台,赐名钦天,山左右列十庙,缭以朱垣。其东麓为鸡鸣寺,有普济塔。"明郑晓《今言》卷一:"洪武二年,立功臣庙于鸡鸣山,论功列祀二十一人。命死者塑其像,生者虚其位。"苍苍:迷茫。唐韦应物《登乐游庙》诗:"微钟何处来,暮色何苍苍。"王士禛《渔洋文集》卷四《游鸡鸣山乌龙潭诸胜记》:"登鸡鸣寺,下瞰台城,俯临十庙。原野萧瑟,林木苍凉,悲风卷蓬,西日欲匿……十庙皆在山麓,帝王庙尤荒阒。"

题秦淮水榭〔1〕

冰簟胡床水上头〔2〕,起看纤月映淮流〔3〕。三更入破谁家笛〔4〕,子夜闻歌何处楼〔5〕。澹澹星河耿斜照〔6〕,娟娟风露作新秋〔7〕。谢郎今夕思千里〔8〕,独对金波咏《四愁》〔9〕。

〔1〕这首七律作于康熙三年(1664)闰六月二十日。秦淮水榭,即建筑于秦淮河边供人们休憩眺望的亭阁或寓所。新秋的秦淮河畔,明月映照流水,笛声、歌声飘荡,如此良夜,却引来作者思绪万千。面对午夜的大千世界,作者也许在思念远方的亲人,也许思索修齐治平的儒术,也许仅醉心于眼前的光景,也许神驰万里,心中酝酿着一首新诗。作者欲言又止的结束之语,给读者留下了广阔的艺术空白,诗之神韵即或由此

而产生。

〔2〕冰簟(diàn 电):凉席。唐温庭筠《瑶瑟怨》诗:"冰簟银床梦不成,碧天如水夜云轻。"胡床:一种可以折叠的轻便坐具,又称交床。类似今天的马扎。

〔3〕纤月映淮流:语本南朝梁何逊《胡兴安夜别》诗:"露湿寒塘草,月映清淮流。"纤月,原指未弦之月,月牙,古《两头纤纤诗》:"两头纤纤月初生。"这里当指农历十五日以后的缺月。淮流:即秦淮河。

〔4〕三更:或称三鼓,相当于现代半夜十一时至次日凌晨一时之间。入破:指乐声骤变为繁碎高亢之音。参见《亡名氏画》诗注〔4〕。谁家笛:唐钱起《秋夜梁七兵曹同宿二首》诗之二:"月下谁家笛,城头几片云。"

〔5〕子夜:夜半子时,半夜。何处楼:元李孝光《别萨使君》诗之五:"城中高髻琼花曲,去听吹箫何处楼。"

〔6〕澹澹:广漠的样子。星河:即银河。耿:光明。斜照:银河呈带状东北—西南横亘天空,故称。

〔7〕娟娟风露:语本唐王昌龄《斋心》诗:"紫葛蔓黄花,娟娟寒露中。"娟娟,美好的样子。新秋:初秋。

〔8〕"谢郎"句:语本南朝宋谢庄《月赋》:"美人迈兮音尘绝,隔千里兮共明月。"谢郎,即谢庄(421—466),字希逸,陈郡阳夏(今河南太康)人。仕宋官吏部尚书,授散骑常侍、金紫光禄大夫,卒谥宪子。有《谢光禄集》。《宋书》、《南史》皆有传。

〔9〕金波:即月光。《汉书·礼乐志》:"月穆穆以金波,日华耀以宣明。"颜师古注:"言月光穆穆,若金之波流也。"四愁:即汉张衡《四愁诗》。梁昭明太子《文选》卷二九录张衡《四愁诗四首》,有序云:"时天下渐弊,郁郁不得志,为《四愁诗》。屈原以美人为君子,以珍宝为仁义,以水深雪雾为小人,以道术相报贻于时君,而惧谗邪不得以通。"

六朝松石歌赠邓检讨[1]

寿阳太史好奇古[2],邀我来观六朝之松石。不辞重垫一角巾[3],此生当著几两屐[4]。入门大叫走欲颠[5],袍笏淋漓狂太剧[6]。蟠根近连瓦官寺[7],吹香正邻虎头宅[8]。苍皮黛色磨青铜[9],老干樛枝拓金戟[10]。萧梢上摩白日暗[11],轮囷下瞰苍烟积[12]。千年为磬谁得见,已有脂香化灵珀[13]。石势嶙峋不相让[14],元气盘盘绝绳尺[15]。苍苔剥尽南宋字[16],劫火不受陈宫厄[17]。终南太华若在眼[18],咫尺壶中苦崩迫[19]。谁遣史书宋星陨[20],将无神受秦鞭斥[21]。晦冥岂非鬼物庭[22],风雨当防巨灵擘[23]。王谢衣冠失江左[24],齐梁人代成今昔[25]。建康宫殿几青燐[26],此石此松阅朝夕[27]。一物亦荷皇天慈[28],怀古茫茫百忧集[29]。击琴欲罢且高吟[30],谡谡寒风洒巾帻[31]。

[1] 这首七古作于康熙三年(1664)闰六月二十七日。六朝松石,《江南通志》卷三〇:"又有万竹园,在城西南隅,与瓦官寺近。东园在武定桥东城下,与回光寺近,明武宗于此设钓移日。西园在城内西南,近骁骑仓,有古松高可三丈,相传宋仁宗为升王时手植以赐陶道士者。下覆二石,一曰紫烟,一曰鸡冠,宋梅挚有诗,马光祖有铭,明朱之蕃题曰'六朝松石',未知何据。"王士禛《六朝松石记》:"金陵园林亭榭相望也,六朝园最古。园在瓦官寺东北,其得名以松石。元昭太史屡约同游,不果。

廿七日,过万竹园,主人适荷蓑出,使园丁向导以往……松石在其南荣,冉甲盘拏,方五丈许,质作苍玉色,绀碧相错……松俯三石,一曰紫烟,突兀孤峙如丈人峰,有白岩乔公正德间题诗。东西两小石拱揖伛偻,虎蹲而鹄举,与金山石籓绝相类。其一题字云:'而刚而柔,无古无今;我心斯石,我石斯心。'相传是涑水公笔,今马光字尚了然可辨。一云:'刘季高父徘徊其旁。绍兴丁丑六月乙未。'字皆完好。摩挲之下,因叹人代之辽,邈如转毂。然古者为今,今者复古,即如元祐、绍兴、正德,距今或五六百载,或一二百载,俯仰之间,便为陈迹,又况于六代之久乎!即此百年中,倏而为侯家所有,倏而属之估人,而今复为中丞之所有也。人代无穷,盛衰迭易,松石之阅人多矣。然则吾今兹之游,不亦可慨然于将来乎?"六朝,三国吴、东晋与南朝宋、齐、梁、陈,皆相继建都建康(吴名建业,即今南京),是为六朝。今南京工学院内有一六朝松,系从他处移来者,实为桧柏,未知是否即此松。邓检讨,即邓旭(1609—1683),字元昭,寿州(今安徽寿县)人。顺治四年(1647)进士,改庶吉士,授检讨,官至甘肃洮岷道副使。退居江宁。诗学唐人,有《林屋诗集》。此诗写作,多用典故,潇洒自如,具有雅人深致,体现了王士禛的又一种诗歌风格。

〔2〕寿阳太史:即指邓旭,以其为寿州人。寿州,东晋时一度改称寿阳。太史,明清俗称翰林院官为太史,以翰林院掌修史事,故称。奇古:奇特古朴的事物。

〔3〕重垫一角巾:谓出行模仿高雅,有自我调侃意。据《后汉书·郭太传》,郭太,字林宗,有盛名。曾出行遇雨:"巾一角垫,时人故折巾一角,以为'林宗巾'。"

〔4〕"此生"句:意谓悠闲自得,无所事事。语本南朝宋刘义庆《世说新语·雅量》:"祖士少好财,阮遥集好屐,并恒自经营,同是一累,而未判其得失。人有诣祖,见料视财物,客至,屏当未尽,馀两小簏,著背后,倾身障之,意未能平。或有诣阮,见自吹火蜡屐,因叹曰:'未知一生

当著几量屐。'神色闲畅。于是胜负始分。"

〔5〕走欲颠:形容近乎发狂的步态。语本明杨基《雪中再登黄鹤》诗:"江头儿女走欲颠,谓我自是骑鹤仙。"

〔6〕袍笏(hù户)淋漓:用宋代米芾迥异常人的天真、狂放举动,形容作者等初见六朝松石时的惊喜状况。袍笏,朝服和手板,是封建王朝有品级的官员朝见君王时所服用者。宋叶梦得《石林燕语》卷一〇:"米芾诙谲好奇……知无为军,初入州廨,见立石颇奇,喜曰:'此足以当吾拜!'遂命左右取袍笏拜之,每呼曰'石丈'。言事者闻而论之,朝廷亦传以为笑。"淋漓,沾湿流滴的样子。元汤垕《画鉴》:"米芾元章,天资高迈,书法入神。宣和立书画学,擢为博士。初见徽宗,进所画《楚山清晓图》,大称旨。复命书《周官》篇于御屏,书毕掷笔于地,大言曰:'一洗二王恶札,照耀皇宋万古。'徽宗潜立于屏风后,闻之不觉步出,纵观称赏。元章再拜,求索所用端砚,因就赐。元章喜拜,置之怀中,墨汁淋漓朝服,帝大笑而罢。其为豪放类若此。"

〔7〕蟠(pán盘)根:树木盘曲之根。瓦官寺:故址在今南京市西南。《江南通志》卷三四:"瓦官寺在府城西南隅,晋兴宁二年移陶官于淮水北,遂以南岸陶所建寺,故名瓦官。内有狮子国所献玉佛,戴安道手制佛像,顾长康维摩图,世号三绝。南唐升元中改为升元寺,并以名阁。明嘉靖中改为古瓦官寺,建阁曰青莲。"

〔8〕吹香:谓六朝松将松之香气吹过邻家。语本宋梅尧臣《春日东斋》诗:"逃笋过幽草,吹香到别家。"虎头宅:指晋代顾恺之宅所故址。虎头,顾恺之字。《江南通志》卷三〇:"顾恺之宅在江宁县瓦官寺东北。恺之建层楼作画,风雨寒暑不下笔,必天气明朗,乃登楼染毫,即去梯,妻子罕见。"

〔9〕苍皮黛色:语本唐杜甫《古柏行》诗:"苍皮溜雨四十围,黛色参天二千尺。"青铜:语本唐杜甫《古柏行》诗:"孔明庙前有老柏,柯如青铜

根如石。"

〔10〕樛(jiū 究)枝:向下弯曲的树枝。南朝齐谢朓《敬亭山》诗:"交藤荒且蔓樛枝耸复低。"拓(tuò 唾)金戟:形容松枝交互如同举起的金戟。语本唐杜甫《醉为马坠诸公携酒相看》诗:"甫也诸侯老宾客,罢酒酣歌拓金戟。"拓,承托,举。金戟,金饰的戟。

〔11〕萧梢:萧条,凄凉。南朝梁江淹《待罪江南思北归赋》:"木萧梢而可哀,草林离而欲暮。"

〔12〕轮囷(qún 群):盘曲的样子。汉邹阳《狱中上书自明》:"蟠木根柢,轮囷离奇。"李善注引张晏曰:"轮囷离奇,委曲盘戾也。"苍烟:苍茫的云雾。

〔13〕"千年"二句:谓六朝松因历时长久,松香已变化为琥珀。唐李肇《国史补》卷中:"松脂入地千岁为茯苓,茯苓千岁为琥魄,琥魄千岁为瑿玉,愈久则愈精也。"瑿(yī 衣),黑色美石。《玉篇·石部》:"瑿,黑石。"灵珀,即琥珀,古代松柏树脂的化石,色淡黄、褐或红褐,可入药或作装饰品。古人以其百万年所化,认为有灵,故称灵珀。

〔14〕嶙峋(lín xún 林寻):形容石头形状重叠突兀。

〔15〕元气:指天地未分前的混沌之气。盘盘:曲折回绕的样子。绝绳尺:难以测量、识别。绳尺,工匠用以较曲直、量长短的工具。

〔16〕"苍苔"句:谓苍苔将六朝石上南宋时代的刻字剥漶殆尽。因石上字迹已剥蚀漫漶,作者原以为一石之上"马光"二字乃北宋司马光题识,详本诗注〔1〕。后得知"马光"乃南宋马光祖,另一石又有"绍兴丁丑"等字,故将原诗句"元祐字"改为"南宋字"。按马光祖,字华父,金华(今属浙江)人。南宋理宗宝庆二年(1226)进士,曾三至金陵为官,官至知枢密院事兼参知政事。《宋史》有传。

〔17〕"劫火"句:作者自注:"陈叔宝三品石。"句谓六朝石于战乱中未遭受南朝陈三品石那样搬迁的劫难。宋罗大经《鹤林玉露》卷一五:

"秦朝松封大夫,陈朝石封三品……荆公《三品石》云:'草没苔侵弃道周,误恩三品竟何酬。国亡今日顽无耻,似为当年不与谋。'"又宋张敦颐《六朝事迹编类》卷下《法宝寺》(亦名台城寺):"梁同泰寺基之半也。《建康实录》:'梁武帝大通元年创同泰寺,寺处宫后,别开一门名大通门,帝晨夕讲议,多游此门。'伪吴顺义二年置,为台城千福院,本朝改赐今额。寺前有丑石四,各高丈馀,俗呼为三品石。政和间取归京师,其寺今在城北。"元张铉《至大金陵新志》卷一二下《三品石》:"台城千福院,在县东北六里,本梁同泰寺,后吴顺义中置。院前丑石四,各高丈馀,云陈朝三品石。宋宣和中,取入汴京,置延福宫,荆公时,石尚在。"劫火,本为佛教语,谓坏劫之末所起的大火。后多借指为兵火。

〔18〕终南:即终南山,在今陕西西安市南。为秦岭主峰之一,古名太一山、中南山等。《明一统志》卷三二:"终南山,在府城南五十里,一名南山。东西连亘蓝田、咸宁、长安、盩厔四县之境。产玉石、金银、铜铁及合离草、丹青树。"太华:太华山,即华山,在今陕西东部,北临渭河平原,属秦岭东段。古称西岳。《明一统志》卷三二:"太华山在华阴县南一十里,即西岳也。以西有少华山,故此曰太华。《白虎通》云:'西方太阴用事。万物生华,故曰华山。'是山削成四方,高五千仞。有芙蓉、明星、玉女三峰,苍龙岭、黑龙潭、白莲池、日月崖及仙掌石月之胜。"若在眼:语本唐孟浩然《陪张丞相祠紫盖山途经玉泉诗》:"想象若在眼,周流空复情。"

〔19〕咫尺:形容六朝石体积不大。壶中:形容六朝石气象万千。宋方勺《泊宅编》卷中:"湖口李正臣所蓄石,东坡名以'壶中九华'者,予不及见之,但尝询正臣所刻碑本,虽九峰排列如雁齿,不甚嶒崒,而石腰有白脉,若束以丝带,此石之病,不知坡何酷爱之如此,欲买之百金,岂好事之过乎?予恐词人笔力有馀,多借假物象以发文思,为后人诡异之观尔。"苦崩迫:语本元胡布《恻恻篇》诗:"问子何恻恻,杯水吞舟苦崩迫。"

崩迫,迫切。南朝梁任昉《启萧太傅固辞夺礼》:"不任崩迫之情,谨奏启事陈闻。"这里有局促的意思。

〔20〕"谁遣"句:谓六朝石乃天上陨落者。语本《左传·僖公十六年》:"十六年春,陨石于宋五,陨星也。"

〔21〕"将无"句:谓六朝石乃秦始皇时神人所驱赶者。语本明周婴《卮林》卷八引《三齐略记》曰:"秦始皇作石桥,欲过海看日出。有神人驱石下海,石去不速,神辄鞭之,皆流血。"将无,莫非。

〔22〕晦冥:昏暗,阴沉。鬼物庭:鬼怪栖息之所。语本《列子·黄帝》:"有一人从石壁出,随烟烬上下,众谓鬼物。"

〔23〕巨灵擘(bò 簸):语本唐李白《西岳云台歌送丹丘子》诗:"巨灵咆哮擘两山,洪波喷流射东海。"巨灵,神话传说中劈开华山的河神。汉张衡《西京赋》:"缀以二华,巨灵赑屃,高掌远跖,以流河曲,厥迹犹存。"薛综注:"巨灵,河神也……古语云:此本一山当河,水过之而曲行,河之神以手擘开其上,足蹋离其下,中分为二,以通河流。手足之迹,于今尚在。"

〔24〕"王谢"句:句谓六朝的高门望族王氏、谢氏,在江左早已丧失昔日的繁盛局面。衣冠,代指缙绅、士大夫。江左,长江下游以东地区。东晋及宋、齐、梁、陈各朝的基业都在江左,所以当时人称这五朝及其统治下的全部地区为江左。

〔25〕"齐梁"句:谓今日视齐梁时代,已成往昔。齐梁,南朝齐(479—502)、梁(502—557)两个朝代。人代,即人世。唐杜甫《三川观水涨二十韵》诗:"声吹鬼神下,势阅人代速。"

〔26〕建康:即今江苏南京市。青燐:又作"青磷"。人与动物尸体腐烂时,会分解出磷化氢,可于夜间在田野中自燃,发出青绿色的光焰,即俗所称之鬼火。常用来比喻废墟、坟场。

〔27〕阅朝(zhāo 招)夕:度岁月、时日。

〔28〕"一物"句：语本唐杜甫《乐有园歌》诗："圣朝亦知贱士丑，一物自荷皇天慈。"皇天慈，天或天神的恩惠。王士禛《游摄山记》："循白莲池，观金刚幢、六朝松。客岁造战舰，此松行就剪伐，竺公上书当事，仅而获免。仙人逃劫，亦作如是观。"

〔29〕"怀古"句：语本南朝宋刘义庆《世说新语·言语》："卫洗马初欲渡江，形神惨悴，语左右云：'见此茫茫，不觉百端交集。苟未免有情，亦复谁能遣此。'"又唐杜甫《百忧集行》诗："强将笑语供主人，悲见生涯百忧集。"

〔30〕"击琴"句：谓自己吟诗酝酿之苦心孤诣。语本宋陈旸《乐书》卷一四一："梁柳世隆素善弹琴，其子恽每奏父曲，居常感思，因变其体，备写古调。尝赋诗未就，误以笔捶琴，坐客以箸和之，恽惊其哀韵，乃制为雅音。而击琴自此始矣。"

〔31〕"谡（sù 肃）谡"句：谓六朝松下有寒风吹拂。谡谡寒风，语本南朝宋刘义庆《世说新语·赏誉》："世目李元礼，谡谡如劲松下风。"巾帻（zé 则），古代包扎发髻的头巾。

忆明湖[1]

一曲明湖照眼明[2]，越罗吴縠剪裁轻[3]。烟峦浓淡山千叠[4]，荷芰扶疏水半城[5]。历下亭中坐怀古[6]，水西桥畔卧吹笙[7]。鹊山寒食年年负[8]，那得樵风引棹行[9]。

〔1〕这首七律作于康熙三年（1664）秋间。明湖，即大明湖，在今山东济南市旧城北部，由珍珠泉、芙蓉泉、王府池等多处泉水汇成。《明一

统志》卷二二《济南》:"大明湖,在府城内西北隅,源出舜泉,其大占府城三之一,由北水门出,与济水合。弥漫无际,遥望华不注峰,若在水中。盖历下城绝胜处也。又名西湖。"作者于家乡风物情有独钟,久官扬州,更是心向往之。诗中追寻旧日游踪,情怀无限,至欲舟行回归,与唐人杜甫《月夜忆舍弟》诗"露从今夜白,月是故乡明"之咏,同一思致。

〔2〕一曲:水流弯曲处。这里以大明湖之一隅指代大明湖全部。照眼明:语本唐韩愈《榴花》诗:"五月榴花照眼明。"

〔3〕"越罗"句:以吴越所产轻薄之丝织品比喻大明湖秋水之轻柔明净,波纹荡漾。越罗吴縠(hú 湖),清陈维崧《满江红》词:"水剪越罗吴縠样,山临范缓倪迂法。"越罗,越地所产的丝织品,以轻柔精致著称。唐刘禹锡《酬乐天衫酒见寄》诗:"酒法众传吴米好,舞衣偏尚越罗轻。"吴縠,吴地所产的一种绉纱。宋张九成《夏日即事》诗:"短衫吴縠细,团扇越罗新。"

〔4〕"烟峦"句:谓远山映于大明湖中,若烟雾笼罩,或浓或淡,百折千叠。

〔5〕荷芰(jì 记):荷叶与菱叶。扶疏:枝叶纷繁分披的样子。水半城:王士禛《香祖笔记》卷一二:"予少时诗,如……《过郡城》云:'郭边万户皆临水,雪后千峰半入城。'……亦颇有可存者。"

〔6〕历下亭:又称客亭,故址在五龙潭附近,北魏时建;北宋时移建大明湖南岸,清康熙三十二年移建湖心岛上,面山环湖,风景秀丽。坐怀古:语本唐杜甫《陪李北海宴历下亭》诗:"海右此亭古,济南名士多。"

〔7〕水西桥:故址在今大明湖畔。元于钦《齐乘》卷五:"环湖有七桥,曰芙蓉,曰水西,曰湖西,曰北池之类是也。南丰诗云:'莫问台前花远近,试看何似武陵游。'又云:'从此七桥风与月,梦魂长到木兰舟。'概可想见。今皆废矣。"卧吹笙:语本明刘基《黄州团湖董氏镜心楼》诗:"安得翠軿呼弄玉,金银台上卧吹笙。"

〔8〕"鹊山"句：谓年年异乡为官，空负故乡佳节美景。鹊山寒食，语本金元好问《济南杂诗十首》之四："别有洞天君不见，鹊山寒食泰和年。"鹊山，这里指今济南市以北的鹊山。《明一统志》卷二二《济南》："鹊山，在府城北二十里。俗云每岁七八月间，乌鹊翔集于此。又云扁鹊尝于此炼丹。"寒食，即寒食节，又名禁烟节、冷节、一百五。时在清明前一或二三日。参见《真州绝句五首》之五注〔2〕。

〔9〕"那得"句：谓怎能得好风从扬州一路行船归来，纯系作者想象之语。樵风，顺风，好风。参见《恽向〈千岩竞秀图〉》诗注〔3〕。棹（zhào照），船桨，代指船。

魏文帝赋诗台〔1〕

城子山边欲雪时〔2〕，赋诗台畔起愁思〔3〕。五官只自临江叹〔4〕，笑杀孙郎帐下儿〔5〕。

〔1〕这首七绝作于康熙三年冬（1664）十二月，作者赴真州公干，作此诗。魏文帝，即三国魏曹丕（187—226），字子桓，曹操之子。八岁能文，善骑射、击剑，建安十六年（211）为五官中郎将、副丞相。参见《戏仿元遗山论诗绝句三十二首》之一注〔2〕。赋诗台，作者题下自注："在仪真北三里。"故址在今江苏仪征以北。《明一统志》卷一二："赋诗台，在城子山，魏文帝尝立马赋诗于上，亦名东游台。"作者在此想到曹丕曾临江而有"天隔南北"之叹，发思古之幽情，写下这首绝句。随意点染故事，便有无穷兴味，馀韵绵长。

〔2〕城子山：《明一统志》卷一二："城子山，在仪真县北六里。魏文帝尝于此筑东游台，立马赋诗云：'孰云江水广，一苇可以航。不战屈人

兵,戢兵称贤良。'"又《江南通志》卷一四:"城子山,在仪征县北六里,其形似城。《南畿志》云:'魏文帝于此筑东巡台。'"仪真,即今江苏仪征,清时属扬州府,在长江北岸。

〔3〕愁思:忧虑。这里指作者因缅怀前人往事而引来吊古的愁绪。魏文帝曹丕临江所赋诗末二句有云:"岂如《东山》诗,悠悠多忧伤。"

〔4〕五官:即五官中郎将,原为秦官名,属郎中令。汉代为光禄勋属官,秩比二千石,主五官中郎,与左、右中郎将合称中郎三将,亦曰三署。这里即指曹丕。临江叹:《三国志·魏志·文帝纪》:"(黄初六年)八月,帝遂以舟师自谯循涡入淮,从陆道幸徐。九月,筑东巡台。冬十月,行幸广陵故城,临江观兵,戎卒十馀万,旌旗数百里。是岁大寒,水道冰,舟不得入江,乃引还。"又明陈耀文《天中记》卷九引《吴录》云:"魏文帝至广陵,临江观兵,有渡江之志。权严设固守,时大寒冰,舟不得入江,帝见波涛汹涌,叹曰:'嗟乎!固天所以隔南北也。'遂归。"

〔5〕"笑杀"句:谓孙吴部下官兵因曹丕畏难退兵而窃笑。孙郎帐下儿,语本宋祝穆《古今事文类聚》别集卷二六:"刘荆州尝自作书,欲与孙伯符,以示祢正平,正平嗤之曰:'如是之作,欲使孙郎帐下儿读之耶?将使张子布见乎?'"又宋苏轼《次韵答刘景文左藏》诗:"但空贺监杯中物,莫示孙郎帐下儿。"

南将军庙行[1]

范阳战鼓如轰雷[2],东都已破潼关开[3]。山东大半为贼守[4],常山平原安在哉[5]。睢阳独遏江淮势[6],义激诸军动天地[7]。时危战苦阵云深[8],裂眦不见官军至[9]。谁与健者南将军[10],包胥一哭通风云[11]。抽矢誓雠已慷慨[12],拔剑堕指何嶙峋[13]。贺兰未灭将军死,呜呼南八真男子[14]。中丞侍郎同日亡[15],碧血斓斑照青史[16]。淮山峨峨淮水深[17],庙门遥对青枫林[18]。行人下马拜秋色[19],一曲《淋铃》万古心[20]。

〔1〕这首七古作于康熙三年(1664)冬十二月,与上选《魏文帝赋诗台》一诗同时。作者题下自注:"在泗州,南公霁云乞师处。"南将军,即南霁云,排行第八,唐魏州顿丘(今河南清丰)人,少贫贱,为人操舟。唐玄宗天宝十四载(755)十一月,安史之乱起,南霁云从钜野尉张沼起兵讨贼,拔以为将,善骑射。唐肃宗至德二载(757)正月,安庆绪杀其父安禄山,又遣尹子奇围困睢阳(故城在今河南商丘南),南霁云助张巡坚守睢阳,以城中粮尽,曾突出重围求救于驻守临淮(即泗州,在今江苏盱眙西北淮水西岸)的河南节度使贺兰进明,未获允,又杀回睢阳。这一年十月,睢阳陷落,城中仅馀四百馀人,张巡与其部下南霁云、姚訚、雷万春等皆不屈死。《新唐书》有传。后人为纪念南霁云乞师之举,在泗州建庙祭祀。王士禛过泗州,对南霁云的英烈事迹与高尚节操景仰有加,于是就写下了这首七古。全诗慷慨激昂,声雄气壮,用语铿锵,结句馀韵悠长,令人百读不厌。唐代文学家韩愈曾写过一篇《张中丞传后叙》,内述南霁云义薄云天之威武不屈形象,千百年来脍炙人口,此诗与之后先相应,皆可称为不朽之作。

〔2〕"范阳"句:谓唐玄宗天宝十四载,范阳节度使安禄山起兵反唐事。《新唐书·逆臣传》:"(天宝十四载)冬十一月,(禄山)反范阳,诡言奉密诏讨杨国忠,腾榜郡县。以高尚、严庄为谋主,孙孝哲、高邈、张通儒、通晤为腹心,兵凡十五万,号二十万,师行日六十里。"范阳,唐方镇

名。唐玄宗天宝元年(742)以幽州节度使改置,治所在幽州(今北京市西南)。据《新唐书·逆臣传》,安禄山于天宝三载(744)代裴宽为范阳节度、河北采访使。战鼓如轰雷,语本唐白居易《长恨歌》诗:"渔阳鼙鼓动地来。"清顾炎武《日知录》卷三一:"蓟在渔阳之西,《唐书·地理志》:'幽州范阳郡,治蓟。开元十八年析置蓟州渔阳郡,治渔阳。'"

〔3〕"东都"句:谓安禄山反叛半年间即攻占洛阳,打开潼关。据《新唐书·逆臣传上》,安禄山于天宝十四载十二月:"败封常清,取东都,常清奔陕,杀留守李憕、御史中丞卢弈。"又于天宝十五载六月:"即遣孙孝哲、安神威西攻长安。会高仙芝等死,哥舒翰守潼关,为乾祐所败,囚之。贼不谓天子能遽去,驻兵潼关,十日乃西。时行在已至扶风,于是汧、陇以东,皆没于贼。"东都,又称东京,即今河南洛阳。《新唐书·地理志》:"东都,隋置。武德四年废,贞观六年号洛阳宫,显庆二年曰东都。"潼关,在今陕西省东部。唐李吉甫《元和郡县志》卷二《华阴县》:"潼关在县东北三十九里,古桃林塞也……关西一里有潼水,因以名关。"

〔4〕山东:古代称太行山以东地区。唐杜甫《洗兵马》诗:"中兴诸将收山东,捷书夜报清昼同。"仇兆鳌注:"山东,河北也。安禄山反,先陷河北诸郡。"守:把守,即占领。

〔5〕"常山"句:慨叹颜杲卿、颜真卿在常山、平原二郡抵抗安禄山叛军失败事。常山,即常山郡,治所在今河北正定。《旧唐书·玄宗本纪》:"十五载春正月……壬戌,贼将蔡希德陷常山郡,执太守颜杲卿、长史袁履谦,杀民吏万馀,城中流血。"颜杲卿(692—756),字昕,瑯琊(今山东临沂)人,唐玄宗时为常山太守,起兵讨安禄山,为史思明所执,骂贼不屈,被肢解断舌而死。新、旧《唐书》入《忠义传》。平原,即平原郡,治所在今山东德州市陵城区一带。《旧唐书·肃宗本纪》:"至德元年……十月……平原太守颜真卿以食尽援绝,弃城渡河,于是河北郡县尽陷于

贼。"颜真卿(709—784),字清臣,京兆长安(今陕西西安)人。唐玄宗开元二十二年(734)进士,历官殿中侍御史、平原太守、刑部尚书,封鲁郡公,世称颜鲁公。唐德宗建中三年(782),李希烈自称天下都元帅,颜真卿前往劝谕,持节不屈,被害。赠司徒,谥文忠。新、旧《唐书》皆有传。

〔6〕"睢阳"句:谓睢阳军事地位重要,为江淮之屏障。语本《新唐书·忠义传》:"贼知外援绝,围益急。众议东奔,巡、远议以睢阳江淮保障也,若弃之,贼乘胜鼓而南,江淮必亡。"又唐韩愈《张中丞传后叙》:"守一城,捍天下,以千百就尽之卒,战百万日滋之师,蔽遮江淮,沮遏其势,天下之不亡,其谁之功也!"睢阳,即睢阳郡,唐天宝元年改宋州置,治所在宋城县(今河南商丘南)。《大清一统志》卷一五四《归德府》:"隋开皇初,郡废。十六年置宋州,大业初复曰梁郡。唐武德四年,复曰宋州,天宝元年改睢阳郡,乾元初,复曰宋州,属河南道。"江淮,泛指今江苏、安徽两省淮河以南及长江下游一带地区。

〔7〕"义激"句:语本唐韦绚《刘宾客嘉话录》:"张巡之守睢阳……激励将士赋诗曰:'接战春来苦,孤城日渐危。合围如月晕,分守若鱼丽。屡厌黄尘起,时将白羽麾。裹疮犹出阵,饮血更登陴。忠信应难敌,坚贞谅不移。无人报天地,心计欲何施。'"

〔8〕战苦阵云深:语本唐张巡《闻笛》诗:"岧峣试一临,虏骑附城阴。不辨风尘色,安知天地心。营开边月近,战苦阵云深。旦夕更楼上,遥闻横笛音。"阵云,浓重厚积形似战阵的云,古人认为是战争之兆。唐高适《燕歌行》诗:"杀气三时作阵云,寒声一夜传刁斗。"

〔9〕裂眦(zì字):因发怒而眼睛睁得极大,眼眶似乎要裂开,形容极其愤怒的神态。

〔10〕谁与:犹言"哪一个"。健者:强有力之人。

〔11〕"包胥"句:谓南霁云为解睢阳之围,如春秋时申包胥哭秦庭一样,乞师于驻守临淮的河南节度使贺兰进明。《史记·秦本纪》:"吴

王阖闾与伍子胥伐楚,楚王亡奔随,吴遂入郢。楚大夫申包胥来告急,七日不食,日夜哭泣,于是秦乃发五百乘救楚,败吴师,吴师归,楚昭王乃得复入郢。"通风云,比喻同类相感应。《易·乾》:"云从龙,风从虎,圣人作而万物睹。"

〔12〕"抽矢"句:谓南霁云射箭发誓灭贺兰之志。语本唐韩愈《张中丞传后叙》:"云知贺兰终无为云出师意,即驰去,将出城,抽矢射佛寺浮屠,矢著其上砖半箭,曰:'吾归破贼,必灭贺兰,此矢所以志也。'"雠(chóu 愁):又作"讐",仇恨。

〔13〕"拔剑"句:谓南霁云拔刀断指以示不背叛张巡之志。语本唐韩愈《张中丞传后叙》:"南霁云之乞救于贺兰也,贺兰嫉巡、远之声威功绩出己上,不肯出师救。爱霁云之勇且壮,不听其语,强留之,具食与乐,延霁云坐,霁云慷慨语曰:'云来时,睢阳之人,不食月馀日矣,云虽欲独食,义不忍,虽食,且不下咽!'因拔所佩刀断一指,血淋漓,以示贺兰。一座大惊,皆感激为云泣下。"嶙峋,形容气节高尚,气概不凡。明无名氏《四贤记·解绶》:"狂夫气概郁嶙峋。"

〔14〕"贺兰"二句:谓南霁云于睢阳城陷后不屈而死。唐韩愈《张中丞传后叙》:"城陷,贼以刃胁降巡,巡不屈,即牵去,将斩之;又降霁云,云未应。巡呼云曰:'南八,男儿死耳,不可为不义屈。'云笑曰:'欲将以有为也,公有言,云敢不死!'即不屈。"南八,唐人多喜用排行相称呼。南霁云行八,故称。

〔15〕中丞:即张巡(709—767),唐邓州南阳(今属河南)人,唐玄宗开元末举进士,官真源令。后与许远合兵守睢阳,拜御史中丞,坚守数月,援绝粮尽,城陷不屈死。新、旧《唐书》有传。侍郎:作者自注:"姚公闿也。"姚闿,《旧唐书·忠义传》称其为陕州平陆人,名相姚崇之侄孙。性豪荡,好饮谑,善丝竹。历官寿安尉、城父令,与张巡素相亲善。以守睢阳之功,至德二载春加检校尚书侍郎。睢阳城陷,与张巡、南霁云同日

不屈死。

〔16〕碧血：忠臣烈士所流之血。语本《庄子·外物》："苌弘死于蜀，藏其血，三年而化为碧。"斓斑：斑痕狼藉的样子。青史：古代以竹简记事，故称史籍为青史。

〔17〕"淮山"句：语本明郑真《东园庄赋》："淮山峨峨兮淮水波，东园茫茫兮其如之何。"这里以淮山、淮水泛指南将军庙所在之泗州（今江苏盱眙西北淮水西岸）的山山水水。峨峨，山高的样子。

〔18〕青枫林：语本战国楚宋玉《楚辞·招魂》："湛湛江水兮上有枫，目极千里兮伤春心，魂兮归来哀江南。"

〔19〕行人下马：语本宋范成大《雷万春墓》诗："欲知忠信行蛮貊，过墓行人下马行。"

〔20〕"一曲"句：谓安史之乱所造成的巨大灾难令千古伤心。语本唐杜牧《华清宫》诗："行云不下朝元阁，一曲淋铃泪数行。"淋铃，即《雨霖铃》曲。唐郑处诲《明皇杂录》补遗："明皇既幸蜀，西南行初入斜谷，属霖雨涉旬，于栈道雨中闻铃，音与山相应。上既悼念贵妃，采其声为《雨霖铃》曲，以寄恨焉。时梨园子弟善吹觱篥者，张野狐为第一，此人从至蜀，上因以其曲授野狐。洎至德中，车驾复幸华清宫，从官嫔御多非旧人。上于望京楼下命野狐奏《雨霖铃》曲，未半，上四顾凄凉，不觉流涕，左右感动，与之歔欷。其曲今传于法部。"

金陵道上[1]

乍疏乍密秧针雨[2]，时去时来舶趠风[3]。五月行人秣陵去[4]，一江风雨昼濛濛[5]。

〔1〕这首七绝作于康熙四年(1665)夏五月间。作者已于上一年量移礼部,这一年五月始谢扬州推官事,拟客游金陵,诗即写于前往金陵的路上。仲夏江南村郊景象,烟雨濛濛,一片生机。作者方解繁琐公务,心情自然无比欣快,陶渊明所谓"久在樊笼里,复得返自然",此之谓也!"眼前有景,不取诸邻",司空图《二十四诗品》中"自然"一品,可以概括此诗的艺术特色。

〔2〕乍疏乍密:形容雨势忽紧忽松。明朱同《潇湘夜雨》诗:"乍疏乍密还潇潇。"秧针雨:江南稻秧初生时所下的细雨。秧针,初生的稻秧。明杨慎《出郊》诗:"高田如楼梯,平田如棋局。白鹭忽飞来,点破秧针绿。"

〔3〕舶趠(chuò 辍)风:江南梅雨结束夏季开始之际强盛的季候风。宋苏轼《舶趠风》诗:"三旬已过梅黄雨,万里初来舶趠风。"诗有序云:"吴中梅雨既过,飒然清风弥旬;岁岁如此,湖人谓之舶趠风。是时海舶初回,云此风自海上与舶俱至云尔。"

〔4〕秣陵去:语本宋司马光《送高陟归金陵》诗:"之子秣陵去,悠悠天堑东。"秣陵,即指今江苏南京市。参见《青山》诗注〔3〕。

〔5〕一江风雨:宋杨万里《碧落洞》诗:"今日来寻船泊处,一江风雨草连天。"昼濛濛:明顾璘《雨中观云阳秀色》诗:"灵峰出云昼濛濛,秀色不与他山同。"

赵澄画[1]

江南春意到寒梅[2],曲崦回汀几树开[3]。铜井铜坑风雪里[4],曾欹乌帽跨驴来[5]。

〔1〕这首题画七绝作于康熙五年（1666）正月间。《渔洋山人自撰年谱》："康熙五年丙午，三十三岁。暂返里……过青州，留周侍郎栎园真意亭，为题画册十馀首，往居广陵，曾为题二十馀首，及此而再矣。"《渔洋精华录》有《邹衣白画》等题画诗数首，其题下标示《渔洋集》自注云："以下九首，青州为栎园杂题画册。"此《赵澄画》即为其中之一首。赵澄，字雪江，一字湛之，颍川（今安徽阜阳）人。博学能诗，擅长画山水，宗尚范宽、董源，尤善临摹。据诗中所云，赵澄所画当是江南早春雪景，几树梅花绽放，一人乌帽策驴，冲风冒雪而来。赵澄所画饶有诗情，王士禛此诗则颇多画意，末句用典，意象多重，耐人寻味。

〔2〕"江南"句：《石渠宝笈》卷三三："第四幅杨景章墨画，金铬题云：'踏雪寻梅野寺边，江南春意入残年。谁将行乐西山景，写向东林古佛前。'"

〔3〕"曲崦"句：《石渠宝笈》卷三六录《寄梅》诗："先春鹧鸪暗相催，幽谷寒蕤几树开。"曲崦（yān 烟），山势弯曲隐蔽处。回汀（tīng 听），曲折的洲渚。

〔4〕铜井铜坑：山名，在今江苏吴县西南。明王鏊《姑苏志》卷八："铜坑山在邓尉山西南，一名铜井，晋、宋间凿坑取沙土煎之，皆成铜，故名。"又《吴县志》："铜井在邓尉西，旧志云即铜坑山。今山中别指其地一小山名铜坑，不知其故。"邓尉山一带以梅花繁茂著称，参见《邓尉竹枝词六首》。

〔5〕"曾欹"句：语本宋陆游《晚出偏门》诗："一段新愁带宿酲，半欹乌帽策驴行。村墟香动梅初破，裘褐寒轻雪未成。"又宋黄彻《䂬溪诗话》卷二："或问：'郑綮相国近有诗否？'答云：'诗思在灞桥风雪中驴背上，此处那得之？'"欹（qī 七），歪斜。

213

渔父[1]

风送三江雉尾莼[2],青鲈紫鳜正时新[3]。故家零落遗民老[4],恐是当年汐社人[5]。

〔1〕这首七绝作于康熙七年(1668)四月间。时作者在京师礼部仪制司员外郎任上,并非于水乡有所见而感发,只是由时令而念及江南风物与渔汛,进而思维跳跃至对隐于渔樵的明遗民的感怀。其间既有对世事变幻的嗟叹,也有对时间流逝的无奈,二十八字道尽人世间的沧桑之感。

〔2〕风送三江:语本元周伯琦《送邹鲁望赴北流令》诗:"云明五岭千重驿,风送三江一叶舟。"三江,具体所指名称不一,这里当指吴地的松江、娄江与东江三江。雉尾莼(chún 纯):初生的莼菜。北魏贾思勰《齐民要术·羹臛法》:"四月莼生茎而未叶,名作雉尾莼,第一肥美。"

〔3〕青鲈:即鲈鱼,以松江所产最为名贵。明李时珍《本草纲目·鳞三·鲈鱼》:"鲈出吴中,淞江尤盛。四五月方出,长仅数寸,状微似鳜而色白,有黑点,巨口细鳞,有四鳃。"紫鳜(guì 桂):即鳜鱼。又名桂花鱼。明李时珍《本草纲目·鳞三·鳜鱼》:"鳜生江湖中,扁形腹阔,大口细鳞,有黑斑采斑……小者味佳,至三五斤者不美。"正时新:语本元张翥《春日小轩独坐》诗:"江南樱笋正时新,滋味还思养病身。"

〔4〕故家零落:宋韩元吉《送赵蕃辰州司理》诗:"故家零落眼中稀,岁月峥嵘踏路岐。"故家,这里指明朝的世家大族及世代仕宦之家。遗民老:宋陈深《江上》诗:"天地遗民老,山河霸业空。"遗民,改朝换代后不仕新朝的人。

〔5〕"恐是"句：谓隐于渔父的明遗民即如南宋遗民谢翱那样，具有民族气节。汐社，宋遗民谢翱创立的文社名。宋方凤《谢君翱行状》："（谢翱）后避地浙水东，留永嘉、括苍四年，往来鄞越五年，大率不务为一世人所好，而独求故老与同志，以证其所得。会友之所名汐社，期晚而信，盖取诸潮汐。"

双剑行孙退谷侍郎席上作[1]

延陵季子不忘故，千金之宝带丘墓[2]。我闻此语馀千年，何来虎气腾重泉[3]。天精下观罔两伏，雷公击橐蛟龙缠[4]。古绿光射人，瓜皮出土争新鲜[5]。错落黄金书[6]，列星明灭苍浪天[7]。五步杀一人[8]，易如削豚肩[9]。又有古鱼肠[10]，形制殊蜿蜒[11]。贯甲洞胸不濡缕[12]，立戟交轫如浮烟[13]。幽州十月风折绵[14]，雪片堕地飞乌鸢[15]。是时看剑夜置酒[16]，快若渴骥奔长川[17]。勾吴旧事足感激[18]，悲来清泪忽潺湲[19]。延陵已蹈子臧节[20]，谁令窀室生戈铤[21]。太湖鱼炙事亦逆[22]，苏台鹿走今谁怜[23]。鲈诸要离匹夫耳[24]，属镂之赐吾悲焉[25]。孙公八十目如电[26]，博古直擅欧刘前[27]。为公作歌惊四筵[28]，乌尾毕逋河汉悬[29]。灯明酒尽雪亦止，回看剑气相腾旋[30]。

〔1〕这首七古作于康熙九年（1670）。题下作者自注："其一鱼肠，其一有铭云'吴季子之子永宝用剑'，凡九字。"清朱彝尊《周延陵季子剑

铭跋》:"康熙九年冬十有二月,偕嘉兴李良年、吴江潘耒、上海蔡湘过退谷孙先生蛰室,出延陵季子佩剑相示。以周尺度之,长三尺,腊广二寸有半,重九锊,上士之制也。腊有铭篆,文字不可辨,合之韦续五十六体书,无一似。其曰季子剑者,先生审定之辞云尔。"又王士禛《池北偶谈》卷一四《三剑》:"孙北海(承泽)家藏三剑。其一铜剑,长尺馀,有鸟篆十字云'吴季子之子保之永用剑',篆甚奇古。其一玉剑,长尺有二寸,博三寸,中凿一孔,剡其上若芒刃,云有人得之成汤墓中。其一鱼肠,秀水朱处士彝尊云:'疑郑康成所谓大琰者也。考之桃氏作剑,未闻攻玉,玉剑之载于六经者无之,遂定以为圭,因作《释圭》。'"孙退谷,即孙承泽(1592—1676),字耳伯,号北海,又号退谷,益都(今属山东)人。明崇祯四年(1631)进士,历官刑科给事中。入清,官至吏部侍郎,加太子太保。六十引退,闭门著述,研经学,喜贮古物。著有《尚书集解》、《山书》、《历代史翼》等二十馀种。《清史列传》入《贰臣传》。全诗写剑神采飞扬,措语激昂,大气磅礴,思致流畅,给人以痛快淋漓、一气呵成之感。

〔2〕"延陵"二句:谓春秋时延陵季子不忘故交,以宝剑挂墓以完心愿事。汉刘向《新序》卷七:"延陵季子将西聘晋,带宝剑以过徐君,徐君观剑不言,而色欲之。延陵季子为有上国之使,未献也,然其心许之矣。致使于晋故反,则徐君死于楚,于是脱剑致之嗣君,从者止之曰:'此吴国之宝,非所以赠也。'延陵季子曰:'吾非赠之也,先日吾来,徐君观吾剑,不言而其色欲之,吾为有上国之使,未献也,虽然,吾心许之矣。今死而不进,是欺心也;爱剑伪心,廉者不为也。'遂脱剑致之嗣君,嗣君曰:'先君无命,孤不敢受剑。'于是季子以剑带徐君墓树而去。徐人嘉而歌之曰:'延陵季子兮不忘故,脱千金之剑兮带丘墓。'"延陵季子,即吴季札,春秋时吴王寿梦之季子,寿梦欲传以位,辞不受,封于延陵(今江苏常州),故称延陵季子。以多闻著称于时,《史记》有传。

〔3〕"何来"句:谓宝剑精气可从墓中腾飞冲天。南朝梁殷芸《殷芸

小说》卷二:"王子乔墓在京茂陵,战国时,有人盗发之,睹之无所见,惟有一剑,悬在空中。欲取之,剑便作龙鸣虎吼,遂不敢近。俄而径飞上天。《神仙传》云:'真人去世,多以剑代其形,五百年后,剑亦能灵化。'此其验也。"虎气,古人指宝剑的精气。唐杜甫《蕃剑》诗:"虎气必腾上,龙身宁久藏。"重(chóng 虫)泉,即九泉,这里指坟墓。

〔4〕"天精"二句:谓春秋时欧冶子铸造宝剑之不易,有惊天动地之效应。汉袁康《越绝书》卷一一《外传记宝剑》:"昔者越王句践有宝剑五闻于天下,客有能相剑者名薛烛,王召而问之……薛烛对曰:'……当造此剑之时,赤堇之山破而出锡,若耶之溪涸而出铜。雨师扫洒,雷公击橐,蛟龙捧炉,天帝装炭,太一下观,天精下之。欧冶乃因天之精神,悉其伎巧,造为大刑三,小刑二。一曰湛卢,二曰纯钧,三曰胜邪,四曰鱼肠,五曰巨阙。'"天精,其说不一,《淮南子·本经训》:"天爱其精,地爱其平,人爱其情。天之精,日月星辰、雷电风雨也;地之平,水火金木土也;人之情,思虑、聪明、喜怒也。"又宋吴淑《事类赋》卷二"助夜明者天精"注云:"孙氏《瑞应图》曰:'景星者,天精也。状如半月,生于晦朔,助月为明。王者不私人,则见。'"又明徐元太《喻林》卷二九:"天精为日,地精为月,天地至贵,精不两明。"罔两,亦作"罔阆",古人传说中的一种精怪。《左传·宣公三年》:"故民入川泽山林,不逢不若;螭魅罔两,莫能逢之。"杜预注:"罔两,水神。"雷公,神话传说中管打雷的神。汉王充《论衡》卷六《雷虚篇》:"图画之工,图雷之状,累累如连鼓之形。又图一人,若力士之容,谓之雷公,使之左手引连鼓,右手推椎,若击之状。其意以为雷声隆隆者,连鼓相扣击之意也。"击橐(tuó 驼),鼓风箱。橐,古代冶炼时用以鼓风吹火的装置。蛟龙缠,比喻剑上所铸篆书盘曲如蛟龙缠绕。金元好问《蔡有邻碑》诗:"风流书以来,妙绝隶之变。银钩鸾凤舞,铁画蛟龙缠。"蛟龙,亦常喻剑,唐杜甫《从事行赠严二别驾》诗:"把臂开尊饮我酒,酒酣击剑蛟龙吼。"又宋苏轼《郭祥正家醉画竹石壁上郭作诗

为谢且遗二古铜剑》诗:"剑在床头诗在手,不知谁作蛟龙吼。"

〔5〕"古绿"二句:谓出土铜剑锈蚀处,翠色鲜艳照人。明曹昭《格古要论》卷上《古铜色》:"铜器入土千年,色纯青如翠;入水千年,色纯绿如瓜皮,皆莹润如玉。未及千年,虽有青绿而不莹润。有土蚀穿剥处,如蜗篆自然;或有斧凿痕,则伪也。"又旧题晋葛洪撰《西京杂记》卷一:"高祖斩白蛇剑……刃上常若霜雪。开匣拔鞘,辄有风气,光彩射人。"

〔6〕"错落"句:谓剑上嵌饰以黄金。清宋荦《筠廊偶笔》:"延陵季子之剑,以黄金嵌之。"

〔7〕"列星"句:谓宝剑上显现的文彩如同青天上的列星一样闪烁。汉袁康《越绝书》卷一一《外传记宝剑》:"王取纯钩……观其钣,烂如列星之行;观其光,浑浑如水之溢于塘。"苍浪(láng 郎)天,或作"沧浪天",犹言苍天。语本《乐府诗集·相和歌辞十二·东门行之一》:"上用沧浪天故,下为黄口小儿。"

〔8〕"五步"句:谓剑锋利无比。语本《庄子·说剑》:"曰:'臣之剑十步一人,千里不留行。'王大说之,曰:'天下无敌矣!'"

〔9〕豚(tún 屯)肩:猪腿。

〔10〕鱼肠:古宝剑名,以其铸造剑身经热处理后纹路似鱼肠,故名。宋沈括《梦溪笔谈》卷一九《器用》:"古剑有沈卢、鱼肠之名……鱼肠即今蟠钢剑也,又谓之松文,取诸鱼燔熟,褫去胁,视见其肠,正如今之蟠钢剑文也。"

〔11〕蜿蜒:这里形容剑身有萦回屈曲的纹路。

〔12〕"贯甲"句:形容剑之锋利。贯甲,洞穿衣甲。汉赵晔《吴越春秋·王僚使公子光传》:"以刺王僚,贯甲达背。"洞胸,刺穿胸膛。《晋书·吕纂载记》:"超取剑击纂,纂下车擒超,超刺纂洞胸,奔于宣德堂。"濡缕,沾湿一缕。《史记·刺客列传》:"的赵人徐夫人匕首,取之百金,使工以药淬之,以试人,血濡缕,人无不立死者。"

〔13〕"立戟"句:谓有鱼肠剑在手,戒备森严也等同浮烟,无济于事。立戟交枳(zhǐ旨),兵器戟的枝相互交错,喻戒备森严。枳,通"枝",这里指戟顶端呈杈枝形的锋刃。汉赵晔《吴越春秋·王僚使公子光传》:"专诸置鱼肠剑炙鱼中进之,既至王僚前,专诸乃擘炙鱼,因推匕首,立戟交枳倚专诸胸,胸断臆开,匕首如故,以刺王僚,贯甲达背。王僚既死,左右共杀专诸。"

〔14〕幽州:指京师(今北京市)。明王世贞《天宁寺塔放光记》:"或曰京师,古幽州也。"折绵:形容气候极寒。语本三国魏阮籍《大人先生传》:"阳和微弱阴气竭,海冻不流棉絮折,呼噏不通寒伤裂。"宋黄庭坚《柳闳展如苏子瞻甥也作诗赠之》:"霜威能折绵,风力欲冰酒。"

〔15〕雪片:唐白居易《房家夜宴喜雪戏赠主人》诗:"不醉遣侬争散得,门前雪片似鹅毛。"乌鸢:乌鸦与老鹰。

〔16〕"是时"句:谓酒宴中鉴赏双剑。语本唐杜甫《夜宴左氏庄》诗:"检书烧烛短,看剑引杯长。"

〔17〕"快若"句:谓因大饱眼福而欣快无比。渴骥,干渴的骏马。唐司空图《书屏记》:"或缀小简于其下,记云:'怒猊抉石,渴骥奔泉,可以下视碧落矣。'"

〔18〕勾吴旧事:指春秋吴国延陵季子有关宝剑之故事。勾吴,即吴国。明杨慎《升庵经说》:"越曰于越,吴曰勾吴,邾曰邾娄,本一字而为二字,古声双叠也。"感激:感奋激发。

〔19〕潺湲(yuán元):这里指眼泪流淌的样子。

〔20〕"延陵"句:谓延陵季子让位之贤。语本汉赵晔《吴越春秋·吴王寿梦传》:"吴王诸樊元年,已除丧,让季札……札复谢曰:'昔曹公(宣公)卒,庶存嫡亡,诸侯与曹人不义而立于国。子臧闻之,行吟而归。曹君惧,将立子臧,子臧去之,以成曹之道。札虽不才,愿附子臧之义。吾诚避之。'吴人固立季札,季札不受而耕于野,吴人舍之。"按春秋曹国

公子欣时(子臧)让国事,见《左传·成公十五年》。

〔21〕"谁令"句:谓春秋吴国公子光为刺杀王僚,在地下室埋伏甲士。汉赵晔《吴越春秋·王僚使公子光传》:"四月,公子光伏甲士于窟室中,具酒而请王僚。"又《史记·刺客列传》:"酒既酣,公子光佯为足疾,入窟室中,使专诸置匕首鱼炙之腹中而进之。"窟室,地下室。戈鋋(chán 缠),戈与鋋,泛指兵器,引申为争斗、冲突。鋋,小矛。

〔22〕"太湖"句:谓专诸为行刺王僚,专门到太湖去学习烤鱼技艺,就如同鱼肠剑之纹理不顺一样有悖常理。汉赵晔《吴越春秋·王僚使公子光传》:"专诸曰:'凡欲杀人君,必前求其所好。吴王何好?'光曰:'好味。'专诸曰:'何味所甘?'光曰:'好嗜鱼之炙也。'专诸乃去,从太湖学炙鱼,三月,得其味,安坐待公子命之。"太湖,在今江苏南部,为长江与钱塘江下游泥沙堰塞古海湾而成。素有鱼米乡之誉。鱼炙,烧烤的整鱼。逆,悖理,失常。汉赵晔《吴越春秋·阖闾内传》:"越王元常使欧冶子造剑五枚,以示薛烛。烛对曰:'鱼肠剑逆理不顺,不可服也。臣以杀君,子以杀父。'故阖闾以杀王僚。"

〔23〕"苏台"句:谓吴国覆亡,今天还有谁人怜惜。语本《史记·淮南王列传》:"臣闻子胥谏吴王,吴王不用,乃曰:'臣今见麋鹿游姑苏之台也。'"苏台,即姑苏台,又作"姑胥台"。在姑苏山上,相传为吴王夫差所筑。又有吴王阖闾所筑之说,汉袁康《越绝书》卷二《外传记吴地传》:"胥门外有九曲路,阖庐造以游姑胥之台,以望太湖,中窥百姓。去县三十里。"

〔24〕鱄(zhuān 专)诸:即专诸(前?—前515),《左传·昭公二十七年》又作"鱄设诸"。中国古代著名刺客之一,春秋时吴国堂邑(今江苏六合北)人。吴公子光(即后来的吴王阖闾)阴谋刺杀吴王僚而自立,伍子胥推荐专诸于公子光,专诸终于将王僚刺死,公子光遂自立为吴王。事见《史记·吴太伯世家》、《史记·刺客列传》。要离:中国古代著名刺

客之一。吴公子光既杀王僚,又欲谋杀王子庆忌,要离用苦肉计取得庆忌的信任,在一次渡江中刺中庆忌,自己也伏剑自尽。事见汉赵晔《吴越春秋·阖闾内传》。匹夫:独夫,此处指有勇无谋之人,略含轻蔑意味。语本《孟子·梁惠王下》:"夫抚剑疾视曰:'彼恶敢当我哉!'此匹夫之勇,敌一人者也。"

〔25〕"属镂"句:谓伍子胥用吴王所赐属镂之剑自尽之事令人悲伤。汉赵晔《吴越春秋·夫差内传》:"吴王闻子胥之怨恨也,乃使人赐属镂之剑。子胥受剑,徒跣褰裳,下堂中庭,仰天呼怨,曰:'吾始为汝父忠臣,立吴,设谋破楚,南服劲越,威加诸侯,有霸王之功。今汝不用吾言,反赐我剑。吾今日死,吴宫为墟,庭生蔓草,越人掘汝社稷,安忘我乎?昔前王不欲立汝,我以死争之,卒得汝之愿,公子多怨于我,我徒有功于吴。今乃忘我定国之恩,反赐我死,岂不谬哉!'……遂伏剑而死。"属(zhǔ主)镂,剑名。

〔26〕孙公:即孙承泽,时年七十九岁,言八十,举其成数。目如电:形容眼光明亮有神。语本宋陆游《山中饮酒》诗:"烂烂目如电,凛凛气愈遒。"

〔27〕博古:通晓古代事物。汉张衡《西京赋》:"雅好博古,学乎旧史氏。"欧刘:指宋代欧阳修、刘敞。王士禛《池北偶谈》卷八《欧刘》:"刘原父与永叔相友善,然原父常言:'好个欧九,可惜不读书。'仁宗尝问宰执刘敞何如,魏公极称其才;欧对曰:'刘敞文亦未佳,其博雅足重也。'二公似以名高相失。后村《江西道中》诗云:'每嘲介甫行新法,常恨欧公不读书。浩叹诸刘今已矣,路傍乔木日萧疏。'"按后村诗见宋刘克庄《后村集》卷六《湘南江西道中十首》诗之七。欧阳修(1007—1072),字永叔,号醉翁,晚又号六一居士,宋吉州庐陵(今江西吉安)人。宋仁宗天圣八年(1030)进士,历官枢密副使、参知政事。精于史学、文学,与宋祁等同修《新唐书》,自撰《新五代史》,集金石遗文为《集古录》,另著

《欧阳文忠公集》。《宋史》有传。刘敞(1019—1068),字原父,号公是,宋临江军新喻(今江西新馀)人。宋仁宗庆历六年(1046)进士,历官吏部南曹、郓州兼京东西路安抚使。著有《春秋权衡》、《七经小传》、《公是集》等。《宋史》有传。

〔28〕惊四筵:语本唐杜甫《饮中八仙歌》诗:"焦遂五斗方卓然,高谈雄辩惊四筵。"

〔29〕"乌尾"句:谓剧谈热烈,归去时天色已晚。乌尾毕逋,语本《后汉书·五行志一》:"桓帝之初,京都童谣曰:'城上乌,尾毕逋。公为吏,子为徒。'"毕逋,乌尾摆动的样子。宋苏轼《游灵隐寺得来诗复用前韵》诗:"归时栖鸦正毕逋,孤烟落日不可摹。"河汉悬,冬日银河悬于中天,盖时已过午夜。兼有友朋相聚谈论酣畅之意。宋楼钥《赠成都鲁讲书》诗:"倒屣平生欢,剧谈河汉悬。"

〔30〕剑气:剑的光芒。唐钱起《江行无题》诗:"自怜非剑气,空向斗牛星。"腾旋:升腾闪烁。

题施愚山《卖船》诗后[1]

国家急廉吏,将以风百僚[2]。如何十年来,吏道纷吴敖[3]。哀哉此下民[4],鞭朴分安逃[5]。鲁山与阳城[6],斯人竟难招。江西饱乱离[7],白骨填蓬蒿[8]。石田废不治[9],遗黎杂山魈[10]。一二老寡妻[11],茕茕困征徭[12]。昔者数守令[13],为政严风飙[14]。峻令盛诛求[15],细不遗龇齬[16]。金玉竞辇致[17],乐哉共宣骄[18]。宪府前上寿[19],鞠跽一何劳[20]。公堂侮下民[21],意气一何豪[22]。寡妻哭向天,血泪埋荒郊。乱后几孑遗,乃以资汝曹[23]。是时宛陵公[24],持节吉临交[25]。为政贵简易[26],洁已先清儁[27]。放衙苔藓净[28],飞鸟营其巢[29]。赋诗《弹子岭》[30],慷慨同《石壕》[31]。白鹿与青牛[32],斯道谁鼓橐[33]。公独奋百世[34],皋比陈唐尧[35]。廉耻存纲维[36],义利穷毫毛[37]。兰芷变荆棘,孔鸾革鸥枭[38]。汝曹即不仁,宁终肆阚虓[39]。七载一舸归[40],无物充官艘[41]。两郡万黔首,留公但号咷[42]。读公《卖船》诗,中心何忉忉[43]。填膺抒此词[44],庶以备风谣[45]。他年韦丹碑[46],会见留江皋[47]。翘首望宇中[48],烟火尚萧条[49]。安得百施公,为时激顽浇[50]。

〔1〕这首五古作于康熙十年(1671)六月初,时作者在京师官户部福建清吏司郎中。施愚山,即施闰章(1619—1683),字尚白,一字屺云,号愚山,又号蠖斋,晚号矩斋,江南宣城(今属安徽)人。顺治六年(1649)进士,历官江西布政司参议,分守湖西道。康熙十八年(1679)举博学鸿儒,授侍讲,与修《明史》,转侍读,卒官。工诗,著有《施愚山先生学馀堂文集》、《诗集》、《别集》、《遗集》等。《清史列传》、《清史稿》皆有传。其《卖船》诗见《学馀堂诗集》卷二〇所录七古《卖船行》:"谁言在官有馀禄,倒箧购书犹不足。谁言薄宦无长物,故人赠船如大屋。载书千卷船未满,四坐词人命弦管。清江白鹭伴往还,楚歌骚激吴歌缓。自拟相将汗漫游,归来萧索妻孥愁。亲朋环顾只空手,不如弃此营菟裘。近日括船军令急,战舰连樯如雨集。大船被执小船破,长年窜伏吞声泣。去官那敢说官船,泛宅终输枕石眠。欲藏无壑卖不售,且系青溪芦荻边。"施闰章自顺治十八年(1661)秋分守湖西道,至康熙六年(1667)秋,

以裁缺去官。清毛奇龄《诰授奉政大夫翰林院侍读加一级施君墓表》："廷议裁诸道使，民留君者咸醵金建龙冈书院，如祠君，请君讲学三日去。初君驻临江，有清江环城下，以其清也。民过之者咸泣曰：'是江如使君。'因改名清江为使君江。至是，民送君使君江上，不能别，复送君至湖，会湖涨，君所乘官舟，御史所赠物也，轻不能渡，民争买石膏填之。已渡，乏食，卖其舟而归。"施闰章《祭于慧男文》："余归自湖西，君强赠大舟不可辞，于是作《卖船》诗，传诸好事。"四年以后，王士禛读到施闰章《卖船行》诗，感慨贪官污吏对百姓敲骨吸髓，而廉吏难得，就写下了这首诗，既表彰了施闰章的为官清廉，也抨击了当时官场的黑暗，体现了作者恪守儒家德政思想的价值取向。施闰章又写《寄阮亭农部》诗，内有云："解官无长物，未足成瑕垢。时俗或揶揄，君收若兰臭。读我《卖船》诗，慷慨书其后。大张廉吏军，抗声告耆旧。杜陵与道州，千载复良觏。安得驾赤螭，与子同驰骤。"可见两位诗人相互砥砺之情。

〔2〕"国家"二句：康熙皇帝玄烨亲政以后，屡下谕旨肃贪倡廉。如《大清圣祖仁皇帝实录》卷三〇："康熙八年己酉六月丁卯，谕吏部……迩年水旱频仍，盗贼未靖，兼以贪官污吏肆行朘削，以致百姓财尽力穷，日不聊生，朕甚悯焉。尔等部院大臣、科道各官，或任要职，或有言责，著即将拯救生民疾苦切实裨益之处，各据所见，明白陈奏，以备采用。"急，重视。风(fēng 奉)，教育，感化。《诗·周南·关雎序》："《关雎》，后妃之德也。风之始也，所以风天下而正夫妇也。"百僚，百官。

〔3〕吏道：为政之道。吴敖：大声喧哗，傲慢待人。语本《诗·周颂·丝衣》："不吴不敖，胡考之休。"

〔4〕"哀哉"句：语本宋欧阳修《诗本义》卷七《节南山》："'不吊昊天'者，言昊天不吊，哀此下民，而使王政害民如此也。"

〔5〕鞭朴(pū 扑)：又作"鞭扑"，用鞭子或棍棒抽打。《国语·鲁语上》："大刑用甲兵，其次用斧钺，中刑用刀锯，其次用钻笮，薄刑用鞭朴，

以威民也。"韦昭注："鞭,官刑也;扑,教刑也。"分(fēn愤)安逃:谓以百姓之位分,怎能逃脱官府的刑罚。

〔6〕鲁山:即元德秀(696—754),字紫芝,唐河南(今河南洛阳)人。性孝悌,曾官鲁山令,有善政。《新唐书·卓行传》："李华兄事德秀,而友萧颖士、刘迅。及卒,华谥曰文行先生。天下高其行,不名,谓之元鲁山。"宋钱易《南部新书》卷一○:"(元)德秀官鲁山令,有清政,化惠于一邑,阖境歌之。"阳城:字亢宗(736—805),唐定州北平(今河北满城)人。谦恭简素,有高行。历官右谏议大夫、道州刺史。《新唐书·卓行传》:"至道州,治民如治家,宜罚罚之,宜赏赏之,不以簿书介意……赋税不时,观察使数消责。州当上考功第,城自署曰:'抚字心劳,追科政拙,考下下。'"

〔7〕"江西"句:明末清初之际,江西一带频遭战乱,民生凋敝。清高咏《施愚山先生行状》:"辛丑,奉命分守湖西,地辖临、袁、吉三州,惟临江可驻节,而袁、吉皆罹献贼及左宁南兵残毁略尽。"

〔8〕"白骨"句:语本唐王昌龄《塞下曲四首》之二:"黄尘足今古,白骨乱蓬蒿。"

〔9〕"石田"句:谓田地多石,且无人耕作,不长庄稼。石田,多石不可耕之田,语本《左传·哀公十一年》:"吴将伐齐,越子率其众以朝焉,王及列士皆有馈赂,吴人皆喜,惟子胥惧,曰:'是豢吴也夫!'谏曰:'越在,我心腹之疾也。壤地同而有欲于我。夫其柔服,求济其欲也,不如早从事焉。得志于齐,犹获石田也,无所用之。越不为沼,吴其泯矣。'"又唐寒山《诗》之六六:"土牛耕石田,未有得稻日。"

〔10〕"遗黎"句:谓人民流离失所,与野兽杂处,不人不鬼。遗黎,劫后残留的人民。山魈(xiāo销),猴属动物,类似狒狒,头大面长,眼小而凹,鼻深红,两颊深蓝有皱纹,牙坚利,性凶猛,状极丑陋。古人以为山怪。宋乐史《太平寰宇记》卷一○○:"有山魈,其形似人而色黑,身长丈

馀,逢人而笑,口上唇盖眼,下唇盖胸,人见亦怪矣。或时遗下藤制草鞋,长二尺五寸,乡人所谓山大人,又云山魈,或野人也。《尔雅》云:'佛佛,如人,披发迅走,食人。'即此也。"

〔11〕"一二"句:语本唐杜甫《无家别》诗:"四邻何所有,一二老寡妻。"

〔12〕茕(qióng穷)茕:孤独无依的样子。征徭:赋税与徭役。

〔13〕守令:指郡守、县令等地方长官。

〔14〕风飙(biāo标):暴风。汉王粲《杂诗》:"风飙扬尘起,白日忽已暝。"这里比喻为政苛刻残暴。

〔15〕峻令:严酷的政令。诛求:勒索,强制征收。唐陆贽《谢密旨状因论所宣事状》:"灭公议而徇私情,盛诛求而崇馈献。"

〔16〕"细不"句:谓征求赋税连小孩子也不放过。龀龆(chèn tiáo趁条),儿童七八岁换牙之时,代指儿童。唐白居易《欢儿戏》诗:"龆龀七八岁,绮纨三四儿。"

〔17〕"金玉"句:谓将搜刮来的财宝竞相用车子送达。辇(niǎn碾)致,送达。《新唐书·李林甫传》:"尝诏百僚阅岁贡于尚书省,既而举贡物悉赐林甫,辇致其家。"

〔18〕宣骄:骄奢。语本《诗·小雅·鸿雁》:"维此哲人,谓我劬劳;维彼愚人,谓我宣骄。"郑玄笺:"谓我役作众民为骄奢。"

〔19〕宪府:御史台。汉代御史中丞居殿中兰台,掌纠察之任。这里代称监察御史,为清代官名,掌弹劾、监察及建言,按省区划分为十五道,每道设掌印监察御史及监察御史共五十六人,分核各省刑名等。

〔20〕鞠跽(jì纪):躬身小跪,表示恭敬或谄媚。一何:为何,多么。唐杜甫《石壕吏》诗:"吏呼一何怒,妇啼一何苦。"

〔21〕公堂:旧时官府的厅堂。

〔22〕豪:强横。

〔23〕"乱后"二句:谓战乱之后,百姓残存之物已经无多,还要供你们这些贪官百般求索。孑(jié杰)遗,遗留,残存。语本《诗·大雅·云汉》:"周馀黎民,靡有孑遗。"资,供给。

〔24〕宛陵公:即施闰章。施的家乡宣城,西汉时称宛陵。

〔25〕持节:古代使臣奉命出行,必持符节以为凭证。吉临交:江西吉安府与临江府。施闰章曾出任江西布政司参议,分守湖西道,官署驻地即在吉安、临江一带。

〔26〕简易:为政简单易行,不烦难。《史记·刘敬叔孙通列传》:"高帝悉去秦苛仪法,为简易。"汉王褒《四子讲德伦》:"故大汉之为政也,崇简易,尚宽柔,进淳仁,举贤才,上下无怨,民用和睦。"清汤斌《翰林院侍读前朝议大夫愚山施公墓志铭》:"迁江西布政司参议,分守湖西道。时军饷严迫,属邑多逋赋,追呼急辄相聚为盗。公作《劝民急公歌》,召父老垂泪而谕之。父老见公长者,相率输租恐后。"

〔27〕清翛(xiāo 销):清静超脱。

〔28〕"放衙"句:谓施愚山为官不务繁琐,无为而治。语本宋释惠洪《过陵水县补东坡遗二首》诗:"苍藓色侵盘马地,稻花香入放衙楼。"放衙,属吏早晚参谒主司听候差遣谓之衙参,退衙谓之放衙。

〔29〕"飞鸟"句:谓施闰章为政有道,深得人心,飞鸟至厅堂营巢。《太平御览》卷九二一引《益部耆旧传》曰:"广汉景毅,益州太守,鸠巢于厅事,雏卵育。"

〔30〕"赋诗"句:谓施闰章治民有善政,并赋《弹子岭歌》以纪之。清汤斌《翰林院侍读前朝议大夫愚山施公墓志铭》:"吉水有巨室,依险自保,邑令乘间执之,以叛闻,公察其伪,谕令输租而遣之。因遍历崇山广谷间,作《弹子岭》、《大坑叹》、《竹源坑》诸篇,以告诸长吏,读者为流涕曰:'施使君今之元道州也!'"弹子岭,施闰章《学馀堂文集·诗集》卷一八《弹子岭歌》题下注:"新喻县北,距城百里。"诗云:"渝川捕民如捕

贼,鸟惊兽骇各南北。有时怒臂聚群力,遣骑飞符呼不得。仰天峰外蒙山高,中有仄径缘秋毫。夹路荆榛虎豹嗥,负嵎走险容尔曹。巉岩更有弹子岭,居人半入青天影。隔山十里越邻境,百年风俗成顽梗。吾闻此乡山水奇,重岩邃壑多幽姿。如何输税独无期,忍使催科困有司。及此不戢后难治,破巢歼灭中心悲。尔不见黄木江,前年杀人如薙草,区区弹子何足道。"

〔31〕"慷慨"句:谓施闰章《弹子岭歌》一诗如同唐杜甫《石壕吏》诗那样措词慷慨,为民请命。《石壕吏》为唐肃宗乾元二年(759)所作,诗云:"暮投石壕村,有吏夜捉人。老翁逾墙走,老妇出门看。吏呼一何怒,妇啼一何苦。听妇前致词,三男邺城戍。一男附书至,二男新战死。存者且偷生,死者长已矣。室中更无人,惟有乳下孙,孙有母未去,出入无完裙。老妪力虽衰,请从吏夜归。急应河阳役,犹得备晨炊。夜久语声绝,如闻泣幽咽。天明登前途,独与老翁别。"

〔32〕白鹿:即庐山白鹿书堂。宋祝穆《方舆胜览》卷一七《南康军》:"白鹿书堂,唐李渤与兄涉俱隐于此山,尝养一白鹿,因名之。南唐升元中建学馆,以李道为洞主,掌其教授。《长编》云:'太平二年,知江州周述言:庐山白鹿洞,学徒尝数千百人,乞赐《九经》,使之肄习。诏国子给本,仍传送之。'"青牛:即庐山青牛谷。宋祝穆《方舆胜览》卷一七《南康军》:"青牛谷在五老峰下。《九江录》:'昔有道士洪志,乘青牛得道于此。'"明彭大翼《山堂肆考》卷一○○《得舅图书》:"朱梁时,温韬盗发昭陵,石函铁匣中所得前代图书及二王真迹甚富,后韬殂死,其甥郑元素尽得其图书真迹,避祸南徙,隐居庐山青牛谷中四十馀年。"

〔33〕斯道:指讲述儒家文教礼乐。鼓橐(tuó 驼):鼓动风箱,以冶铜铁。语本《淮南子·本经训》:"鼓橐吹埵,以销铜铁。"这里比喻鼓吹倡导弘扬儒家教化思想。

〔34〕奋百世:发扬光大百世之功业。语本《后汉书·窦武传》:"是

以君臣并熙名,奋百世。"

〔35〕"皋比"句:谓施闰章讲述古代圣君的仁德礼义。皋比(gāo pí 高皮),虎皮,代指讲席。语本《宋史·张载传》:"尝坐虎皮讲《易》京师,听从者甚众。"陈,讲述。唐尧,古帝名,帝喾之子,姓伊耆,名放勋。初封于陶,又封于唐,号陶唐氏。后传位于舜。唐尧是儒家思想中的圣德明君。清高咏《施愚山先生行状》:"间尝行部吉州,修景贤、白鹭诸书院,祀王文成、邹忠介、罗念庵诸公,叹曰:'此文章节义三邦,士不兴行,咎在守土者。'因日与诸生讲学其中,或屏驺从,纵观金牛、石莲诸洞,访前贤遗迹,相与游宴赋诗。虽其地之隐人逸士,皆稍稍出就公曰:'是能涵濡道义,吐纳风流,以文学饬吏治者。'"

〔36〕纲维:总纲与四维(礼义廉耻),比喻法度。《明史·张永明传》:"以整饬纲维为己任。"

〔37〕"义利"句:辨清义与利的关系,推究到毫发之细的地步。义利之辨在儒家思想中占有极其重要的地位,如《论语·里仁》:"子曰:君子喻于义,小人喻于利。"

〔38〕"兰芷"二句:谓施闰章为政言传身教,有化腐朽为神奇、移风易俗的功效。兰芷变荆棘,反用《楚辞·离骚》:"兰芷变而不芳兮,荃蕙化而为茅。"兰芷,兰草与白芷,皆为香草。孔鸾,孔雀与鸾鸟,常用以比喻美好而高贵者。革,更改,变革。鸱枭(chī xiāo 吃销),亦作"鸱鸮",即猫头鹰,常用以比喻凶贪之人。《诗·豳风·鸱鸮》:"鸱鸮鸱鸮,既取我子,无毁我室。"《后汉书·仇览传》:"年四十,县召补吏,选为蒲亭长。劝人生业,为制科令,至于果菜为限,鸡豕有数,农事既毕,乃令子弟群居,还就黉学。其剽轻游恣者,皆役以田桑,严设科罚。躬助丧事,赈恤穷寡。期年称大化……乡邑为之谚曰:'父母何在在我庭,化我鸣枭哺所生。'"唐李贤注:"鸣枭,即鸱枭也。"

〔39〕"汝曹"二句:谓施闰章在新淦县处置赋税事宜。施闰章《大

坑叹》诗有序云:"新淦县东山有大坑,其俗不急赋税,不用兵则吏废法。予檄招之,幸有至者,庭谕以利害,继之流涕,众皆感泣。于是阴捕其豪十馀人,后至者蚁集。"汝曹,指"其豪十馀人"。阚虓(hǎn xiāo 喊销),如虎一样吼叫,喻凶顽。语本《诗·大雅·常武》:"进厥虎臣,阚如虓虎。"

〔40〕"七载"句:谓施闰章在江西任官七年归去。清高咏《施愚山先生行状》:"辛丑,奉命分守湖西……丁未,公以奉裁当去。"辛丑为顺治十八年(1661),丁未为康熙六年(1667),整七年。舸(gě 各上声),船。这里即指《卖船》诗中所言之船。

〔41〕"无物"句:谓施闰章为官清贫,去官时无众多财物压船舱,船轻难行。《南史·江革传》:"帝谓仆射徐勉曰:'(江)革果称职。'乃除都官尚书。将还,赠遗一无所受。送故依旧订舫,革并不纳,惟乘台所给一舸,舸艚偏欹,不得安卧。或请济江,徙重物以迮轻艚,革既无物,乃于西陵岸取石十馀片以实之。其清贫如此。"清毛奇龄《诰授奉政大夫翰林院侍读加一级施君墓表》:"民送君使君江上,不能别,复送君至湖。会湖涨,君所乘官舟,御史所赠物也,轻不能渡,民争买石膏填之。"

〔42〕"两郡"二句:谓施闰章去官时,吉安、临江两郡人民不忍相别之状。清高咏《施愚山先生行状》:"及行,民夹清江而送者上下数十里,公洒泪为诗以别,其父老生徒人人饮泣而去。"黔首,古人称平民、老百姓。平民多以黑巾覆头,故称。《史记·秦始皇本纪》:"二十六年……更民名曰黔首。"号咷(háo táo 嚎啕),放声大哭。

〔43〕忉(dāo 刀)忉:忧思的样子。语本《诗·齐风·甫田》:"无思远人,劳心忉忉。"又明孙承恩《风雨阻归舟赋》:"中心忉忉,忧思何极。"

〔44〕填膺:充塞于胸膛。南朝梁江淹《恨赋》:"置酒欲饮,悲来填膺。"

〔45〕庶:希望,但愿。风谣:可以反映民情的歌谣。《后汉书·李合传》:"和帝即位,分遣使者,皆微服单行,各至州县,观采风谣。"

〔46〕韦丹碑：韦丹，字文明，唐京兆万年（今陕西西安市）人，曾官江南西道观察使，为政廉明。《新唐书》入《循吏传》："太和中，裴谊观察江西，上言为丹立祠堂，刻石纪功，不报。宣宗读《元和实录》，见丹政事卓然，它日与宰相语：'元和时治民孰第一？'周墀对：'臣尝守江西，韦丹有大功，德被八州，殁四十年，老幼思之不忘。'乃诏观察使纥干臮上丹功状，命刻功于碑。"

〔47〕会：应当。江皋：江岸。

〔48〕翘首：抬头而望。宇中：国内。

〔49〕"烟火"句：谓居民冷落，百姓生活不充足。语本元王翰《夜雨》诗："乾坤迢递干戈满，烟火萧条里社虚。"

〔50〕"安得"二句：语本唐杜甫《同元使君舂陵行》诗序："览道州元使君《舂陵行》兼《贼退后示官吏作》二首，志之曰：'当天子分忧之地，效汉官良吏之目，今盗贼未息，知民疾苦，得结辈十数公，落落然参错天下为邦伯，万物吐气，天下少安可待矣。'"激顽浇，指激励官场中愚钝浇薄者，使之转变为廉明之吏。

裂帛湖杂咏六首[1]

裂帛湖光碧玉环[2]，人家终日映潺湲[3]。分明一幅蔡侯纸[4]，写出湖南千万山[5]。

〔1〕这六首绝句作于康熙十一年（1672）三月初，作者时在京师户部福建清吏司郎中任上。裂帛湖在澄心园（今北京市海淀区玉泉山下静明园）内，裂帛湖光为其十六景之一。明刘侗、于奕正《帝京景物略》卷七《玉泉山》："去山不数武，遂湖，裂帛湖也。泉迸湖底，伏如练帛，裂而

珠之,直弹湖面,涣然合于湖……湖方数丈,水澄以鲜,深而浮色,定而荡光,数石朱碧,屑屑历历,漾沙金色,波波縈縈,一客一影,一荇一影,客无匿发,荇无匿丝矣。"六诗吟咏湖光水色及其周边风物,笔致潇洒,自然流畅,措语洗炼,韵味十足。且浮想联翩,以汉代园林掌故,渲染眼前风光,熔历史与现实为一炉,有所谓"空潭泻春,古镜照神"之妙。

〔2〕碧玉环:语本宋苏轼《送张职方吉甫赴闽漕六和寺中作》诗:"门前江水去掀天,寺后清池碧玉环。"

〔3〕潺湲(yuán 元):流水。南朝宋谢灵运《入华子冈是麻源第三谷诗》:"且深独往意,乘月弄潺湲。"

〔4〕蔡侯纸:即纸。《后汉书·蔡伦传》:"自古书契,多编以竹简,其用缣帛者,谓之为纸。缣贵而简重,并不便于人。伦乃造意用树肤、麻头及敝布、鱼网以为纸,元兴元年奏上之,帝善其能。自是莫不从用焉,故天下咸称蔡侯纸。"诗即以纸拟裂帛湖。

〔5〕写出:比喻湖水倒映岸上景物。湖南千万山:裂帛湖南之西山诸峰。

淋池十里芰荷风[1],太液西来一派通[2]。应有恩波下黄鹄[3],年年流入建章宫[4]。

〔1〕"淋池"句:晋王嘉《拾遗记》卷六:"昭帝始元元年,穿淋池,广千步。中植分枝荷,一茎四叶,状如骈盖,日照则叶低荫根茎,若葵之卫足,名曰低光荷。实如玄珠,可以饰佩。花叶难萎,芬馥之气,彻十馀里。"淋池,故址在今陕西西安市附近,为汉昭帝始元元年(前86)所凿。这里以芰荷关合清裂帛湖以东之西湖(故址相当于今北京颐和园昆明湖一带)风景。明袁中道《西山游后记·西湖》:"出西直门,即不与水相舍,乍洪乍细,乍喧乍寂,至是汇为湖。湖中莲花盛开,可千亩,以守卫者

严,故花事极盛。"芰(jì记)荷,菱叶与荷叶。唐罗隐《宿荆州江陵驿》诗:"风动芰荷香四散,月明楼阁影相侵。"

〔2〕"太液"句:《陕西通志》卷七二:"淋池:昭帝元始元年穿淋池,广千步,东引太液之水,池中植分枝荷。"太液,即太液池。《三辅黄图》卷四:"太液池在长安故城西,建章宫北,未央宫西南。太液者,言其津润所及广也。"这里以太液之名关合清京师之太液池(今北京北海)。《大清一统志》卷一《苑囿》:"太液池:西华门之西为西苑,入苑门即太液池。池南北亘四里,东西二百馀步,其上源自玉泉山,合西北诸水,至地安门水门流入,汇为太池。元时亦名西华潭,其上为琼华岛,夹岸多槐柳。"一派,一条水流。唐刘威《黄河赋》:"为天河之一派,独殊类于百川。"

〔3〕"应有"句:汉荀悦《前汉纪》卷一六:"始元元年春二月,黄鹄下建章宫太液池中,公卿上寿,赐诸侯王、列侯、宗室金钱各有差。"恩波,帝王的恩泽,这里双关通太液池之一派水流。唐刘驾《长门怨》诗:"御泉常绕凤凰楼,只是恩波别处流。"黄鹄,旧题晋葛洪撰《西京杂记》卷一:"始元元年,黄鹄下太液池。上为歌曰:'黄鹄飞兮下建章,羽肃肃兮行跄跄,金为衣兮菊为裳。唼喋荷荇,出入蒹葭,自顾菲薄,愧尔嘉祥。'"

〔4〕建章宫:故址在今陕西西安。《三辅黄图》卷二:"建章宫:武帝太初元年柏梁殿灾,粤巫勇之曰:'粤俗,有火灾,即复起大屋以厌胜之。'帝于是作建章宫,度为千门万户。宫在未央宫西,长安城外。帝于未央宫营造日广,以城中为小,乃于宫西跨城池作飞阁通建章宫,构辇道以上下。"

水轩面面似船窗[1],沙燕鸂鶒尽作双[2]。忽忆梦回闻柁鼓[3],一枝柔橹破烟江[4]。

〔1〕水轩:即水榭,建筑在水边或水上供人们游憩眺望的亭阁。

〔2〕"沙燕"句：明蒋一葵《长安客话》卷三《西湖》："西湖去玉泉山不里许，即玉泉、龙泉所潴。盖此地最洼，受诸泉之委，汇为巨浸，土名大泊湖。环湖十馀里，荷蒲菱芡，与夫沙禽水鸟，出没隐见于天光云影中，可称绝胜。"沙燕，燕的一种，毛灰色，比家燕大而笨，常栖息于墙壁的石缝里。䴔䴖（jiāo jīng 交精），即池鹭。明李时珍《本草纲目·禽一·䴔䴖》："䴔䴖大如凫、鹜而高脚，似鸡，长喙好啄，其顶有红毛如冠，翠鬣碧斑，丹嘴青胫，养之可玩。"

〔3〕"忽忆"句：谓沙燕、䴔䴖之梦忆，参见下注〔4〕。柁（duò 舵）鼓，元虞集《次韵竹枝歌答袁伯长三首》诗之三："不及晴江转柁鼓，洗盏船头沙鸟鸣。"柁鼓当是"鼓柁"的倒文，谓摇动船舵，意即泛舟。柁，即舵。

〔4〕柔橹：谓操橹轻摇，或指船桨轻划之声。唐杜甫《船下夔州郭宿雨湿不得上岸别十二判官》诗："柔橹轻鸥外，含凄觉汝贤。"破烟江：语本元王恽《乞雁歌》："终朝司警代黄耳，梦破烟江秋拍拍。"

宣宗玉殿空山里[1]，箫鼓楼船事已非[2]。何似茂陵汾水上，秋风南雁泪沾衣[3]。

〔1〕"宣宗"句：语本明李梦阳《秋怀》诗之三："宣宗玉殿空山里，野寺霜黄锁碧梧。不见虎贲移大内，尚闻龙舸戏西湖。芙蓉断绝秋江冷，环佩凄凉夜月孤。辛苦调羹三相国，十年垂拱一愁无。"宣宗，即明宣宗朱瞻基（1398—1435），洪熙元年（1425）即位，年号宣德。在位十一年，卒葬景陵。玉殿：即功德寺，故址在今北京西郊玉泉山至颐和园昆明湖一带。明蒋一葵《长安客话》卷三《功德寺》："西湖上有功德寺，旧名护圣寺，建自金时，元仍旧……功德寺修于宣德二年，因改今名。正殿及方丈凡七进，基皆九撰，拟掖庭制度，费数十万缗……宣德十年，宣庙西郊省敛，驻跸功德寺，因留銮杖寺中。自后遂为列圣驻跸之所……嘉靖中，

世庙谒景皇帝陵,有司以金山口路隘,镌阔数十尺,识者谓此功德寺白虎口也,虎口张将不利于寺。既而上驻跸寺中,中饭罢,周行廊庑,见金刚狞恶,心忽悸而怒,因以宫殿僭逾,坐僧不法,撤去之,寺遂废。"空山里:语本唐杜甫《咏怀古迹五首》诗之四:"翠华想象空山里,玉殿虚无野寺中。"意即宣宗玉殿早已无存,只能凭诸想象得其旧貌。

〔2〕"箫鼓"句:谓明宣德时此地之盛况,今已荡然无存。箫鼓楼船,语本汉武帝《秋风辞》:"秋风起兮白云飞,草木黄落兮雁南归。兰有秀兮菊有芳,怀佳人兮不能忘。泛楼船兮济汾河,横中流兮扬素波。箫鼓鸣兮发棹歌,欢乐极兮哀情多,少壮几时兮奈老何。"

〔3〕"何似"二句:谓此地昔日风光不再,正如后人感叹汉武帝"哀情多"一样,徒然引起悲伤之情。唐孟棨《本事诗·事感第二》:"天宝末,玄宗尝乘月登勤政楼,命梨园弟子歌数阕。有唱李峤诗者云:'富贵荣华能几时,山川满目泪沾衣。不见只今汾水上,惟有年年秋雁飞。'时上春秋已高,问是谁诗,或对曰李峤,因凄然泣下,不终曲而起,曰:'李峤真才子也。'又明年,幸蜀,登白卫岭,览眺久之,又歌是词,复言'李峤真才子',不胜感叹。时高力士在侧,亦挥涕久之。"按唐李峤《汾阴行》诗为七言歌行,最后几句云:"路逢故老长叹息,世事回环不可测。昔时青楼对歌舞,今日黄埃聚荆棘。山川满目泪沾衣,富贵荣华能几时。不见只今汾水上,惟有年年秋雁飞。"茂陵,陵墓名,在今陕西兴平东北。这里即代指汉武帝刘彻(前156—前87),在位五十四年,曾开创西汉政治经济文化军事的极盛时期。卒葬茂陵。汾水,黄河第二大支流,在今山西省中部。汉武帝于元鼎四年(前115)曾五幸河东郡汾阴(今山西万荣西南宝鼎,在汾河南二十里,故称汾阴)。

石瓮山头归片云〔1〕,望湖亭上倚斜曛〔2〕。纸钱社酒棠梨道〔3〕,不到湖边耶律坟〔4〕。

〔1〕石瓮山：即瓮山（今北京颐和园万寿山），为燕山馀脉。明刘侗、于奕正《帝京景物略》卷七《瓮山》："瓮山，去阜成门二十馀里，土赤濆，童童无草木。山南若洞而圮者，小蒿台也。山初未名瓮也，居此一老父语人曰：'山麓魁大而凹秀，瓮之属也。'凿之得石瓮一，华虫雕龙，不可细识；中物数十，老父则携去，留瓮置山阳。又留谶曰：'石瓮徙，贫帝里。'嘉靖初，瓮忽失，嗣是物力渐耗。"片云：极少的云。南朝梁简文帝萧纲《浮云诗》："可怜片云生，暂重复还轻。"

〔2〕望湖亭：故址在玉泉山裂帛湖左。明袁中道《西山十记·记二》："石梁如雪，雁齿相次，间以独木为桥……折而南，为华严寺，有洞可容千人，有石床可坐……后有窦，深不可测。其上为望湖亭，见西湖，明如半月，又如积雪未消。"明刘侗、于奕正《帝京景物略》卷七《玉泉山》："石梁过溪，亭其湖左，曰望湖亭，宣庙驻跸者，今圮焉。"倚斜曛：明陶安《舟中望虎丘》诗："郁葱殿塔倚斜曛，树色岚光杳莫分。"斜曛，落日的馀晖。

〔3〕纸钱：魏晋以后，祭祀时焚化给死人或鬼神当钱用的纸片，亦可望空抛撒或悬挂于墓地。其形状有圆形方孔者，也有于纸上打印钱形的。明曹安《谰言长语》："玄宗好鬼神，以太常博士王玙为祠祭使，祈祷或焚纸钱。汉以来葬祭者瘞钱，后世俚俗以纸寓钱为鬼事，玄宗用之。胡氏谓废币帛而用褚泉，是以贿交于神也。"唐张籍《北邙行》诗："寒食家家送纸钱，乌鸢作窠衔上树。"社酒：旧时于春秋社日祭祀土神，饮酒庆贺，为所备之酒为社酒。宋陆游《春社》诗："社肉如林社酒浓，乡邻罗拜祝年丰。"社日一般在立春、立秋后的第五个戊日，康熙十一年之春社日当在农历二月二十二日，距离下一首诗所云清明、上巳尚有将近半月的时间。棠梨道：用有关寒食节度鬼的掌故。清郑方坤《全闽诗话》卷一一《永福溪鬼》："侯官唐濩微时，泊舟永福溪，夜闻二鬼共语。一鬼吟诗

曰：'随波逐浪滞孤魂,白骨沉沙漾水痕。几寸柔肠鱼啮断,不关今夜听啼猿。'又一吟曰：'饥乌随我棠梨道,雨打风吹梨树老。寒食何人奠一卮,髑髅戴土生春草。'既复相谓曰：'明日铁帽生至,当得代矣。'明日,濂候之,果有戴釜济者,濂苦挽之,且告之故,得止。至夜,二鬼复语曰：'今日铁帽生乃为唐参政所救,奈何？'唐闻大喜,遂请道士作章度鬼。越数日,坐斋中仿佛见二人来谢。后果官至参政。"

〔4〕耶律坟：即元代中书令耶律楚材墓,今存,已经修缮,在北京颐和园昆明湖东岸边。明蒋一葵《长安客话》卷四《瓮山耶律丞相墓》："瓮山在海淀西五里许……距南麓数百武为耶律楚材墓,西湖正当其前。"明刘侗、于奕正《帝京景物略》卷七《瓮山》："山下数十武,元耶律楚材墓。墓前祠,祠废像存,像以石存也。石表碣、石马虎等,已零落,一翁仲,立未去。天启七年夏夜,有萤十百集翁仲首,土人望见,夜哗曰：'石人眼光也。质明,共蹴而争碎之。后夜萤来,无所集,集他树。人复望见,夜复哗,锄櫌夜往,树上乃萤也,而墓前无馀器矣,突然一丘。"耶律楚材(1190—1244),金元之际契丹人,字晋卿,号湛然居士。博览群书,通天文、地理、律历、术数及释、老、医、卜之说,仕金为燕京行尚书省左右司员外郎。入元,官至必阇赤(汉人尊称中书令)。著有《湛然居士集》等,《元史》有传。

万树垂杨扫绿苔[1],桃花深映槿篱开[2]。游人尽说西堤好[3],须及清明上巳来[4]。

〔1〕万树垂杨：语本唐张祜《题御沟》诗："万树垂杨拂御沟,溶溶漾漾绕神州。"扫绿苔：语本唐白居易《送王十八归山寄题仙游寺》诗："林间暖酒烧红叶,石上题诗扫绿苔。"

〔2〕桃花深映：语本宋叶茵顺《田父吟》诗："桃花深映水边庄,夫妇

相携笑语香。"槿(jǐn锦)篱:木槿篱笆。南朝梁沈约《宿东园》诗:"槿篱疏复密,荆扉新且故。"宋郑樵《通志》卷七六:"木槿……人多植庭院间。唐人诗云'世事方看木槿荣',言可爱易凋也。亦可作篱,故谓之槿篱。"

〔3〕西堤:故址在今北京颐和园昆明湖东堤一带。明刘侗、于奕正《帝京景物略》卷七《西堤》:"水从高梁桥而又西……界之长堤,湖在堤南,堤则北;稻田豆场在堤北,堤则南。曰西堤者,城西堤也。"清乾隆二十九年清高宗弘历《西堤》诗:"西堤此日是东堤,名象何曾定可稽。"注云:"西堤在畅春园西墙外,向以卫园而设。今昆明湖乃在堤外,其西更置堤,则此为东矣。"

〔4〕清明上巳:语本宋欧阳修《采桑子》词:"清明上巳西湖好,满目繁华,争道谁家,绿柳朱轮走钿车。"清明,我国农历二十四节气之一,一般在公历每年的4月5日前后。康熙十一年清明在是年农历三月初七。上巳,旧时节日名。汉以前以农历三月上旬巳日为"上巳";魏晋以后遂固定为农历三月三日为"上巳"。

雨中度故关[1]

危栈飞流万仞山[2],戍楼遥指暮云间[3]。西风忽送潇潇雨[4],满路槐花出故关[5]。

〔1〕这首七绝作于康熙十一年(1672)七月初九日。这一年六月,作者奉命为四川乡试主考官,七月离家南下,初九日冒雨过井陉关,写下此诗。故关,即井陉(xíng形)关,又名土门关,在今河北井陉县西北井陉山上,地当太行山区进入华北平原的要隘。《明一统志》卷一九:"井陉关,在平定州东九十里,汉韩信击赵,东下井陉,即此。"诗之神韵在末一

句,化用唐人诗意,造语天然,挥洒自如,有顾盼自雄之态。

〔2〕危栈:高而险的栈道。古代在山势险绝处依山架木而成的一种道路,称栈道。王士禛《蜀道驿程记》卷上:"(七月)初九日……冒雨出关,危栈临溪,延缘错互。"飞流:山上瀑布。万仞山:形容山势之高。仞,古代以七尺(或曰八尺)为一仞。唐王之涣《凉州词》诗:"黄河远上白云间,一片孤城万仞山。"

〔3〕戍楼:旧时驻军的瞭望楼。暮云间:金元好问《出山》诗:"休道西山不留客,数峰如画暮云间。"

〔4〕潇潇:小雨的样子。南唐王周《宿疏陂驿》诗:"谁知孤宦天涯意,微雨潇潇古驿中。"

〔5〕"满路"句:语本唐杨凝《送客入蜀》诗:"剑阁迢迢梦想间,行人归路绕梁山。明朝骑马摇鞭去,秋雨槐花子午关。"

潼 关〔1〕

潼津直上势嵯峨〔2〕,天险初从百二过〔3〕。两戒中分蟠太华〔4〕,孤城北折走黄河〔5〕。复隍几见熊罴守〔6〕,弃甲空传犀兕多〔7〕。汉阙唐陵尽禾黍〔8〕,雁门司马恨如何〔9〕。

〔1〕这首七律作于康熙十一年(1672)七月二十三日,作者入蜀道经潼关。潼关在今陕西省东部,渭河下流,为晋、陕、豫三省之要冲。宋程大昌《雍录》卷六《唐潼关》:"潼关在华州华阴县东北,而太华山之北也。太华在县南八里,《通典》曰本名冲关,言河自龙门向南而流,冲激华山之东,故以为名。后因关西一里有潼水,因以名关。"这首诗前四句

写得气势雄壮,渲染潼关天险,一气呵成;后四句慨叹明末督师孙传庭终因潼关失守阵亡而令明王朝从此走向覆亡事,不胜今昔,情见乎辞。

〔2〕潼津:即潼津驿。《大清一统志》卷一九〇:"潼津驿在华阴县治东南,东至潼关驿四十里,明置。今属本县管理。"嵯峨(cuó é 矬讹):山高峻的样子。

〔3〕"天险"句:谓旧属秦国的潼关地形险要,从这里开始易守难攻。北魏郦道元《水经注》卷四:"陟此坂以升潼关,所谓泝黄巷以济潼关矣。历北出东崤,通谓之函谷关也。邃岸天高,空谷幽深,涧道之峡,车不方轨,号曰天险。故《西京赋》曰:'岩险周固,衿带易守,所谓秦得百二,并吞诸侯者也。'"百二,以二敌百。一说百的一倍。多喻山河险固之地。《史记·高祖本纪》:"秦,形胜之国,带河山之险,县隔千里,持戟百万,秦得百二焉。"裴骃《集解》引苏林曰:"得百中之二焉。秦地险固,二万人足当诸侯百万人也。"

〔4〕"两戒"句:谓太华山居于国家南北之中。两戒,国家疆域的南北界限。《新唐书·天文志一》:"一行以为天下山河之象,存乎两戒……故《星传》谓北戒为胡门,南戒为越门。"蟠(pán 盘),盘结。太华,即西岳华山,主峰亦称太华山,属秦岭东段。在今陕西东部,华阴以南,有壁立千仞之势。《明一统志》卷三二:"太华山在华阴县南一十里,即西岳也。以西有少华山,故此曰太华。"

〔5〕"孤城"句:谓潼关故城为黄河向北折转东之地。《尚书注疏》卷五"南至于华阴",孔安国传:"河自龙门南流,至华山北而东行。"

〔6〕复隍:谓城倒覆于隍上,比喻君道倾危。语本《易·泰》:"城复于隍,勿用师。"孔颖达疏:"谓君道已倾,不烦用师也。"这里暗喻明末崇祯帝刚愎自用,已无能为力。熊罴(pí 皮):熊与罴,皆为猛兽,比喻勇士或雄师劲旅。《书·康王之诰》:"则亦有熊罴之士,不二心之臣,保义王家。"

〔7〕"弃甲"句:谓打仗若无"人和"之因素,军事物资再多也会失

败。语本《左传·宣公二年》,春秋时宋国的华元因车夫的出卖,为郑国军队所俘虏,后被宋国赎回。宋国筑城,华元监工,筑城工人用歌谣嘲笑他弃甲而逃归,华元就让卫兵用歌谣回击道:"牛则有皮,犀兕尚多,弃甲则那?"意即:有牛就有皮,犀牛、兕牛有不少,丢盔弃甲有什么了不起!筑城工人又用歌谣嘲笑他道:即使牛皮多,少了丹漆也白搭。最终迫使华元狼狈离开。又唐孙樵《潼关甲铭》:"潼关之甲完,吾孰与安?潼关之甲弊,吾孰与济?甲乎甲乎,理与尔谋,乱与尔谋,无俾工尔修。"

〔8〕"汉阙"句:谓以长安为都城,恃潼关之险的汉唐两代皆已覆亡。暗喻明朝最终为农民军所推翻。汉阙,汉宫廷。阙为城门两侧的高台,多借指宫廷或都城。汉代以长安(今陕西西安)为都城。唐陵,唐代帝王陵墓,多在长安邻近县中。禾黍,感伤昔日宫廷已成为庄稼地。语本《诗·王风·黍离序》:"《黍离》,闵宗周也。周大夫行役至于宗周,过故宗庙宫室,尽为禾黍。闵宗周之颠覆,彷徨不忍去而作是诗也。"后即以"禾黍"为悲悯故国破败或胜地废圮之典。

〔9〕雁门司马:即指孙传庭(1593—1643),字伯雅,号白谷,明代州振武卫(今山西代县,唐五代曾以此地为雁门方镇的治所)人。明神宗万历四十七年(1619)进士,曾官吏部主事。崇祯九年(1636)擢陕西巡抚,俘获农民军首领高迎祥,大败李自成。后受杨嗣昌排挤下狱,再起为兵部右侍郎、陕西总督,晋兵部尚书,改称督师。终为李自成困于潼关,战败阵亡。著有《白谷集》。《明史》有传。

华阴道中〔1〕

平田漠漠稻花香〔2〕,百道清泉间绿杨〔3〕。二十八潭天上落〔4〕,无人知是帝台浆〔5〕。

〔1〕这首七绝作于康熙十一年(1672)七月二十三日,与上选《潼关》一诗作于同时。华阴在今陕西省东部,华山以北。《明一统志》卷三二:"华阴县,在(华)州城东七十里,战国属魏,为阴晋地。秦改曰宁秦,汉始置华阴县,以在华山之阴,故名。"从前人诗句中激发灵感,从神话传说中寻觅诗材,从而完成自家诗歌神韵的构建,是王士禛吟诗的一种追求。这首诗前二句写眼前景,后二句发挥想象,运用有关知识与神话传说,丰富了诗歌意境,有"超以象外,得其环中"之效。

〔2〕平田漠漠:明丘濬《洋田朝雨》诗:"平田漠漠雨丝丝,晓色溟濛望眼迷。"漠漠,广阔的样子。稻花香:王士禛《蜀道驿程记》卷上:"次华阴县,自潼关而西,垂杨夹衢,稻花盈路,颇overlooked行役之劳。"

〔3〕百道清泉:明张羽《题画》诗:"百道清泉石上流,白云初起乱峰秋。"间绿杨:唐耿㳚《春日洪州即事》诗:"竹宇分朱阁,桐花间绿杨。"

〔4〕二十八潭:即二十八宿潭,在华山镇岳宫前玉井东北不远处。《陕西通志》卷八:"二十八宿潭,在玉井旁。峰之下有石,洼如臼,凡二十有八,上应列宿,自北而南如贯珠,自崖端挂下,山腹水帘洞泄之。"明袁宏道《华山后记》:"玉井在峰足,二十八潭圆转而下,瀑布上流也,恨不于雨后观之。"康熙三十五年(1696),王士禛再使秦,写有五绝《青柯坪》诗,有句云:"二十八潭悬,飞瀑从天下。"

〔5〕帝台浆:语本《山海经·中山经》:"又东南五十里,曰高前之山。其上有水焉,甚寒而青,帝台之浆也,饮之者不心痛。"帝台,古代神话传说中的神仙名。这里借喻二十八潭落水之清莹。

灞桥寄内二首〔1〕

长乐坡前雨似尘〔2〕,少陵原上泪霑巾〔3〕。灞桥两岸千条柳,送尽东西渡水人[4]。

〔1〕这两首七绝作于康熙十一年(1672)七月二十六日。灞桥,本作霸桥,在今陕西西安市东二十里,横跨于灞水之上,今存,为经历代所重修者。《三辅黄图》卷六:"霸桥在长安东,跨水作桥。汉人送客至此桥,折柳赠别。"寄内,即寄与妻子之诗。王士禛元配夫人张氏(1637—1676),邹平(今属山东)人,顺治七年(1650)十四岁嫁至王家。清宋荦《资政大夫刑部尚书阮亭王公暨配张宜人墓志铭》:"公元配夫人张氏,邹平人,都察院左都御史谥忠定讳延登孙女,镇江府推官讳万钟女。年十四归公,事舅姑以孝,相夫以敬,御下以慈……不幸先殁,年四十。二十馀年甘苦忧患与共,公每出使,必有诗寄之。"王士禛《《渔洋文集》卷一一《诰封宜人先室张氏行述》:"予奉使入蜀,时两丧爱子,宜人病骨支床……初秋朔日出都,宜人强起阖门送予,反袂拭面,意若永诀者。予途中寄诗……次灞桥,再寄诗……宜人见之,揽涕而已。"可见两人伉俪情深。二诗措语温柔,情思无限,怀念之意,皆在不言之中。第二首转为妻子设想,正如唐白居易《邯郸冬至夜思家》诗所云:"想得家中夜深坐,还应说着远游人。"

〔2〕长乐坡:即浐坂,在今陕西万年东北。唐李吉甫《元和郡县志》卷一:"长乐坡在(万年)县东北十二里,即浐川之西岸,旧名浐坂。隋文帝恶其坂名,改曰长乐坡。"雨似尘:明张元凯《滕村访姜太史二首》诗之一:"祭酒门如水,江干雨似尘。"

〔3〕少陵原:在今陕西西安市长安区南。宋程大昌《雍录》卷七《少陵原》:"在长安县南四十里。汉宣帝陵在杜陵县,许后葬杜陵南园。师古曰:'即今谓小陵者也,去杜陵十八里,它书皆作少陵。杜甫家焉,故自称杜陵老,亦曰少陵也。"宋宋敏求《长安志》卷一一:"少陵原在县南四十里,南接终南,北至浐水,西屈曲六十里入长安县界,即汉鸿固原也。

宣帝许后葬于此,俗号少陵原。"霑(zhān沾):浸润,沾湿。

〔4〕"灞桥"二句:语本唐李白《忆秦娥》词:"年年柳色,灞陵伤别。"又元马祖常《出都》诗:"独憎杨柳无情思,送尽行人天未秋。"

太华终南万里遥[1],西来无处不魂销[2]。闺中若问金钱卜[3],秋风秋雨过灞桥[4]。

〔1〕"太华"句:谓行于太华、终南间,离家已有万里之遥。这是夸张的说法。太华,即西岳华山,主峰亦称太华山,属秦岭东段。参见《潼关》注〔4〕。终南,即终南山,在今陕西西安市南。为秦岭主峰之一。参见《六朝松石歌赠邓检讨》注〔18〕。

〔2〕"西来"句:语本宋陆游《剑南道中遇微雨》诗:"衣上征尘杂酒痕,远游无处不销魂。"魂销,即"销魂",形容极其哀愁,语本南朝梁江淹《别赋》:"黯然销魂者,惟别而已矣。"五代王仁裕《开元天宝遗事》卷三《销魂桥》:"长安东灞陵有桥,来迎去送皆至此桥,为离别之地,故人呼之为销魂桥。"

〔3〕金钱卜:旧时以钱币占卜吉凶祸福的方法。其法多种,一般用六枚制钱置于竹筒中,祝祷后连摇数次,将制钱倒出排成一行,视六钱之背与字的次序,以推断吉凶祸福。这里是作者推想妻子在家用金钱占卜自己的行程。唐于鹄《江南意》诗:"众中不敢分明语,暗掷金钱卜远人。"又明胡应麟《秋闺曲二首》之二:"日把金钱卜,征人尚未还。"

〔4〕"秋风"句:语本唐李群玉《金塘路中》诗:"黄叶黄花古城路,秋风秋雨别家人。"此句是作者悬想妻子金钱卜之结果。

马嵬怀古二首[1]

何处长生殿里秋[2],无情清渭日东流[3]。香魂不及黄幡绰〔4〕,独占骊山土一丘〔5〕。

〔1〕这两首七绝作于康熙十一年(1672)七月二十七日。马嵬,即马嵬坡,在今陕西兴平市西,有唐杨贵妃墓。《明一统志》卷三二:"马嵬坡,在兴平县西二十五里,唐杨妃葬处。"唐玄宗天宝十五载(756),安禄山攻破潼关,玄宗携杨贵妃等仓皇逃蜀,据《新唐书·杨贵妃传》:"及西幸至马嵬,陈玄礼等以天下计诛国忠,已死,军不解。帝遣力士问故,曰:'祸本尚在!'帝不得已,与妃诀,引而去,缢路祠下,裹尸以紫茵,瘗道侧,年三十八。帝至自蜀,道过其所,使祭之,且诏改葬。礼部侍郎李揆曰:'龙武将士以国忠负上速乱,为天下杀之。今葬妃,恐反仄自疑。'帝乃止。密遣中使者具棺椁它葬焉。"历代文人吟咏马嵬事者甚多,皆欲于怀古中翻出新意,最著名者为白居易之《长恨歌》,千百年来脍炙人口。这两首七绝不从正面落墨,偏机锋侧出,分别以黄幡绰、李夫人为衬托,渲染杨妃的悲剧命运,自有发人深省之处。

〔2〕"何处"句:谓唐玄宗与杨妃七月七日在长生殿密誓世世为夫妻事。唐陈鸿《长恨歌传》:"昔天宝十载,侍辇避暑于骊山宫,秋七月牵牛、织女相见之夕,秦人风俗,是夜张锦绣,陈饮食,树瓜华,焚香于庭,号为乞巧,宫掖间尤尚之。时夜始半,休侍卫于东西厢,独侍上。上凭肩而立,因仰天感牛、女事,密相誓,心愿世世为夫妇。言毕,执手各呜咽。此独君王知之耳。"唐白居易《长恨歌》:"七月七日长生殿,夜半无人私语时。在天愿为比翼鸟,在地愿为连理枝。"长生殿,故址在今陕西骊山上。唐李吉甫《元和郡县志》卷一:"华清宫在骊山上,开元十一年初置温泉宫,天宝六年改为华清宫,又造长生殿及集灵台以祀神。"宋宋敏求《长安志》卷一五:"长生殿,斋殿也,有事于朝元阁,即斋沐此殿。"

〔3〕"无情"句:谓渭水本无情,亦因愁而东流。语本唐杜甫《秦州杂诗二十首》之一:"清渭无情极,愁时独向东。"清渭,渭水,即今渭河,

在今陕西省中部,为黄河最大支流。《诗·邶风·谷风》:"泾以渭浊,湜湜其沚。"孔颖达疏:"泾水以有渭,故见其浊。"古人以为渭水清,泾水浊,故有"清渭浊泾"之说。

〔4〕香魂:美人之魂。这里即指杨妃之魂,唐黄滔《明皇回辔经马嵬赋》:"杳鳌阙而难寻艳质,经马嵬而空念香魂。"黄幡绰:唐玄宗时优人,开元初已入宫中,侍玄宗逾三十年,性滑稽,善谲谏,安史之乱中,曾陷贼中,随侍左右。唐军收复长安,拘黄幡绰,玄宗怜而释之。元陶宗仪《说郛》卷一〇〇《俳优》:"开元中,黄幡绰、张野狐弄参军,始自汉馆陶令石耽。"

〔5〕"独占"句:谓黄幡绰有墓在骊山。宋范成大《吴郡志》卷三九:"绰堆在昆山县西数里,相传为黄幡绰墓。又云村人皆善滑稽,未详也。"《陕西通志》卷七〇《陵墓一·临潼县》:"黄幡绰墓,在县东北三十里。按县志图,绰墓近扁鹊墓。王阮亭吊杨妃诗云'香魂不及黄幡绰,犹占骊山土一抔'是也。《苏州府志》:'昆山县西北绰墩,传是幡绰墓。'然昆山应未若骊山之确也。"骊山,又称郦山,在今陕西省临潼东南。以山形似骊马,呈纯青色而得名;一说古骊戎居此得名。其西北麓有唐华清宫故址,今存温泉华清池。《明一统志》卷三二:"骊山在临潼县东南二里,因骊戎所居,故名。山之麓,温泉所出。"

巴山夜雨却归秦〔1〕,金粟堆边草不春〔2〕。一种倾城好颜色〔3〕,茂陵终傍李夫人〔4〕。

〔1〕"巴山"句:谓安史乱后,唐玄宗由四川返回长安。语本唐张祜《雨霖铃》诗:"雨霖铃夜却归秦,犹见张徽一曲新。"巴山夜雨,语本唐李商隐《夜雨寄北》诗:"君问归期未有期,巴山夜雨涨秋池。何当共剪西窗烛,却话巴山夜雨时。"巴山,泛指东川一带之山。又唐郑处诲《明皇

杂录》补遗:"明皇既幸蜀,西南行初入斜谷,属霖雨涉旬,于栈道雨中闻铃,音与山相应。上既悼念贵妃,采其声为《雨霖铃》曲,以寄恨焉。"

〔2〕金粟堆:即金粟山,唐玄宗李隆基死后葬处,名泰陵,在今陕西蒲城县境。宋宋敏求《长安志》卷一八《浦城县》:"玄宗泰陵,在县东北三十里金粟山怀仁乡散母村。"唐杜甫《韦讽录事宅观曹将军画马图引》诗:"君不见金粟堆前松柏里,龙媒去尽鸟呼风。"《旧唐书·玄宗本纪下》:"初上皇亲拜五陵,至桥陵,见金粟山岗有龙盘凤翥之势,复近先茔,谓侍臣曰:'吾千秋后,宜葬此地,得奉先陵,不忘孝敬矣。'至是追奉先旨,以创寝园。以广德元年三月辛酉,葬于泰陵。"草不春:元李士瞻《和贡先生韵时同尚书祭亡友李仲容也》诗:"故友坟前草不春,高风台上聚星辰。"

〔3〕"一种"句:谓杨妃与汉武帝所宠爱的李夫人一样,皆因貌美而生前受宠。倾城,形容女子极其美丽。语本《汉书·外戚传上》:"孝武李夫人,本以倡进。初夫人兄延年性知音,善歌舞,武帝爱之,每为新声变曲,闻者莫不感动。延年侍上起舞,歌曰:'北方有佳人,绝世而独立。一顾倾人城,再顾倾人国。宁不知倾城与倾国,佳人难再得。'上叹息曰:'善!世岂有此人乎?'平阳主因言延年有女弟,上乃召见之,实妙丽善舞,由是得幸。"

〔4〕"茂陵"句:谓李夫人死后终于葬在汉武帝陵墓的附近。王士禛《渔洋诗话》卷上:"英陵,汉武帝葬李夫人处,距茂陵数武。余过之,有诗云:'长门买赋草萋萋,冤魄云阳杜宇啼。惟有佳人解倾国,英陵长傍茂陵西。'杨妃墓在马嵬西北原上,余为立小碣,题诗云:'巴山夜雨却归秦……'"茂陵,汉武帝刘彻墓,在今陕西兴平东三十里。《三辅黄图》卷六:"武帝茂陵,在长安城西北八十里。建元二年初置茂陵邑,本槐里县之茂乡,故曰茂陵,周回三里。《三辅旧事》云:'武帝于槐里茂乡徙户一万六千置茂陵,高一十四丈,一百步。'"同书同卷:"李夫人墓,东西五

十步,南北六十步,高八丈,在茂陵西北一里。俗名羑陵,亦云集仙台。"《汉书·外戚传上》:"李夫人少而早卒,上怜悯焉,图画其形于甘泉宫。及卫思后废后四年,武帝崩,大将军霍光缘上雅意,以李夫人配食,追上尊号曰孝武皇后。"

年来钱牧斋吴梅村周栎园诸先生邹讦士陈伯玑方尔止董文友诸同人相继徂谢栈道感怀怆然有赋[1]

载酒题襟处处同[2],平生师友廿年中。九原可作思随会[3],四海论交忆孔融[4]。春草茫茫人代速[5],落花寂寂墓门空[6]。白头骑马嘉陵路[7],惟有羊昙恨未穷[8]。

[1] 这首七律作于康熙十一年闰七月初八日。作者于使蜀褒斜栈道中怀念已故诸师友,情感深挚,用语沉痛,堪称性情中人。王士禛《渔洋文集》卷一《感旧集序》:"仆自弱冠,薄游京辇,浮湛江介,入官中朝,常与当代名流,服襄骖驾。自虞山、娄江、合肥诸遗老,流风未沫,老成具存,咸相与上下其议论,颇窥为文之诀。时年力壮盛,无穷愁忧生之嗟,加名师益友,近在家庭,忽忽不自知其乐也。弹指已往,才如夙昔,遂多死生契阔之感。康熙壬子秋,以王事于役巴蜀,行褒斜谷中,回忆旧游,不胜羊昙华屋之痛。"钱牧斋,即钱谦益(1582—1664),字受之,一字牧斋。参见《江东》诗注[7]。吴梅村,即吴伟业(1609—1671),字骏公,号梅村。参见《江东》诗注[4]。周栎园,即周亮工(1612—1672),字元亮,一字减斋,号栎园。参见《陈洪绶水仙竹二首》之一注[1]。邹讦士,即

邹祗谟(？—1670),字䜣士,号程邨,又号丽农山人,江南武进(今江苏常州)人。顺治十五年(1658)进士。妙于言语,工词,古文辞与陈维崧、董以宁、黄永称"毗陵四子"。著有《远志斋集》、《丽农词》。《清史列传》入《文苑传》。陈伯玑,即陈允衡(1622—1672),字伯玑,号玉渊,南昌(今属江西)人。诗工五言,有《爱琴馆诗集》,编《诗慰》、《国雅》。方尔止,即方文(1612—1669),字尔止,号嵞山,一名一耒,字明农,别号淮西、忍冬,桐城(今属安徽)人。明诸生,入清不仕,以工诗著称,著有《嵞山集》。董文友,即董以宁(1629—1669),字文友,号宛斋,江南武进(今江苏常州)人。诸生,少负文誉,工诗词。著有《正谊堂文集》、《诗集》、《蓉渡词》、《词话》等。《清史列传》入《文苑传》。徂(cú 殂)谢,死亡。南朝宋谢灵运《庐陵王墓下作》诗:"徂谢易永久,松柏森已行。"栈道,古代在山势险绝处依山架木而成的一种道路,称栈道。这里指褒斜栈道,在今陕西省西南,沿褒水、斜水所形成的河谷凿成,两旁山势险峻,故修有栈道。为旧时川陕交通要道。

〔2〕载酒:谓自己曾从先贤游学问字。语本《汉书·扬雄传下》:"雄以病免,复召为大夫。家素贫,嗜酒,人希至其门。时有好事者载酒肴从游学,而钜鹿侯芭常从雄居,受其《太玄》、《法言》焉。"题襟:谓诗文唱和抒怀。宋晁公武《郡斋读书志》卷四下著录《汉上题襟集》十卷:"右唐段成式辑其与温庭筠、余知古酬和诗笔笺题。"清钱谦益《和东坡西台诗韵》诗之二:"肝肠迸裂题襟友,血泪模糊织锦妻。"

〔3〕"九原"句:谓已故师友若能复生,我当再受贤者熏陶。语本《礼记·檀弓下》:"赵文子与叔誉观乎九原,文子曰:'死者如可作也,吾谁与归?……我则随武子乎!'"九原可作,设想已死者复生。九原,春秋时晋国卿大夫的墓地,后泛指坟墓。随会,即士会,又称范武子,为春秋时晋国的贤大夫,以食邑于随,称随会。

〔4〕"四海"句:谓已故师友有东汉孔融那样喜交天下士的长者,令

人追慕不已。语本《后汉书·孔融传》:"性宽容少忌,好士,喜诱益后进。及退闲职,宾客日盈其门。常叹曰:'坐上客常满,尊中酒不空,吾无忧矣。'……融闻人之善,若出诸己,言有可采,必演而成之,面告其短,而退称所长,荐达贤士,多所奖进,知而未言,以为己过。故海内英俊皆信服之。"孔融(153—208),东汉末鲁人,字文举,官至太中大夫,好士,善文章,为曹操所忌,被杀。有《孔北海集》。

〔5〕春草茫茫:语本唐白居易《罗敷水》诗:"芳魂艳骨知何处,春草茫茫墓亦无。"人代速:语本唐杜甫《三川观水涨二十韵》诗:"声吹鬼神下,势阅人代速。"人代,即人世。唐人避唐太宗李世民讳,以"代"代"世"。

〔6〕落花寂寂:语本唐李白《久别离》诗:"待来竟不来,落花寂寂委青苔。"墓门空:元张伯淳《题杨坟》诗:"涧水似鸣千古恨,墓门空锁一庭阴。"

〔7〕白头骑马:明吴宽《岳蒙泉画葡萄》诗:"白头骑马凉州过,却使葡萄入画来。"王士禛时年三十九岁,称白头,以今人视之,似稍嫌早,然于古人,叹老则为常情。如唐韩愈,四十岁出头,即言"头童齿豁"(《进学解》);宋苏轼自称"老夫"《江城子·密州出猎》),年亦未至四十。嘉陵路:谓沿嘉陵江以东之路向蜀进发。《陕西通志》卷一一:"大散关西南有嘉陵谷,即嘉陵水所出。自是始有嘉陵江之名。"

〔8〕"惟有"句:谓悼念已故师友如晋羊昙怀念谢安一样有无穷悲痛。《晋书·谢安传》:"羊昙者,太山人,知名士也,为安所爱重。安薨后,辍乐弥年,行不由西州路。尝因石头大醉,扶路唱乐,不觉至州门。左右白曰:'此西州门。'昙悲感不已,以马策扣扉,诵曹子建诗曰:'生存华屋处,零落归山丘。'恸哭而去。"按羊昙是谢安的外甥。

沔县谒诸葛忠武侯祠[1]

天汉遥遥指剑关[2],逢人先问定军山[3]。惠陵草木冰霜里,丞相祠堂桧柏间[4]。八阵风云通指顾[5],一江波浪急潺湲[6]。遗民衢路还私祭[7],不独英雄血泪斑[8]。

〔1〕这首七律作于康熙十一年(1672)闰七月十一日,作者使蜀,途经沔县(今陕西勉县),拜谒三国蜀丞相诸葛亮诸葛忠武侯祠而作。《陕西通志》卷二九《沔县》:"诸葛武侯庙在县东五里,景耀六年诏为亮立庙于沔阳。"景耀为三国蜀后主刘禅年号,景耀六年即公元263年。诸葛亮(181—234),字孔明,绰号卧龙,阳都(今山东沂南)人,长期隐居隆中。东汉末,辅佐刘备取荆州,定益州,与魏、吴形成三国鼎立局面。刘备称帝于成都,以亮为丞相。刘备死后,诸葛亮又辅佐后主刘禅,整官制,修法度,志复中原。以丞相封武乡侯,屡次北伐攻魏,皆未成功,五十四岁卒于五丈原军中,谥忠武侯。《三国志》有传。在历史上,诸葛亮因忠心耿耿辅佐蜀汉,受到后世人的尊崇;民间野史、小说、戏曲对诸葛亮的不断神化,特别是明罗贯中《三国演义》对诸葛亮的形象塑造,更增添了其形象的神秘色彩。唐杜甫七律《蜀相》一诗,更是千百年来脍炙人口的佳作。王士禛这首七律有意仿效杜诗,胸襟开阔,正气凛然,馀味无穷。

〔2〕天汉:天河。语本《诗·小雅·大东》:"维天有汉,监亦有光。"毛传:"汉,天河也。"剑关:即剑门关,又名剑阁,在今四川北部剑阁县以北,以其地势险要,历来为戍守要地。剑门关在沔县西南,与天河所指方向相同。

〔3〕定军山：在今陕西勉县东南，山下有诸葛亮墓。《三国志·蜀志·诸葛亮传》："亮遗命，葬汉中定军山，因山为坟，冢足容棺，敛以时服，不须器物。"

〔4〕"惠陵"二句：由此地之诸葛忠武侯祠，联想到四川成都刘备陵墓与诸葛亮祠堂相伴的景况，表彰诸葛亮对蜀汉"鞠躬尽瘁，死而后已"的忠心。惠陵，三国蜀汉昭烈帝刘备的陵墓，在今四川成都武侯祠殿宇西侧。《三国志·蜀志·先主传》："章武三年……夏四月癸巳，先主殂于永安宫，时年六十三……五月，梓宫自永安还成都，谥曰昭烈皇帝。秋八月，葬惠陵。"丞相祠堂，这里指建于成都的武侯祠，在今成都市南门大桥外西侧。唐杜甫《蜀相》诗："丞相祠堂何处寻，锦官城外柏森森。"北魏郦道元《水经注》卷二七《沔水》："诸葛亮之死也，遗令葬于其山（定军山），因即地势，不起坟垄，惟深松茂柏，攒蔚川阜，莫知墓茔所在。"

〔5〕八阵风云：即八阵图，古代用兵的一种阵法，传为诸葛亮所创。《三国志·蜀志·诸葛亮传》："亮性长于巧思，损益连弩、木牛流马，皆出其意。推演兵法，作八阵图，咸得其要云。"北魏郦道元《水经注》卷二七《沔水》所记八阵图，在沔县诸葛亮墓以东，是为八阵图遗址之一。《晋书·桓温传》："初，诸葛亮造八阵图于鱼腹平沙之下，垒石为八行，行相去二丈。温见之，谓此常山蛇势也，文武皆莫能识之。"唐杜甫《八阵图》诗："功盖三分国，功成八阵图。"通指顾：手指目视，妙于阴阳变化之理。语本《汉书·律历志》："指顾取象，然后阴阳万物靡不条畅该成。"

〔6〕一江：这里即指沔水，今称玉带河，在今陕西省西南部。源出宁强县境，东流至勉县东，与褒河汇流后称汉江。潺湲（yuán元）：流水声。唐岑参《过缑山王处士黑石谷隐居》诗："独有南涧水，潺湲如昔闻。"

〔7〕"遗民"句：谓诸葛亮死后，因一时之间未为之立庙，百姓纷纷私祭于道路。《三国志·蜀志·诸葛亮传》"为亮立庙于沔阳"句下裴松

之注引《襄阳记》曰:"亮初亡,所在各求为立庙,朝议以礼秩不听,百姓遂因时节私祭之于道陌上。言事者或以为可听立庙于成都者,后主不从。步兵校尉习隆、中书郎向充等共上表曰:'……臣愚以为宜因近其墓,立之于沔阳,使所亲属以时赐祭。凡其臣故吏欲奉祠者,皆限至庙,断其私祀,以崇正礼。'于是始从之。"遗民,这里泛指老百姓。衢路,即道路。

〔8〕"不独"句:谓诸葛亮出师未捷,身死军中,不独令英雄抱憾,老百姓也多遗恨。表示诸葛亮深受人民喜爱。唐杜甫《蜀相》诗:"出师未捷身先死,长使英雄泪满襟。"

广元舟中闻棹歌〔1〕

江上渝歌几处闻〔2〕,孤舟日暮雨纷纷〔3〕。歌声渐过乌奴去〔4〕,九十九峰多白云〔5〕。

〔1〕这首七绝作于康熙十一年(1672)闰七月十六日,作者使蜀,乘舟途经广元。广元在今四川省北部,嘉陵江上游。棹(zhào 照)歌,行船时所唱之歌,这里即指当地嘉陵江上之民歌。这首诗写得明快晓畅,江上雨中听歌,远山白云缭绕,所谓"俯拾即是,不取诸邻",二十八字颇多自然妙趣。

〔2〕渝歌:四川渝水一带的民歌,这里泛指舟子所唱当地民歌。王士禛《蜀道驿程记》:"舟人作渝歌,柝声断续,中夕不能成寐。"

〔3〕孤舟日暮:明何景明《寄钱水部》诗:"万里秋风兴,孤舟日暮心。"

〔4〕乌奴:即乌奴山。《明一统志》卷六八:"乌奴山,在广元县治西

嘉陵江岸,峭壁如削。昔有李乌奴于此修寺,因名其山。"

〔5〕九十九峰:广元西山峰名。明曹学佺《蜀中名胜记》:"九垅者,去广元邑西二十里,山环九十九峰,如剑戟之排列。昔汉高祖驻跸于此,有汉王寨。"多白云:唐李白《白云歌送友人》诗:"楚山秦山多白云,白云处处长随君。"

夹江道中二首[1]

沉黎东上古犍为[2],红树苍藤竹亚枝[3]。骑马青衣江畔路[4],一天风雨望峨眉[5]。

〔1〕这两首绝句作于康熙十一年(1672)九月二十九日。四川乡试毕后,作者由成都回程,路过夹江县而作。夹江在今四川省中部,青衣江下游。宋乐史《太平寰宇记》卷七四:"隋开皇十二年,分龙游、平羌二县置于泾上,临江水,故号夹江。属嘉州。"乡试主考事毕,心情愉悦,反映于这两首诗中,也潇洒自如,有一种"真力弥满,万象在旁"的豪放之情,可谓诗情与画意俱在。王士禛《渔洋诗话》卷中曾沾沾自喜地说此第一首诗可入画图,并以未果为憾。

〔2〕"沉黎"句:谓夹江处于古代沉黎东上古犍为的中途。沉黎,又作"沈黎",古郡名,故址在今四川中部的汉源(清代为清溪)一带,在夹江西南。《明一统志》卷七三:"沈黎城,在汉源镇附近十余里,汉武帝置郡,后周黎州,隋唐登州,皆置于此。"古犍为,故址在今四川中部彭山县,在夹江东北。《明一统志》卷七一:"犍为城在彭山县西北五里,汉建元中筑。"今四川犍为在四川南部,非古犍为地。

〔3〕竹亚枝:竹枝低垂。唐刘长卿《陪王明府泛舟》诗:"出没凫成

浪,蒙笼竹亚枝。"

〔4〕青衣江畔路:语本宋苏轼《寄蔡子华》诗:"想见青衣江畔路,白鱼紫笋不论钱。"青衣江,为大渡河支流,流经四川中部夹江等县,至今乐山市入大渡河。

〔5〕一天风雨:语本宋陆游《乙丑夏秋之交小舟早夜往来湖中戏成绝句》诗之七:"一天风雨晚来恶,落尽白莲浑不知。"峨眉:即峨眉山,在今四川峨眉山市西南,以有山峰相对如峨眉,故名。山势雄伟,峰峦挺秀,为我国佛教四大名山之一。《大清一统志》卷三○七:"峨眉山,在峨眉县西南,自西而东,有大峨、中峨、小峨三山……郦道元《水经注》:'峨眉山去成都千里,然秋日清澄,望见两山相峙,如峨眉焉。'"

嘉阳驿路俯江流〔1〕,寒雨潇潇送暮秋〔2〕。谁识蛮中风景别〔3〕,洋州风竹戴嵩牛〔4〕。

〔1〕嘉阳:在嘉定州(今四川乐山市)。王士禛《蚕尾续文集》卷四《登嘉州高望山记》:"乌尤、马鞍二山,鳞次江岸,丹崖翠壁,望若画图。江流平远,戎泸诸山,宛至杯案。昔人谓嘉阳山水为西州冠,非虚语也。"

〔2〕寒雨潇潇:语本唐徐凝《八月望夕雨》诗:"今年八月十五夜,寒雨潇潇不可闻。"送暮秋:语本宋王同祖《晚秋登楼》诗之二:"年来无复登临思,闲拈黄花送暮秋。"

〔3〕蛮中:旧时对西南少数民族聚居地区的称呼,有未开化之意。风景别:宋王炎《出游郊外七绝》诗之五:"入眼异乡风景别,修眉一抹暮山遥。"

〔4〕"洋州"句:谓当地多竹与水牛,犹如名画家笔下作品一样可亲。王士禛《蜀道驿程记》卷下:"夹江南,竹多如双流,人家以竹为藩。"洋州风竹,指宋文同所画墨竹。宋苏轼《文与可画筼筜谷偃竹记》:"筼

筼谷在洋州,与可尝令予作《洋州三十咏》,筼筜谷其一也。予诗云:'汉川修竹贱如蓬,斤斧何曾赦箨龙。料得清贫馋太守,渭滨千亩在胸中。'"又宋郭若虚《图画见闻志》卷三:"文同,字与可,梓潼永泰人,今为司封员外郎、秘阁校理。善画墨竹,富潇洒之姿,逼檀栾之秀,疑风可动,不笋而成者也。"洋州,即今陕西省洋县,在陕西西南,汉江上游。文同(1018—1079)于宋神宗熙宁三年(1070)出守洋州。戴嵩牛,指唐代戴嵩所画水牛。《宣和画谱》卷一三:"戴嵩,不知何许人也。初韩滉晋公镇浙右时,命嵩为巡官,师滉,画皆不及,独于牛能穷尽野性,乃过滉远甚;至于田家川原,皆臻其妙。然自是廊庙间安得此物?宜滉于此风斯在下矣。世之所传画牛者,嵩为独步。"王士禛另有七古《戴嵩牛图》诗,中有云:"我行峨下逾万里,青衣江上平羌东。翠藤红树乱烟雨,风景略与图中同。"

大堤曲四首[1]

何处《白铜鞮》[2],相逢大堤曲[3]。樊城多酒家,郎在谁家宿[4]。

〔1〕这四首五绝作于康熙十一年(1672)十月三十日,王士禛使蜀回程,从襄阳樊城开始向河南南阳新野道中进发。大堤曲,属乐府杂题。宋郭茂倩《乐府诗集》卷九四《乐府新辞·乐府杂题》录唐刘禹锡《堤上行》三首云:"《古今乐录》曰:'清商乐曲《襄阳乐》云:"朝发襄阳城,暮至大堤宿。大堤诸女儿,花艳惊郎目。"梁简文帝由是有《大堤曲》,《堤上行》又因《大堤曲》而作也。'"唐李白、李贺皆有《大堤曲》,多歌男女欢爱之情。宋周必大《杉溪居士文集序》:"读《大堤曲》、《长相思》,则

又如望归舟,对斜月,而听情人思妇之语切切也。"大堤,即大堤城。《明一统志》卷六〇:"大堤城,在(襄阳)府城外。唐李白《大堤曲》:'汉水横襄阳,花开大堤暖。'刘禹锡诗:'酒旗相望大堤头,堤下连檣堤上楼。日暮行人争渡急。桨声咿哑满中流。'"这四首诗,有意模仿民歌风调,清新活泼,率真自然,显示了作者转益多师的价值取向。

〔2〕白铜鞮(dī低):或作"白铜蹄",南朝梁歌谣名。《隋书·音乐志上》:"初,武帝之在雍镇,有童谣云:'襄阳白铜蹄,反缚扬州儿。'识者言,白铜蹄谓马也;白,金色也。及义师之兴,实以铁骑,扬州之士,皆面缚,果如谣言。故即位之后更造新声,帝自为之词三曲。"唐李白《襄阳歌》:"襄阳小儿齐拍手,拦街争唱《白铜鞮》。"又唐李涉《汉上偶题》诗:"今日汉江烟树尽,更无人唱《白铜鞮》。"

〔3〕曲:弯曲之处。

〔4〕"樊城"二句:语本唐张籍《成都曲》诗:"万里桥边多酒家,游人爱向谁家宿。"樊城,即今湖北襄樊市,地处汉江中游。

送欢凤林关〔1〕,别欢桃林岸〔2〕。红桃作花时,与欢复相见〔3〕。

〔1〕欢:古代江南相爱男女的互称。宋郭茂倩《乐府诗集》卷四九录唐温庭筠《常林欢》云:"江南谓情人为欢。"唐郭元振《子夜四时歌》之三:"邀欢空伫立,望美频回顾。"凤林关:故址在今湖北襄樊市南。宋彭乘《墨客挥犀》卷六:"襄州南数里有凤林关,传舍名凤台驿。"又《湖广通志》卷一三《襄阳府·襄阳县》:"凤林关在县南五里。"

〔2〕桃林:故址在今湖北襄樊市南。《湖广通志》卷七七《襄阳府·襄阳县》:"桃林在县南六里。晋桓冲北伐,屯军于此。是时食桃,至春,其核萌生,遂成茂林。按《荆州图副》:'襄阳县南有桃林馆,是饯行送归

之所萃也。'疑即此处。"宋郭茂倩《乐府诗集》卷四九录唐温庭筠《常林欢》云:"梁简文帝乐府歌云:'分手桃林岸,送到岘山头。若欲寄音信,汉水向东流。'又曰:'宜城投酒今行熟,停鞍系马暂栖宿。'桃林在汉水上。"

〔3〕"红桃"二句:语本唐崔护《题都城南庄》诗:"去年今日此门中,人面桃花相映红。"

汉水绿头鸭[1],朝朝自呼名[2]。何时觅欢去,附书到江陵[3]。

〔1〕汉水:即今汉江,为长江最长支流。源出陕西西南宁强县,东南流经陕西西南部、湖北西北和中部,在武汉市入长江。流经襄樊市以下又称襄河。绿头鸭:语本唐李白《襄阳歌》:"遥看汉水鸭头绿,恰似蒲萄初酦醅。"原以鸭头绿形容汉江水色,这里即谓鸭。

〔2〕自呼名:语本宋龚明之《中吴纪闻》卷一《斗鸭》:"陆鲁望有斗鸭一栏,颇极驯养。一旦驿使过焉,挟弹毙其尤者。鲁望曰:'此鸭善人言,见欲附苏州上进。使者奈何毙之?'使者尽以囊中金以塞其口。使徐问其语之状,鲁望曰:'能自呼其名尔。'使者愤且笑,拂袖上马,复召之,还其金曰:'吾戏耳!'"又宋陆佃《埤雅》卷八:"鹜,一名鸭,盖自呼其名曰鸭也。"

〔3〕附书:捎信。江陵:在今湖北省中部偏南,长江沿岸。

东汉房陵来[1],南流武昌去[2]。西汉下巴陵[3],会是相逢处[4]。

〔1〕东汉:即东汉水,又有西汉水,见本诗第三句。《汉书·地理志下》"武都郡"下注云:"东汉水受氐道水,一名沔,过江夏,谓之夏水,入江。"又于"陇西郡"下注云:"《禹贡》:嶓冢山,西汉所出,南入广汉白水,东南至江州入江。"《湖广通志》卷九七引《黄氏日抄》云:"汉水二源:一出秦州天水县,谓之西汉水,至恭州巴中县入江;一出大安军三泉县,谓之东汉水,至汉阳军入江。"房陵:即今湖北房县,为汉江支流南河上源,邻接今四川省。

〔2〕武昌:今属湖北武汉市,三镇之一。明清时为武昌府。长江与汉江交汇处。

〔3〕巴陵:即今湖南岳阳市。北魏郦道元《水经注》卷三八:"晋太康元年立巴陵县于此,后置建昌郡。宋元嘉十六年立巴陵郡,城跨冈岭,滨阳三江,巴陵西对长洲,其洲南分湘浦,北届大江,故曰三江也。三水所会,亦或谓之三江口矣。"

〔4〕会:应当。

叶公祠〔1〕

萧条醴水暮烟封〔2〕,故殿青苔上废钟〔3〕。地下子高应一笑,世间谁解好真龙〔4〕?

〔1〕这首七绝作于康熙十一年(1672)十一月初四日,王士禛使蜀回程,经河南叶县作。"叶公好龙"作为一句耳熟能详的成语,典出汉刘向《新序》卷五:"叶公子高好龙,钩以写龙,凿以写龙,屋室雕文以写龙。于是天龙闻而下之,窥头于牖,拖尾于堂。叶公见之,弃而还走,失其魂魄,五色无主。是叶公非好龙也,好夫似龙而非龙者也。"王士禛《与魏

允中书》:"叶公好龙,畏其真者。"叶(旧读 shè 社),春秋时古邑名,属楚国领地,在今河南叶县南。《大清一统志》卷一六六:"叶公庙,在叶县南旧北门外。"叶公,即春秋时楚国人沈诸梁。《河南通志》卷五六《南阳府》:"周沈诸梁,字子高,楚人,惠王时为叶县尹,号曰叶公。"此诗为"叶公好龙"作"翻案"文章,意在讽刺世间虚伪之人正多,人情狡诈,无以复加,所以叶公也不必为自己生前荒唐之举赧然,当"含笑九泉"了。

〔2〕醴水:即醴河,或作"澧河"。源出河南方城北郦鸣山,即古雉衡山。东流经舞阳入郾城,流入北汝河。北魏郦道元《水经注》卷二一:"醴水,东经郾县故城南左入汝。"又同书同卷:"醴水又东经叶公庙北,庙前有叶公子高诸梁碑。"

〔3〕上:侵上。

〔4〕"世间"句:语本宋杨万里《和符君俞卜邻》诗:"念子南归骑瘦马,只今谁解好真龙。"

广武山[1]

朝登广武山,四望古战场[2]。黄河泱㵎流[3],寒日无晶光[4]。孤兽索其群,惊鸟乱无行[5]。平沙转飞藿[6]。白骨堆严霜[7]。昔者英雄人[8],于此分霸王[9]。强弱理无恒[10],得失争敖仓[11]。名骓蹶阴陵[12],万乘入咸阳[13]。东指芒砀云,五色成龙章[14]。《大风》沛上来,游子悲故乡[15]。

〔1〕这首五古作于康熙十一年(1672)十一月初八日,王士禛使蜀

回程,经河南广武山作。广武山,在今河南荥阳东北。《大清一统志》卷一四九:"广武山,在荥泽县西,河阴县北五里,东连荥泽,西接汜水。《史记》:汉四年,项王与汉俱临广武而军。"《史记·项羽本纪》:"汉王则引兵渡河,复取成皋,军广武,就敖仓食。项王已定东海来,西,与汉俱临广武而军,相守数月。"裴骃《集解》引孟康曰:"于荥阳筑两城相对为广武,在敖仓西三皇山上。"张守节《正义》引《括地志》云:"东广武、西广武在郑州荥阳县西二十里。戴延之《西征记》云三皇山上有二城,东曰东广武,西曰西广武,各在一山头,相去百步。汴水从广涧中东南流,今涧无水。城各有三面,在敖仓西。"作者登楚汉古战场,昔日争战之惨烈景象如在目前,不禁发思古之幽情,浮想联翩。虽属书生本色,却也直抒胸臆,不无认识价值。

〔2〕"朝登"二句:唐李白《游溧阳北湖亭望瓦屋山怀古赠同旅》诗:"朝登北湖亭,遥望瓦屋山。"

〔3〕泱漭(yǎng mǎng 仰莽):又作"泱莽",水势浩瀚的样子。唐杜甫《送率府程录事还乡》诗:"东风吹春冰,泱莽后土湿。"

〔4〕晶光:光亮。汉焦赣《焦氏易林》卷一《乾之第一·否》:"载日晶光,骖驾六龙。"又唐岑参《至大梁却寄匡城主人》诗:"四郊阴气闭,万里无晶光。"

〔5〕"孤兽"二句:语本三国魏曹植《赠白马王彪》诗:"孤兽走索群,衔草不遑食。"南朝梁沈约《咏湖中雁》诗:"悬飞竟不下,乱起未成行。"又明王世贞《苦寒行》诗:"孤兽索其群,栖鸟向阳翔。"索,求索,寻找。

〔6〕平沙:广阔的沙原。唐张仲素《塞下曲》:"朔雪飘飘开雁门,平沙历乱转蓬根。"飞藿:凋零的豆叶。三国魏阮籍《咏怀》诗之三:"秋风吹飞藿,零落从此始。"又唐杜甫《昔游》诗:"桑柘叶如雨,飞藿去徘徊。"

〔7〕"白骨"句:谓当时楚汉争战之惨烈,阵亡者白骨日久无人收埋。唐李茂贞《与杜让能书》:"曩日九衢三市,草拥荒丘;当时万户千

门,霜凝白骨。"

〔8〕英雄人:指项羽、刘邦。反用阮籍之语,《晋书·阮籍传》:"尝登广武,观楚汉战处,叹曰:'时无英雄,使竖子成名。'"

〔9〕霸王:霸与王。古称有天下者为王,这里指刘邦;诸侯之长为霸,这里指项羽。

〔10〕"强弱"句:谓强与弱可以转化,并非永恒不变。指刘邦以弱胜强,终于取得天下。

〔11〕"得失"句:谓项羽放弃敖仓,刘邦听取郦食其之策,占据敖仓,这是决定两人成败的关键。《史记·郦生陆贾列传》:"汉王数困荥阳、成皋,计欲捐成皋以东,屯巩、洛以拒楚。郦生因曰:'臣闻知天之天者,王事可成;不知天之天者,王事不可成。王者以民人为天,而民人以食为天。夫敖仓,天下转输久矣,臣闻其下乃有藏粟甚多。楚人拔荥阳,不坚守敖仓,乃引而东,令适卒分守成皋,此乃天所以资汉也……愿足下急复进兵,收取荥阳,据敖仓之粟,塞成皋之险,杜大行之道,距蜚狐之口,守白马之津,以示诸侯劾实形制之势,则天下知所归矣。'"敖仓,也称"敖庾"。秦代所建仓名,在今河南省郑州西北邙山上。山上有城,秦于其中置谷仓,称敖仓。

〔12〕"名骓(zhuī 追)"句:谓垓下之战,项羽被刘邦打败。《史记·项羽本纪》:"项王军壁垓下,兵少食尽,汉军及诸侯兵围之数重……骏马名骓,常骑之……于是项王乃上马骑,麾下壮士骑从者八百馀人,直夜溃围南出,驰走。平明,汉军乃觉之,令骑将灌婴以五千骑追之。项王渡淮,骑能属者百馀人耳。项王至阴陵,迷失道,问一田父,田父绐曰'左'。左,乃陷大泽中。以故汉追及之。"骓,毛色苍白相间的马。这里指项羽的坐骑名。蹶(jué 厥),跌到。阴陵,故城治所在今安徽定远西北。

〔13〕"万乘(shèng 圣)"句:谓刘邦打败项羽,建都关中作了天子。

《史记·高祖本纪》:"汉元年十月,沛公兵遂先诸侯至霸上。秦王子婴素车白马,系颈以组,封皇帝玺符节,降轵道旁……(沛公)遂西入咸阳。"又云:"高祖欲长都雒阳,齐人刘敬说,及留侯劝上入都关中,高祖是日驾,入都关中。"万乘,万辆兵车,古代以一车四马为一乘。周制,天子地方千里,能出兵车万乘,又常以万乘代称天子。这里即指汉高祖刘邦。咸阳,秦朝都城,故址在今陕西西安市长安区西之渭城故城。

〔14〕"东指"二句:谓刘邦微时即有作天子的征兆。《史记·高祖本纪》:"秦始皇帝常曰'东南有天子气',于是因东游以厌之。高祖即自疑,亡匿,隐于芒、砀山泽岩石之间。吕后与人俱求,常得之。高祖怪问之,吕后曰:'季所居上常有云气,故从往常得季。'高祖心喜。"又《史记·项羽本纪》:"范增说项羽曰:'沛公居山东时,贪于财货,好美姬。今入关,财物无所取,妇女无所幸,此其志不在小。吾令人望其气,皆为龙虎,成五采,此天子气也。急击勿失。'"芒砀(dàng 荡),芒山与砀山,在今安徽砀山东南,与河南永城相邻,两山相距八里。龙章,不凡的风采。

〔15〕"大风"二句:谓刘邦坐天下后还乡沛县,与父老饮酒慷慨伤怀事。《史记·高祖本纪》:"高祖还归,过沛,留。置酒沛宫,悉召故人父老子弟纵酒,发沛中儿得百二十人,教之歌。酒酣,高祖击筑,自为歌诗曰:'大风起兮云飞扬,威加海内兮归故乡,安得猛士兮守四方。'令儿皆和习之。高祖乃起舞,慷慨伤怀,泣数行下。谓沛父兄曰:'游子悲故乡。吾虽都关中,万岁后吾魂魄犹乐思沛……'"大风,即指刘邦所自作《大风歌》。沛,即沛县,今属江苏省。游子,离家远游的人。

送许竹隐之绍兴二首[1]

一棹西陵去[2],名山入剡中[3]。放衙临镜水[4],行部逐樵风[5]。江渚鸢鸟集[6],苏台麋鹿空[7]。沼吴兼霸越[8],怀古意无穷[9]。

〔1〕这两首五律作于康熙十五年(1676)夏月间,时作者在京师任户部四川清吏司郎中。许竹隐,即许虬,字竹隐,昆山籍长洲(今江苏苏州)人。顺治十五年(1658)进士,历官思州府推官、思南府同知、绍兴府同知、永州知府。著有《万山楼诗集》。绍兴,在今浙江省东北部,唐并置会稽、山阴两县,明清时为绍兴府治。景色优美,名胜古迹众多。两诗即从绍兴风景入手,运用相关典故,极事渲染,有"倘然有意,岂必有为"的疏野之致。

〔2〕一棹(zhào 照):一桨,代指一舟。宋苏轼《书李世南所画秋景二首》之一:"扁舟一棹归何处,家在江南黄叶村。"西陵:《明一统志》卷四五:"西陵城,在萧山县西一十二里,五代梁乾化初吴越王筑。"按清代萧山属绍兴府管辖。唐李白《送友人寻越中山水》诗:"东海横秦望,西陵绕越台。"

〔3〕"名山"句:语本唐李白《秋下荆门》诗:"此行不为鲈鱼鲙,自爱名山入剡中。"剡(shàn 善)中,即古剡县,故城在今浙江嵊州西南。剡中一带,清代属绍兴府管辖。

〔4〕"放衙"句:语本唐元稹《以州宅夸于乐天》诗:"州城迥绕拂云堆,镜水稽山满眼来。"放衙,谓办公事毕。古代属吏参谒主司听候差遣谓之衙参,退衙即称放衙。镜水,即镜湖,为东汉永和五年马臻于会稽、山阴两县界所开,堤塘周回三百一十里。宋人讳"敬",改称鉴湖,至宋神宗熙宁(1068)以后渐淤废为田。唐白居易《谢微之夸镜湖》诗:"一泓镜水谁能羡,自有胸中万顷湖。"

〔5〕行(xíng 形)部:谓巡行所属部域,考核政绩。樵风:顺风。明彭大翼《山堂肆考》卷四《旦南暮北》:"《东汉·郑弘传》:射的山南有白

鹤,尝为仙人取箭。弘尝采薪此山,得一遗箭,顷有人来觅箭,弘还之。其人问弘何所欲,弘知其神人也,乃曰:'尝患若耶溪采薪为难,愿旦南风,暮北风。'故若耶溪风至今犹然,人呼为郑公风。绍兴府城东南二十五里有樵风泾,即此。唐宋之问诗:'归舟何虑远,日暮有樵风。'"参见《悔向〈千岩竞秀图〉》诗注[3]。

〔6〕"江渚(zhǔ 主)"句:用越王勾践战败,由会稽入吴,其夫人江边送别故事。事本汉赵晔《吴越春秋》卷七《勾践入臣外传》:"越王勾践五年五月,将与大夫种、范蠡入臣于吴。群臣皆送至浙江之上,临水祖道⋯⋯越王夫人乃据船而哭,顾见乌鹊啄江渚之虾,飞去复来,因哭而歌之,曰:'仰飞鸟兮乌鸢,凌玄虚兮翩翩。集洲渚兮优恣,啄虾矫翩兮云间⋯⋯'"江渚,江中小洲。鸢(yuān 渊)乌,即鸱鹰与乌鸦,皆为贪吃之鸟。

〔7〕"苏台"句:谓越王勾践终于打败吴国。语本《史记·淮南王列传》:"臣闻子胥谏吴王,吴王不用,乃曰:'臣今见麋鹿游姑苏之台也。'"苏台,即姑苏台,又作"姑胥台",在姑苏山上。参见《双剑行孙退谷侍郎席上作》注[23]。

〔8〕"沼吴"句:谓绍兴一带曾是越王勾践大展身手、成就霸业之处。沼吴,犹言灭吴。语本《左传·哀公元年》:"越十年生聚,而十年教训,二十年之外,吴其为沼乎!"杜预注:"谓吴宫室废坏,当为污地。"霸越,越国在勾践时成为霸主。语本《史记·越王勾践世家》:"勾践已平吴,乃以兵北渡淮,与齐、晋诸侯会于徐州,致贡于周。周元王使人赐勾践胙,命为伯。勾践已去,渡淮南,以淮上地与楚,归吴所侵宋地于宋,与鲁泗东方百里。当是时,越兵横行于江、淮东,诸侯毕贺,号称霸王。"

〔9〕"怀古"句:谓在绍兴为官,可激发无穷怀古意趣。

蝉声集深树[1],驿路遍槐花[2]。黄鹄逝千里,浮云天一涯[3]。莺啼范蠡宅[4],草长谢敷家[5]。迢递相思处[6],春风满若耶[7]。

〔1〕"蝉声"句:语本唐杜甫《和裴迪登新津寺寄王侍郎》诗:"蝉声集古寺,鸟影度寒塘。"

〔2〕驿路:即驿道,我国古代为传车、驿马通行的大道,沿途设有驿站,可供来往官员休息。

〔3〕"黄鹄"二句:谓与许虬一别,有相隔千里的思念。黄鹄,语本汉苏武《诗四首》之三:"黄鹄一远别,千里顾徘徊。胡马失其群,思心常依依。"浮云天一涯,语本汉李陵《与苏武诗三首》之一:"仰视浮云驰,奄忽互相逾。风波一失所,各在天一隅。"又唐杜甫《送高三十五书记十五韵》:"常恨结欢浅,各在天一涯。"

〔4〕范蠡宅:典籍文献有关范蠡宅故址有金陵、无锡、太湖中等处多说,此处当指在会稽附近之阳城里的范蠡城。汉袁康《越绝书》卷八:"阳城里者,范蠡城也。"范蠡,春秋楚宛人,字少伯。仕越为大夫,辅佐越王勾践发愤图强,终灭吴国。以勾践不能与之共安乐,改名鸱夷子皮,到陶称朱公,经商致富。事见《史记·越王勾践世家》、《史记·货殖列传》。

〔5〕谢敷家:谓会稽有晋代著名隐士谢敷的宅第。宋施宿等《会稽志》卷一三《谢敷宅》:"谢敷宅在会稽县五云门外一里许,或云在云门寺东,与何胤宅相近。故唐僧灵一诗云:'春山子敬宅,古木谢敷家。'又宋考功《云门》诗云'樵径谢村北,学井何岩东'是也。"谢敷,晋会稽人,性澄静寡欲,入太平山隐居十馀年,朝廷召为主簿,征博士,皆不就。《晋书》有传。

〔6〕迢递:遥远的样子。

〔7〕"春风"句:语本唐綦毋潜《若耶溪逢孔九》诗:"借问淹留日,春

风满若耶。"若耶,即若耶溪,在今浙江绍兴南若耶山下。

悼亡诗二十六首(选四首)[1]

一错谁能铸六州[2],藁砧无复望刀头[3]。当年对泣人何在,独卧牛衣哭暮秋[4]。

[1]本诗题下作者自注:"哭张宜人作。"王士禛妻子张宜人卒于康熙十五年(1676)九月初十日,作者写有《悼亡诗》三十五首,编入《丁巳集》,当是从其妻病故之日到翌年(丁巳)春月陆续所作者。《渔洋精华录》选《悼亡诗》二十六首,这里再精选四首,以见作者伉俪情笃之一斑。张宜人,参见前选《灞桥寄内二首》之一注[1]。悼亡,即悼念亡者,以晋潘岳因妻死曾作《悼亡诗》三首故,后世即专称丧妻为悼亡。作者饱含对已故妻子的怀念,写下一组感情沉痛的诗篇,有"离形得似,庶几斯人"的形容之概,因而感人至深。

[2]"一错"句:意谓自己因常年外出为官,与妻子生前相聚日不多,铸成大错。《资治通鉴·唐昭宗天祐三年》:"全忠留魏半岁,罗绍威供亿,所杀牛羊豕近七十万,资粮称是,所赂遗又近百万;比去,蓄积为之一空。绍威虽去其逼,而魏兵自是衰弱。绍威悔之,谓人曰:'合六州四十三县铁,不能为此错也。'"胡三省注:"错,锉也,铸为之;又释错为误。罗以杀牙兵之误,取铸错为喻。"

[3]"藁砧"句:谓再也没有妻子盼望自己还家的那种情景了。《古绝句四首》之一:"藁砧今何在,山上复有山。何当大刀头,破镜飞上天。"明冯惟讷《古诗纪》卷一四六释云:"藁砧,砆也,谓夫也;山上有山,出也;大刀头,刀上镮也;破镜,言半月当还也。此诗格非当时有释之者,

后人岂能晓哉!"

〔4〕"当年"二句:谓妻子长逝,独留自己伤悼不已。用"牛衣对泣"典故,《汉书·王章传》:"章为诸生,学长安,独与妻居。章疾病无被,卧牛衣中,与妻决,涕泣……后章仕宦历位,及为京兆,欲上封事,妻又止之曰:'人当知足,独不念牛衣中涕泣时邪?'"牛衣,颜师古注云:"牛衣,编乱麻为之,即今俗呼为龙具者。"

少小香闺熟女仪〔1〕**,鸡鸣长自轸《风》诗**〔2〕**。君如德曜齐眉日**〔3〕**,我愧樊英答拜时**〔4〕**。**

〔1〕香闺:旧时称青年女子的内室。女仪:指旧时对女子言行坐卧等一系列的闺范要求。宋刘清之《戒子通录》卷三:"女子七岁,教以女仪,读《孝经》、《论语》,习行步容止之节,训以幽闲听从之仪。"

〔2〕"鸡鸣"句:谓亡妻生前有相夫之女德。鸡鸣,双关《诗经》篇名之《鸡鸣》。《诗·齐风·鸡鸣》:"鸡既鸣矣,朝既盈矣。匪鸡则鸣,苍蝇之声。"宋朱熹《诗经集传》卷五注云:"赋也。言古之贤妃御于君所,至于将旦之时,必告君曰:'鸡既鸣矣,会朝之臣既已盈矣。'欲令君早起而视朝也。然其实非鸡之鸣也,乃苍蝇之声也,盖贤妃当夙兴之时,心常恐晚,故闻其似者而以为真,非其心存警畏,而不留于逸欲,何以能此?故诗人叙其事而美之也。"轸(zhěn 诊),顾念。唐韩愈《殿中少监马君墓志》:"王问而怜之,因得见于安邑里第。王轸其饥寒,赐食与衣。"风诗,指《诗经》中的《国风》,南朝齐徐陵《徐州刺史侯安都德政碑》:"流名《雅》、《颂》,著美《风》诗。"这里即指《诗经》中的《国风》。

〔3〕"君如"句:谓亡妻有东汉梁鸿妻孟光一样举案齐眉的贤德。语本《后汉书·逸民传》:"鸿大喜曰:'此真梁鸿妻也,能奉我矣。'字之曰德曜,名孟光。"又:"(梁鸿)为人赁舂,每归,妻为具食,不敢于鸿前仰

视,举案齐眉。"举案齐眉遂成为后世夫妻相敬爱之典。案,有脚的托盘。

〔4〕"我愧"句:谓自己惭愧没有像东汉人樊英那样对妻子关爱尽礼。明彭大翼《山堂肆考》卷九四《下床答拜》:"东汉樊英有疾,妻使婢拜问,英下床答拜。陈寔怪问之,英曰:'妻者,齐也,供奉祭祀,礼无不答。'"

年年辛苦寄冬衣〔1〕,刀尺声中玉漏稀〔2〕。今日岁残衣不到,断肠方羡《雉朝飞》〔3〕。

〔1〕"年年"句:语本唐陈陶《水调词十首》诗之四:"惆怅江南早雁飞,年年辛苦寄寒衣。"
〔2〕刀尺声中:清嵇永仁(1637—1676)《听砧》诗:"年年不见寒衣,刀尺声中岁月非。"刀尺,剪刀与尺,为妇女之剪裁工具。《玉台新咏·古诗〈为焦仲卿妻作〉》:"左手持刀尺,右手执绫罗。"玉漏稀:谓夜已深沉。玉漏,古代计时漏壶的美称。
〔3〕"断肠"句:谓丧妻后方知雉雌雄相随而飞的难得。雉(zhì 治)朝飞,晋崔豹《古今注》卷中《音乐第三》:"《雉朝飞》者,犊牧子所作也。齐处士,愍宣时人,年五十无妻,出薪于野,见雉雄雌相随而飞,意动心悲,乃作《雉朝飞》之操以自伤焉,其声中绝。"元陈仁子辑《文选补遗》卷三五《雉朝飞操》:"雉朝飞兮鸣相和,雌雄群游兮山阿。我独何命兮未有家,时将暮兮可奈何,嗟嗟暮兮可奈何!"

宦情薄似秋蝉翼,愁思多于春茧丝〔1〕。此味年来谁领略〔2〕,梦残酒渴五更时〔3〕。

269

〔1〕"宦情"二句：语本宋陆游《宿武连县驿》诗："宦情薄似秋蝉翼，乡思多于春茧丝。"宦情，做官的志趣、意愿。蝉翼，蝉的翅膀，常用来比喻极轻、极薄的事物。春茧丝，比喻愁思如春季的蚕茧丝一样绵绵无尽。

〔2〕"此味"句：语本明陈献章《次韵南山送蜜》诗之四："相思道远无由寄，此味年来只独尝。"

〔3〕"梦残"句：意本唐陆龟蒙《中酒赋》："窗间落月，枕上残更。意欲问而无问，梦将成而不成。心悄悄，目瞠瞠，爱静中而人且语，愁曙后而鸡已鸣。"酒渴，因多饮酒而口渴。

绝　句[1]

石帆山后黄茅屋[2]，一树寒梅作意香[3]。长忆花开风雪里，卧闻春雨滴糟床[4]。

〔1〕这首七言绝句作于康熙十六年（1677）春间，时作者在京师户部四川清吏司郎中任上。对于久宦他乡的人来讲，故乡的一草一木皆有说不尽的感情因素。这首名为《绝句》实则无题的七绝，所渲染的正是故乡特有的那种只可意会、难以言传的温馨情景。寒梅、春雨，黄茅屋的雅洁，在作者心目中都是永远值得留恋和难以忘怀的。

〔2〕石帆山：在作者家乡新城宅西第附近的一座土丘。王士禛《香祖笔记》卷九："吾家西第石帆亭玉版书屋，多大竹。"《四库总目提要》卷一二二著录王士禛《池北偶谈》二十六卷："池北者，士禛宅西有圃，圃中有池，建屋藏书，取白居易语以'池北书库'名之，自为之记。库旁有石帆亭，常与宾客聚谈其中。"石帆亭当在石帆山附近。又王士禛《忆石帆亭寄儿辈四首》之一："梅花香里置茅亭，下有苍筤万个青。"

〔3〕作意香:语本明孙一元《谒孤山林和靖处士祠》诗:"老鹤迎人立,疏梅作意香。"

〔4〕"卧闻"句:语本宋黄庭坚《万州太守高仲本宿约游岑公洞而夜雨连明戏作二首》之二:"蓬窗高枕雨如绳,恰似糟床压酒声。"按所引诗或云为苏轼作。春雨滴糟床,形容梅枝雪化滴水于地的声音如同榨酒的声响。宋杨万里《过三衢徐载叔采菊载酒夜酌走笔》诗之二:"试问糟床与檐溜,雨声何似酒声多。"糟床,榨酒的器具。

题陈其年填词图〔1〕

玉梅花下交三九〔2〕,红杏尚书枉擅名〔3〕。记得微吟倚东阁,梅花如雪扑帘旌〔4〕。

〔1〕这首七绝作于康熙十七年(1678)闰三月二十四日,时作者改任翰林院侍读。这一天诗画僧大汕为陈其年画有一幅《迦陵填词图》,署曰"岁在戊午闰三月廿四,为其翁维摩传神"。画中一女子盘坐于蕉叶上,双手持箫;陈其年则箕踞席上,右手执笔,左手拊髯作微笑状。一时题咏者众,如朱彝尊写有《迈陂塘·题其年填词图》词,王士禛则写有七绝两首,《渔洋精华录》只选其一首。陈其年,即陈维崧(1625—1682),字其年,号迦陵,宜兴(今属江苏)人,明末四公子之一陈贞慧之子。少负才名,吴伟业曾将他与吴兆骞、彭师度誉为江左三凤凰。康熙十八年举博学鸿儒,由诸生授检讨,与修《明史》,越四年卒。善诗,尤工骈文与词,其词苍凉豪放,开阳羡一派。著有《湖海楼诗文全集》。《清史列传》、《清史稿》皆有传。诗首句径用陈维崧之词句,以梅花引领全诗,再与宋词人宋祁相较优劣,结句又以实事终以梅花,相关典故亦寓其

中,备见诗人巧思。

〔2〕"玉梅"句:作者自注:"其年词句。"陈维崧《蝶恋花·围炉》词:"拂晓相逢花弄口。如此天寒,何事清晨走。小院绿熊铺褥厚,玉梅花下交三九。　　招入绣屏闲写久。斜送横波,郎莫衣单否。袖里任郎沾宝兽,雕龙手压描鸾手。"王士禛《池北偶谈》卷一一:"陈有《乌丝词》三卷,多瑰奇,闺房游侠之词尤妙。如'春阴帘外天如墨',又'玉梅花下交三九',虽秦、李不能过也。"玉梅,白梅花。宋苏轼《六年正月二十日复出东门》诗:"长与东风约今日,暗香先返玉梅魂。"三九,即三九天,冬至(公历每年的12月22日左右)后第十九天至第二十七天为三九天,是一年中最冷的时节。

〔3〕红杏尚书:指宋代词人宋祁(998—1061),字子京,安陆(今属湖北)人,后徙雍丘(今河南杞县)。与兄庠同举进士,曾官尚书工部员外郎,擢翰林学士承旨。卒谥景文。著有《宋景文集》等。宋胡仔《苕溪渔隐丛话》前集卷三七《张子野》引《邂斋闲览》云:"张子野郎中,以乐章擅名一时。宋子京尚书奇其才,先往见之,遣将命者,谓曰:'尚书欲见"云破月来花弄影"郎中乎?'子野屏后呼曰:'得非"红杏枝头春意闹"尚书邪?'遂出,置酒尽欢。盖二人所举,皆其警策也。"按"红杏枝头春意闹",宋祁《玉楼春》词:"绿杨烟外晓寒轻,红杏枝头春意闹。"擅名:享有名声。

〔4〕"记得"二句:追忆陈维崧在扬州梅花时节填词之情形。清伊应鼎《渔洋先生精华录会心偶笔》评此诗云:"诵其年之词句,真觉宋子京'红杏枝头'语了不足道,张子野称之,虚得名耳。尚忆昔时,其年在我维扬署中,梅花如雪,倚东阁而微吟,风流自赏,真所谓千古独绝矣。"二句诗又暗用典故,唐杜甫《和裴迪登蜀州东亭送客逢早梅相忆见寄》诗:"东阁官梅动诗兴,还如何逊在扬州。"《江南通志》卷二〇〇《扬州东阁》:"旧志云:旧传扬州有东阁,为梁何逊咏梅之所。"微吟,小声吟咏。

《汉书·中山靖王传》:"雍门子壹微吟,孟尝君为之于邑。"梅花如雪,宋陆游《春寒》诗:"冉冉年华过上元,梅花如雪照江村。"帘旌,帘端所缀之布帛。也泛指帘幕。

题顾茂伦《雪滩钓叟图》二首[1]

垂虹秋色东南好[2],雨笠烟蓑送此生[3]。今日三高祠下过[4],惟君不愧隐人名[5]。

〔1〕这两首七绝作于康熙十八年(1679)夏秋间,时作者在京师任翰林院侍读。顾茂伦,即顾有孝(1619—1689),字茂伦,号雪滩钓叟,江南吴江(今属江苏)人。明诸生,明亡,弃诸生,闭门著述。与朱鹤龄、金俊明相交,时人称之"浔阳三隐"。平生以选诗文为事,编有《风雅嗣响》、《乐府英华》、《明文英华》、《江左三大家诗钞》等,自著《雪滩钓叟集》。《清史列传》入《文苑传》。王士禛与明遗民多有交往,往往从隐士的角度加以宣扬,此二诗即如是。外儒内道是传统文人的一种价值取向,"内道"即于"修齐治平"的儒者外衣下追求心灵的某种自由,隐士孤云野鹤般的形迹恰恰可以作为官宦者向往内心自由的影像,这是历代文人诗文中不乏歌颂隐者作品的心理要素。从诗题可知,顾有孝有雪滩钓叟图一幅,王士禛为之题诗二首,交际应酬而外,也多少反映了自己渴求自由的心态。

〔2〕"垂虹"句:语本宋米芾《垂虹亭》诗:"好作新诗吟景物,垂虹秋色满江南。"垂虹,即垂虹桥,原名利往桥,桥上有亭,名垂虹亭。始建于宋庆历八年(1048),为木桥;元泰定二年(1325)改建石桥,今已大部塌陷。故址在今江苏吴江松陵镇。宋朱长文《吴郡图经续记》卷中:"吴江

利往桥,庆历八年县尉王廷坚所建也。东西千馀尺,用木万计,萦以修阑,鳌以净甓,前临具区,横截松陵,湖光海气,荡漾一色,乃三吴之绝景也。桥成,而舟楫免于风波,徒行者晨往暮归,皆为坦道矣。桥有亭,曰垂虹。苏子美尝有诗云:'长桥跨空古未有,大亭压浪势亦豪。'非虚语也。"

〔3〕"雨笠"句:谓寄身江湖间,不出仕为官。语本唐张志和《渔父》:"西塞山前白鹭飞,桃花流水鳜鱼肥。青箬笠,绿蓑衣,斜风细雨不须归。"又宋陆游《夏日感旧》诗之二:"啸歌雨笠烟蓑里,来往山村县郭间。"

〔4〕三高祠:故址在今江苏吴江松陵镇。宋范成大《吴郡志》卷一六:"三高祠,在吴江县垂虹桥南,即王氏臞庵之雪滩也。昔堂在垂虹,南圮极偏仄,乾道三年,县令赵伯虚徙之雪滩。三高者,范蠡、张翰、陆龟蒙也。此祠人境俱胜,名闻天下。"《明一统志》卷八:"三高祠,在吴江县东门外,宋时建,祠越范蠡、晋张翰、唐陆龟蒙。范成大作记,略云:'三君生不并世,而清风峻节,相望于松江、太湖之上,故天下同高之。'元延祐间重修,本朝载在祀典。"

〔5〕隐人:隐逸之人。汉刘向《列仙传·方回》:"方回者,尧时隐人也。"

仿佛桐江百尺台〔1〕,傍人漫作客星猜〔2〕。投竿一笑烟波外〔3〕,阳鲚纷纷入钓来〔4〕。

〔1〕"仿佛"句:语本唐刘长卿《严陵钓台送李康成赴江东使》诗:"潺湲子陵濑,仿佛如在目。"桐江,在今浙江省中部,为钱塘江自兰溪至建德梅城段的别称。《明一统志》卷四一:"桐江,在桐庐县北三里,亦名桐溪。源出天目山,流入浙江。"百尺台,即严陵钓台,又名严陵濑,为东

汉隐士严光垂钓处。故址在今浙江桐庐以西三十里的富春山上,山半有两盘石,耸立东西,踞东者为严陵钓台,俯瞰大江,高近二百馀尺,有磴道可上。今钓台处有石亭。清周茂源《钓台》诗:"钓台高百尺,缥缈客星寒。"

〔2〕傍人:别的人。这里指汉光武帝刘秀身边的太史一类官吏。客星:即指严光。《后汉书·严光传》:"(光武帝)复引光入,论道旧故……因共偃卧,光以足加帝腹上,明日太史奏,客星犯御座甚急。帝笑曰:'朕故人严子陵共卧耳。'"

〔3〕"投竿"句:谓置身江湖,逍遥自在。《庄子·外物》:"投竿东海,旦旦而钓。"烟波外,明徐熥《秋日江馆写怀》诗:"十年浪迹烟波外,满眼尘氛未拂衣。"

〔4〕"阳鱎(jiāo焦)"句:谓入仕之人皆为不招自至者,属于被钓者,不如隐士为烟波钓徒超脱。阳鱎,又作"阳桥"、"阳乔",一种鱼名。汉刘向《说苑》卷七《政理》:"宓子贱为单父宰,过于阳昼曰:'子亦有以送仆乎?'阳昼曰:'吾少也贱,不知治民之术。有钓道二焉,请以送子。'子贱曰:'钓道奈何?'阳昼曰:'夫投纶错饵,迎而吸之者,阳桥也,其为鱼也,薄而不美;若存若亡,若食若不食者,鲂也,其为鱼也,博而厚味。'"明杨慎《丹铅馀录》卷五:"阳乔,鱼名。不钓而来,喻士之不招而至者也。其鱼之形,则未详……乔从鱼为鱎,字义乃全。"

初秋索梅耦长画〔1〕

诗到无声足卧游〔2〕,雨窗含墨对清秋〔3〕。不知乡思今多少〔4〕,只写澄江与北楼〔5〕。

〔1〕这首七绝作于康熙十八年(1679)七月间,时作者在京师任翰林院侍读。梅耦长,即梅庚(生卒年不详),字耦长,一字子长,号雪坪,一号听山居士,江南宣城(今属安徽)人。康熙二十年(1681)举人,曾任浙江泰顺知县,能诗,工山水花卉,游王士禛门,被延为上客。著有《漫兴集》、《玉笥游草》等。《清史列传》入《文苑传》。索画一事,引来施闰章、邵长蘅等友人的诗兴,皆有诗属和。施闰章《王侍读以诗索耦长画扇兼属和》诗:"乡心尝梦旧溪游,朔雁南飞又早秋。纵写敬亭团扇上,何如高卧谢公楼。"邵长蘅《阮亭以诗索耦长画次韵》诗:"渔洋山人老好事,新诗乞写敬亭秋。关情我亦江南客,红树青山一小楼。"王士禛诗潇洒之极,索画而饶有文人雅趣,读后令人有馀味难尽之感。

〔2〕诗到无声:指画。宋黄庭坚《次韵子瞻子由题憩寂园》诗:"李侯有句不肯吐,淡墨写出无声诗。"又宋苏轼《和文与可洋光川园地三十首·溪光亭》诗:"溪光自古无人画,凭仗新诗与写成。"宋施元之注引《古诗话》云:"诗人以画为无声诗,诗为有声画。"卧游:谓欣赏山水画以代游览。《南史·宗少文传》:"(宗少文)好山水,爱远游,西陟荆巫,南登衡岳,因结宇衡山,欲怀尚平之志。有疾,还江陵,叹曰:'老疾俱至,名山恐难遍睹,惟澄怀观道,卧以游之。'凡所游履,皆图之于室。"

〔3〕对清秋:唐令狐楚《少年行四首》诗之四:"霜满中庭月满楼,金尊玉柱对清秋。"清秋,明净爽朗的秋天。

〔4〕"不知"句:明陆深《偶成》诗:"不知乡思添多少,宽尽黄金旧带鞓。"

〔5〕澄江:语本南朝齐谢朓《晚登三山还望京邑》诗:"馀霞散成绮,澄江净如练。"北楼:即谢朓楼,又名谢公楼,故址在今安徽宣城,谢朓为宣城太守时所见之高斋地。《江南通志》卷三四《安庆府》:"北楼在府治北,南齐宣城守谢朓建。唐李白诗:'谁念北楼上,临风怀谢公。'亦名谢公楼。明郡守方逢时记云:'自唐独孤霖改建叠嶂楼,而北楼之名废

矣。'"诗写宣城,写北楼,盖因梅庚为宣城人故,照应上一句"乡思"。

花烛词二首戏为钝翁赋[1]

碧玉回身奈此宵[2],汝南鸡唤夜迢迢[3]。从今倦听兰台鼓[4],莫更熏衣事早朝[5]。

〔1〕 这两首七绝作于康熙十八年(1679)秋间。钝翁,即汪琬(1624—1690),字苕文,号钝庵,晚号钝翁,参见《送苕文之京二首》之一注〔1〕。题下作者有自注云:"钝翁既改官翰林,往迎两如夫人,皆不行,而为别纳小姬。因赋是诗。"时年已五十六岁的汪琬欲纳第三房侧室,在封建专制社会,虽不罕见,但于一般翰林官员中也非司空见惯。王士禛作此二首花烛词,也无非当作一段风流韵事,于同僚间开个调侃戏谑的玩笑,略显才华,题中"戏为"已透露个中消息。由于摆脱了"诗言志"式的正襟危坐,反而可以任意驰骋才藻,纵横捭阖。读此二诗,可以窥见王士禛论诗讲求神韵另一种风格。花烛,古人新婚,于新房中多点燃饰有龙凤图案的彩烛。

〔2〕"碧玉"句:谑言汪琬新娶如夫人年幼小,两人并不班配。语本晋孙绰《情人碧玉歌二首》之二:"碧玉破瓜时,相为情颠倒。感郎不羞难,回身就郎抱。"又北周庾信《结客少年场行》诗:"定知刘碧玉,偷嫁汝南王。"破瓜,言十六岁。

〔3〕"汝南鸡"句:谑言恨新婚之夜太短。汝南鸡,语本南朝陈徐陵《乌栖曲》二首之二:"绣帐罗帏隐灯烛,一夜千年犹不足。惟憎无赖汝南鸡,天河未落犹争啼。"此又与上句"汝南王"巧妙照应。迢迢,时间久长的样子。

〔4〕兰台鼓:指翰林院应值之招。语本唐李商隐《无题》诗:"嗟余听鼓应官去,走马兰台类转蓬。"唐秘书省又称兰台,正好切合清之翰林院。

〔5〕"莫更"句:谓从此不愿再熏衣上朝,调侃语。熏衣,古代大臣上朝,须将衣熏香,以避体臭。宋陈敬《陈氏香谱》卷四《熏炉》引《汉官仪》云:"尚书郎入直台中,给女侍史二人,皆选端正,指使从直。女侍史执香炉烧熏,以从入台中,给使护衣。"

嬴女吹箫引凤雏〔1〕,莫将缣素怨狂夫〔2〕。似闻一语分明寄,我见犹怜况老奴〔3〕。

〔1〕"嬴女"句:比喻汪琬的两位侧室主动为汪琬别纳小姬。旧题汉刘向《列仙传》卷上《萧史》:"萧史者,秦穆公时人也,善吹箫,能致孔雀、白鹤于庭。穆公有女,字弄玉,好之,公遂以女妻焉,日教弄玉作凤鸣。居数年,吹似凤声,凤凰来止其屋,公为作凤台。夫妇止其上,不下数年,一旦皆随凤凰飞去。故秦人为作凤女祠于雍宫中,时有箫声而已。"嬴女,即指秦穆公女弄玉,以秦王姓嬴故。这里代指汪琬两位如夫人。凤雏,喻指汪琬新纳小姬。

〔2〕"莫将"句:谑言两位侧室就不要与新纳小姬因新人、旧人之嫌隙而怨恨汪琬。缣(jiān 兼),双丝织的浅黄色细绢。素,白色生绢。语本南朝陈徐陵《玉台新咏》卷一《古诗八首》之一:"上山采蘼芜,下山逢故夫。长跪问故夫,新人复何如?新人虽言好,未若故人姝。颜色类相似,手爪不相如。新人从门入,故人从阁去。新人工织缣,故人工织素。织缣日一匹,织素五丈馀。将缣来比素,新人不如故。"

〔3〕"我见"句:谑言新纳小姬貌美。语本南朝宋刘义庆《世说新语·贤媛》:"桓宣武平蜀,以李势妹为妾。"刘孝标注引南朝宋虞通之

《妒记》:"温平蜀,以李势女为妾。郡主凶妒,不即知之,后知,乃拔刃往李所,因欲斫之。见李在窗梳头,姿貌端丽,徐徐结发,敛手向主,神色闲正,辞甚凄惋。主于是掷刀,前抱之曰:'阿子,我见汝亦怜,何况老奴!'遂善之。"

瞿山画松歌寄梅渊公[1]

谁能画龙兼画松[2],鳞而爪鬣行虚空[3]。谁能画松如画石,石骨荦确松蒙茸[4]。韦銮董羽两奇绝[5],眼中突兀瞿山翁[6]。瞿山翁,所居乃在柏枧深山中[7],此山上与黄山通[8]。轩辕鼎成上天去[9],遗薪往往成虬龙[10]。翁时散髻坐颠顶[11],兴酣泼墨浮空濛[12]。孤根裂石不三尺[13],倒饮万丈疑雄虹[14]。瞰临峥嵘下无地[15],盘拏云雾回长风[16]。世人少见多所怪[17],绝技岂必昭群聋[18]。两峰对起何巃嵷[19],瀑流直下当其冲[20]。辊雷喷雪不知数[21],下与松势相撞舂[22]。抚松看瀑者谁子[23],得非偓佺之属青羊公[24]?何时与翁结庐天都云海东[25],松肪煮罢方两瞳[26],更千万世无终穷[27]。

〔1〕这首杂言诗作于康熙十九年(1680)春间,时作者在京师翰林院侍读任上。瞿山,即梅清(1623—1697),原名士羲,字渊公,号瞿山,另有敬亭山农、瞿硎老人等众多别号,宣城(今属安徽)人。顺治十一年(1654)举人,喜吟诗,精于绘事,书法亦佳。南北游历,广有交游,与王士

禛、徐元文、汪琬、施闰章等时相唱和。著有《天延阁诗前后集》。《清史列传》、《清史稿》皆有传。王士禛《居易录》卷一七:"宣城梅孝廉渊公(清),别字瞿山,以诗名江左,画山水入妙品,松入神品……海内文章之交,大半凋谢,惟瞿山岿然尚存。其画已贵重于世,更数十年,断纨零素,当不减苏、黄也。"这首诗即以梅清画松为题材,赞誉其技法高超之馀,又充分发挥想象,淋漓尽致地将梅清作画之神韵,力透纸背地挥洒而出,令读者有目不暇接之感,畅快无比。

〔2〕"谁能"句:古人认为松与传说中的龙有许多近似处,如老松形态屈曲,如龙身穿云翻腾;松干鳞甲斑斓,又如龙之身态。唐鲍溶《采莲曲二首》之二:"采莲竭来水无风,莲潭如镜松如龙。"

〔3〕"鳞而"句:谓所画松干多鳞片,枝杈如龙须般伸向碧空,如龙腾飞太虚。而,颊毛,胡须。《周礼·考工记·梓人》:"凡攫刹援簭之类必深其爪,出其目,作其鳞之而。"戴震补注:"颊侧上出者曰之,下垂者曰而,须鬛属也。"鬛(liè列),以龙头颈部弯曲而硬的须与长毛形容松树枝杈。

〔4〕"石骨"句:谓所画松如怪石嶙峋而枝叶青翠茂盛,挺拔刚劲。荦确,怪石嶙峋的样子。唐韩愈《山石》诗:"山石荦确行径微,黄昏到寺蝙蝠飞。"蒙茸,青翠茂盛。唐罗邺《芳草》诗:"废苑墙南残雨中,似袍颜色正蒙茸。"

〔5〕"韦銮"句:谓梅清画松,兼有韦銮画松与董羽画龙之奇绝。韦銮,唐代画家,擅长花鸟,亦工山水、松石。唐朱景玄《唐朝名画录》列韦銮为"能品上",有云:"韦銮,官至少监,善图花鸟、山水,俱得其深旨,可为边鸾之亚,韦鉴次之。其画并居能品。"唐张彦远《历代名画记》卷三《两京寺观等画壁》著录:"院内东廊从北第一房间南壁,韦銮画松树。"董羽,字仲翔,毘陵(今江苏常州)人。初仕南唐李煜,为待诏,后归宋。善画龙水、海鱼。《宣和画谱》卷九:"董羽,字仲翔,毘陵人。善画鱼龙、

海水,不为汀泞沮洳之陋、濡沫涸辙之游,喜作禹门砥柱,乘长风破万里浪,惊雷怒涛与之为出没,尽鱼龙超忽覆却之状。其笔端所得,岂惟壮观而已耶!事伪主李煜为待诏,后随煜归京师,即命为图画院艺学。今金陵清凉寺有李煜八分题名、萧远草书、羽画海水,为三绝。羽语吃,时以董哑子称。方太宗尝令画端拱楼壁,观者畏慑,因以圬镘,羽亦终不偶。"

〔6〕"眼中"句:谓观梅清画松,忽觉眼前一亮,无限惊喜,语本宋吴芾《又登碧云亭感怀三十首》诗之二十二:"晚上危亭景色饶,眼中突兀是凌歊。"突兀,奇特。

〔7〕柏枧(jiǎn 简):山名,在今安徽东南部之宣城东南。《大清一统志》卷八〇:"柏枧山,在宣城县东南七十里,与宁国县接界。山之阳即文脊山也,溪谷邃深,峰岩回曲,飞流界道,跨岫为梁。"

〔8〕"此山"句:谓柏枧山与黄山山脉相连。黄山,在今安徽南部黄山市,跨歙、黟、太平、休宁四县,风景秀丽,为古今游览胜地,以奇松、怪石、云海、温泉著名。

〔9〕"轩辕"句:黄山中部有炼丹峰,峰前有炼丹台,相传浮丘公曾为轩辕黄帝炼丹于此,丹成升天而去。宋汪师孟《黄山图经》:"轩辕黄帝获灵丹于浮丘翁,翁曰:'炼金为丹,必假山水,山秀水正,其药乃灵。惟江南黟山据得其中,神仙止焉。'皇帝遂命驾,与容成子、浮丘公同游此山。"鼎成,即"鼎成龙去",谓黄帝去世升天。《史记·封禅书》:"黄帝采首山铜,铸鼎于荆山下。鼎既成,有龙垂胡髯下迎黄帝,黄帝上骑,群臣后宫从上者七十馀人,龙乃上去……故后世因名其处曰鼎湖。"

〔10〕"遗薪"句:谓黄帝炼丹所烧柴往往化为异松。清闵麟嗣《黄山志》卷五:"炼丹台有异松横覆其顶,槎枒虬曲,翠色照人。"传说即为黄帝遗薪所化。虬(qiú 求)龙,传说中的一种龙,这里比喻枝杈盘曲的松树。

〔11〕散髻:即解散髻,相传为南朝齐王俭所发明之发式。《南齐

书·王俭传》:"(王俭)作解散髻,斜插帻簪,朝野慕之,相与放效。"这里形容梅清风度潇洒,不拘形迹。

〔12〕泼墨:中国画的一种技法,用水墨挥洒于纸或绢上,随其所晕之形而作画,笔势豪放,墨如泼出,故名。这里喻梅清作画。浮空濛:谓所画松浮现于迷茫之境界。空濛,指缥缈、迷茫的境界。宋梅尧臣《读裴如晦万里集书其后》诗:"搜新造空濛,俗眼不得入。"

〔13〕"孤根"句:语本宋苏轼《种松得徕字》诗:"孤根裂山石,直干排风雷。"

〔14〕"倒饮"句:谓松倒垂于崖畔,如虹下涧饮水。明徐有贞《题金文鼎山水图歌》诗:"白云泉水遥与银河通,倒饮寒涧垂长虹。"宋陆佃《埤雅》卷二〇:"世传虹能入溪涧饮水,信然。尝有见夕虹下涧中饮者,虹两头皆垂涧中。使人过涧,隔虹对立,相去数丈之间,如隔绡縠。自西望东则见,立涧之东西望,则为日光所烁。"雄虹,色彩鲜明的虹,也称正虹,与副虹(霓)相别。清顾炎武《日知录》卷三二:"虹亦可称雌雄,《诗》疏'虹双出,色鲜盛者为雄,雄曰虹;暗者为雌,雌曰霓'是也。"

〔15〕瞰临:居高视下。峥嵘下无地:语本《楚辞·远游》:"下峥嵘而无地兮,上寥廓而无天。"峥嵘,深邃的样子。

〔16〕盘拏(ná 拿):形容梅清所画之松如蛟龙纡曲强劲。唐杜甫《李潮八分小篆歌》:"八分一字值百金,蛟龙盘拏肉屈强。"回长风:语本元贡性之《题息斋竹次韵》诗:"挂之高堂素壁中,老气凛凛回长风。"

〔17〕"世人"句:语本梁释僧祐《弘明集》卷一录汉牟融《理惑论》:"牟子曰:谚云:'少所见,多所怪,睹橐驼言马肿背。'"

〔18〕昭:使明晓。群聋:比喻众多愚昧、不明事理的人,这里指看不明白梅清绘画技法者。

〔19〕巃嵸(lóng zōng 龙宗):形容梅清画中山势高峻的样子。

〔20〕冲:这里指梅清画中两峰相交会之处。

〔21〕辊(gǔn滚)雷:滚动的雷声。这里形容仿佛听到画中瀑布的轰鸣声。宋苏轼《虞美人·琵琶》词:"试教弹作辊雷声,应有开元遗老泪纵横。"喷雪:形容画中瀑布激石飞溅之水沫如同喷雪。唐李白《横江词六首》之四:"浙江八月何如此,涛似连山喷雪来。"

〔22〕撞舂(chōng冲):撞击。唐韩愈《泷吏》诗:"险恶不可状,船石相撞舂。"

〔23〕抚松:语本晋陶渊明《归去来兮辞》:"景翳翳以将入,抚孤松而盘桓。"谁子:何人。三国魏阮籍《咏怀》诗之四九:"宾客者谁子,倏忽若飞尘。"

〔24〕偓佺(wò quán卧全):古代传说中的仙人名。汉刘向《列仙传》卷上《偓佺》:"偓佺者,槐山采药父也,好食松实,形体生毛长数寸,两目更方,能飞行,逐走马。以松子遗尧,尧不暇服也。松者,简松也,时人受服者,皆至二三百岁焉。"青羊公:古代传说松树成精或化为青羊,其寿千岁。晋葛洪《抱朴子》内篇卷一:"千岁松树四边枝起,上杪不长,望而视之,有如偃盖,其中有物,或如青牛,或如青羊,或如青犬,或如青人,皆寿千岁。"

〔25〕天都:即天都峰,黄山三大主峰之一(其他二峰为莲花峰、光明顶),在黄山东南部,最为险峻,未凿石开路之前,难以攀登。古人认为是群仙所居之地。

〔26〕松肪:松脂。《神农本草经》卷一:"松脂,味苦温……安五藏,除热。久服,轻身不老延年,一名松膏,一名松肪。"方两瞳:使双目变方,据说眼方者可寿千岁。明陈耀文《天中记》卷二二引《仙书》云:"眼方者寿千岁。陶弘景晚年,一眼有时而方。"

〔27〕"更千万世"句:意指成仙。作者并非真的相信人能成仙,无非是一种情感的寄托而已,有些许玩笑意。

和徐健庵宫赞喜吴汉槎入关之作[1]

丁零绝塞鬓毛斑[2],雪窖招魂再入关[3]。万古穷荒生马角[4],几人乐府唱刀环[5]。天边魑魅愁迁客[6],江上莼鲈话故山[7]。太息梅村今宿草,不留老眼待君还[8]。

[1] 这首七律作于康熙二十年(1681)十一月中,时作者在京师任国子监祭酒。徐健庵,即徐乾学(1631—1694),字原一,号健庵,昆山(今属江苏)人。康熙九年(1670)进士,授编修,历官翰林院侍讲学士、内阁学士兼礼部侍郎、督察院右副都御史、刑部尚书。著有《憺园文集》。《清史列传》、《清史稿》皆有传。宫赞,清人对詹事府左春坊属官赞善的尊称,时徐乾学任左春坊左赞善。吴汉槎,即吴兆骞(1631—1684),字汉槎,吴江(今属江苏)人。顺治十四年丁酉举人,以丁酉科场案遣戍宁古塔二十余年,于康熙二十年被允纳资赎归,后病逝京师。著有《秋笳集》。康熙二十年十一月,徐乾学有《喜吴汉槎南还》诗以相贺,一时和者如徐元文、纳兰性德、潘耒、陈维崧、尤侗、王鸿绪、毛奇龄、徐釚等多至数十百人。王士禛这首诗低回宛转,对友人遭遇抱有深切同情,特别是尾联二句,辛酸中更寓无限苍凉之感,具有说不尽的人生况味。

[2] 丁零:古民族名,或作"丁灵"、"丁令",汉代为匈奴属国,在我国北部与西北一带游牧。《史记·匈奴列传》:"后北服浑庾、屈射、丁零、鬲昆、薪犁之国。"张守节《正义》:"以上五国在匈奴北。"司马贞《索隐》引《魏略》:"丁零在康居北,去匈奴庭接习水七千里。"唐李涉《六叹》诗:"汉臣一没丁零塞,牧羊西过阴沙外。"绝塞:极远的边塞地区。

这里指宁古塔,在今黑龙江省宁安附近,是清代流放罪人之地。鬓毛斑:两鬓花白,谓年已老。唐李白《送赵判官赴黔府中丞叔幕》诗:"蹭蹬鬓毛斑,盛时难再还。"

〔3〕雪窖(jiào叫):积雪覆盖下的地窖,这里指极寒冷的地方。《汉书·苏武传》:"单于愈益欲降之,乃幽武置大窖中,绝不饮食。天雨雪,武卧啮雪,与旃毛并咽之。"宋汪元量《浮丘道人招魂歌》:"啮毡雪窖身不容,寸心耿耿摩苍穹。"关:这里指山海关。

〔4〕"万古"句:谓吴兆骞从绝塞生还,从古至今,实属不易。穷荒,边远荒僻之地。生马角,即马生角,语本《燕丹子》卷上:"燕太子丹质于秦,秦王遇之无理,不得意,欲求归。秦王不听,谬言曰令乌头白、马生角,乃可许耳。丹仰天叹,乌头即白,马生角。秦王不得已而遣之。"又康熙十五年(1676)冬,顾贞观为救赎友人吴兆骞归来,曾以词代书,写下两首《金缕曲》词,盛传一时,第一首有云:"廿载包胥承一诺,盼乌头、马角终相救。"王士禛此诗当亦呼应此词之句。

〔5〕"几人"句:仍谓吴兆骞生还为不易之事。唱刀环,谓从戍所归来。《古绝句四首》之一:"藁砧今何在,山上复有山。何当大刀头,破镜飞上天。"明冯惟讷《古诗纪》卷一四六释云:"藁砧,砆也,谓夫也;山上有山,出也;大刀头,刀上镮也;破镜,言半月当还也。此诗格非当时有释之者,后人岂能晓哉!"

〔6〕天边魑魅(chī mèi吃妹):语本唐杜甫《天末怀李白》诗:"文章憎命达,魑魅喜人过。"又顾贞观《金缕曲》词之一:"魑魅搏人应见惯,总输他、覆雨翻云手。"魑魅,古人指能害人的山泽之神怪。《左传·文公十八年》:"投诸四裔,以御魑魅。"愁迁客:使被放逐者生愁。迁客,指遭贬斥放逐之人。南朝梁江淹《恨赋》:"或有孤臣危涕,孽子坠心,迁客海上,流戍陇阴。"

〔7〕莼鲈:莼菜与鲈鱼,代指家乡风味。语本《晋书·张翰传》:"张

翰,字季鹰,吴郡吴人也……翰因见秋风起,乃思吴中菰菜、莼羹、鲈鱼脍,曰:'人生贵得适志,何能羁宦数千里以要名爵乎!'遂命驾而归。"话故山:语本唐陆龟蒙《新秋月夕客有自远相寻者作吴体二首以赠》诗:"因君一话故山事,忆鹤互应深溪声。"故山,旧山,喻家乡。唐司空图《漫书》诗之一:"逢人渐觉乡音异,却恨莺声似故山。"

〔8〕"太息"二句:谓诗人吴伟业可惜已经故去,没能看到吴兆骞回归的一天。作者自注:"吴梅村先生昔有送汉槎出塞长句,见集中。"梅村,即吴伟业(1609—1671),字骏公,号梅村,江南太仓(今属江苏)人。详见《江东》诗注〔4〕。吴兆骞被遣戍出关,吴伟业曾写有《悲歌赠吴季子》一诗,中有云:"人生千里与万里,黯然销魂别而已。君独何为至于此,山非山兮水非水,生非生兮死非死。"情意绵长,沉痛感人。宿草,隔年的草。《礼记·檀弓上》:"朋友之墓,有宿草而不哭焉。"这里指人已死多时。吴兆骞入关之时,吴伟业已故去十年。清宋荦《吴汉槎归自塞外作歌以赠》诗:"归来两公已宿草,惟君怀抱犹豪雄。"留老眼,语本宋苏轼《赠山谷子》诗:"只今数岁已动人,老人留眼看他日。"老眼,老年人的眼睛。

雨后至天宁寺〔1〕

凌晨出西郭〔2〕,招提过新雨〔3〕。日出不逢人〔4〕,满院风铃语〔5〕。

〔1〕这首五绝作于康熙二十一年(1682)春间,时作者在京师国子监祭酒任上。天宁寺,在今北京市宣武区广安门外,原为北魏孝文帝创建,名光林寺,元末毁于战火,明初重修,改今名。今所存殿宇则为清代

所重修,寺中尚存辽代所建一座砖砌实心八角十三层密檐式塔,高一百七十三尺有馀。清励宗万《京城古迹考·天宁寺塔》:"天宁寺建于元魏,旧号光林,隋仁寿间名弘业寺,唐开元中改额天王寺,金大定二十一年改为大万安禅寺,元末兵火荡尽,明文皇潜邸时重修,宣德间敕更今名。"雨后清晨,寺中人迹稀少,只有作者聆听塔上风铃声,饶有禅意。二十字犹如唐王维《辛夷坞》诗中"涧户寂无人,纷纷开且落"的意境,兴象自生。王士禛《香祖笔记》卷二:"又在京师有诗云'凌晨出西郭……',皆一时仁兴之言,知味外味者当自得之。"

〔2〕"凌晨"句:语本宋范成大《次韵庆充避暑水西寺》诗:"佳晨出西郭,仰视天宇清。"西郭,西城。

〔3〕招提:梵语音译而来,义为"四方"。后演变为寺院的别称,这里即指天宁寺。过新雨:唐张籍《江南春》诗:"渡口过新雨,夜来生白蘋。"

〔4〕不逢人:唐韦应物《答杨奉礼》诗:"秋塘惟落叶,野寺不逢人。"又宋普济《五灯会元》卷一三《青原下五世·云居道膺禅师》:"问:'如何是西来意?'师曰:'古路不逢人。'"

〔5〕风铃语:明蒋一葵《长安客话》卷三《天宁寺塔》:"天宁寺塔,每级缀数十百铃,风动声急,如万马奔骤可听。"明刘侗、于奕正《帝京景物略》卷三《天宁寺》:"塔高十三寻,四周缀铎以万计,风定风作,音无断际。"宋释惠洪《石门文字禅》卷一八《清凉大法眼禅师真赞》:"非风幡动,非风铃语,见闻起灭,了无处所。何以明之?俱寂静故。"又宋苏轼《大风留金山两日》诗:"塔上一铃独自语,明日颠风当断渡。"

钱选折枝牡丹二首[1]

三尺霜缣写鼠姑[2],檀心倒晕貌来殊[3]。如今疑梦还非梦,曾向南泉见一株[4]。

〔1〕这两首七绝作于康熙二十一年(1682)春间。钱选,宋元之际画家,湖州(今属浙江)人。由宋入元,不愿出仕,以诗画自娱,与赵孟頫齐名。元夏文彦《图绘宝鉴》卷五:"钱选,字舜举,号玉潭,雪川人,宋景定间乡贡进士。善画人物、山水,花木、翎毛师赵昌,青绿山水师赵千里,尤善作折枝,其得意者自赋诗题之。"折枝,中国传统绘画中花卉画法之一,即不画全株,只画连枝折下来的部分,故名。唐韩偓《已凉》诗:"碧阑干外绣帘垂,猩血屏风画折枝。"二诗由画中折枝牡丹,思驰万里,联想丰富。运用禅宗公案,机锋侧出,手到拈来,不见斧凿之迹;运用牡丹有关掌故,也左右逢源,而境界全出,的是作手。

〔2〕霜缣:白绢。鼠姑:牡丹的别名。宋唐慎微《证类本草》卷九:"牡丹,味辛苦寒……一名鹿韭,一名鼠姑。"明唐寅《题牡丹画》诗:"谷雨花枝号鼠姑,戏拈彤管画成图。"

〔3〕檀心倒晕:即倒晕檀心,牡丹优异品种之一。宋欧阳修《洛阳牡丹记·花释名第二》:"牡丹之名,或以氏,或以州,或以地,或以色,或旌其所异者而志之。姚黄、左花、魏花,以姓著;青州、丹州、延州红,以州著;细叶、粗叶、寿安、潜溪绯,以地著;一捻红、鹤翎红、朱砂红、玉板白、多叶紫、甘草黄,以色著;献来红、添色红、九蕊真珠、鹿胎花、倒晕檀心、莲花萼、一百五、叶底紫,皆志其异者。"又曰:"倒晕檀心者,多叶,红花。凡花近萼色深,至其末渐浅;此花自外深,色近萼反浅白,而深檀点其心。此尤可爱。"

〔4〕"如今"二句:禅宗公案之一,借牡丹花喻万物一体,人生如梦幻。宋普济《五灯会元》卷三《南岳下二世·南泉普愿禅师》:"师曰:'许你具一只眼。'陆大夫向师道:'肇法师也甚奇怪,解道天地与我同根,万物与我一体。'师指庭前牡丹花曰:'大夫,时人见此一株花,如梦相似。'

陆罔测。"南泉,即唐代禅僧普愿(748—834),俗姓王,新郑(今属河南)人。曾就大慧禅师受业,后往江西参谒马祖道一,有所省悟。贞元十一年(795)赴池阳南泉山隐居,自建禅斋,三十馀年足不下山。后应众请,出山授徒,法道大扬,世称南泉禅师。"南泉斩猫"为禅宗著名公案之一,有语录一卷。事见《宋高僧传》卷一一、《五灯会元》卷三。王士禛于此诗后自注云:"卷中多衲子诗。"言下之意,即谓钱选画卷中多僧人题诗,故此处亦用禅宗公案入诗。衲子,即僧人,以其僧衣常用碎布拼缀而成,故以"衲"称。

驿骑筠笼进折枝,洛阳金粉入宫时[1]。永嘉水际知多少[2],谢客曾无五字诗[3]。

[1]"驿骑"二句:谓宋代洛阳用驿骑向朝廷进贡牡丹花事。宋欧阳修《洛阳牡丹记·风土记第三》:"洛阳至东京六驿,旧不进花,自今徐州李相(迪)为留守时,始进御。岁遣牙校一员,乘驿马一日一夕至京师,所进不过姚黄、魏花三数朵,以菜叶实竹笼子,藉覆之,使马上不动摇。以蜡封花蒂,乃数日不落。"又宋邵伯温《邵氏闻见录》卷一七:"洛中风俗尚名教,虽公卿家不敢事形势,人随贫富自乐,于货利不急也。岁正月梅已花,二月桃李杂花盛开,三月牡丹开。于花盛处作园圃,四方伎艺举集,都人士女载酒争出,择园亭胜地,上下池台间引满歌呼,不复问其主人。抵暮游花市,以筠笼卖花,虽贫者亦戴花饮酒相乐,故王平甫诗曰:'风暄翠幕春沽酒,露湿筠笼夜卖花。'姚黄初出邙山后白司马坡下姚氏酒肆,水地诸寺间有之,岁不过十数枝,府中多取以进。"驿骑(jì记),即驿马,古代驿站供传递公文或官员使用的马匹。筠笼,竹篮之类的盛器。洛阳,《佩文斋广群芳谱》卷三二:"武后诏游后苑,百花俱开,牡丹独迟,遂贬于洛阳。故洛阳牡丹冠天下,是不特芳姿艳质,足压群

葩,而劲骨刚心,尤高出万卉,安得以富贵一语概之!"金粉,宋代陈州牡丹花一时的变异品种,名缕金黄,这里即泛指牡丹的名贵品种。宋张邦基《墨庄漫录》卷九:"洛阳牡丹之品见于花谱,然未若陈州之盛且多也。园户植花如种黍粟,动以顷计。政和壬辰春,予侍亲在郡,时园户牛氏家忽开一枝,色如鹅雏而淡,其面一尺三四寸,高尺许,柔葩重叠,约千百叶。其本姚黄也,而于葩英之端,有金粉一晕缕之,其心紫蕊,亦金粉缕之。牛氏乃以缕金黄名之。以篷簩作棚屋围幛,复张青帟护之。于门首遣人约止游人,人输千钱,乃得入观。十日间,其家数百千,予亦获见之。郡守闻之,欲剪以进于内府,众园户皆言不可,曰:'此花之变易者,不可为常,他时复来索此品,何应之?'又欲移其根,亦以此为辞,乃已。明年,花开果如旧品矣。此亦草木之妖也。"

〔2〕"永嘉"句:谓六朝时,永嘉(今浙江温州)一带多牡丹花。唐段成式《酉阳杂俎》卷一九:"牡丹,前史中无说处,惟谢康乐集中,言竹间水际多牡丹。成式检隋朝《种植法》七十卷中,初不记说牡丹,则知隋朝花药中所无也。"又宋欧阳修《洛阳牡丹记·花释名第二》:"谢灵运言永嘉竹间水际多牡丹,今越花不及洛阳甚远,是洛花自古未有若今之盛也。"

〔3〕"谢客"句:谓谢灵运竟然没有吟咏牡丹的诗作。谢客,即谢灵运(385—433),谢玄之孙,小名客儿,后人或称谢客;又因袭爵封康乐公,或称谢康乐。生于会稽始宁(今浙江上虞),仕晋为中书侍郎,入宋,为散骑常侍,出为永嘉太守,后以叛逆罪流徙广州,旋被杀。其诗歌创作开山水诗之先河,明人辑有《谢康乐集》。《宋书》、《南史》皆有传。五字诗,即五言诗。谢灵运诗工五言,《南史·颜延之传》:"延之尝问鲍照己与灵运优劣,照曰:'谢五言如初发芙蓉,自然可爱;君诗若铺锦列绣,亦雕缋满眼。'"

顾茂伦吴汉槎撰绝句诗国朝止三家乃以拙作参牧翁钝翁之间戏寄二首并示钝老[1]

少日词场偶啖名[2],重教刻画太痴生[3]。他年传唱蛮中去,几许弓衣织得成[4]?

〔1〕这两首七绝作于康熙二十二年(1683)十月中,时作者在京师国子监祭酒任上。顾有孝等人有《名家绝句钞》之选,清人绝句只入选三家,即钱谦益、王士禛与汪琬三家,王士禛欣闻此举,赋诗二首寄答,并以示汪琬。作者自负中又略带调侃意味,妙语天然,得心应手,显示出作者对七绝体裁把握的炉火纯青。顾茂伦,即顾有孝(1619—1689),字茂伦,号雪滩钓叟,江南吴江(今属江苏)人。详见《题顾茂伦〈雪滩钓叟图〉二首》诗之一注〔1〕。吴汉槎,即吴兆骞(1631—1684),字汉槎,吴江(今属江苏)人。详见《和徐健庵宫赞喜吴汉槎入关之作》诗注〔1〕。撰绝句诗,当指《名家绝句钞》六卷,孙殿起《贩书偶记续编》卷一九著录:"清吴江顾有孝、吴兆骞、江都蒋以敏同纂,无刻书年月,约康熙间刊。"国朝,封建时代人称本朝。牧翁,即钱谦益(1582—1664),字受之,号尚湖,一号牧斋,晚号蒙叟,江南常熟(今属江苏)人。详见《江东》诗注〔7〕。钝翁、钝老,即汪琬(1624—1690),字苕文,号钝庵,晚号钝翁,以晚年隐居太湖尧峰山,学者称尧峰先生。江南长洲(今江苏苏州)人。详见《送苕文之京二首》诗之一注〔1〕。

〔2〕词场:文坛。啖(dàn旦)名:贪求虚名,好名。南朝宋刘义庆《世说新语·排调》:"简文在殿上行,右军与孙兴公在后。右军指简文

语孙曰:'此啖名客。'简文顾曰:'天下自有利齿儿。'"

〔3〕"重教"句:谓《名家绝句钞》将自己置于钱谦益与汪琬之间,未免唐突两位高才者。刻画,语本南朝宋刘义庆《世说新语·轻诋》:"庾元规语周伯仁:'诸人皆以君方乐。'周曰:'何乐? 谓乐毅邪?'庾曰:'不尔,乐令耳。'周曰:'何乃刻画无盐,以唐突西子也。'"太痴生,意谓不聪明,作者自谓。生,语助词。宋范成大《病中不复问节序四遇重阳既不能登高又不觞客聊书老怀》诗:"挽须儿女太痴生,更问今年有诗否?"

〔4〕"他年"二句:谓自己的绝句诗即使传唱到远处,也不会被贵重,是自谦的说法。语本宋欧阳修《六一诗话》:"苏子瞻学士,蜀人也。尝于浉井监得西南夷人所卖蛮布弓衣,其文织成梅圣俞《春雪》诗。此诗在圣俞集中未为绝唱,盖其名重天下,一篇一咏,传落夷狄,而异域之人贵重之如此耳。"蛮中,古代泛指长江中游及其以南少数民族聚集区域。《书·禹贡》:"五百里荒服,三百里蛮,二百里流。"弓衣,装弓的袋子。

老去心情百不宜[1],《楞伽》堆案已嫌迟[2]。谁能更与尧峰叟,赌取黄河远上词[3]。

〔1〕老去心情:语本唐元稹《酬乐天叹穷愁见寄》诗:"老去心情随日减,远来书信隔年闻。"百不宜:以多事为烦恼。语本宋吕本中《家叔舍弟与黎介然会于符离因用两绝奉寄》诗之二:"老觉为官百不宜,故人虽在鬓如丝。"

〔2〕楞伽堆案:谓心向禅悦,以求寄托。语本唐李贺《赠陈商》诗:"长安有男儿,二十心已朽。《楞伽》堆案前,《楚辞》系肘后。"又宋普济《五灯会元》卷一《东土祖师·初祖菩提达磨大师》:"祖又曰:'吾有《楞伽经》四卷,亦用付汝。即是如来心地要门,令诸众生开示悟入。'"楞

伽,即《楞伽经》,四卷,全称《楞伽阿跋多罗宝经》。楞伽,山名;阿跋多罗,梵语"进入"之音译。意谓佛陀入此山所作之宝经。本经宣说世界万物皆由心造,认识事物不在外界而在内心,为代表大乘佛教之经典。

〔3〕"谁能"二句:谓诗歌创作,自己不敢与汪琬相争高下,自谦中略带玩笑成分。"赌取"句,用唐人"旗亭画壁"故事。语本唐薛用弱《集异记》卷二《王之涣》:"开元中,诗人王昌龄、高适、王之涣齐名。时风尘未偶,而游处略同。一日天寒微雪,三诗人共诣旗亭,贳酒小饮。忽有梨园伶官十数人,登楼会讌,三诗人因避席偎映,拥炉火以观焉。俄有妙妓四辈,寻续而至,奢华艳曳,都冶颇极。旋则奏乐,皆当时之名部也。昌龄等私相约曰:'我辈各擅诗名,每不自定其甲乙,今者可以密观诸伶所讴,若诗入歌词之多者,则为优矣。'俄而一伶拊节而唱,乃曰:'寒雨连江夜入吴,平明送客楚山孤。洛阳亲友如相问,一片冰心在玉壶。'昌龄则引手画壁曰:'一绝句。'寻又一伶讴之曰:'开箧泪沾臆,见君前日书。夜台何寂寞,犹是子云居。'适则引手画壁曰:'一绝句。'寻又一伶讴曰:'奉帚平明金殿开,强将团扇共徘徊。玉颜不及寒鸦色,犹带昭阳日影来。'昌龄则又引手画壁曰:'二绝句。'之涣自以得名已久,因谓诸人曰:'此辈皆潦倒乐官,所唱皆《巴人》、《下里》之词耳,岂《阳春》、《白雪》之曲,俗物敢近哉!'因指诸妓之中最佳者曰:'待此子所唱,如非我诗,吾即终身不敢与子争衡矣;脱是吾诗,子等当须列拜床下,奉吾为师。'因欢笑而俟之。须臾,次至双鬟发声,则曰:'黄河远上白云间,一片孤城万仞山。羌笛何须怨杨柳,春风不度玉门关。'之涣即揶揄二子曰:'田舍奴,我岂妄哉!'因大谐笑。"

忆山居示儿子〔1〕

堂静看归燕〔2〕,村深报午鸡〔3〕。松花开细雨〔4〕,笋竹并春泥。涧道水兼石[5],山田高复低[6]。休惭令狐子[7],黾勉把钼犁[8]。

[1] 这首五律作于康熙二十二年(1683)冬月,时作者在京师国子监祭酒任上。身居繁华京城,本已是富贵中人,却能不忘昔日乡间之乐,而示子以山居之趣,非胸中有书万卷,常涵泳于道德之域,不能道及万一。全诗朴素无华,却暗用古人诗句,娓娓道来,语重心长;尾联用典,以农耕为乐,更是作者儒家本色之语,读来引人深思,回味无穷。

[2] 看归燕:语本宋李处权《偶书》诗:"栖迟无与言,袖手看归燕。"

[3] "村深"句:语本明陆深《山庄》诗:"林旷传乾鹊,村深报午鸡。"

[4] 开细雨:语本宋孔平仲《寄题萧文照阁》诗:"红蕖开细雨,白鸟下残阳。"

[5] 水兼石:语本宋翁卷《赠张韩伯》诗:"一路水兼石,万重山隔云。"

[6] "山田"句:语本宋方逢辰《田父吟》诗:"一亩之地高复低,节节级级如横梯。"

[7] "休惭"句:谓人生当甘于贫贱,不慕荣华。语本《后汉书·列女传》:"太原王霸妻者,不知何氏之女也。霸少立高节,光武时连征不仕。霸已见《逸人传》。妻亦美志行。初霸与同郡令狐子伯为友,后子伯为楚相,而其子为郡功曹,子伯乃令子奉书于霸,车马服从,雍容如也。霸子时方耕于野,闻宾至,投耒而归,见令狐子,沮怍不能仰视。霸目之,有愧容。客去,而久卧不起,妻怪问其故,始不肯告,妻请罪,而后言曰:'吾与子伯素不相若,向见其子容服甚光,举措有适,而我儿曹蓬发历齿,未知礼则,见客而有惭色,父子恩深,不觉自失耳。'妻曰:'君少修清节,不顾荣禄,今子伯之贵,孰与君之高?奈何忘宿志而惭儿女子乎?'霸屈,

起而笑曰:'有是哉!'遂共终身隐遁。"

〔8〕黾(mǐn 敏)勉:尽力。鉏(chú 锄)犁:锄与犁,借指耕作。

题《乘风破浪图》四首〔1〕

海外真看大九州〔2〕,青天一发是琉球〔3〕。人间奇观君知否,万里沧溟万斛舟〔4〕。

〔1〕这四首七绝作于康熙二十三年(1684)春间,时作者在京师国子监祭酒任上。康熙二十一年春间,汪楫奉旨出使琉球,王士禛有诗送行,题曰《送汪舟次检讨林石来舍人奉使琉球四首》。使还,有人作乘风破浪之图以写其事,王士禛又题此四首七绝,弘扬此行。与诗之题材相应,四诗风格也波澜壮阔,回肠荡气,具有阳刚之美,令人读后心潮澎湃。

〔2〕大九州:战国时齐人邹衍主张的一种地理学说,称中国以外的大陆为大九州。《史记·孟子荀卿列传》:"(邹衍)以为儒者所谓中国者,于天下乃八十一分居其一分耳。中国名曰赤县神州。赤县神州内自有九州,禹之序九州是也,不得为州数。中国外如赤县神州者九,乃所谓九州也。于是有裨海环之,人民禽兽莫能相通者,如一区中者,乃谓一州,如此者九,乃有大瀛海环其外,天地之际焉。"宋陆游《江楼吹笛饮酒大醉中作》诗:"世言九州外,复言大九州。"

〔3〕"青天"句:语本宋苏轼《澄迈驿通潮阁二首》诗之二:"杳杳天低鹘没处,青山一发是中原。"又苏轼《伏波将军庙碑》:"南望连山,若有若无,杳杳一发耳。"琉球,即琉球群岛,位于中国东方的太平洋上,又称南西群岛,在九州岛与中国台湾省之间,包括大隅、吐噶喇、奄美、冲绳、先岛五组群岛。《明一统志》卷八九:"琉球国,其地在福建泉州东海岛

中,其朝贡由福建以达于京师。"又云:"本朝洪武中,其国分为三,曰中山王,曰山南王,曰山北王,皆遣使朝贡。永乐初,其国王嗣立,皆受朝廷册封。自后惟中山来朝,至今不绝。其山南、山北二王,盖为所并云。"

〔4〕万里沧溟:语本宋王十朋《次韵宝印叔观海三绝》诗:"道人妙得观澜术,万里沧溟碧眼中。"沧溟,大海。唐元稹《侠客行》诗:"此客此心师海鲸,海鲸露背横沧溟。"万斛(hú 胡)舟:容量极大的舟船。古人以十斗为一斛,南宋末年改为五斗一斛。宋苏轼《次京师韵送表弟程懿叔赴夔州运判》诗:"譬如万斛舟,行此九折湾。"

扶桑东望海天孤[1],**虎节龙章拥万夫**[2]。**正是水犀酣战日**[3],**楼船十道下澎湖**[4]。

〔1〕扶桑东望:明周伦《阅视水操》诗:"野色渐分天欲曙,扶桑东望紫霞横。"扶桑,传说日出于扶桑之下,拂其树杪而升,故常谓日出处为扶桑。旧题汉东方朔《海内十洲记》:"扶桑在东海之东岸,岸直陆行,登岸一万里,东复有碧海,海广狭浩汗,与东海等。水既不咸苦,正作碧色,甘香味美。扶桑在碧海之中,地方万里。"海天孤:谓海与天交界处空虚浩瀚。明王洪《舟中杂兴》诗三十首之十九:"河翻暮雨急,山入海天孤。"

〔2〕虎节:周代山国使者出行时所持的符节。《周礼·地官·掌节》:"凡邦国之使节,山国用虎节,土国用人节,泽国用龙节,皆金也。"后即泛指符节。清汪懋麟《送舟次二兄册封琉球》诗:"稽颡请封圣人喜,虎节特令儒臣持。"龙章:龙旗,指出使琉球的仪仗。元许有壬《有元扎拉尔氏三世功臣碑铭》:"四万其师,虎节龙章。"拥万夫:指仪从显赫,人多势众。宋黄庭坚《送范德孺知庆州》诗:"春风旂旗拥万夫,幕下诸将思草枯。"

〔3〕"正是"句:谓出使航海劈波斩浪之情状。语本宋苏轼《八月十

五日看潮》诗之五:"安得夫差水犀手,三千强弩射潮低。"水犀,这里指水犀甲,用水犀皮制成的护身甲。汉赵晔《吴越春秋·勾践伐吴外传》:"今夫差衣水犀甲者十有三万人。"又相传吴越王钱镠射潮筑塘,《宋史·河渠志七》:"浙江通大海,日受两潮。梁开平中,钱武肃王始筑捍海塘,在候潮门外。潮水昼夜冲激,版筑不就,因命强弩数百以射潮头,又致祷胥山祠。既而潮避钱塘,东击西陵,遂造竹器,积巨石,植以大木。堤岸既固,民居乃奠。"酣战,激战。

〔4〕楼船:有楼的大船,指出使所乘者。道:量词,相当于"艘"。澎湖:即今澎湖列岛,在台湾海峡东南部,有大小岛屿九十馀。《明一统志》卷八九《琉球国》:"彭湖岛在国西,水行五日。地近福州、泉州、兴化、漳州四郡界,天气晴明,望之隐然若烟雾中。"清朱彝尊《通奉大夫福建布政司使内升汪公墓表》:"公讳楫,字舟次,世居徽州休宁县……二十一年春,琉球国王表请封爵……(以汪楫)充正使,赐一品服。临发,公诣阙上言七事……天子特允四条,给銮仗之半,缥囊钿函,赍宸翰以往。既达螺江,酾酒梅花洋,百神卫护,帆开风便,七日抵彭湖岛,中山王率所部郊迎。"

百灵不散石邮闲〔1〕,亲见神鱼跋浪间〔2〕。青史他年诧奇事〔3〕,天风三日到中山〔4〕。

〔1〕"百灵"句:谓若有神灵保佑,一帆风顺。百灵不散,语本唐杜甫《苏大侍御访江浦赋八韵记异》诗:"百灵未敢散,风破寒江迟。"百灵,各种神灵。汉班固《东都赋》:"礼神祇,怀百灵。"李善注:"《毛诗》曰:怀柔百神。"石邮,即石尤风,常省作"石尤"、"石邮",谓逆风、顶头风。《渊鉴类函》卷六引《江湖纪闻》曰:"石尤风者,传闻石氏女嫁为尤郎妇,情好甚笃。尤为商远行,妻阻之不从,尤出不归,妻忆之病,临亡长叹曰:

'吾恨不能阻其行,以至于此! 今凡有商旅远行,吾当作大风,为天下妇人阻之。'自后商旅发船,值打头逆风,则曰此石尤风日,遂止不行。"唐李商隐《拟意》诗:"去梦随川后,来风贮石邮。"

〔2〕神鱼:象征吉祥的鱼。《汉书·宣帝纪》:"东济大河,天气清静,神鱼舞河。"跋浪:破浪。唐杜甫《短歌行赠王郎司直》诗:"豫章翻风白日动,鲸鱼跋浪沧溟开。"

〔3〕青史:古代以竹简记事,故称史籍为青史。

〔4〕"天风"句:清惠栋注引清赵吉士《寄园寄所寄》:"休宁汪太史楫出使琉球,往时仅三昼夜遂抵其国,盖御书'中山世土'四字赐琉球王尚贞者在船也。及返时,波涛万状,旷日持久,然有乌鸦千馀,夜绕樯帆,破船数尺,又有巨鱼塞其缺处不漏。"天风,即风,以风行天空,故称。汉蔡邕《饮马长城窟行》诗:"枯桑知天风,海水知天寒。"中山,即琉球国。《续文献通考》卷二三八:"琉球国有三王,曰中山,曰山南,曰山北,皆以尚为姓,而中山最强。"

竹册亲颁异姓王〔1〕,归来封事动明光〔2〕。尽教乞与丹青手〔3〕,写作灵槎著日傍〔4〕。

〔1〕竹册:册封大臣时所用的竹简。异姓王:封与皇帝非同一族姓者为王,称异姓王。《史记·汉兴以来诸侯王年表序》:"高祖弟子同姓为王者九国,惟独长沙异姓。"唐杜甫《承闻河北诸道节度入朝欢喜口号绝句十二首》诗之十二:"神灵汉代中兴主,功业汾阳异姓王。"

〔2〕封事:密封的奏章。古代臣下上书奏事,为防泄漏,用皂囊封缄,故称。明光:即明光殿,汉代宫殿名。《三辅黄图》卷二:"未央宫渐台西有桂宫,中有光明殿,皆金玉珠玑为帘箔,处处明月珠,金陛玉阶,昼夜光明。"这里即代指清宫朝廷。唐杜甫《石砚》诗:"公含起草姿,不远

明光殿。"

〔3〕尽教:听凭。乞(qì器)与:给与。丹青手:画工。

〔4〕"写作"句:谓描绘出使舟船远航海外之景象。灵槎(chá察),亦作"灵查",能乘往天河的船筏。晋宗懔《荆楚岁时记》:"旧说天河与海通。近世有人居海渚者,每年八月有浮槎去来,不失期。人有奇志,立飞阁于槎上,多赍粮,乘槎而去。"著日傍,谓东方极远之处,这里即指琉球。语本晋王嘉《拾遗记》卷一:"帝子与皇娥并坐,抚桐峰梓瑟。皇娥倚瑟而清歌曰:'天清地旷浩茫茫,万象回薄化无方。涪天荡荡望沧沧,乘桴轻漾著日傍。当其何所至穷桑,心知和乐悦未央。'"

鱼山神女祠[1]

云车入洛几时还[2],松桂凄凉满旧山[3]。歌罢《迎神》《送神》曲[4],山青无际水潺湲[5]。

〔1〕这首七绝作于康熙二十三年(1684)十二月初七日,时作者奉命祭告南海,途经山东东阿鱼山,有感传说中神女智琼事而作。作者题下自注云:"王摩诘有《鱼山神女祠歌》。"王士禛《渔洋诗话》卷中:"东阿鱼山是陈思王闻梵处,冢墓在焉,即《瓠子歌》之吾山也。又有神女智琼祠,余题绝句云……"唐王维《鱼山神女祠歌二首》包含《迎神曲》与《送神曲》。《迎神曲》云:"坎坎击鼓,鱼山之下。吹洞箫,望极浦。女巫进,纷屡舞。陈瑶席,湛清酤。风凄凄兮夜雨,神之来兮不来,使我心兮苦复苦。"《送神曲》云:"纷进拜兮堂前,目眷眷兮琼筵。来不语兮意不传,作暮雨兮愁空山。悲急管思繁弦,灵之驾兮俨欲旋,倏云收兮雨歇,山青青兮水潺湲。"二十八字基本以王维二诗为依托,有意营造一种惆怅

凄清的意象,反映了诗人自己对宦宦生涯的几许无奈。是年王士禛已年逾半百,这次南行,其父特意从家乡赶到茌平与之会面,两天后即与父分别又上征程。此诗即写于别后一日,其间万缕愁思自当已暗寓其中了。

〔2〕"云车"句:谓神女智琼与弦超相恋事。宋郭茂倩《乐府诗集》卷四七录唐王维《祠鱼山神女歌》,有序引张茂先《神女赋序》云:"魏济北从事弦超,嘉平中,夜梦神女来,自称天上玉女,姓成公,字智琼,东郡人。早失父母,天地哀其孤苦,令得下嫁。后三四日一来,即乘辎軿,衣罗绮。智琼能隐其形,不能藏其声,且芬香达于室宇,颇为人知。一旦神女别去,留赠裙衫裲裆。"又引《述征记》云:"魏嘉平中,有神女成公智琼降弦超,同室疑其有奸,智琼乃绝。后五年,超使将之洛,西至济北渔山下,陌上遥望曲道头,有车马似智琼,果至洛,克复旧好。"云车,传说中仙人的车乘,仙人以云为车,故称。三国魏曹植《洛神赋》:"载云车之容裔。"刘良注:"神以云为车。"洛,即指洛阳。

〔3〕"松桂"句:语本唐许浑《重经四皓庙二首》诗之二:"避秦安汉出蓝关,松桂花阴满旧山。"又唐杜甫《月圆》诗:"故园松桂发,万里共清辉。"

〔4〕"歌罢"句:即指唐王维《鱼山神女祠歌二首》。详见注〔1〕。

〔5〕"山青"句:语本唐王维《鱼山神女祠歌二首·送神曲》:"山青青兮水潺湲。"潺湲,水流的样子。《楚辞·九歌·湘夫人》:"荒忽兮远望,观流水兮潺湲。"

陈思王墓下作[1]

昔诵君王赋,微波感洛神[2]。今过埋玉地[3],重忆建安人[4]。名岂齐公幹[5],谗宁杀灌均[6]。可怜才八斗[7],终古绝音尘[8]。

〔1〕这首五律作于康熙二十三年(1684)十二月初七日,与上选诗同时。陈思王,即三国魏曹植(192—232),字子建,原封东阿,故称东阿王;其最后封地在陈郡,卒谥思,后世又称之为陈王或陈思王。其墓在今山东东阿鱼山。《三国志·魏志·陈思王植传》:"初植登鱼山,临东阿,喟然有终焉之心,遂营为墓。"作者过曹植墓地而感伤凭吊,惺惺相惜,当是其重要因素,但对人生易逝,似也有无限的感喟,所以全诗调子低沉,也就顺理成章了。

〔2〕"昔诵"二句:谓过去对曹植的名篇《洛神赋》非常欣赏。君王,指曹植。微波,语本《洛神赋》:"无良媒以接欢兮,托微波而通辞。"洛神,即指宓妃,《洛神赋》有序云:"黄初三年,余朝京师,还济洛川。古人有言,斯水之神,名曰宓妃,感宋玉对楚王神女之事,遂作斯赋。"或谓洛神即暗寓甄后。参见《题余氏女子绣浣纱洛神图二首》之二注〔3〕。

〔3〕埋玉地:即指曹植墓。语本南朝宋刘义庆《世说新语·伤逝》:"庾文康亡,何扬州临葬云:'埋玉树箸土中,使人情何能已已!'"

〔4〕建安人:指建安七子。汉末建安(汉献帝之年号)时期孔融、陈琳、王粲、徐幹、阮瑀、应玚与刘桢七人,皆以文学名世,三国魏曹丕《典论·论文》:"斯七子者,于学无所遗,于辞无所假,咸以自骋骥骡于千里,仰齐足而并驰。"后世即以建安七子称之。

〔5〕"名岂"句:谓曹植难道仅与刘桢齐名吗?齐,用如动词。公幹,即刘桢(?—217),字公幹,东平(今属山东)人,建安中,曹操招之为丞相掾属。善五言诗,明人辑有《刘公幹集》。后人或将他与曹植并称"曹刘",如南朝梁钟嵘《诗品·总论》:"次有轻薄之徒,笑曹、刘为古拙。"又《诗品》卷上:"魏文学刘桢诗,其源出于古诗,仗气爱奇,动多振绝,真骨凌霜,高风跨俗。但气过其文,雕润恨少。然自陈思已下,桢称

独步。"

〔6〕"谗宁"句:谓进谗言诋毁曹植者,岂止灌均一人该杀。《三国志·魏志·陈思王植传》:"黄初二年,监国谒者灌均希指奏植醉酒悖慢,劫胁使者,有司请治罪,帝以太后故,贬爵安乡侯。"

〔7〕才八斗:比喻曹植才高。元陶宗仪《说郛》卷一二下《八斗之才》:"文章多,谓之八斗之才。谢灵运尝曰:'天下才有一石,曹子建独占八斗,我得一斗,天下共分一斗。'"

〔8〕"终古"句:谓如曹植这样才高八斗的人永远绝了踪迹。音尘,踪迹。唐李白《忆秦娥》词:"乐游原上清秋节,咸阳古道音尘绝。"

彭门怀古八首(选二首)〔1〕

城上黄楼天四垂〔2〕,卷帘坐尽楚山姿〔3〕。羽衣吹笛人千古〔4〕,楼下犹悬五丈旗〔5〕。

〔1〕这几首七绝作于康熙二十三年(1684)十二月十四日,时作者奉命祭告南海,途次徐州。彭门,即彭城。元陆友仁《研北杂志》卷下:"彭门,今徐州也。南通垓下,北连丰、沛,有范增墓。"这一组七绝原为八首,此选二首,前者追怀宋苏轼流传于徐州的事迹,后者追述东晋末刘裕九月九日戏马台大会百僚赋诗事。二诗所咏,皆不出文人雅事,可谓作者士大夫本色的反映。

〔2〕黄楼:宋神宗熙宁十年(1077)秋,黄河决口,彭城太守苏轼增筑徐州城墙,并于城东门起高楼,名曰黄楼。宋贺铸《庆湖遗老集》卷一《黄楼歌》有序云:"熙宁丁巳,河决白马,东注齐、宋之野。彭城南控吕梁,水汇城下,深二丈七尺。太守眉山苏公轼先诏调禁旅,发公廪,完城

堞,具舟楫,拯溺疗饥,民不告病。增筑子城之东门,楼冠其上,名之曰黄,取土胜水之义。楼成水退,因合燕以落,坐客三十人,皆文武知名士。"又宋苏辙《黄楼赋》有序云:"熙宁十年秋七月乙丑,河决于澶渊,东流入钜野,北溢于济,南溢于泗。八月戊戌,水及彭城下。余兄子瞻适为彭城守,水未至,使民具畚锸,畜土石,积刍茭,完窒隙穴,以为水备,故水至而民不恐……水既去,而民益亲,于是即城之东门为大楼焉,垩以黄土,曰土实胜水。"天四垂:谓天暮。宋司马光《碧楼》诗:"日暮天四垂,黯澹如秋水。"

〔3〕楚山:泛指楚地之山。语本宋苏轼《太虚以黄楼赋见寄作诗为谢》诗:"楚山以为城,泗水以为池。"

〔4〕"羽衣"句:谓苏轼等人登黄楼游乐事已成历史。宋苏轼《百步洪二首》诗有序云:"王定国访余于彭城,一日棹小舟与颜长道携盼、英、卿三子游泗水,北上圣女山,南下百步洪,吹笛饮酒,乘月而归。余时以事不得往,夜著羽衣,伫立于黄楼上,相视而笑,以为李太白死,世间无此乐三百馀年矣。"千古,谓昔人已死,名垂千古。

〔5〕"楼下"句:谓黄楼景象至今依旧。五丈旗,杆高五丈的旗。语本宋苏轼《太虚以黄楼赋见寄作诗为谢》诗:"黄楼高十丈,下建五丈旗。"

楼观岧峣戏马台〔1〕,宋公九日此传杯〔2〕。诗人猛士如龙虎〔3〕,只爱江东二谢才〔4〕。

〔1〕楼观(guàn贯):泛指楼殿之类的高大建筑物。岧峣(tiáo tíng条亭):又作"岧亭",高耸。唐杜甫《桥陵诗三十韵因呈县内诸官》诗:"居然赤县立,台榭争岧亭。"戏马台:故址在今徐州市东南。唐李吉甫《元和郡县志》卷一〇:"戏马台,在(彭城)县东南二里,项羽所造,戏马

于此。宋公九日登戏马台,即此。"

〔2〕"宋公"句:谓东晋末刘裕九月九日在戏马台与百僚宴集赋诗事。宋乐史《太平寰宇记》卷一五:"宋武北征至彭城,遣长史王虞等立第舍于项羽戏马台,作阁桥渡池。重九日,公引宾佐登此台,会将佐百僚赋诗以观志,作者百馀人,独谢灵运诗最工。"宋公,即刘裕(356—422),字德舆,小名寄奴,彭城人。仕东晋,为北府兵将领,统一江南,两次北伐,曾封宋公,晋元熙二年(420)代晋自立,是为宋武帝,在位二年。《宋书》、《南史》皆有纪。九日,农历九月九日重阳节,古人有登高、饮菊花酒之习俗。传杯,饮宴中传递酒杯劝酒。唐杜甫《九日》诗之二:"旧日重阳日,传杯不放杯。"仇兆鳌注引明王嗣奭《杜臆》:"'传杯不放杯',见古人只用一杯,诸客传饮。"

〔3〕"诗人"句:谓参加刘裕宴会者皆为知名人士。袭用宋苏轼《九日黄楼作》诗:"诗人猛士杂龙虎,楚舞吴歌乱鹅鸭。"自注:"坐客三十馀人,多知名之士。"龙虎,喻英雄俊杰。

〔4〕江东:或称江左,长江下游以东地区,为东晋、南朝宋、齐、梁、陈五朝之基业所在。二谢:指谢瞻与谢灵运。二人皆参与刘裕之九日高会,各有《九日从宋公戏马台集送孔令诗一首》,见梁萧统《文选》卷二〇。孔令,指孔季恭。《宋书·孔季恭传》:"孔靖,字季恭,会稽山阴人也。名与高祖祖讳同,故称字……乃拜侍中,特进左光禄大夫。辞事东归,高祖饯之戏马台,百僚咸赋诗,以述其美。"谢瞻(387—421),字宣远,一说名檐,字通远,陈郡阳夏(今河南太康)人。仕宋官相国从事中郎,出为豫章太守,遇疾卒。《宋书·谢瞻传》:"瞻善于文章,辞采之美与族叔混、弟灵运相抗。"谢灵运(385—433),谢玄之孙,小名客儿,后人或称谢客;又因袭爵封康乐公,或称谢康乐。详见《钱选折枝牡丹二首》诗之二注〔3〕。明安磐《颐山诗话》:"刘裕九日游戏马台,令僚佐赋诗送孔靖。谢宣远曰:'圣心眷嘉节,扬銮戾行宫。'谢灵运曰:'良辰感圣心,

云旗兴暮节.'是时裕方以宋公建台,而二子俱称为'圣',亦犹汉帝尚在,而公幹以曹操为元后,仲宣以操为圣君也。君臣之义,不明久矣,何惟其然哉!"

宿州东门道曰汴堤古隋堤也作隋堤曲[1]

殿脚三千事已非[2],隋堤风物尚依稀[3]。玉娥金茧飘零尽[4],谁见杨花日暮飞[5]。

[1] 这首七绝作于康熙二十三年(1684)十二月十六日,时作者奉命祭告南海,途次宿州。宿州,今属安徽省,邻接江苏省。唐李吉甫《元和郡县志》卷一〇:"宿州,本徐州符离县也,元和四年以其地南临汴河,有埇桥为舳舻之会,运漕所历,防虞是资;又以蕲县北属徐州,疆界阔远。有诏割符离、蕲县及泗州之虹县,置宿州,取古宿国为名也。"汴堤,即隋堤,隋炀帝时沿通济渠、邗沟河岸所修筑的御道,道旁植杨柳,后人即谓之隋堤。王士禛《南来志》:"宿州东门道有长堤,古隋堤也。"《大清一统志》卷一五〇:"隋堤,一名汴堤,隋大业元年筑。西通济水,南达淮泗,几千馀里,绕堤植柳。明正统、景泰间重筑,镇以铁犀,亦名三里堤,以去府城三里也。"作者一番吊古,历史风云旧事萦绕心头,虽未作翻案文章,却也于沉思中道出残暴导致亡国的历史教训,首句七字,是为全诗之关键。

[2] 殿脚三千:即为隋炀帝隋堤牵舟之众多殿脚女。唐颜师古《大业拾遗记》:"至汴,帝御龙舟……每舟择妙丽长白女子千人,执雕板镂金楫,号为殿脚女。"又宋无名氏《开河记》:"(隋炀帝)龙舟既成,泛江沿淮而下,至大梁,又别加修饰,砌以七宝金玉之类。于是吴越取民间女年

十五六岁者五百人,谓之殿脚女。至于龙舟御楫,即每船用彩缆十条,每条用殿脚女十人、嫩羊十口,令殿脚女与羊相间而行,牵之。"宋孙光宪《河传》词:"如花殿脚三千女。"

〔3〕隋堤风物:谓当时所栽杨柳。宋无名氏《开河记》:"时恐盛暑,翰林学士虞世基献计,请用垂柳栽于汴渠两堤上,一则树根四散,鞠护河堤,二乃牵舟之人获其阴,三则牵舟之羊食其叶。上大喜,诏民间有柳一株,赏一缣,百姓竞献之。"依稀:相象,类似。

〔4〕玉蛾金茧:形容柳絮与初生之柳叶。明杨慎《瑞鹧鸪》词:"垂杨垂柳管芳年,飞絮飞花媚远天。金茧抱春寒食后,玉蛾翻雪暖风前。"又清吴绮《柳含烟·咏柳》词:"江南路,柳丝垂。多少齐梁旧事,玉蛾金茧只霏霏。挂斜晖。"飘零尽:时已深冬,柳叶早落,此处双关隋朝覆亡。详下句注。

〔5〕"谁见"句:谓隋朝覆亡。宋无名氏《迷楼记》:"大业九年,帝将再幸江都,有迷楼宫人抗声夜歌云:'江南杨花谢,江北李花荣。杨花飞去落何处,李花结果自然成。'帝闻其歌,披衣起听,召宫女问之云:'孰使汝歌也?汝自为之邪?'宫女曰:'臣有弟在民间,因得此歌,曰道途儿童多唱此歌。'帝默然久之,曰:'天启之也,天启之也!'帝因索酒,自歌云:'宫木阴浓燕子飞,兴衰自古漫成悲。他日迷楼更好景,宫中吐艳恋红辉。'歌竟,不胜其悲。近侍奏:'无故而悲,又歌,臣皆不晓。'帝曰:'休问,他日自知也。'后帝幸江都,唐帝提兵,号令入京,见迷楼,太宗曰:'此皆民膏血所为,乃命焚之,经月,火不灭,前谣、前诗皆见矣。方知世代兴亡,非偶然也。"杨花,形同柳絮。北周庾信《春赋》:"新年鸟声千种啭,二月杨花满路飞。"

二乔宅〔1〕

修眉细细写春山〔2〕,松竹萧萧响佩环〔3〕。霸气江东久销歇[4],空留初地在人间[5]。

〔1〕这首七绝作于康熙二十三年(1684)十二月二十八日,时作者奉命祭告南海,途次潜山(今属安徽)。作者题下自注:"彰法山广孝寺。"二乔宅,故址在今安徽潜山县。宋黄庭坚《同苏子平李德叟登擢秀阁》诗:"松竹二乔宅。"史容注引《同安志》云:"擢秀阁在舒州彰法寺。"又云:"孙策、周瑜得桥公二女,今郡城东有佛庐,世传为公故宅。"又《明一统志》卷一四:"乔公故居,在潜山县北五里,汉末乔公居此。公二女皆国色,孙策克皖,自纳大乔,周瑜纳小乔。后人于其故址建亭,名秀英。本朝徐贲诗:'孙郎谋略周郎智,相逢更结君臣义。丰姿联璧照江东,都与乔公作佳婿。'"王士禛《皇华纪闻》卷一《胭脂井》:"汉太尉桥玄故宅,在潜山北三里彰法山山麓,溪流纡折,松竹郁秀。今改为广教寺。"诗从二乔之美联想到孙吴霸业,如今美人已逝,霸业销歇,虽不出文人吊古诗文之窠臼,但末句"空留初地"似有世事虚幻的感伤,反映了诗人力倡神韵的基调。

〔2〕"修眉"句:谓大乔、小乔容颜美丽。修眉,长眉。宋柳永《少年游》词:"修眉敛黛,遥山横翠,相对结春愁。"春山,春日山色黛青,旧时常喻指女子娇好的眉毛。唐李商隐《代董秀才却扇》诗:"莫将画扇出帷来,遮掩春山滞上才。"又旧题晋葛洪撰《西京杂记》卷二:"文君姣好,眉色如望远山,脸际常若芙蓉。"

〔3〕"松竹"句:谓风过松竹,其音仿佛二乔佩环声回响。松竹萧萧,语本唐戎昱《题宋玉亭》诗:"应缘此处人多别,松竹萧萧也带愁。"王士禛《渔洋诗话》卷中:"二乔宅在潜山县,近三祖山,故山谷诗云:'松竹二乔宅,雪云三祖山。'今遗址为彰法寺,余甲子过之,有诗云……"佩环,旧时妇女所佩玉质饰物。

〔4〕"霸气"句:谓三国鼎立中孙吴建国江南的霸王气象,至今已荡

然无存。宋王十朋《吴大帝》诗："一战果摧曹孟德,不妨高枕霸江东。"王士禛《蝀矶灵泽夫人祠二首》诗之二(本书已选)首句:"霸气江东久寂寥。"

〔5〕初地:佛教寺院,这里即指广教寺。唐王维《登辨觉寺》诗:"竹径从初地,莲峰出化城。"

龙山晚渡〔1〕

雪满龙山望五湖〔2〕,渔舟沙步晚招呼〔3〕。凭谁唤起维摩诘,重写寒江《雪渡图》〔4〕。

〔1〕这首七绝作于康熙二十三年(1684)十二月二十八日,时作者奉命祭告南海,途次龙山渡口。王士禛《粤行三志·南来志》:"二十八日,雪……晚抵龙山,渡河,寒山雪麓,长桥渔浦,居然'雪浦待渡图'也。"龙山,《明一统志》卷一四:"龙山,在潜山县东北一百二十里,山形蜿蜒如龙。"是日,作者冒雪渡潜水,向太湖县行进,触景生情,联想到唐代王维的"画中有诗"的意境,写下此诗。诗人斯时已年过半百,于行旅艰难中,尚有雅兴吟诗,可见其处世达观的潇洒人生,这与其神韵说内蕴不无关联。

〔2〕五湖:位于今江苏省南部的太湖,古代别称五湖,这里即以五湖代称太湖县(在今安徽省西南部)。

〔3〕沙步:沙滩边船舶停靠处或渡口。宋陈师道《九日寄秦觏》诗:"疾风回雨水明霞,沙步丛祠欲暮鸦。"

〔4〕"凭谁"二句:语本宋周紫芝《东坡老人居儋耳尝独游城北过溪观闵客草舍……》诗:"凭谁唤起王摩诘,画作东坡戴笠图。"又元卢琦

《山行杂咏》诗："凭谁唤起王摩诘,写入秋毫作画图。"又明张宁《雪蕉亭》诗："凭谁唤起王摩诘,并作袁安卧雪图。"又明朱诚泳《予尝目摩诘辋川图爱其山水之秀……》诗："凭谁唤起王摩诘,为我写取春山图。"维摩诘,即唐诗人王维(？—761),字摩诘,太原祁县(今属山西)人,工诗善画。详见《戏仿元遗山论诗绝句三十二首》之四注〔2〕。寒江《雪渡图》,宋《宣和画谱》卷一〇著录"今御府所藏一百二十有六"轴王维画,其中有《雪江胜赏图》二轴、《雪江诗意图》一轴、《雪渡图》三轴等。

望青原山有怀药地愚山二公〔1〕

白鹭空洲又劫灰〔2〕,青原山色自崔嵬〔3〕。风流二老今何在〔4〕,独问庐陵米价来〔5〕。

〔1〕这首七绝作于康熙二十四年(1685)正月十七日,时作者奉命祭告南海,途次庐陵。青原山,在今江西吉安东南,名胜古迹甚多,青原山寺为禅宗七祖行思的道场。《江西通志》卷九《吉安府》："青原山,在府城东南十五里,山势郁盘,外望如蔽。"药地,即方以智(1611—1671),字密之,号曼公,又自号龙眠愚者,出家后,曾开法青原山,又有弘智、行远、无可、大可、药地等法号,江南桐城(今属安徽)人。明崇祯十三年(1640)进士,授编修,与冒襄、吴应箕、侯方域有明末四公子之称。仕南明为礼部尚书,入清不仕。诗文词曲、声歌书画,无不精妙。著有《通雅》、《浮山文集》、《方密之诗钞》等多种。《清史列传》、《清史稿》皆有传。愚山,即施闰章(1619—1683),字尚白,一字屺云,号愚山,江南宣城(今属安徽)人。详见《题施愚山〈卖船〉诗后》诗注〔1〕。作者题下自注："愚山重建白鹭书院,今毁于火。"诗以"庐陵米价"这一著名禅宗公

案为结句,切合本地风光,且寓意深远,馀味绵长。

〔2〕白鹭空洲:即白鹭洲,在今江西吉安以东的赣江中,以形如白鹭得名,方圆数十里。南宋吉安太守江万里曾为来此讲学的周敦颐、张载、程颢、程颐、朱熹等立祠,建白鹭洲书院,遂成为古今游览胜地。劫灰:佛教所称劫火的馀灰。后泛指战乱或大火后的残迹或馀烬。王士禛《粤行三志·南来志》:"(白鹭书院)顺治庚子、辛丑间,愚山修复……甲寅用兵后,盗据庐陵二载,复化劫灰矣。"施闰章《王枚臣安福乱后书至》诗:"望断螺川是战场,书来破涕复沾裳。残生丘壑馀衰病,几辈应刘累丧亡。讲肆已随衰草没,戍楼新控大江长。东南羽檄何年定,只有离愁对夕阳。"自注云:"来书言,吉州城外市肆、讲堂,尽成丘墟,白鹭洲阁已改戍楼。"按,康熙十三年甲寅(1674),三藩之乱延及江西,各处多遭劫难。施闰章自顺治十八年(1661)秋任江西布政司参议,分守湖西道,至康熙六年(1667)秋,以裁缺去官,因而对江西再遭战火耿耿于怀。参见《题施愚山〈卖船〉诗后》一诗。

〔3〕崔嵬(wéi 维):山势高耸的样子。

〔4〕风流二老:指方以智、施闰章二人。清朱彝尊《经义考》卷一一八:"陆粲曰:'宣城施侍读闰章参政湖西时,葺白鹭洲书院讲学,楚人杨耻庵偕其徒为都讲,大可与之辨淫奔诗并《笙》诗。'"唐杜甫《寄赞上人》诗:"与子成二老,来往亦风流。"

〔5〕"独问"句:谓自己只能独自来庐陵参禅,略有调侃意味。宋普济《五灯会元》卷五《六祖大鉴禅师法嗣·青原行思禅师》:"僧问:'如何是佛法大意?'师曰:'庐陵米作么价?'"此为青原行思禅师的机语,隐指禅法存于目前身边、日常运用之中,以后遂成为诸家喜拈提的著名公案。

将抵曲江〔1〕

二月一日春态闲〔2〕,桃花欲落鸟绵蛮〔3〕。回头不识中原路〔4〕,人在三枫五渡间〔5〕。

〔1〕这首七绝作于康熙二十四年(1685)二月初一日,时作者奉命祭告南海,舟次曲江道中。曲江,县名,在今广东韶关市郊,北江上游。《大清一统志》卷三四一《韶州府》:"曲江县……汉置曲江县,属桂阳郡,后汉因之。三国吴为始兴郡治,晋及宋、齐以后因之。隋属南海郡,唐为韶州治,五代、宋亦属韶州,元属韶州路,明属韶州府,本朝因之。"作者此行历尽艰辛,即将到达目的地,又逢南方春色迷人,心情自然欣喜舒畅,因而诗也写得轻灵活泼,意态潇洒。

〔2〕春态:春日的景象。唐白居易《立春后五日》诗:"立春后五日,春态分婀娜。"闲:这里有闲暇、静美的含义。

〔3〕鸟绵蛮:宋欧阳修《送姜秀才游苏州》诗:"山花撩乱鸟绵蛮,更尽一尊明日别。"绵蛮,鸟鸣声。《诗·小雅·绵蛮》:"绵蛮黄鸟,止于丘阿。"毛传:"绵蛮,小鸟貌。"朱熹集传:"绵蛮,鸟声。"这里用后一说。

〔4〕中原:黄河流域。这里即指中国北方。

〔5〕三枫五渡:作者自注:"三枫亭,范云赋诗处。"又王士禛《渔洋诗话》卷中:"始兴江口有三枫亭,梁范云遗迹也。余以甲子使粤过之,题诗云……"唐李吉甫《元和郡县志》卷三五《始兴县》:"邪阶水,今名阶水,出县东百三十里,近水有邪阶山。又有修仁水,出县东北东峤山,仍有三枫亭、五渡水,齐范彦龙为始兴守,至修仁酌水赋诗曰:'三枫何习习,五渡且悠悠。宁饮修仁水,不湿邪阶流。'"又《太平御览》卷三九:"《方舆·韶州》记曰:'曲江县修仁水西南注连水,北有三枫亭、五渡水。'"范彦龙,即范云(451—503),字彦龙,南乡舞阴(今河南泌阳西北)人。初仕宋、齐,后仕梁,官侍中、尚书右仆射,封霄城县侯。工诗,文思敏捷。《梁书》、《南史》皆有传。上引范云诗诗题为《酌修仁水赋诗》。

大孤山〔1〕

宫亭湖上好烟鬟〔2〕,倭髻初成玉镜闲〔3〕。雾阁云窗不留客〔4〕,蘋花香里过鞋山〔5〕。

〔1〕这首七绝作于康熙二十四年(1685)五月十二日,作者奉命祭告南海后北归,途次江西湖口。大孤山,又名大姑山、鞋山,在今江西湖口东南鄱阳湖中。四面临水,一峰耸立,秀丽峥嵘,清幽静雅。明彭大翼《山堂肆考》卷一八《大孤小孤》:"大孤山在九江府城东南彭蠡湖中,与都昌分界,四面洪涛,屹然独耸。上有神祠,过者必致祭焉。"又宋范成大《吴船录》:"过湖口,望大孤,如道士冠立碧波万顷中,亦奇观也。"拟人艺术手法的运用,使这首诗自然流畅,所谓"情性所至,妙不自寻"的实境,在此诗中得到很好的体现。

〔2〕宫亭湖:即今鄱阳湖,又名彭蠡湖。参见《送彭十羡门游粤二首》诗之一注〔3〕。湖侧原有宫亭庙,宋乐史《太平寰宇记》卷一一一:"宫亭庙,按《州图经》云:'在州南彭蠡湖侧,周武王十五年置,分风擘流,上下皆得举帆。'"烟鬟:喻大姑山云雾缭绕的峰峦,如女子美丽的鬟发。

〔3〕倭髻(wǒ duò 我堕):古代妇女的一种发式,发髻向额前俯偃。此处比喻大孤山的形态。玉镜闲:比喻湖水平静。玉镜,比喻鄱阳湖。

〔4〕"雾阁"句:谓大孤山犹如美丽而贞洁的女道士。语本宋秦观《赠女冠畅师》诗:"雾阁云窗人莫窥,门前车马任东西。"

〔5〕"蘋花"句:语本元宋裹《七月三日喜至郧县山行兼旬至此始出》诗:"稻花香里过琳宫,一舸斜阳汉水东。"蘋(pín 频)花,一种生于浅

水中水草的小花,白色,夏秋间开。鞋山,大孤山的别名。《明一统志》卷五二:"鞋山,在府城南四十里彭蠡湖中,望之如鞋,因名。"

彭泽雨泊有怀陶公[1]

陶公令彭泽[2],柴桑一舍耳[3]。犹对匡庐山[4],共饮西江水[5]。一朝悟昨非[6],扁舟归栗里[7]。笑指故山云[8],吾心亦如此[9]。我来彭泽县,秋田没沙觜[10]。急雨送寒潮[11],三叹颜延诔[12]。

〔1〕这首诗作于康熙二十四年(1685)五月十四日,作者奉命祭告南海后北归,途次江西彭泽。彭泽,西汉置县,故址在今江西湖口以东;五代南唐后,治所徙今址。陶公,即陶渊明(365—427),一名潜,字元亮,世称靖节先生,晋浔阳柴桑(今江西九江西南)人。曾为州祭酒,复为镇军、建威参军,后为彭泽令,以"不能为五斗米折腰",弃官归隐,诗酒自娱。诗以田园题材著名,散文、辞赋亦佳。《晋书》、《宋书》皆有传。
〔2〕"陶公"句:晋义熙元年(405)八月,陶渊明为彭泽令,十一月即弃职返里。彭泽,指晋代之彭泽县。《明一统志》卷五二:"彭泽县城,在都昌县北四十五里,汉县属豫章郡,晋陶潜为令,治此城。"
〔3〕"柴桑"句:谓彭泽与陶渊明家乡柴桑不远。宋乐史《太平寰宇记》卷一一一:"周景式《庐山记》云:'柴桑,彭泽之郊,古三苗国,旧属庐江地。'"一舍,古代行军以三十里为一舍,此极言其距离相近。
〔4〕匡庐山:即庐山,亦称匡山或匡庐。在今江西九江市南,耸立于鄱阳湖、长江之滨。宋陈舜俞《庐山记》卷一:"山高二千三百六十丈,圆

基周回垂五百里。其山九叠,川亦九派。"

〔5〕西江:即长江,古人或称长江中下游为西江。唐元稹《相忆泪》诗:"西江流水到江州,闻道分成九道流。"

〔6〕"一朝"句:语本陶渊明辞官彭泽后所作《归去来兮辞》:"悟已往之不谏,知来者之可追。实迷途其未远,觉今是而昨非。"

〔7〕扁(piān 偏)舟:小船。栗里:即栗里原,陶渊明故里。元吴师道《题家藏渊明集后》:"《还旧居》诗'畴昔家上京',按,上京在今南康郡城外十里栗里原,去郡一舍,则公尝徙于此。前有《移家》诗,居不一处也。"《江西通志》卷四一:"醉卧石,《寻阳记》:'陶潜栗里,今有平石如砥,纵横丈馀,相传靖节先生醉卧其上。在庐山南。'"

〔8〕"笑指"句:喻指陶渊明不愿再做官。语本《归去来兮辞》:"云无心以出岫,鸟倦飞而知还。"

〔9〕"吾心"句:语本陶渊明《归园田居六首》诗之六:"素心正如此,开径望三益。"

〔10〕"秫田"句:谓陶渊明当年所种秫之田地,已被积沙湮没。秫(shú 赎),一种有黏性的谷类,可造酒。《晋书·陶潜传》:"以为彭泽令,在县公田悉令种秫谷,曰:'令吾尝醉于酒足矣。'"沙觜(zuǐ 嘴),亦作"沙嘴",一端连陆地,一端突出水中的带状沙滩,常见于低海岸和河口附近。唐皇甫松《浪淘沙》词:"宿鹭眠鸥飞旧浦,去年沙嘴是江心。"

〔11〕送寒潮:语本宋梅尧臣《满浦》诗:"风送寒潮急,云藏晚日低。"

〔12〕颜延诔(lěi 磊):宋文帝元嘉四年(427)十一月,陶渊明卒,颜延之为之作《陶征士诔》。《文选》李善注引何法盛《晋中兴书》:"延之为始兴郡,道经寻阳,常饮渊明舍,自晨达昏。及渊明卒,延之为诔,极其思致。"颜延,即颜延之(384—456),字延年,琅琊(今山东临沂)人。南朝宋著名诗人,历官始安太守、秘书监、金紫光禄大夫。诗与谢灵运齐

名,世称"颜谢"。明人辑有《颜光禄集》。《宋书》、《南史》皆有传。诔,古代称悼念死者的文章。

即事二绝句[1]

吴头楚尾浪花粗[2],终日彭郎对小姑[3]。杨叶洲边望烟火[4],江南江北雨模糊[5]。

〔1〕这两首七绝作于康熙二十四年(1685)五月十五日,作者奉命祭告南海后北归,途次江西彭泽。即事,即以当前事物为题材的诗。宋魏庆之《诗人玉屑·命意》:"凡作诗须命终篇之意,切勿以先得一句一联,因而成章,如此则意不多属。然古人亦不免如此,如述怀、即事之类,皆先成诗,而后命题者也。"这两首绝句系阻风江口时所作,自有一种无奈的心情,无论诗题,还是诗的内容,都反映了作者这种难言的焦虑。

〔2〕吴头楚尾:古人指豫章(今江西)一带,以其地位于春秋吴的上游、楚的下游,故称。详见《江上》诗注〔2〕。浪花粗:宋普济《五灯会元》卷六《安州九嵕禅师》:"安明九嵕山禅师,僧问:'远闻九嵕,及乎到来,只见一嵕。'师曰:'阇黎只见一嵕,不见九嵕。'曰:'如何是九嵕?'师曰:'水急浪花粗。'"金马定国《郓州城西》诗:"秋江白水浪花粗,墟落人归鸟自呼。"明薛瑄《题何司训致仕卷》诗:"驿路风和烟柳细,官河雨急浪花粗。"

〔3〕"终日"句:以彭郎矶常年对小孤山之眼前景物,双关自己阻留江口的百无聊赖心情。彭郎、小姑,参见《送彭十羡门游粤二首》诗之一注〔3〕、注〔5〕。

〔4〕"杨叶洲"句:语本唐孟浩然《夜泊宣城界》诗:"火炽梅根冶,烟

迷杨叶洲。"杨叶洲,宋乐史《太平寰宇记》卷一一一:"杨叶洲,西头一半在县东北三百一十一里,以东属池州秋浦县界。洲上多杨叶,又云洲腹稍阔,两头尖状如杨叶。"又《明一统志》卷五二:"杨叶洲,洲西半属彭泽县,以东属池州界。洲上多杨柳,或云状如杨叶。"

〔5〕"江南"句:暗寓思乡之心难已,语本宋苏轼《游金山寺》诗:"试登绝顶望乡国,江南江北青山多。"此言"雨模糊",则尚不如苏轼可见"青山多"之幸也。

往来不见马当船[1],三日芦中少爨烟[2]。东望皖公才百里[3],金陵难似上青天[4]。

〔1〕马当:山名,在今江西彭泽东北。《明一统志》卷五二:"马当山在彭泽县东北四十里,横枕大江,山象马形,横风撼浪,舟船艰阻,人为立庙。唐王勃舟过其下,遇神人赐以顺风,一夕至洪都,作《滕王阁序》。陆鲁望铭云:'天下之险者,在山曰太行,在水曰吕梁,合二险而为一,吾又闻乎马当。'"

〔2〕少爨(cuàn篡)烟:作者在彭泽阻风三日,舟载粮食已尽,故难以举火。爨烟,烧火煮饭的炊烟。详见下《江上看晚霞三首》诗之一注〔1〕。

〔3〕皖公:山名,又名皖山,在今安徽潜山、怀宁西境。宋祝穆《方舆胜览》卷四九:"皖山,在怀宁西十里,皖伯始封之地。《汉·地理志》:'与潜山、天柱峰相连,三峰鼎峙,叠嶂重峦,拒云概日,登陟无由。'"

〔4〕"金陵"句:语本唐李白《蜀道难》诗:"蜀道之难,难于上青天。"此谓因风急浪大,致令从彭泽到金陵也成天下难事。金陵,即今江苏南京市。

江上看晚霞三首[1]

彭泽县前风倒吹[2],三朝休怨峭帆迟[3]。馀霞散绮澄江练[4],满眼青山小谢诗[5]。

〔1〕这三首七绝作于康熙二十四年(1685)五月十五日,作者奉命祭告南海后北归,途次江西彭泽。王士禛《渔洋诗话》卷上:"江行看晚霞,最是妙境。余尝阻风小孤三日,看晚霞极妍尽态,顿忘留滞之苦,虽舟人告米尽,不恤也。赋三绝句云。"明末王思任在浙江青田看晚霞,写有《小洋》一篇小品文,将天际颜色变幻之奇,洋洋洒洒挥笔写出,慨叹"不观天地之富,岂知人间之贫哉"!王士禛在美妙的大自然面前,因喜爱晚霞之瑰丽,竟然将绝粮之苦置诸脑后,反映了文人雅致。三诗意态从容,胸怀坦荡,昭示出作者的审美理想。

〔2〕风倒吹:语本明佘翔《青山阻风》诗:"九月江南风倒吹,青山山下泊舟时。"

〔3〕峭帆:耸立的船帆,也借指驾船。唐李白《横江词》之三:"白浪如山那可渡,狂风愁杀峭帆人。"

〔4〕"馀霞"句:化用南朝齐谢朓《晚登三山还望京邑》诗:"馀霞散成绮,澄江净如练。"

〔5〕满目青山:宋曾巩《郡楼》诗:"满眼青山更上楼,偶携闲客此间游。"小谢,即指谢朓(464—499),字玄晖,陈郡阳夏(今河南太康)人。南朝齐诗人,曾任宣城太守、尚书吏部郎等职。文章清丽,擅长五言诗,在"永明体"诗人中成就较高。他在南朝宋诗人谢灵运之后,因称"小谢"。明人辑有《谢宣城集》。《南齐书》有传。

白浪空江断去人[1],连朝风色起青蘋[2]。小孤山外红霞影[3],定子当筵别是春[4]。

〔1〕"白浪"句:唐孟浩然《扬子津望京口》诗:"江风白浪起,愁杀渡头人。"

〔2〕起青蘋(pín 频):语本战国楚宋玉《风赋》:"夫风生于地,起于青蘋之末。"

〔3〕小孤山:宋祝穆《方舆胜览》卷二二:"小孤山在彭泽县北九十里,今属舒州宿松界。"又宋乐史《太平寰宇记》卷一一一:"小孤山高三十丈,周回一里,在古城西北九十里。孤峰耸峻,半入大江。"参见《送彭十羡门游粤二首》诗之一注〔3〕、注〔5〕。

〔4〕"定子"句:谓晚霞如同唐代名唤定子的女子的睡脸一般红润。语本唐杜牧《隋苑》诗:"红霞一抹广陵春,定子当筵睡脸新。"《才调集》入选杜牧此诗,题下有注云:"或刻定子。注:定子,牛相小青。"即谓定子乃牛僧孺的青年婢女。亦见唐李商隐《定子》诗:"檀槽一抹广陵春,定子初开睡脸新。"王士禛所用当为杜牧诗句。

潇潇寒雨暗浔阳[1],日日江潮过马当[2]。东望沧溟天万里[3],乘风欲渡赤城梁[4]。

〔1〕"潇潇"句:语本宋于石《九日次韵王寿翁》诗:"千古渊明呼不醒,天涯风雨暗浔阳。"潇潇,小雨的样子。浔阳,即浔阳江,今江西九江市附近的长江河段的别称。

〔2〕马当:山名,在今江西彭泽东北。详见《即事二绝句》之二

注〔1〕。

〔3〕"东望"句：语本宋黄公度《秋城晚望》诗："低头自笑微官缚,东望沧溟归路遥。"沧溟,高远幽深的天空。

〔4〕"乘风"句：语本明徐祯卿《赠别献吉》诗："此去梁园逢雨雪,知予遥度赤城梁。"又明王叔承《石湖小天台同陆生施生兄弟》诗："一片晚霞生谷口,羽衣如在赤城梁。"赤城,山名。在今浙江天台以北,为天台山南门。《文选·孙绰〈游天台山赋〉》："赤城霞举而建标。"李善注："支遁《天台山铭序》曰：'往天台,当由赤城山为道径。'孔灵符《会稽记》曰：'赤城,山名,色皆赤,状似云霞。'"梁,山脊。

蝼矶灵泽夫人祠二首〔1〕

白帝江声尚入吴〔2〕,灵祠片石倚江孤〔3〕。魂归若过刘郎浦〔4〕,还记明珠步障无〔5〕？

〔1〕这两首七绝作于康熙二十四年（1685）五月二十日,作者奉命祭告南海后北归,途次芜湖。蝼（xiāo 肖）矶,在今安徽芜湖西长江中。《大清一统志》卷八四："蝼矶在芜湖县西七里江中,高十丈,周九亩有奇。矶上有灵泽夫人祠,俗传以为昭烈夫人孙权妹云。矶西即无为州界,今涨沙连西岸,矶属芜湖而地滨无为矣。旧志：'西南有一石穴,广一丈,深不可测。'"明朱国祯《涌幢小品》卷一九《蝼矶》："芜湖江心有矶,矶上有祠,祠孙夫人,曰蝼矶,甚有神灵。孙夫人至此矶,闻先主崩摧,哭自沉。又曰,孙、刘有隙,夫人归吴,舟舣矶下,不忍见仲谋,遂刎于此。夫人真烈丈夫也！蜀既不传,吴亦遂讳,宜其为神,血食万世。"清顾炎武《日知录》卷三一《蝼矶》："芜湖县西南七里大江中蝼矶,相传昭烈孙夫

人自沉于此,有庙在焉……《蜀志》曰:'先主既定益州,而孙夫人还吴。'又裴松之注引《赵云别传》曰:'先主入益州,云领留营司马,时孙夫人以权妹,骄豪,多将吴吏兵,纵横不法。先主以云严重,必能整齐,特任掌内事。权闻备西征,大遣舟船迎妹,而夫人欲将后主还吴,云与张飞勒兵截江,乃得后主还。'是孙夫人自荆州复归于权,而后不知所终,蜻矶之传殆妄。"有关传说纷纭,王士禛未作纠缠,只是将深沉的历史感融入诗中,从灵泽夫人的角度观照蜀、吴的相继覆亡,属于诗人之歌吟,而非史家之评判。

〔2〕"白帝"句:谓刘备在白帝城去世的消息当随江声传入孙吴。白帝,即白帝城,故址在今四川境内濒临长江的白帝山上。《四川通志》卷二六《奉节县》:"白帝城,在县东十里,公孙述据蜀所筑。后汉建安十八年,诸葛亮等自荆州泝流定白帝、江州。章武二年,先主征吴败还至鱼复,改曰永安。"蜀汉昭烈帝章武二年(222),刘备伐吴兵败猇亭,退守白帝,在此托孤于诸葛亮,翌年卒。二十世纪修建三峡大坝,长江上游水位提高,此处地理环境大变,景观已非旧貌。

〔3〕灵祠:指祭祀孙夫人的灵泽夫人祠。片石:即指蜻矶,矶,水边石滩或突出的岩石。王士禛《渔洋诗话》卷下:"芜湖江岸有蜻矶,上有昭烈孙夫人祠。余甲子使粤归过之,题二诗云……"又王士禛《粤行三志·北归志》:"二十日,过鲁港,望蜻矶灵泽夫人祠,片石临江,高不寻丈。《图经》谓高十丈者,妄也。"

〔4〕刘郎浦:在今湖北省南部的石首西北。《大清一统志》卷二六八:"刘郎浦,在石首县西北,一名刘郎洑。司马光《通鉴》:'后唐天成三年,高季兴水军至刘郎洑。'胡三省注:'江陵府石首县沙步有刘郎浦,蜀先主纳吴女处。'"

〔5〕明珠步障:语本唐吕温《刘郎浦》诗:"吴蜀成婚此水浔,明珠步障幄黄金。谁将一女轻天下,欲换刘郎鼎峙心。"王士禛《古夫于亭杂

录》卷四:"小说记汉昭烈帝有一玉人,常置甘夫人帐中,月映之,与玉人一色。此真不经之谈,昭烈在刘景升座上,感髀里肉生,慨然流涕,乃屑作此儿女态乎!唐人有题刘郎浦诗云:'吴蜀成婚此水浔,明珠步障幄黄金。谁将一女轻天下,欲换刘郎鼎峙心。'此语差识得英雄本色。"明珠步障,谓刘备娶孙夫人时的新房装饰与仪礼。步障,用以遮蔽风尘或视线的一种屏幕。

霸气江东久寂寥[1],永安宫殿莽萧萧[2]。都将家国无穷恨[3],分付浔阳上下潮[4]。

〔1〕"霸气"句:谓三国鼎立中孙吴建国江南的霸王气象,至今已然消逝。参见前选《二乔宅》诗注〔4〕。江东,或称江左,长江下游以东地区,曾为三国时孙吴立国之基业所在。

〔2〕"永安"句:谓三国鼎立中蜀汉政权的宫殿也已荒芜,意即败亡。永安宫,故址在白帝城。宋乐史《太平寰宇记》卷一四八《夔州》:"三国时,蜀先主为吴将陆逊败于夷陵,退屯白帝城,因改为永安,即此地。又按《郡国记》,白帝城即公孙述至鱼复,有白龙出井中,因号鱼复为白帝城。刘先主改鱼复为永安,仍于州西七里别置永安宫城,在平地。"刘备即卒于永安宫。唐杜甫《咏怀古迹五首》诗之四:"蜀主窥吴幸三峡,崩年亦在永安宫。"莽萧萧,荒凉凄清的样子。明李梦阳《出塞》诗:"黄河白草莽萧萧,青海银州杀气遥。"明王世贞《高常侍适咏途》诗:"今朝涉淇上,中原莽萧萧。"

〔3〕家国无穷恨:谓亡国败家之恨。语本宋周密《齐东野语》卷七《鸱夷子见黜》:"吴江三高亭祠鸱夷子皮、张季鹰、陆鲁望,而议者以为子皮为吴大仇,法不当祀。前辈有诗云:'可笑吴痴忘越憾,却夸范蠡作三高。'又云:'千年家国无穷恨,只合江边祀子胥。'盖深非之。"

〔4〕分付:付托,寄意。宋毛滂《惜分飞》词:"今夜山深处,断魂分付潮回去。"浔阳:即浔阳江,古代称今江西九江市附近一带长江河段。上下潮:宋欧阳修《送友人南下》诗:"东风楚岸神灵雨,残月吴波上下潮。"

江行望识舟亭[1]

鸠兹北面识舟亭[2],天际归帆望杳冥[3]。松竹阴中孤塔白[4],楼台缺处数峰青[5]。赭山人去生春草[6],江水潮回没旧汀[7]。更忆于湖玩鞭迹[8],吴波不动客扬舲[9]。

〔1〕这首七律作于康熙二十四年(1685)五月二十日,作者奉命祭告南海后北归,途次芜湖。王士禛《粤行三志·北归志》:"(五月二十日)过芜湖县,古鸠兹县。东北小山曰鹤儿山,有识舟亭。其后曰赭山。"《江南通志》卷三五:"识舟亭,在芜湖县鹤儿山,俯瞰大江。旧名八角亭,王思任榷关时易今名。"南朝齐谢朓《之宣城郡出新林浦向板桥》诗:"天际识归舟,云中辨江树。"识舟亭之名,即取义于谢朓诗,而王士禛此诗首联对句也透露出其中消息。诗颔联二句以"白"与"青"之色彩相对,颈联二句又以"人去"与"潮回"之动作为偶,立体地勾画出舟行长江中的辽阔境界。尾联二句忆及历史掌故,又巧用前人诗句作为全诗收束,馀音缥缈。

〔2〕鸠兹:即今安徽芜湖之古称。《大清一统志》卷八四:"古鸠兹邑,在芜湖县东四十里。《左传·襄公三年》:'楚子重伐吴,克鸠兹。'杜预注:'鸠兹,吴邑,在丹阳芜湖县东,今皋夷也。'《县志》:'今勾兹港在

县东四十里,即鸠兹之讹也。'"

〔3〕天际归帆:点明"识舟"亭之取义,详见本诗注〔1〕。杳(yǎo咬)冥:天空,高远之处。

〔4〕松竹阴中:语本宋王铚《晓发石牛》诗句。王士禛《居易录》卷一:"宋王铚性之《雪溪集》五卷,诗不能工……集中有《晓发石牛》一绝云:'匆匆车马出清晨,日淡风微已仲春。松竹阴中山未尽,梅花林外有行人。'写景颇工。"

〔5〕"楼台"句:语本唐白居易《长安道》诗:"花枝缺处青楼开,艳歌一曲酒一杯。"又宋苏轼《宿九仙山》诗:"夜半老僧呼客起,云峰缺处涌冰轮。"宋郭祥正《城东延福禅院避暑五首》诗之一:"榕阴缺处见西山,步遍墙阴落照间。"王士禛《池北偶谈》卷一九《王苹》:"历城秀才王苹,字秋史,少年能诗,颇清拔绝俗。尝有'乱泉声里谁通屐,黄叶林间自著书','黄叶下时牛背晚,青山缺处酒人行'之句。"

〔6〕赭山:在今安徽芜湖东北。《明一统志》卷一五:"赭山,在芜湖县东北五里。《江南志》:'汉丹阳郡北有赭山,丹赤,故郡名丹阳。'"

〔7〕汀(tīng听):水边平地。

〔8〕"更忆"句:用晋明帝阴察王敦营垒又逃归事。《江南通志》卷三五:"玩鞭亭在芜湖县北二十里。晋明帝微行,察王敦营垒。敦觉,使五骑追之,帝驰去,见逆旅卖食妪,以七宝鞭与之,曰:'后有骑来,可以相示。'追者至,问妪,妪因以鞭示之,五骑传玩,稽留遂久,帝获免。因名亭,碑石存。"于湖,西晋置,治所在今安徽当涂,隋废。《大清一统志》卷八四:"于湖故城,在当涂县南汉丹阳县地,三国吴为督农校尉治,晋太康二年始立于湖县,属丹阳郡。太宁初,王敦自武昌移镇姑孰,屯于湖。二年帝微行至于湖,察敦营垒而归。寻侨置淮南郡于此。"

〔9〕"吴波"句:作者自注:"温飞卿《于湖曲》:'吴波不动楚天碧。'"按,唐温庭筠所作乃《湖阴词》(或作《湖阴曲》),末二句:"吴波不

323

动楚山晚,花压阑干春昼长。"(见《温飞卿诗集笺注》)此诗即咏晋明帝阴察王敦营垒事。《晋书·明帝纪》:"六月,敦将举兵内向。帝密知之,乃乘巴滇骏马微行至于湖,阴察敦营垒而出。"温庭筠当误断句为"至于湖阴,察敦营垒",故诗题作《湖阴词》,而未作《于湖词》。吴波,宋人因温庭筠诗句而筑吴波亭,故址在今安徽芜湖西。《明一统志》卷一五:"吴波亭,在芜湖县西,濒江。宋隆兴间建,张孝祥书匾。"王士禛诗中"吴波不动",或亦双关吴波亭而言。扬舲(líng 灵),犹扬帆。唐杜甫《别蔡十四著作》诗:"扬舲洪涛间,仗子济物身。"

峨眉亭[1]

采石矶头百尺亭[2],下临天堑昼冥冥[3]。天门中断楚江阔[4],日日峨眉相对青[5]。

〔1〕这首七绝作于康熙二十四年(1685)五月二十一日,作者奉命祭告南海后北归,途次采石。峨眉亭,宋祝穆《方舆胜览》卷一五:"峨眉亭在采石山上,望见天门山。"又《明一统志》卷一五:"峨眉亭,在采石山,宋郡守张环建。前有博望、梁山夹大江,对峙如眉,因名。沈括诗:'双峰秀出两眉湾,翠黛依然鉴影间。终日含颦缘底事,只应长对望夫山。'申锡诗:'一岛云霞干怒流,燃犀捉月总悠悠。修眉中划三千丈,不著人间半点愁。'元同知赵景文重修。"诗第三句化用唐李白诗意,令全诗神采飞扬,顿觉波澜壮阔,气势雄浑。

〔2〕采石矶:在今安徽马鞍山市西南十四里的翠螺山麓,原名牛渚矶。矶悬崖峭壁,兀立江流,遥对天门山。《大清一统志》卷八四:"《旧志》:采石山在县西北二十五里,东北至江宁八十里,渡江西至和州二十

五里。周十五里,高百仞,西接大江,三面俱绕姑溪,一名翠螺山。山下突入江处,名采石矶。"

〔3〕天堑(qiàn 欠):天然的壕沟,指长江。《隋书·五行志下》:"长江天堑,古以为限隔南北,今日北军,岂能飞渡耶?"冥冥:渺茫的样子。汉刘向《九叹·远逝》:"水波远以冥冥兮,眇不睹其东西。"

〔4〕"天门"句:语本唐李白《望天门山》诗:"天门中断楚江开,碧水东流至此回。"天门,即天门山,在今安徽当涂与和县之间的长江两岸,为东梁山与西梁山的合称(古人或称博望、梁山二山)。以两山如门阙夹江而立,故称天门山。楚江,流经今安徽境内的一段长江,以安徽一带古属楚地,故称。

〔5〕蛾眉:天门二山如蛾眉相并立,故又称蛾眉山。宋乐史《太平寰宇记》卷一〇五:"按《郡国志》云:'天门山亦曰蛾眉山。楚获吴艅艎,即此处。'按其山相对,时人呼为东梁、西梁山。"唐李白《望天门山》诗:"两岸青山相对出,孤帆一片日边来。"

抵金陵[1]

佳丽金陵道[2],垂杨夹去津[3]。潮迎落帆客[4],花映倚楼人[5]。依旧青山绕[6],如何白发新[7]。昔游三十载[8],仿佛记前尘[9]。

〔1〕这首五律作于康熙二十四年(1685)五月二十四日,作者奉命祭告南海后北归,途次金陵(今江苏南京市)。王士禛顺治十七年(1660)为江南乡试同考官,初到金陵;后任扬州推官,金陵更是常去之

地。转眼二十馀年过去,这次再因公过金陵,自然追怀旧梦,感慨系之。此时作者已年过"知命",老眼看昔年尝游之所,当别有一番滋味在心头。全诗于"浅深聚散,万取一收"中得含蓄之趣,所倡诗之神韵即在其中。

〔2〕"佳丽"句:谓金陵风光秀美。语本南朝齐谢朓《鼓吹曲·入朝曲》诗:"江南佳丽地,金陵帝王州。"

〔3〕"垂杨"句:谓金陵渡口两旁皆栽垂杨柳。语本南朝宋鲍照《行药至城东桥》诗:"蔓草缘高隅,修杨夹广津。"津,渡口。

〔4〕"潮迎"句:语本唐孙逖《扬子江楼》诗:"晚来潮正满,数处落帆还。"

〔5〕"花映"句:语本元张天英《归燕曲》:"愁杀倚楼人,泪滴如花面。"

〔6〕青山绕:语本宋苏轼《次韵子由赠吴子野先生二绝句》诗:"先生笑说江南事,只有青山绕建康。"

〔7〕白发新:谓刚进入老年。唐李商隐《赠郑谠处士》诗:"浪迹江湖白发新,浮云一片是吾身。"

〔8〕"昔游"句:《渔洋山人自撰年谱》:"顺治十七年庚子,二十七岁。赴扬州……八月,充江南乡试同考试官。"此为作者初到金陵,距写此诗已二十五年,三十载,举其成数。

〔9〕前尘:前迹,往事。指作者为扬州推官时屡次到金陵的情景。《楞严经》卷二:"佛告阿难,一切世门大小内外、诸所事业各属前尘。"

西涧〔1〕

西涧萧萧数骑过〔2〕,韦公诗句奈愁何〔3〕。黄鹂唤客且须住〔4〕,野渡庵前风雨多〔5〕。

〔1〕这首七绝作于康熙二十四年(1685)五月二十九日,作者奉命祭告南海后北归,途次滁州。西涧,水名,故址在今安徽滁州城西,宋代时当已淤塞。宋欧阳修《书韦应物西涧诗后》:"右唐韦应物《滁州西涧》诗。今州城之西乃是丰山,无所谓西涧者,独城之北有一涧水,极浅,遇夏潦涨溢,但为州人之患,其水亦不胜舟,又江潮不至。此岂诗家务作佳句,而实无此耶?"《明一统志》卷一八《滁州》:"西涧在州城西,俗名乌土河。唐韦应物诗:'独怜幽草涧边生,上有黄鹂深树鸣。春潮带雨晚来急,野渡无人舟自横。'"将韦应物《滁州西涧》诗视为愁苦之音,对于讲求神韵诗的作者来讲,当是别有寄托的含蓄之语,绝非一时兴到而发,只不过今天已经很难寻觅其有关线索罢了。

〔2〕萧萧:语本《诗·小雅·车攻》:"萧萧马鸣。"又唐李白《送友》诗:"挥手自兹去,萧萧班马鸣。"这里用作形容马叫的象声词,暗寓留连惜别之情。

〔3〕韦公:即韦应物(737—793?),唐京兆万年(今陕西西安)人。详见《戏仿元遗山论诗绝句三十二首》诗之七注〔1〕。奈愁何:明高棅《唐诗品汇》卷四九引宋末谢枋得之评云:"幽草、黄鹂,比君子在野,小人在位;春潮带雨晚来急,乃季世危难多如日之已晚,不复光明也;末句谓宽闲寂寞之滨,必有贤人如孤舟之横渡者,特君不能用耳。此诗人感时多故而作,又何必滁之果如是也?"王士禛是否有同感,其解诗当不致如有亡国之恨的宋遗民那般激愤。

〔4〕"黄莺"句:借韦应物《滁州西涧》诗第三句"上有黄鹂深树鸣"而来。又王士禛《上巳辟疆招同邵潜夫陈其年修禊水绘园八首》诗之二:"射雉城中烟景暮,流莺唤人且须住。"

〔5〕野渡庵:作者于此句下自注:"涧上有野渡庵,取韦诗命名。"

符离[1]

万里归来两鬓苍[2],阅他南汉又南唐[3]。短衣射虎心犹壮[4],重过符离古战场[5]。

〔1〕这首七绝作于康熙二十四年(1685)六月初四日,作者奉命祭告南海后北归,途次符离。符离,秦所置县,唐置宿州,今属安徽宿州市,邻接江苏省。王士禛使粤,曾经过五代十国时期的南汉与南唐等地方割据政权的属地,历史纷纭变幻引来了诗人长途跋涉后的昂扬振奋之情,重又激发起年轻时代为国建功立业的雄心。尽管这种雄心或许只是一时的激情,却也反映出作者年过半百而不服老的争胜心态。

〔2〕"万里"句:宋晁补之《赵开祖挽歌辞》诗:"万里归来两鬓霜,故人如玉闷幽堂。"又元耶律铸《送孟端卿》诗:"万里归来两鬓霜,百年闲事也难量。"

〔3〕南汉:五代十国之一。刘隐弟刘䶮在广州称帝,建号越,后改称汉,据有今广东与广西南部地区,史称南汉(917—971)。传至刘鋹,为宋所灭。《新五代史》有《南汉世家》。南唐:五代十国之一。李昇(徐知诰)废吴自立,称帝于金陵,自称为唐宪宗李纯的后代,故改国号曰唐,据有今江苏、安徽中南部、江西、福建南部、广西北部等地区,史称南唐(937—975)。传至后主李煜,为宋所灭。《新五代史》有《南唐世家》。

〔4〕"短衣"句:用《史记·李将军列传》中汉代名将李广射虎事喻自己雄心犹壮。语本唐杜甫《曲江三章章五句·又吟》诗:"短衣匹马随李广,看射猛虎终残年。"

〔5〕古战场:《江南通志》卷二:"宿州为徐、泗冲要,古所谓符离之

塞者也。"

峄山即事[1]

雨足烟村事不闲[2],家家驱犊出柴关[3]。枣花香遍浓阴合,水碧沙明望峄山[4]。

〔1〕这首七绝作于康熙二十四年(1685)六月初十日,作者奉命祭告南海后北归,途次邹县。峄(yí遗)山,在今山东邹城东南,古称邹峄山、邾峄山。秦始皇二十八年(前219)曾登此山刻石颂扬秦功德。《明一统志》卷二三:"峄山,在邹县东南二十五里,一名邹峄山……《史记》:秦始皇上邹峄山,刻石颂德,皆此。"行程万里,思念故乡,忽感家园渐近,自然倍觉舒畅,于是一切景物皆染亲情,农家风物亦如画中之景,一片祥和。即使阴天,也不会给诗人的心理投下阴霾,仍觉"水碧沙明",这是诗人移情于物的明证。

〔2〕事不闲:明陶安《纪志》诗:"述旨情徒切,劳生事不闲。"

〔3〕犊(dú独):小牛。柴关:即柴门,简陋村户家之门。

〔4〕水碧沙明:语本唐钱起《归雁》诗:"潇湘何事等闲回,水碧沙明两岸苔。"

宿唐济武太史志壑堂即事[1]

新竹捎檐夜气清[2],忽闻山鸟报寒更[3]。单衾唤起潇湘梦〔4〕,落月已西天未明〔5〕。

〔1〕这首七绝作于康熙二十六年(1687)春夏间,时作者居家为父服丧一年有馀。唐济武太史,即唐梦赉(1627—1698),字济武,又字豹嵒,号岚亭,淄川(今属山东淄博)人。顺治六年(1649)进士,改庶吉士,授翰林院检讨,以建言罢归。与王士禛、高珩等友善,工诗善词。有《志壑堂集》、《志壑堂词》等。《清史列传》入《文苑传》。太史,明清人对翰林院官员的敬称。志壑堂,唐梦赉退居乡里时所居处所堂名。全诗以留宿志壑堂所感、所闻、所梦、所见为诗材,起、承、转、合,自有脉络,读来饶有兴味。其间暗寓唐梦赉无官一身轻的潇洒生活,也别有蕴含。

〔2〕新竹捎檐:明何景明《书院课士雨至有作》诗:"竹劲捎檐碧,松寒覆院阴。"捎(shāo烧),拂,掠。夜气清:清黄宗羲《明儒学案》卷七:"李延平云:'人于旦昼之间不至梏亡,则夜气愈清,夜气清则平旦未与物接之时,湛然虚明气象自可见矣。'"夜气,儒家谓晚上静思所产生的良知善念。《孟子·告子上》:"梏之反复,则其夜气不足以存,夜气不足以存,则其违禽兽不远矣。"

〔3〕忽闻山鸟:元范梈《五月二十六日夜宿松林兰若》诗:"睡觉忽闻山鸟语,不知今夕离吾家。"报寒更:宋陈起《晨兴散步》诗之一:"身是定僧无欠剩,惟馀双鹤报寒更。"

〔4〕潇湘梦:语本唐王昌龄《送高三之桂林》诗:"留君夜饮对潇湘,从此归舟客梦长。"又唐李中《竹》诗:"便有好风来枕簟,更无闲梦到潇湘。"宋陆游《怡斋》诗:"天风忽送塔铃语,唤觉清梦游潇湘。"潇湘,指湘江,古代因湘江水清深,故称。

〔5〕"落月"句:语本唐白居易《凉夜有怀》诗:"灯尽梦初罢,月斜天未明。"

女郎山[1]

卧舆梦初起[2],遥见女郎山。雨过开奁镜[3],烟消露髻鬟[4]。灵祠空翠里[5],瑶瑟碧云间[6]。不是崔罗什,何因奉玉颜[7]。

[1] 这首五律作于康熙二十七年(1688)三月初五日,作者至京师叩谒太皇太后梓宫毕,回乡途次章丘。《大清一统志》卷一二六《济南府》:"女郎山,在章丘县东南七里。《水经注》:'阳丘城南有女郎山,山上有神祠,俗谓之女郎祠。'"元于钦《齐乘》卷一:"女郎山,章丘东南七里,又号小田山。《齐记》云:'章亥有三女,溺死葬此。有三阳洞,俗云有子张墓,即章女冢,所谓章丘者耳。'"雨过天晴,女郎山如正在梳妆的少女,在一片翠色中浮现。诗人用拟人笔法将山之秀美写出,而以崔罗什之传说缀于尾联,则于幻想中再现女郎山的醉人风景,馀味无穷。

[2] 卧舆:可以卧息的一种车子。宋陆游《仙鱼铺得仲高兄书》诗:"病酒今朝载卧舆,秋云漠漠雨疏疏。"

[3] 奁(lián 联)镜:梳妆时可打开的镜子。唐李贺《兰香神女庙》诗:"深帏金鸭冷,奁镜幽凤尘。"

[4] 髻鬟(jì huán 纪环):古代妇女将头发环曲束于顶的发式。这里比喻女郎山的山峦。元文信《西湖竹枝词》:"南北两峰船里看,却比阿侬双髻鬟。"

[5] 灵祠:指女郎祠。空翠:绿色的草木。

[6] 瑶瑟:用玉装饰的琴瑟。这里比喻山间松风声响如瑟之弹奏。

唐李白《闻丹丘子于城北营石门幽居中有高凤遗迹仆离群远怀亦有栖遁之志因叙旧以寄之》诗:"松风清瑶瑟,溪月湛芳尊。"

〔7〕"不是"二句:谓自己并非崔罗什,不知今日何缘得见"女郎"美丽的面容。崔罗什,唐段成式《酉阳杂俎》前集卷一三:"长白山西有夫人墓。魏孝昭之世,搜扬天下才俊,清河崔罗什,弱冠有令望,被征诣悦州。夜经于此,忽见朱门粉壁,楼台相望。俄有一青衣出,语什曰:'女郎须见崔郎。'什恍然下马,入两重门,内有一青衣通问引前。什曰:'行李之中,忽蒙厚命,素既不叙,无宜深入。'青衣曰:'女郎乃平陵刘府君之妻,侍中吴质之女。府君先行,故欲相见。'什遂前,入就床坐。其女在户东立,与什叙温凉。室内二婢秉烛,呼一婢令以玉夹縢置什前。什素有才藻,颇善风咏,虽疑其非人,亦惬心好也。女曰:'比见崔郎息驾庭树,嘉君吟啸,故欲一叙玉颜。'……什乃下床辞出,女曰:'从此十年,当更相逢。'什遂以玳瑁簪留之,女以指上玉环赠什。什上马行数十步,回顾乃见一大冢。"奉,奉陪。玉颜,美丽的容貌,多用于美女。战国楚宋玉《神女赋》:"貌丰盈以庄姝兮,苞温润之玉颜。"

戏书蒲生《聊斋志异》卷后〔1〕

姑妄言之妄听之〔2〕,豆棚瓜架雨如丝〔3〕。料应厌作人间语〔4〕,爱听秋坟鬼唱时〔5〕。

〔1〕这首七绝作于康熙二十八年(1689)夏秋间,时作者居家为父服丧已三年有馀。此诗未入选其《渔洋精华录》,见于其《蚕尾诗集》卷一。蒲生,即蒲松龄(1640—1715),字留仙,一字剑臣,号柳泉,淄川(今属山东淄博)人。诸生,一生困顿,晚年始援例成贡生。著有《聊斋志

异》与《聊斋文集》、《聊斋诗集》以及俚曲多种。《聊斋志异》,文言短篇小说集,收录将近五百篇小说,多借狐鬼以抒发内心积郁,或批判社会黑暗,或揭露官场、科场腐败,或颂扬男女情爱,题材丰富,文笔典雅,故事曲折入胜,享有世界声誉。王士禛此诗涉及《聊斋志异》作者蒲松龄,故为学界所重视。蒲松龄欣然所答诗,见其《聊斋诗集》卷二《次韵答王司寇阮亭先生见赠》:"志异书成共笑之,布袍萧索鬓如丝。十年颇得黄州意,冷雨寒灯夜话时。"按,王士禛迁刑部尚书(司寇)在康熙三十八年(1699)十一月间,此处诗题即言"司寇",当系日后缮写所追记者。蒲松龄另有七律《偶感》一首,约作于此次韵诗前后:"潦倒年年愧不才,春风披拂冻云开。穷途已尽行焉往,青眼忽逢涕欲来。一字褒疑华衮赐,千秋业付后人猜。此生所恨无知己,纵不成名未足哀。"《聊斋志异》的作者很看重王士禛"点志"之举,大有欣逢知己之感,可见这首七绝准确把握住了怀才不遇者的心态。寥寥二十八字,即能感染一位蹭蹬场屋的才子,亦可证此诗之成功。

〔2〕"姑妄"句:谓说者姑且随便一说,听者亦不必当真。语本《庄子·齐物论》:"予尝为女妄言之,女以妄听之。"又宋叶梦得《避暑录话》卷上:"子瞻在黄州及岭表,每旦起不招客相与语,则必出而访客,所与游者亦不尽择,各随其人高下,谈谐放荡,不复为畛畦。有不能谈者,则强之说鬼,或辞无有,则曰:'姑妄言之!'于是闻者无不绝倒,皆尽欢而后去。设一日无客,则歉然若有疾。其家子弟尝为予言之如此也。"蒲松龄和诗"十年颇得黄州意"云云,也意在用玩世不恭的表面现象掩盖内心的愤懑不平。

〔3〕豆棚瓜架:谓蒲松龄耕读本色。语本明钱继登《浣溪沙》词:"东邻伊轧缫丝车,豆棚瓜架野人家。"

〔4〕"料应"句:谓《聊斋志异》文笔优美,别有寄托。宋黄庭坚《题东坡书道术后》:"东坡平生好道术,闻辄行之,但不能久,又弃去。谈道

之篇,传世欲数百千字,皆能书其人所欲言。文章皆雄奇卓越,非人间语。"

〔5〕"爱听"句:谓《聊斋志异》托鬼狐事以言世事。语本唐李贺《秋来》诗:"秋坟鬼唱鲍家诗,恨血千年土中碧。"又蒲松龄《聊斋自志》:"才非干宝,雅爱搜神;情类黄州,喜人谈鬼。"又曰:"集腋为裘,妄续幽冥之录;浮白载笔,仅成孤愤之书。寄托如此,亦足悲矣!"

题赵承旨画羊〔1〕

三百群中见两头〔2〕,依然秃笔扫骅骝〔3〕。羯来清远吴兴地〔4〕,忽忆苍茫敕勒秋〔5〕。南渡铜驼犹恋洛〔6〕,西归玉马已朝周〔7〕。牧羝落尽苏卿节〔8〕,五字河梁万古愁〔9〕。

〔1〕这首七律作于康熙二十八年(1689)岁暮,时作者服阕,在京师任詹事府少詹事,兼翰林院侍讲学士。赵承旨即赵孟頫(1254—1322),字子昂,号松雪道人,湖州(今属浙江)人。出身宋朝宗室,曾任地方官吏。入元,历官兵部郎中、翰林学士承旨。工书善画,为元代著名书画家。有《松雪斋文集》。《元史》有传。赵孟頫书画作品传世较多,《二羊图卷》为墨笔纸本,二羊一肥硕,一毛长,相映成趣。画中有自识云:"余尝画马,未尝画羊,因仲信求画,余故戏为写生,虽不能逼近古人,颇于气韵有得。子昂。"他以宋之宗室仕元,屡受世人讥评。此诗亦不出前人窠臼,借题发挥,以题其所画《二羊图卷》,极尽形容之能事,巧妙运用有关羊的典故,讽刺赵孟頫的出仕元朝,含蓄中皮里阳秋,意味深长。

〔2〕三百群:暗指羊。语本《诗·小雅·无羊》:"谁谓尔无羊,三百

维群。"见(xiàn 现):显露。两头:切合其《二羊图卷》画意。

〔3〕"依然"句:谓赵孟𬱟画羊亦如同其画马一样信手拈来。语本唐杜甫《题壁上韦偃画马歌》:"戏拈秃笔扫骅骝,欻见骐骥出东壁。"秃笔,笔尖脱毛而不合用的毛笔。骅骝(huá liú 滑留):周穆王的八骏之一,后泛指骏马。

〔4〕朅(qiè 窃)来:犹言尔来或尔时以来。清远吴兴地:谓赵孟𬱟家乡湖州山水清秀开阔。语本元赵孟𬱟《吴兴山水清远图记》:"昔人有言,吴兴山水清远,非夫悠然独往有会于心者,不以为知言。"吴兴,即今浙江湖州市。

〔5〕"忽忆"句:谓赵孟𬱟画羊是忽然想起塞外秋牧中的羊群。元代统治者从塞外草原入主中原,全句意含讽刺。敕勒,语本北齐乐府民歌《敕勒歌》:"敕勒川,阴山下。天似穹庐,笼盖四野。天苍苍,野茫茫,风吹草低见牛羊。"

〔6〕"南渡"句:谓西晋末洛阳陷落后,衣冠士族纷纷南渡,但洛阳宫门前的两座汉铸铜驼仍难舍故地。以铜驼不忘故国讽刺赵孟𬱟出仕新朝。语本《晋书·索靖传》:"靖有先识远量,知天下将乱,指洛阳宫门铜驼,叹曰:'会见汝在荆棘中耳!'"又《晋书·石季龙载记》:"咸康二年,使牙门将张弥徙洛阳钟虡、九龙、翁仲、铜驼、飞廉于邺。"

〔7〕"西归"句:谓殷纣王荒淫无道,宠幸妲己,贤臣皆逃亡他去,辅佐周朝。以贤臣喻赵孟𬱟,是略带调侃的说法。语本唐陈子昂《感遇三十八首》诗之十四:"昔日殷王子,玉马遂朝周。"又元赵孟𬱟《钱塘怀古》诗:"故国金人泣辞汉,当年玉马去朝周。"事本《论语比考谶》:"殷惑女妲己,玉马走。"玉马,指贤臣微子启。纣王昏乱,微子启数谏不听,乃去殷而朝周。事见《史记·宋微子世家》。玉马,比喻贤臣。

〔8〕"牧羝"句:谓汉代苏武出使匈奴,不辱君命,北海牧羊十九年方得归汉。事本《汉书·苏武传》:"单于愈益欲降之,乃幽武置大窖中,

绝不饮食。天雨雪,武卧啮雪与旃毛并咽之,数日不死,匈奴以为神,乃徙武北海上无人处,使牧羝,羝乳乃得归。别其官属常惠等,各置他所。武既至海上,廪食不至,掘野鼠去草实而食之。杖汉节,牧羊卧起操持,节旄尽落。"后汉昭帝立,奉行与匈奴和亲政策,苏武始得归汉。羝(dī低),公羊。

〔9〕"五字"句:谓李陵战败,被迫投降匈奴,与苏武曾在塞外相会,各道衷曲,洒泪而别,二人事都属人间愁苦之极。事见《汉书·苏武传》。相传李陵曾作五言诗与苏武诀别。南朝梁萧统《昭明文选》卷二九载李陵五言诗《与苏武诗三首》之三有"携手上河梁,游子暮何之"之句。万古愁,即谓坚持汉节的苏武与被迫投降匈奴的李陵,虽反映了两种人生价值取向,但都同属人生悲剧。作者对于赵孟頫之仕元,似又有所谅解,不失诗家温柔敦厚之旨。

卖酒楼〔1〕

昨向宜春下苑游〔2〕,曲江烟景似悲秋〔3〕。珠帘甲帐皆黄土〔4〕,何必陈仓卖酒楼〔5〕。

〔1〕这首七绝作于康熙三十五年(1696)四月初三日,作者时任经筵讲官、户部左侍郎,奉命祭告西岳、西镇、江渎,途次宝鸡。作者题下自注:"东坡有诗。"宋苏轼《壬寅二月有诏令郡吏分往属县减决囚禁自十三日受命出府至宝鸡虢郿盩四县既毕事因朝谒太平宫而宿于南溪溪堂遂并南山而西至楼观大秦寺延生观仙游潭十九日乃归作诗五百言以记凡所经历者寄子由》诗:"晓入陈仓县,犹馀卖酒楼。"清毕沅《关中胜迹图志》卷一八:"卖酒楼,《一统志》:'在宝鸡县东陈仓故城内。自唐至

宋,中更兵燹,独存此楼。'宋苏轼诗云'晓入陈仓县,惟馀卖酒楼',谓此。"王士禛《分甘馀话》卷一:"陈仓有古卖酒楼,东坡尝赋诗。余丙子再以祭告入蜀过之。题一绝句云……"陈仓卖酒楼因苏轼之题咏而名扬后世,宋以后故迹尽失。作者过此,发思古之幽情,慨叹岁月无情,将历史的太多陈迹化为乌有,今来凭吊,不过徒增一番怅惘而已。

〔2〕"昨向"句:谓昨天经过曲江一带游览。曲江下苑,《三辅黄图》卷四:"宜春下苑,在京城(长安)东南隅。"唐唐彦谦《曲江春望》诗:"汉朝冠盖皆陵墓,十里宜春下苑花。"

〔3〕"曲江"句:谓曲江风景残败,夏初却有秋天的一片萧杀之气。曲江,即曲江池,原为唐代人工湖,故址在今陕西西安市南十四里处。秦称宜春苑,汉属上林苑,隋称芙蓉园。宋程大昌《雍录》卷六《唐曲江》:"唐开元中,疏凿为胜境。南即紫云楼、芙蓉苑,西即杏园、慈恩寺,花卉环周,烟水明媚。都人游赏,盛于中和。"后经唐末战乱,曲江至北宋初即已一片荒芜。似悲秋,宋洪刍《或遗扬州芍药者用元韵二首》诗之二:"可堪春恨似悲秋,把酒驱愁转益愁。"

〔4〕珠帘甲帐:《南史·沈炯传》:"尝独行经汉武通天台,为表奏之,陈己思乡之意。曰:'……既而运属上仙,道穷晏驾,甲帐珠帘,一朝零落,茂陵玉碗,遂出人间。'"又王士禛《甘泉宫长生瓦歌为林吉人作并寄同人》诗"甲帐珠帘尽黄土,何况片瓦埋荒丛。"珠帘,珍珠缀成的帘子。旧题晋葛洪《西京杂记》卷二:"昭阳殿织珠为帘,风至则鸣,如珩佩之声。"甲帐,汉武帝所造的名贵帐幕。唐欧阳询《艺文类聚》卷六九引《汉武故事》:"上以琉璃珠玉、明月夜光杂错天下珍宝为甲帐,其次为乙帐。甲以居神,乙以自居。皆黄土:语本明宋濂《镊白发》诗之二:"古今富贵皆黄土,惟有青山解笑人。"

〔5〕陈仓:秦置县名,故址在今陕西宝鸡市东渭水北岸。《大清一统志》卷一八四《凤翔府》:"陈仓故城,在宝鸡县东。"

嘉陵江上忆家〔1〕

自入秦关岁月迟〔2〕,栈云陇树苦相思〔3〕。嘉陵驿路三千里〔4〕,处处春山叫画眉〔5〕。

〔1〕这首七绝作于康熙三十五年(1696)四月十七日,作者时任经筵讲官、户部左侍郎,奉命祭告西岳、西镇、江渎,途次广元。此时作者年已六十三岁,奔波道路,不胜其苦,思乡忆家,也是人之常情。诗前三句皆从路遥、思家着眼,末句偏偏宕开一笔,以"春山"、"画眉"为句,欲说还休,更见内心之焦虑。嘉陵江,为长江上游支流,在今四川省东部。源出今陕西省凤县东北嘉陵谷,流经今四川广元后纳白龙江,南流经南充至重庆入长江。

〔2〕秦关:指关中一带。唐卢纶《长安春望》诗:"谁念为儒逢世难,独将衰鬓客秦关。"岁月迟:感觉时间过得缓慢。语本唐张九龄《初发道中寄远》诗:"念别朝昏苦,怀归岁月迟。"

〔3〕栈云陇树:王士禛《寄家人》诗:"栈云陇树重重隔,闺梦何由向左绵。"栈云,谓入蜀栈道高与云连。唐杜甫《飞仙阁》诗:"栈云阑干峻,梯石结构牢。"陇树,陇山一带的树木,一般泛指边塞之树。唐吴融《岐下闻子规》诗:"偶因陇树相迷至,惟恐边风却送回。"

〔4〕"嘉陵驿"句:谓至嘉陵驿,离家已极遥远。元钱惟善《送王举之入京就束樵谷》诗:"黄尘驿路三千里,白玉京城十二楼。"嘉陵驿,《明一统志》卷六八:"嘉陵驿,在广元县西二里。"

〔5〕"处处"句:语本唐张蠙《题嘉陵驿》诗:"独倚阑干正惆怅,海棠花里鹧鸪啼。"春山,春日山中。画眉,鸟名,眼圈白色,向后延伸呈蛾眉

状,故名。鸣叫声音婉转悦耳。王士禛《香祖笔记》卷四:"常爱杜诗'两边山木合,终日子规啼',又明初人诗'数家茅屋临江水,一路松风响杜鹃',写蜀江风景,宛然在目。予曾拟作一联,送同年张仲诚(沐)知资县云'子规声断处,山木雨来时',又'嘉陵驿路千馀里,处处春山叫画眉',皆眼前实景也。"

筹笔驿[1]

当年神笔走群灵[2],千载风云护驿亭[3]。今日重过吊陈迹[4],只馀愁外旧山青[5]。

[1] 这首七绝作于康熙三十五年(1696)四月十七日,作者时任经筵讲官、户部左侍郎,奉命祭告西岳、西镇、江渎,途次广元。筹笔驿,作者题下自注:"朝天峡上。"故址在今四川省广元市北八十里。今朝天驿废址即其地。相传诸葛亮出师,曾在此驻军,并运筹于此。《明一统志》卷六八:"筹笔驿,在广元县北八十里。蜀汉诸葛亮出师,尝驻于此。"历代诗人题写筹笔驿者不乏名作,如唐代李商隐、杜牧、罗隐,宋代石延年等人的《筹笔驿》诗,皆千百年来脍炙人口。王士禛这首诗化用前人名句为己所用,不露斧凿之迹,浑然一体,明白晓畅。

[2] "当年"句:谓当年诸葛亮筹在此筹画军事,笔下可驱遣众神。神笔,唐李商隐《筹笔驿》诗:"徒令上将挥神笔,终见降王走传车。"走群灵,宋胡寅《和信仲喜雨二首》诗之一:"云汉吁嗟堕杳冥,德音雷动走群灵。"

[3] "千载"句:语本唐李商隐《筹笔驿》诗:"鱼鸟犹疑畏简书,风云长为护储胥。"储胥,即栅栏,引申为营垒。驿亭,驿站所设供行旅止息的

处所,古时驿传有亭,故称。

〔4〕陈迹:遗迹。

〔5〕"只馀"句:作者自注:"'意中流水远,愁外旧山青',石曼卿题句。"石曼卿,即石延年(994—1041),字曼卿,宋宋城(今河南商丘)人。累举进士不第,以武臣叙迁得官,仕至秘阁校理。诗文风格劲健,工书法。有《石曼卿诗集》。《宋史》有传。宋陈思《两宋名贤小集》卷七九、宋刘昌诗《芦浦笔记》卷一〇皆载石延年《筹笔驿诗》五古一首,三十六句十八韵,"意中"二句即在诗中。

渡涪江[1]

涪江江水抱山流[2],不见唐家帝子楼[3]。记取江东诗句好,澹烟乔木是绵州[4]。

〔1〕这首七绝作于康熙三十五年(1696)四月二十四日,作者时任经筵讲官、户部左侍郎,奉命祭告西岳、西镇、江渎,途次绵州。涪(fú福)江,嘉陵江支流,在今四川省中部。源出南坪县南,东南流经平武、江油、绵阳、三台、射洪、遂宁、潼南,至合川入嘉陵江。王士禛《秦蜀驿程后记》卷上:"涪水自龙安来,经绵州城西,东南与安昌水合,汇于芙蓉溪,宛成'巴'字,流入潼川州(古梓州)界。"这首诗写渡涪江时所见所思,不作细致描绘,只以唐罗隐诗为结句,意在扩充全诗意境,收事半功倍之效。

〔2〕抱山流:金元好问《感寓》诗:"泛泛一水抱山流,路转冈陵到渡头。"

〔3〕帝子楼:即越王楼。故址在今四川省绵阳市西北。《四川通

志》卷二九中:"唐越王楼,在绵州西北,唐太宗子越王贞为绵州刺史时建。杜甫诗:'绵州州府何磊落,显庆年中越王作。孤城西北起高楼,碧瓦朱甍照城郭。'"李贞为唐太宗子,故称帝子楼。

〔4〕"记取"二句:谓唐代罗隐"澹烟乔木"的诗句刻画绵州景色,写得好。江东,指唐代罗隐(833—910),本名横,字昭谏,号江东生,馀杭富阳(今属浙江)人。屡举进士不第,曾官衡阳主簿,后依镇海节度使钱镠,为钱唐令,迁著作郎,仕后梁为给事中,病卒。诗工咏史,擅七律。有《江东集》、《甲乙集》。《旧五代史》有传。宋孙光宪《北梦琐言》卷一八《邺王偷江东诗》:"邺王罗绍威喜文学,好儒士。每命幕客作四方书檄,小不称旨,坏裂抵弃,自劈笺起草,下笔成文。又癖于七言诗,江东有罗隐,为钱镠客,绍威申南阮之敬,隐以所著文章诗赋酬寄绍威,大倾慕之,乃目其所为诗集曰'偷江东'。今邺中人士多有讽诵。"澹烟乔木是绵州,化用唐罗隐《魏城逢故人》诗:"今日因君试回首,澹烟乔木隔绵州。"

洛阳〔1〕

国本争来党锢连〔2〕,楚歌楚舞亦堪怜〔3〕。如何鸿鹄高飞去〔4〕,又见苍鹅出地年〔5〕。

〔1〕这首七绝作于康熙三十五年(1696)七月初三日,作者时任经筵讲官、户部左侍郎,奉命祭告西岳、西镇、江渎,返程途次洛阳。洛阳为西晋都城,故址在今河南洛阳市东北之白马寺东。《大清一统志》卷一六三《河南府》:"洛阳故城,在今洛阳县东北三十里,即故成周城也。"西晋惠帝立,贾后专权,矫诏杀太子司马遹,令司马氏家族内部仇杀不断扩大,"八王之乱"逐渐加剧,终于导致西晋覆亡。清代康熙帝玄烨早立嫡

长子允礽为太子，天长日久形成第二权力中心，父子间隔阂渐深，最终导致太子被废。王士禛写此诗时，太子允礽尚在储君之位，并未被废（太子允礽第一次被废在康熙四十七年），但康熙帝与太子的情感裂隙，外界当早有风闻。清昭梿《啸亭杂录》卷九有云："渔洋先生入仕三十馀年，以醇谨称职，仁皇帝甚为优眷。因与理密亲王酬唱，为上所怒，故以他故罢官，没无恤典。"理密亲王是允礽死后的封号，王士禛与允礽是否有过从，并因此得罪康熙帝，今已难于考见。据《清史列传·王士禛传》："康熙二十三年十月，迁少詹事。"詹事府为清前期辅导东宫太子之官署，王士禛为此官署之副职，当与太子有过从。昭梿之说似非捕风捉影，可作参考。王士禛经过洛阳，有感于西晋之兴衰，借汉事起兴，写下这一首有关"国本"的诗，对时局当有深切的隐忧，反映出封建文人的敏锐目光与忧患意识，因而今天仍有一定的认识价值。然而封建专制社会内部尔虞我诈、争权夺利，其后果严重，并不因有前车之鉴而可免于后车之覆，帝王父子之间亦难幸免。历史规律是任何人都难违背的，只留得后人的几许悲叹而已！

〔2〕国本：古代谓封建王朝的帝位继承人太子之立。《史记·叔孙通列传》："叔孙通曰：'太子，天下本；本一摇，天下振动。奈何以天下为戏？'高帝曰：'吾听公言。'及上置酒，见留侯所招客从太子入见，上乃遂无易太子志矣。"党锢（gù 固）：原指东汉桓帝、灵帝时，李膺、陈蕃等士大夫阶层同宦官集团的斗争，士大夫阶层最终事败，李膺等百馀人被杀，后又有六七百人被陆续处死、流徙、囚禁。见《后汉书·党锢传》。这里当指汉武帝时所发生的太子巫蛊之祸。汉时迷信，认为用巫术诅咒或将木偶人埋于地下，即可加害于人，称为巫蛊。汉武帝晚年多病，疑有人行巫蛊之举，江充因与太子有隙，遂借机诬告太子刘据宫中埋有木人，太子恐惧，杀江充等，武帝发兵追捕，太子兵拒五日，战败自杀。掘蛊事上牵丞相，下连庶民，前后被杀者达数万人，史称"巫蛊之祸"。事见《汉书·武

帝纪》《汉书·江充传》《汉书·公孙贺传》。巫蛊之祸上距汉高祖未易太子事不过百年有馀,而汉武帝因巫蛊事,除掉太子且株连杀人众多,故称"党锢连"。

〔3〕"楚歌"句:谓汉高祖刘邦在选择太子问题上的两难困境也很可怜。《史记·留侯世家》:"四人(指商山四皓)为寿已毕,趋去。上目送之,召戚夫人,指示四人者曰:'我欲易之,彼四人辅之,羽翼已成,难动矣。吕后真而主矣!'戚夫人泣,上曰:'为我楚舞,吾为若楚歌。'歌曰:'鸿雁高飞,一举千里。羽翮已就,横绝四海。横绝四海,当可奈何。虽有矰缴,尚安所施!'歌数阕,戚夫人歔欷流涕,上起去,罢酒。竟不易太子者,留侯本招此四人之力也。"

〔4〕鸿鹄高飞:即指刘邦对戚夫人所唱歌,详上注。

〔5〕"又见"句:谓西晋王朝又因废太子事,引来晋室内乱,五胡乱华,导致西晋覆亡。苍鹅,《晋书·五行志中》:"孝怀帝永嘉元年二月,洛阳东北步广里地陷,有苍、白二色鹅出,苍者飞翔冲天,白者止焉。此羽虫之孽,又黑白祥也。陈留董养曰:'步广,周之狄泉,盟会地也。白者金色,国之行也;苍为胡象,其可尽言乎!'是后,刘元海、石勒相继乱华。"又《晋书·惠帝纪》:"永熙元年……秋八月壬午,立广陵王遹为皇太子……(元康)九年……十二月壬戌,废皇太子遹为庶人,及其三子幽于金墉城,杀太子母谢氏……永康元年……三月,尉氏雨血,妖星见于南方。癸未,贾后矫诏害庶人遹于许昌。夏四月辛卯,日有蚀之。癸巳,梁王肜、赵王伦矫诏废贾后为庶人,司空张华、尚书仆射裴𬱟皆遇害,侍中贾谧及党与数十人皆伏诛。"此后,晋室即内乱不止,直至衣冠南渡,东晋偏安江左。

板桥〔1〕

板桥衰柳日萧萧〔2〕,回首宣和似暮朝〔3〕。上巳金明池上饮,画船衔尾骆驼桥[4]。

〔1〕这首七绝作于康熙三十五年(1696)七月初九日,作者时任经筵讲官、户部左侍郎,奉命祭告西岳、西镇、江渎,返程途次中牟。王士禛《香祖笔记》卷五:"《丹铅录》云:'《丽情集》载湖州妓周德华者,刘采春女也,唱刘梦得《柳枝词》云云。此诗甚佳,而刘集不载。'余按,此乃白乐天诗,诗本六句,非绝句;题乃《板桥》,非《柳枝》。盖唐乐部所歌,多剪截四句歌之,如高达夫'开箧泪沾臆',本古诗,止取前四句;李巨山'山川满目泪沾衣'本《汾阴行》,止取末四句是也。白诗云:'梁苑城西三十里,一渠春水柳千条。若为此路今重过,二十年前旧板桥。曾与美人桥上别,更无消息到今朝。'板桥在今汴梁城西三十里中牟之东,唐人小说载板桥三娘子事,即此,与谢宣城之'新林浦板桥',异地而同名也。升庵博极群书,岂未睹《长庆集》者,而亦有此误耶!"考明杨慎《升庵诗话》卷一一《柳枝词》一则,亦言及刘禹锡诗,与王士禛上引其《丹铅录》者文字略同,而其后又云:"然此诗隐括白香山古诗为一绝,而其妙如此。"则杨慎也早知《板桥》诗(原诗题《板桥路》)乃白居易原创,非未睹《长庆集》也。唐李商隐亦有《板桥晓别》诗:"回望高城落晓河,长亭窗户压微波。水仙欲上鲤鱼去,一夜芙蓉红泪多。"板桥无非是用木板架设的桥,与石桥之过人功用本无区别,但由于有白居易、李商隐等诗人的渲染,板桥意象早已超出其固有内涵,而带有了浓厚的感情色彩。王士禛这首诗通过板桥所思所想乃是北宋时都城汴京(今河南开封市)一带的繁华热闹景象,其间不无一种缅怀历史的伤感意绪。

〔2〕日萧萧:唐钱起《送昆山孙少府》诗:"悬知讼庭静,窗竹日萧萧。"萧萧,稀疏。

〔3〕回首宣和:语本明高启《宣和所题画》诗:"御翰亲题赏画工,疏枝野鸟怨秋风。那知回首宣和殿,物色凄凉与画同。"宣和,即宣和殿,北

宋都城汴京宫殿名。明李濂《汴京遗迹志》卷一《宋京城·宋大内宫室》:"宣和殿,在睿思殿后,绍圣二年四月殿成,其东侧别有小殿,曰凝芳,其西曰琼芳,前曰重熙,后曰环碧。元符三年废,崇宁初复作,大观三年,徽宗制记刻石,实蔡京为之。"暮朝:同"朝暮",不久。王士禛《七月先生之子祖生至京师始见之而先生与先兄考功皆已下世怆然赋诗四首》诗之三:"花时邓尉梦无聊,十七年来似暮朝。"

〔4〕"上巳"二句:谓北宋都城汴京三月初金明池游乐的热闹情景。宋孟元老《东京梦华录》卷七《三月一日开金明池琼林苑》:"三月一日,州西顺天门外,开金明池琼林苑……池在顺天门街北,周围约九里三十步,池西直径七里许,入池门内南岸,西去百馀步,有西北临水殿,车驾临幸,观争标锡宴于此。往日旋以彩幄,政和间用土木工造成矣。又西去数百步,乃仙桥,南北约数百步,桥面三虹,朱漆栏楯,下排雁柱,中央隆起,谓之骆驼虹,若飞虹之状。"又同书同卷《驾幸临水殿观争标锡宴》:"诸小船竞诣奥屋,牵拽大龙船出诣水殿,其小龙船争先团转翔舞,迎导于前。其虎头船以绳牵引龙舟,大龙船约长三四十丈,阔三四丈,头尾鳞鬣,皆雕镂金饰。"元吴全节《谨题王鹏梅金明池图》诗:"龙舟叠鼓出江城,送得君王远玉京。惆怅金明池上水,至今呜咽未能平。"上巳,农历三月上旬的巳日,古人有在水边祭祀以祓除不祥的习俗,即晋王羲之《兰亭集序》中所言"修禊"。晋代以后,上巳作为节日,一般固定在每年农历三月初三日。至明、清时,这一习俗已逐渐衰微。衔尾,前后相接。骆驼桥,即上引文中所云之"骆驼虹"。

后 记

　　渔洋论诗,独标神韵,根柢兴会,导源风雅。世尊拈花,迦叶微笑,深喜沧浪宗门之喻;不著一字,尽得风流,更悟表圣含蓄之音。然其所自为诗,羚羊挂角,无可踪迹者,每每得诸后人意会;凝思伫兴,须其自来者,往往见诸前人篇什。是以秋谷有"王爱好"之论,随园有"才力薄"之评。然平心而论,顾影自怜者,固知其韵外多致;牛耳常执者,亦见其人中犹龙也。《秋柳》四章,"亲见知识",是其入处,堪称神韵之发轫,所谓"见山不是山,见水不是水"者也;扬州以后,则渐入佳境,为其"得休歇处",可见神韵之修炼,终究"见山只是山,见水只是水"矣。盖学须静也,躁则毋得。渔洋虽为官为宦,万里奔波,而宅心典籍,士不可不弘毅;民胞物与,泛爱众而亲仁。以九渊潜龙、千仞翔凤之诗喻,为士君子居身涉世之法,旨哉斯言! 渔洋不吾欺也。夫人能独树一帜于天下者,岂偶然哉!

　　今之学界文坛,熙熙攘攘,纷纷扰扰,或有不然者。《黄麞》方歇,一旦得从大夫后,则沾沾乎以为天下莫己若焉,扪腹而喜曰:"万物皆备于我矣! 资源在握,所向披靡;灾梨祸枣,惟我所欲。"不知鱼与熊掌,岂可兼得? 计然之术既深,《渭城》之唱休矣。连篇累牍,惟尚剽窃之能事;积案盈箱,仅有唾馀之文章。巾学林宗,颦效西施,以其昏昏,使人昭昭。不知南橘北枳,其味顿殊。多歧亡羊,衢道徘徊,吴敖喧嚣,鼎沸学林。昔时步兵广武之叹,良有以也。惟不屑阳桥者,陶钧文思,匠心独运,删繁就简,夙兴夜寐。或祈素心之赏,或冀名山之藏。笃志虚心以求其放心,得意忘言而必有信言。曳尾于涂中或非其志,而仰屋以自娱亦已焉哉!

　　承蒙人民文学出版社古编室主任周绚隆兄垂青,《明文选》之后又命冯妇下车,铅刀另试;责编葛云波兄郢斧再挥,于出典、文献、古今行政区划乃至标点、名物,纠谬颇多,颊上三毛,益见识具,传神阿堵,妙在点睛。流水高山,何其幸哉!是以又成此《王士禛诗选》,讹误在所难免,尚祈读者批评教正。

是为记。

丙戌春月赵伯陶记于京北天通楼